Von

DEGH

OSKAR FEIFAR

Fingerspitzengefühl

**FAMILIENBANDE** Eine Gruppe Hippies mit ausgeprägtem Hang zum Nudismus, ein mysteriöser Verkehrsunfall, drei verschwundene Personen aus derselben Familie, eine weibliche Leiche, revoltierende Ortsbewohner, einige Vandalen und ein paar herrenlose Fingerspitzen in einem Karton sorgen für Aufregung auf dem Gendarmerieposten in Tratschen und führen zur größten Suchaktion, die es in der Gegend je gegeben hat. Es gibt keine Zeugen, keine Anhaltspunkte, was geschehen sein könnte, und die Ermittlungen gestalten sich nicht nur für Bezirksinspektor Leopold Strobel, sondern auch für seinen Kollegen von der Kripo überaus schwierig. Ausgerechnet zu dieser Zeit betoniert der Nachbar eines der Opfer ein neues Garagenfundament. Strobel lässt nicht locker und folgt den wenigen Spuren. Diese führen ihn nicht nur zu einem Vorfall, der weit in der Vergangenheit liegt, sondern auch zu einer Menge an unverdautem Hass. Zudem lernt der Landgendarm, dass auch die Kollegen von der Kripo nur mit Wasser kochen.

*1967 in Wien geboren, verbrachte Oskar Feifar die ersten 13 Jahre seines Lebens in der Großstadt, bevor die Familie in die niederösterreichische Provinz zog. Nach dem Schulabschluss absolvierte er eine Lehre als Kellner und war bis 1995 auch in diesem Beruf tätig. Danach wechselte er zur Gendarmerie und machte die ersten Jahre im niederösterreichischen Weinviertel Dienst, bevor er vor acht Jahren zum Landeskriminalamt ging. Bis zum Jahr 2009 verrichtete er seinen Dienst weiter in Niederösterreich. Seit Mai 2009 lebt er zusammen mit seiner Lebensgefährtin in Salzburg. Bei »Fingerspitzengefühl« handelt es sich nach »Dorftratsch« und »Saukalt« um den dritten Roman des Autors.*

Bisherige Veröffentlichungen im Gmeiner-Verlag:
Wer mordet schon in Salzburg? (2014)
Saukalt (2013)
Dorftratsch (2012)

OSKAR FEIFAR

# Fingerspitzengefühl

*Kriminalroman*

*Original*

GMEINER

*Personen und Handlung sind frei erfunden.*
*Ähnlichkeiten mit lebenden oder toten Personen*
*sind rein zufällig und nicht beabsichtigt.*

Besuchen Sie uns im Internet:
www.gmeiner-verlag.de


Im Ehnried 5, 88605 Meßkirch
Telefon 0 75 75/20 95-0
info@gmeiner-verlag.de

1. Auflage 2014

Lektorat: Claudia Senghaas, Kirchardt
Herstellung: Mirjam Hecht
Umschlaggestaltung: U.O.R.G. Lutz Eberle, Stuttgart
unter Verwendung eines Fotos von: © Sarah Harnisch / photocase.com
Druck: GGP Media GmbH, Pößneck
Printed in Germany
ISBN 978-3-8392-1521-0

Für meinen allerbesten guten Freund Christian,
genannt Ressi, und seine Familie. Passt auf euch auf!!!

# 1

Die echten, oder wenn du so willst, die originalen Hippies haben ihre Bewegung 1967 symbolisch begraben. So richtig mit Sarg und so. Es störte sie nämlich, dass so viele Menschen ihre Idee geklaut, sie abgewandelt und wie eine Seuche über den Erdball verbreitet haben. Ergo trugen sie sich selbst zu Grabe. Die nicht ganz so originalen Blumenkinder setzten indes noch viele Jahre ihren Siegeszug um die Welt fort und drangen dabei in ziemlich entlegene Winkel vor, in denen man oft nichts mit ihnen und ihrer Art zu leben anzufangen wusste. Bis zu jenem denkwürdigen Tag Anfang Juli 1972, an dem ein mit Blumen bemalter VW-Bus vor dem Haus der Pfeifer Resi anhielt und zwei Vertreter dieser Subkultur ausspuckte, war die Hippiebewegung auch in Tratschen weitgehend unbeachtet geblieben. Ich meine, die Leute hatten natürlich schon etwas von den Blumenkindern gehört. Keine Frage. Aber so wirklich hatte sich keiner für sie interessiert. Auch dann noch nicht, als die Pfeifer Resi herumerzählte, dass es ihr gelungen war, ihr Elternhaus an ganz entzückende junge Leute zu vermieten. Richtig glücklich war die alte Dame darüber. Das konntest du schon daran erkennen, dass sie das Wort ›entzückend‹ sicher fünfmal wiederholte und dabei extrem betonte. Wie ein Lauffeuer verbreitete sich die Nachricht, dass bald ein entzückendes junges Paar in den alten Pfeifer-Hof einziehen würde, im ganzen Ort und die Bewohner waren äußerst gespannt. Lange mussten sie nicht warten. Schon zwei Tage später kam der Bus wieder. Mit dem entzückenden Pärchen und weiteren acht mindestens genauso entzückenden Menschen, die sich nach und nach aus der Enge des Fahrzeuges quälten. Genau vor dem Kaufhaus Hörmann. Und was glaubst du, wie den Tratschweibern da die Worte im Hals stecken geblieben sind, als sie die sieben Frauen in ihren Blumenkleidern und die fünf Männer in den weiten, ausgefransten Jeans und den Leinenhemden sahen. Allesamt mit langen Haaren auf dem Kopf und Jesuslatschen an den Füßen. Auf dem Dach des Busses stapelte sich die dürftige Habe der seltsamen Gruppe. Nach einem kurzen Palaver ging der Fahrer ins Kaufhaus. Ihrer Natur entsprechend, beobachteten ihn die einheimischen Frauen dabei misstrauisch. Seinen freundlichen Gruß erwiderten sie allerdings nicht. Das heißt, mit Ausnahme der alten Hörmann. Die war wenigstens noch so viel Geschäftsfrau, dass sie ein »Grüß Gott« murmelte. Schließlich konnte man ja nie wissen, ob der Kerl nicht doch etwas kaufen würde. Vor Freundlichkeit überschlagen hat sie sich dann aber nicht unbedingt, als sie spitzkriegte, dass der etwas zerfleddert aussehende Bursche nichts kaufen, sondern nur nach dem Weg zum Pfeifer-Hof fragen wollte. Den anwesenden Kundinnen war anzusehen, dass sie alle sehr froh waren, dass der Hof etwas außerhalb des Ortes lag. Kaum war der Bursche wieder draußen, ging das Maulzerreißen los. Dass es wohl nicht wahr sein könne, dass die Resi ihr Haus an so ein Gesindel vermiete, dass die alle so aussähen, als hätten sie Flöhe und Wanzen, dass es mit diesen Leuten sicher nur Probleme geben würde und es mit der Ruhe im Ort jetzt sicher vorbei sei. So einen Quatsch redeten sie daher. Die tratschenden Weiber stachelten sich untereinander derartig auf und versetzten sich mit ihren Prophezeiungen, was die schlimme Zukunft mit den neuen Ortsbewohnern anging, gegenseitig derart in Furcht und Unruhe, dass jeder Verhaltensforscher seine helle Freude an ihnen gehabt hätte. Von außen betrachtet, sah die Szene wirklich witzig aus. Denn sieben ungläubig starrende Frauengesichter in der Auslage eines Kaufhauses sah man auch nicht jeden Tag. Schon gar nicht neben einem Bild der Milka-Kuh. Ein paar Stunden später wusste das ganze Dorf, dass die Resi an sehr zweifelhafte Menschen vermietet hatte.

Auf dem Gendarmerieposten bekamen der Strobel und seine Mannen von alledem vorerst nichts mit. Die Herren waren nämlich mit wichtigeren Dingen beschäftigt. Ein Urlaubsplan musste erstellt werden. Ich meine, immerhin war Sommer und der Plan hätte schon vor zwei Wochen fertig sein sollen. Es war also allerhöchste Zeit, wenigstens einmal darüber zu reden. Irgendwie wurden sie sich aber nicht darüber einig, wer wann und wie lange Urlaub machen sollte. Aber nicht, weil sie alle zur gleichen Zeit gehen wollten, sondern weil jeder meinte, dass es ihm wurscht sei. Was soll ich dir sagen? Es gibt fast nichts Schlimmeres als eine Diskussion unter Leuten, denen das Thema wurscht ist. Wenn keiner anfängt, Vorschläge zu machen, kommt man in so einem Gespräch nicht recht weiter. Der Strobel, in seiner Eigenschaft als gutmütiger und fast schon zu demokratischer Postenkommandant, wollte natürlich keinem seiner Mitarbeiter vorschreiben, wann er Urlaub zu machen hatte, und meinte deshalb, die beiden sollten sich untereinander einigen. So ist es halt gekommen, dass nach über einer Stunde Urlaubsplanung noch immer nichts im Plan eingetragen war. Eine Tatsache, die dem Strobel gehörig auf die Nerven ging. Er meinte, dass es für zwei Leute so schwierig nicht sein könne, sich da einig zu werden. Ganz unrecht hatte er damit nicht. Der Berti sah das allerdings ein bisschen anders und stellte fest, der Strobel könne genauso gut als Erster einen Termin eintragen. Geändert hat das aber nichts. Und weil der Pfaffi halt einmal der Jüngste war und es sich mit seinen Kollegen nicht ganz verderben wollte, gab er irgendwann nach und sagte, dass er in der letzten Juli- und der ersten Augustwoche daheimbleiben wolle. Und wenn du jetzt glaubst, die Diskussion war damit beendet, täuschst du dich gewaltig. Das war nämlich ein Termin, der dem Berti auf einmal gar nicht mehr wurscht war. Das erboste wiederum den Strobel. Er schmiss den Stift auf den Tisch und verkündete, dass er sich langsam wie im Kindergarten vorkomme. Noch dazu hatte der Berti offenbar keinen wirklichen Grund, gegen den Termin vom Pfaffi zu sein. Zumindest konnte er keinen nennen. Da machte der Strobel von seiner Chefposition Gebrauch und zog sich geschickt aus der Affäre. Er kündigte nämlich an, zum Wenger zu gehen und dort eine Kleinigkeit zu essen. Bevor er die Tür von außen schloss, stellte er noch fest, dass sich die beiden Herren in seiner Abwesenheit einig werden sollten, weil er den Plan sonst ohne Eintragung zum Bezirkskommando schicken würde. Mit diesen Worten setzte er seine Mütze auf und verschwand. Der Berti und der Pfaffi kamen auf die glorreiche Idee, die Urlaubssache auszuknobeln. Schere, Stein, Papier. Über eine Stunde lang. Du kannst dir jetzt wahrscheinlich schon denken, dass die Beamten am Gendarmerieposten in Tratschen nicht sehr ausgelastet waren. Hätten sie nämlich etwas zu tun gehabt, wäre ihnen so ein Blödsinn sicher nicht eingefallen. Aber zur Verteidigung der Gendarmen muss gesagt werden, dass es nicht ihre Schuld war, dass sich nichts Außergewöhnliches ereignete. Das heißt, fast nichts. Ein paar Kleinigkeiten passierten freilich schon. Anrufe vom Haberl oder seinem Intimfeind, dem Rollinger, die sich immer wieder wegen irgendwelcher Blödheiten in die Haare bekamen. Die eine oder andere Beschwerde, weil jemand am Sonntag Rasen mähte, was immerhin laut der von der Gemeinde erlassenen Rasenmäherverordnung verboten war. Streitigkeiten zwischen Besoffenen, da und dort eine Rauferei, hin und wieder ein Unfall und so was alles. Alltagsgeschäft eben. Das haben die Gesetzeshüter natürlich immer prompt und ordentlich erledigt. Gar keine Frage. Quasi immer Gewehr bei Fuß, die Burschen. Was die Vergangenheit betraf, war alles schon so gut wie vergessen. Der Fellner Fritz, die Wenger Traude, der Brauneis Thomas, der abgebrannte Hexenwinkel. Alles so gut wie vergessen. Und der Pfaffi war mittlerweile so weit, dass er alleine Dienst machen konnte. Das war eine deutliche Verbesserung, weil so jeder der Beamten mehr Freizeit hatte. Das kam dem Berti sehr entgegen. Dem Strobel nützte es weniger, weil der unter der Woche sowieso fast immer da war. Von so kleinen Ungereimtheiten wie Urlaubsplanung einmal abgesehen, vertrugen sich die Gendarmen bestens. Aber auch dieses Thema war letztendlich nach unzähligen Knobelrunden vom Tisch. Der Pfaffi durchschaute sein Gegenüber irgendwann und der Berti, ganz der gute Verlierer, nahm seine Niederlage ohne ein weiteres Wort zur Kenntnis und trug sich die zweite und dritte Juliwoche ein.

# 2

Währenddessen saß der Strobel ganz entspannt beim Wenger Sepp im Gastgarten und las Zeitung. Der Garten war in diesem Jahr zum ersten Mal geöffnet und die Leute nahmen diese Errungenschaft dankbar an. Mit den knorrigen Kastanienbäumen, die seit ewigen Zeiten hinter dem Wirtshaus standen, den urigen Holzbänken und Tischen und dem Kiesboden wirkte der Garten wirklich gemütlich und lud zum Verweilen ein. Vor allem, weil er schön schattig und damit auch kühl war. Gerade an den Hundstagen im Hochsommer schadete ein solches Refugium nicht. Trotzdem der Strobel ein paar Monate zuvor die Tochter vom Sepp ins Gefängnis gebracht hatte, ging er immer noch regelmäßig in das Wirtshaus, um seine Würsteln mit Saft zu essen. Wenn es um sein leibliches Wohl ging, hatte der Postenkommandant überhaupt keinen Genierer. Und dass der Wenger den besten Gulaschsaft von ganz Tratschen und Umgebung machte, war für den Strobel eine unbestreitbare Tatsache. An diesem Saft gab es nichts auszusetzen. Nicht das Geringste. Außerdem war der Wenger Sepp wegen der Sache nicht sauer auf den Postenkommandanten. Weil, erstens hatte der nur seine Arbeit gemacht und zweitens war es der Sepp selber, der dem Strobel alles über die Machenschaften seiner Tochter erzählt hatte. Von daher also kein Grund für böses Blut. Ich meine, Freunde sind die beiden deswegen freilich auch keine geworden. Weil sie das aber vorher auch nicht waren und seine Lieblingsspeise deswegen nicht schlechter schmeckte, war das für den Strobel nicht weiter tragisch. Wie der Wenger über diesen Punkt dachte, weiß man nicht. Jedenfalls saß der

Strobel im Schatten von einem dieser Kastanienbäume, las Zeitung und verspeiste dabei genüsslich seine Würsteln. Ein Moment, in dem er keinesfalls gestört werden wollte. Ein Umstand, der dem Fürnkranz Josef allerdings nicht bekannt gewesen sein dürfte. Zumindest gab es keine andere Erklärung dafür, dass der, als er den Postenkommandanten erblickte, sofort zielstrebig auf dessen Tisch zusteuerte und sich, ohne lange zu fragen, zu ihm setzte. Irritiert sah der Strobel von seiner Zeitung auf und fragte sich insgeheim, wieso sich der Mann in einem leeren Gastgarten ausgerechnet an seinen Tisch setzen musste. Laut gesagt hat er das aber nicht. So unhöflich wollte er zum Bürgermeister nicht sein. Also grüßte er ihn knapp und vertiefte sich wieder in seine Zeitung. Der Fürnkranz war allerdings nicht umsonst als besonders leutseliger Typ bekannt. Das kam daher, weil er gerne und vor allem viel redete. Hilfsbereit, freundlich und immer mit einem offenen Ohr für seine Bürger. So war der Fürnkranz Josef Zeit seines Lebens. Normalerweise störte es den Strobel nicht, wenn ihn der Herr Bürgermeister in ein Gespräch verwickelte, auf das er gut und gerne hätte verzichten können. Aber jetzt, in seinem Moment der Ruhe, den er sich hier gönnen wollte, störte es ihn schon. Blöd nur, dass er zu höflich war, seinem Gegenüber das zu sagen. Von daher blieb ihm nichts anderes übrig, als so zu tun, als würde er dem sinnlosen Geplapper wirklich zuhören. In Wirklichkeit hatte er seine Ohren auf Durchzug gestellt. Bis zu dem Augenblick, in dem der Fürnkranz meinte, dass er ihn um einen kleinen Gefallen bitten wolle. Da ist der Strobel dann doch aufmerksam geworden. Weil, aus Erfahrung wusste er, dass es gefährlich sein konnte, wenn einem jemand einen ›kleinen Gefallen‹ abverlangte. Oft stellte sich nämlich heraus, dass dieser Gefallen so klein gar nicht war. Wenn man da nicht genau zuhört, kann man ganz schön einfahren bei der Gefallentunsache. Dieser Fall stellte sich aber als halb so schlimm heraus. Der Bürgermeister erzählte dem Strobel nämlich, dass die Jocha Elisabeth, die alle im Ort nur ›die Jocha Mutter‹ nannten, in zwei Tagen ihren hundertsten Geburtstag feiern würde, und er, zusammen mit zweien seiner Gemeinderäte, zu ihr fahren wolle, um ihr im Namen der Gemeinde zu gratulieren und einen großen Blumenstrauß zu überreichen. Weil, so meinte der Fürnkranz, so ein hundertster Geburtstag sollte schon gebührend beachtet werden. Da gab ihm der Strobel zwar recht, blieb aber trotzdem auf der Hut. Schließlich wusste er immer noch nicht, was das alles mit ihm zu tun hatte. Und siehst du, diesmal war die Vorsicht vom Strobel unbegründet. Weil, der Fürnkranz verlangte nichts Unmögliches von ihm, sondern fragte ihn nur, ob er vielleicht seine Ausgehuniform anziehen und mitgehen könne, um der Sache ein bisschen mehr Glanz zu verleihen. Ja, wirklich, so drückte sich der Fürnkranz aus. Der Strobel solle mitgehen, um der Sache mehr Glanz zu verleihen. Also ich finde, dass das ein nettes Kompliment war. Man könnte dem Herrn Bürgermeister allerdings auch unterstellen, dass er dem Postenkommandanten einfach nur Zucker in den Hintern blies, um ihm ein Nein schwerer zu machen. Aber wie dem auch sei. Noch bevor der Strobel eine Antwort geben konnte, informierte ihn der Fürnkranz darüber, dass auch ein Fotograf vom Bezirksanzeiger kommen würde, um ein paar Bilder zu schießen, die dann in der nächsten Ausgabe erscheinen sollten. Dann drosch er noch so Phrasen wie: ›Ehre, wem Ehre gebührt‹, ›Man muss die Feste feiern, wie sie fallen‹ und ähnlichen Mist. Das hätte er sich aber auch sparen können, weil der Strobel sowieso schon wusste, dass er um die Geschichte nicht drum herumkommen würde. Und das wollte er auch gar nicht. Für die Jocha Mutter machte er das nämlich gerne. Ich meine, er kannte ihre Lebensgeschichte vom Hörensagen und wusste deshalb, dass es die Frau immer sehr schwer gehabt hatte. Von daher war er überzeugt, dass sie sich eine kleine Ehrung zu ihrem Hundertsten redlich verdient hatte. Auch wenn es aus seiner Sicht vielleicht ein bisschen spät war, um von der Elisabeth Notiz zu nehmen. Andererseits, so überlegte er sich, war spät immer noch besser als gar nicht. Deshalb sagte er sein Kommen für Mittwoch, 10.00 Uhr Vormittag, natürlich zu. Sehr zur Freude vom Bürgermeister, der ihn daraufhin auf einen Kaffee einlud. Das heißt, er wollte eigentlich lieber ein Bier mit ihm trinken. Aber das lehnte der Strobel angesichts der frühen Stunde und der Tatsache, dass er im Dienst war, entschieden ab. Deswegen halt Kaffee. Schwarz ohne Zucker. So wie er ihn mochte. Allerdings zu einem hohen Preis. Weil, der Herr Bürgermeister hat geredet und geredet und geredet. Wie der sprichwörtliche Ölmann. Nichts von dem, was er von sich gab, war für den Gendarmen in irgendeiner Form interessant. Von Minute zu Minute fiel es dem Strobel schwerer, den konzentrierten Zuhörer zu mimen. Krampfhaft überlegte er, mit welcher Ausrede er sich aus dem Staub machen konnte. Zu seinem Glück brauchte er dann aber keine, weil der Fürnkranz selbst draufkam, dass er noch zu einem wichtigen Termin musste, und sich verabschiedete. Erleichtert blieb der Strobel noch eine Weile sitzen, um die Ruhe auszukosten, bevor er zurück zur Dienststelle ging. Die Sonne tat ihm gut und erhellte seine Laune. Er fühlte sich so richtig wohl und genoss die Wärme, als er die Hauptstraße entlangging. Um diese Jahreszeit war der Ort fast schon hübsch. Kaum ein Haus, vor dessen Fenstern keine üppig bepflanzten Blumenkästen angebracht waren. In diesem Jahr hatten die Ortsbildverschönerer offensichtlich die Farben Rot und Weiß auserkoren und bestimmt, wer welche Farbe verwenden musste. Rote Blumenkästen, weiße Blumenkästen. Von einem Haus zum nächsten. Immer schön abwechselnd. Das gefiel sogar dem Strobel gut, dem die Blumenkästen normalerweise nicht einmal auffielen. Seine Laune war für einen Montag überdurchschnittlich gut und er pfiff ein Liedchen. Am Hauptplatz angekommen, blieb er stehen, bewunderte die Blumenbeete, die der Sokol, seines Zeichens Gemeindegärtner, angelegt hatte, und beobachtete eine Gruppe von Kindern, die wie die Wilden auf ihren Fahrrädern durch die Gegend bretterten und dabei fröhlich lachten. Da und dort waren Frauen in den Vorgärten mit irgendwelchen Gartenarbeiten beschäftigt oder kehrten den Staub vor den Türen ihrer Häuser weg. Aber nicht unter den Teppich. Da war nur Platz für die Geheimnisse. Die Ruhe, die Blumen und die spielenden Kinder luden wirklich zum Verweilen ein. Man könnte auch sagen, dass der Ort sein wahres Gesicht in diesem Jahr hinter einer besonders hübschen Maske versteckte. Aber so sah der Strobel das natürlich nicht. Der freute sich einfach nur über das schöne Wetter. Genau wie die Kinder. Von daher stand ihm der Sinn nicht wirklich nach Arbeit und er ließ sich auf halbem Weg auf einer Bank nieder, um die Stimmung noch ein bisschen in sich aufnehmen zu können und über das vergangene Wochenende nachzudenken. Insgesamt gesehen, hatten er und seine Frau Doktor nämlich zwei sehr schöne Tage miteinander verbracht. Am Samstag waren sie mit dem Schiff von Korneuburg aus in die Wachau gefahren, hatten dort übernachtet und waren am Sonntag zurückgefahren. Das hatte dem Strobel unheimlich gut gefallen. Zumindest bis zu dem Moment, als seine Herzdame anfing, über das Zusammenziehen zu reden. Da hatte es ihm so ein kleines bisschen die Sprache verschlagen. Ich meine, nicht, dass du jetzt denkst, der Strobel hätte das überhaupt nicht gewollt oder so. Das ist nämlich nicht ganz richtig. Es kam nur so überraschend. Außerdem war er sehr zufrieden mit ihrer Beziehung und hatte bis dahin keine Gedanken an eine Veränderung verschwendet. Schon gar nicht an eine so gravierende. Aus seiner Sicht war alles bestens. Während der Woche Tratschen. Am Wochenende Hollabrunn. Da sah er keinen Fehler. Natürlich war ihm bewusst, dass er seine Flamme dann jeden Tag sehen würde, und das konnte er sich auch recht gut vorstellen, aber andererseits war er halt auch ein sehr bequemer Mensch. Soll heißen, dass ihm die Vorstellung, jeden Tag mindestens eine Stunde im Auto zu sitzen und zwischen Hollabrunn und Tratschen zu pendeln, nichts herausriss. Von zwei Stunden im verhassten Bus erst gar nicht zu reden. Jetzt brauchte er zu Fuß maximal zehn Minuten bis zur Dienststelle. Von daher hätte Umziehen eine Verschlechterung bedeutet. Umgekehrt hätte die Frau Doktor, wäre sie nach Tratschen gezogen, jeden Tag hin und her fahren müssen. Er selber hätte sich die Fahrerei zwar erspart, aber viel Sinn sah er auch in dieser Variante nicht. Ob die Frau Doktor überhaupt nach Tratschen hätte ziehen wollen, hatte er sie allerdings in dem Gespräch gar nicht gefragt. Obwohl ›Gespräch‹ vielleicht nicht ganz der richtige Ausdruck war. Man könnte eher von einem Monolog der Frau Doktor reden. Der Strobel hatte sich nämlich von seiner wortkargen Seite gezeigt. Da wirst du dich sicher nicht wundern, dass es zu keinem nennenswerten Ergebnis gekommen ist. Immerhin hatte er zugestimmt, darüber nachdenken zu wollen. Und sogar das hatte er nicht mit Worten gesagt, sondern nur mit dem Kopf genickt. So ist es halt gekommen, dass er jetzt auf seiner Bank hockte und versuchte, sich das Zusammenleben mit seiner Holden vorzustellen. Freilich war die Bequemlichkeit nicht der einzige Grund für seine Unsicherheit. Viel mehr Sorgen machte ihm die Frage, ob sie sich unter einem gemeinsamen Dach auf Dauer genauso gut vertragen würden wie jetzt. Weil, so ein bisschen ein Sturkopf war die Frau Doktor schon und kratzbürstig konnte sie auch werden, wenn ihr was nicht passte. Das darfst du jetzt aber nicht falsch verstehen und glauben, dass er die Frau vielleicht nicht genug mochte oder so. Ganz im Gegenteil. Voll vernarrt war er in sie. Aber weil halt mit dem Alter auch eine gewisse Reife kommt, waren solche Überlegungen aus seiner Sicht durchaus legitim. Schönes Wetter hin, Bank her. Zu einem brauchbaren Ergebnis kam er nicht. Nicht einmal ansatzweise. Schließlich hatte er ja nur ein paar Gedanken hin und her gewälzt. Das hättest du bestenfalls als Hirnwichserei bezeichnen können. Herausgekommen ist dabei nur, dass er am Mittwochabend unbedingt mit dem Pfarrer Römer über dieses Thema reden wollte. Weil, Hochwürden hatte immer gute Ratschläge auf Lager und würde auch in diesem Fall wissen, was zu tun war. Zumindest hoffte der Strobel das inständig. Kurz überlegte er sich, gleich ins Pfarrhaus zu gehen, verwarf den Gedanken aber wieder und hoffte, dass er das Problem bis zum Mittwoch eventuell doch selber würde lösen können. Schon lustig, dass sich so ein gestandener Mann wie der Strobel wegen so etwas so blöd anstellte.

# 3

Um 19.00 Uhr haben sich der Berti und der Pfaffi nach einem überaus ereignislosen Tag verabschiedet. Der Strobel musste auf der Dienststelle bleiben, weil er mit dem Nachtdienst dran war. Jetzt wunderst du dich vielleicht, wieso er Nachtdienst hatte, wenn er doch am Tag auch schon da war. Aber das ist schnell erklärt. Ein- oder zweimal im Monat machte jeder von den dreien vierundzwanzig Stunden hintereinander Dienst. Das hört sich aber viel schlimmer an, als es tatsächlich war. Im Normalfall passierte in der Nacht nämlich nichts und ein Klappbett gab es auch. Heutzutage geht es bei der Polizei nicht mehr so beschaulich zu. Viele von den kleineren Dienststellen auf dem Land sind zugesperrt worden. Auch die Dienststelle in Tratschen. Natürlich gibt es heute noch Gebiete, in denen kaum etwas passiert, aber so ruhig wie damals ist es nirgends mehr. Einbrüche, Autodiebstähle, Raubüberfälle, Taschendiebstähle, Gewaltdelikte, große und kleine Betrügereien, Unmengen an Vergehen im Straßenverkehr, Unfälle und so weiter. Alles ist viel mehr geworden. Überhaupt in und um die großen Städte. Da geht es ganz schön wild zu. Trotzdem leben wir immer noch in einem der sichersten Länder Europas. So gesehen hatten der Strobel und seine Männer unheimliches Glück, dass sie in jener Zeit Dienst machten. Auch, wenn ihnen das natürlich nicht bewusst war. Sie stöhnten auch damals schon, weil sie immer so viel zu tun hatten. Im Vergleich zu heute lebten sie trotzdem im Schlaraffenland. Schon alleine deshalb, weil ein Gendarm damals noch eine richtige Respektsperson war. Die meisten Leute hätten sich nicht getraut, einen der Gesetzeshüter blöd anzureden oder gar anzuspucken, wie das heute fast schon normal ist. Das muss auch einmal gesagt werden. Auch hatten die Menschen nicht so ein verzerrtes Bild von der Polizei oder Gendarmeriearbeit. Heutzutage werden im Fernsehen unheimlich viele Krimiserien gezeigt und viele Zuseher glauben ernsthaft, dass das real ist, was sie da zu sehen bekommen. Angefangen von wurstsemmelvernichtenden Schäferhunden, die außer Briefe schreiben alles können, über Spurensicherer, die am Tatort einen Faden finden und aus dem Stehgreif ein drei Minuten langes Referat über die Zusammensetzung und den Verwendungszweck halten, bis hin zu ermittelnden Mentalisten und Lügenspezialisten. Nicht zu vergessen die Gerichtsmediziner, die einfach losziehen, um die Mörder selber zu überführen. Es gibt nichts, was du in der Fernsehlandschaft nicht findest. Aber am besten sind die Serien, in denen sich der Held wilde Schusswechsel mit den bösen Buben liefert und gleich danach irgendwo gemütlich Kaffee trinkt, ohne auch nur eine Zeile zu schreiben. Das ist genauso real wie Autobahnpolizisten, die in jeder Serie mindestens einen sündhaft teuren Dienstwagen in einen verkohlten Haufen Blech verwandeln und als Belohnung dafür schon eine Stunde später ein noch tolleres Auto kriegen. Man mag diese Serien unterhaltsam finden oder auch nicht, aber mit der Wirklichkeit haben die überhaupt nichts zu tun. Das hat auch die Fernsehindustrie erkannt und Formate erdacht, in denen echte Polizisten bei ihrer täglichen Arbeit gefilmt werden. Reality TV nennt sich das auf Neudeutsch. Aber das ist bestenfalls ein Blick durchs Schlüsselloch. Mehr nicht. Wer will schon Ermittler sehen, die einen Großteil der Zeit am Schreibtisch verbringen, um irgendwelche

Berichte zu tippen oder Statistiken zu befüllen? Genau, kein Mensch! Dann schon lieber explodierende Autos und Schusswechsel in der überfüllten U-Bahn. Das wollen die Leute sehen. Langweilige Jobs haben sie schließlich selber. Wie dem auch sei. Ich will mich bei dem Thema gar nicht länger aufhalten. Weil, mit dem Strobel oder dieser Geschichte hat das im Grunde nichts zu tun. Also, der Strobel hat jedenfalls an diesem Montag Nachtdienst gehabt. Und wenn du jetzt denkst, dass da sicher was passiert ist, muss ich dich leider enttäuschen. Außer dass er auf dem Klappbett schlecht geschlafen hat, ist gar nichts passiert. Um 07.00 Uhr ist der Berti gekommen und der Strobel ist zum Wenger frühstücken gegangen. Danach marschierte er direkt nach Hause, hüpfte unter die Dusche und machte sich bis zur Unkenntlichkeit schön. Paradeuniform, weiße Handschuhe, auf Hochglanz polierte Schuhe. Das volle Programm. Alles für die Jocha Mutter. Na gut, vielleicht auch, weil er gewusst hat, dass ein Fotograf vom Bezirksanzeiger kommen würde. Ein bisschen eitel war der Strobel nämlich schon und wollte in der Zeitung gut ausschauen. Pünktlich ist er schließlich auf dem Gemeindeamt gewesen. Der Bürgermeister wartete dort zusammen mit seinen Gemeinderäten, dem Fotografen und einem überdimensionierten Blumenstrauß in der Hand schon auf ihn. Mit dem Auto machte sich die Gruppe schließlich auf den Weg zum Hof von der Jocha Elisabeth. Dort angekommen, fiel dem Strobel sofort auf, wie desolat das Haus war. Die Fassade abgebröckelt, Löcher im Dach, kaputte Fenster und ein mit Unkraut überwucherter Vorgarten. Ich meine, natürlich konntest du da der Frau keine Vorwürfe machen. Weil, in ihrem Alter hat sie das unmöglich bewältigen können und Geld hatte sie auch keines. Bei dem Anblick dachte sich der Strobel, dass es wesentlich gescheiter gewesen wäre, die Gemeinde hätte einmal ein paar Arbeiter vorbeigeschickt, statt der Elisabeth einen Riesenstrauß zu schenken. Gesagt hat er das freilich nicht. Natürlich fiel der traurige Zustand des Anwesens nicht nur ihm auf. Alle haben es gesehen. Aber keiner kommentierte das irgendwie. Der Bürgermeister streifte sich seine Anzugjacke glatt und ging auf die Eingangstüre zu. Der Rest latschte im Gänsemarsch hinter ihm her. Auf sein Klopfen reagierte die Elisabeth allerdings nicht und die Männer gelangten zur Ansicht, dass sie sicher sehr schlecht hörte und sie einfach hineingehen sollten. Gesagt, getan. Der Fürnkranz voran, alle anderen brav hinterher. Schon im Vorraum ist allen die abgestandene Luft aufgefallen. Der Fürnkranz schlug deswegen vor, die Tür ein Stück offen zu lassen, damit frische Luft ins Haus konnte. Dann begann er, nach der Elisabeth zu rufen. Aber sie rührte sich nicht. Also fingen die Herren an, nach ihr zu suchen. Im Schlafzimmer wurde der Strobel schließlich fündig. Die Jocha Mutter lag im Bett und man hätte meinen können, dass sie schlief. Wenn da der bestialische Gestank und die vielen Fliegen nicht gewesen wären. Überall im Raum hörte der Strobel das Summen von den Biestern. Kaum eine Stelle, wo sie nicht saßen. Auf den Möbeln, an den Wänden, an der Decke, den Fenstern und auf dem Gesicht von der Elisabeth. Wahrlich kein schöner Anblick. Das kannst du mir ruhig glauben. Um etwas mehr Licht in den Raum zu lassen, ging er zum Fenster und zog die Vorhänge zur Seite Und siehst du, mit mehr Tageslicht wirkte die Szenerie gleich gar nicht mehr so unheimlich. Die Fliegen fanden die plötzliche Helligkeit anscheinend nicht so toll und flogen wild durcheinander. Der Strobel holte sein Taschentuch hervor, hielt es sich über Mund und Nase und ging zum Bett. Der Anblick, der sich ihm da bot, erschreckte ihn furchtbar. Nicht, weil er jetzt sicher sein konnte, dass die Frau tot war, sondern weil er aus der Nähe erkannte, dass sie schon mumifiziert war. Und weil sich der Strobel in den letzten beiden Jahren noch immer nicht an den Anblick von grausigen Leichen gewöhnt hatte, wurde ihm wieder einmal schlecht. Er rief nach den anderen Männern und verließ dann rasch das Zimmer und auch das Haus. Im Hof kamen alle zusammen und ein sehr blasser Strobel berichtete, dass die Geburtstagsfeier wohl doch nicht stattfinden könne, weil die Elisabeth offensichtlich schon seit längerer Zeit mausetot war. Da haben die Männer fast ein bisschen bestürzt dreingeschaut. Aber nicht, weil sie so arg um die Elisabeth getrauert haben. Nein. Der Strobel hatte viel eher das Gefühl, dass der Bürgermeister und seine Gemeinderäte enttäuscht waren, weil sie jetzt nicht in die Bezirkszeitung kommen würden. Ganz anders der Fotograf. Ich meine, der hatte die Jocha Mutter zu Lebzeiten nicht gekannt. Von daher berührte ihn ihr Tod auch nicht wirklich. Er wollte unbedingt ins Haus zurück und Fotos von der Leiche machen. Ich glaube, heutzutage denkt sich keiner mehr was dabei, wenn ein Pressefotograf alles knipst, was ihm vor die Linse kommt. Großaufnahmen von Unfall- oder Mordopfern, Bilder von Leichenbergen auf Schlachtfeldern oder Ähnliches sind für uns völlig normal geworden. Kaum jemand lässt sich davon noch den Appetit verderben. Die Neugier ist stärker als Ekel oder gar Scham. Das alles wird gezeigt, weil die Leute es sehen wollen. Zumindest berufen sich die Medien darauf, dass die Zuschauer genau das sehen wollen. Vielleicht ist das auch so. Aber ich persönlich glaube, dass diese makabere Sensationsgier immer schlimmer geworden ist, seit man angefangen hat, derartige Bilder zu zeigen. Die Menschen in den Städten und Dörfern haben niemals verlangt, solche Grausamkeiten ins Wohnzimmer geliefert zu bekommen. Diese Lieferungen erfolgten unaufgefordert. Frei Haus quasi. Und wenn du genau aufpasst, wirst du feststellen, dass ständig dafür gesorgt wird, dass wir immer mehr abstumpfen und uns immer schlimmere Sachen anschauen. Sei's drum. Damals war das jedenfalls noch nicht ganz so arg. Von daher untersagte der Strobel dem Fotografen, noch einmal in das Haus zu gehen. Und als der Mann protestierte, kam der Strobel auf die sensationelle Idee, ihm einzureden, dass man vorerst von einem möglichen Tatort ausgehen müsse, weil man ja noch nicht wissen könne, ob die Frau eines natürlichen Todes gestorben sei. Falls sie umgebracht worden sei, so hat der Strobel dem Mann gesagt, könne es sein, dass er Spuren vernichte, wenn er noch einmal hineingehe. Und siehst du, das hat der Typ ohne weiteres Murren zur Kenntnis genommen. Für den Strobel war so eine kleine Lüge immer noch besser, als mit dem Fotografen zu streiten. Das hätte er sicher anders gesehen, wenn er in dem Moment schon gewusst hätte, was für Folgen diese kleine Lüge noch haben würde. Hat er aber nicht. Nach einer Weile stieg die Delegation wieder in die Fahrzeuge und der Strobel ersuchte den Bürgermeister, doch bitte beim Gendarmerieposten vorbeizufahren und ihn dort aussteigen zu lassen.

# 4

Manche Ereignisse bewegen die Menschen. Manche nicht. Der Tod der Jocha Mutter berührte die meisten Tratschener nicht. Man könnte auch sagen, es war ihnen egal. Natürlich ist beim Hörmann kurz darüber geredet worden, aber eben nur kurz.

»Hast du schon gehört, die alte Jocha hat den Löffel abgegeben.«

So in der Art. Kein Wort des Bedauerns, keine Anteilnahme. Jetzt kannst du natürlich sagen, dass der Tod zum Leben dazugehört und es ganz normal ist, dass alte Menschen irgendwann sterben. Und natürlich hast du damit vollkommen recht. Alte Menschen sterben. Gar keine Frage. Das ist mir klar und dem Strobel war das damals auch klar. Trotzdem hat er jetzt mit dieser Tatsache gehadert. Aber nicht, weil die Elisabeth gestorben ist, sondern wegen dem Wie. Einsam und völlig unbemerkt ist sie gegangen und dann einige Monate in ihrem Bett gelegen. Zumindest meinte der Arzt, dass sie schon seit mindestens zwei Monaten da gelegen hatte. Stell dir das einmal vor. Zwei Monate lang hat keiner der Dorfbewohner bemerkt, dass die Jocha Mutter fehlt. Dabei war die buckelige Alte mit ihrem Stock und dem Glasauge nicht gerade eine unauffällige Erscheinung. Ich weiß, man soll über Tote nicht schlecht reden, und ich meine das jetzt auch gar nicht böse, aber die Elisabeth hätte vom Äußeren her locker jeder Märchenhexe Konkurrenz machen können. Von daher hätte es eigentlich jemandem auffallen müssen, dass sie von einem Tag auf den anderen keine Spaziergänge mehr durch den Ort machte. Niemand hatte sie vermisst. Der Hörmann, wo die Elisabeth seit Jahrzehnten ihre Milch und ihr Brot gekauft hatte, nicht, seine anderen Kunden ebenso wenig, keiner von den Leuten, an deren Häusern sie jeden Tag vorbeigekommen ist, der Pfarrer, Römer, nicht und was den Strobel am meisten traf, auch die Gendarmen nicht, denen sie regelmäßig begegnet war. Ja, der Strobel machte sich Vorwürfe, weil er nie auf die Idee gekommen war, einmal bei der Elisabeth vorbeizufahren, um zu schauen, ob es ihr gut ging. Ich meine, nachträglich ist man bekanntlich immer klüger, und von seiner Reue hatte die Elisabeth jetzt nichts mehr, weil sie gestorben war. Aber trotzdem hatte der Mann natürlich recht. So ganz alleine sollte ein Mensch nicht sterben müssen. Auch dann nicht, wenn er selber keine Familie hat. Außerdem musst du dich da ja auch fragen, was mit den Leuten im Dorf nicht stimmte, weil die die Elisabeth so gekonnt ignoriert haben. Heutzutage passiert so etwas freilich auch. Sogar in den Städten, wo die Menschen Tür an Tür wohnen. Da fällt es oft noch viel länger keinem auf, dass der Nachbar sich nicht rührt. Wenn es nicht gerade aus der Wohnung heraus stinkt oder der Briefkasten derart überquillt, dass es störend wird, hast du es da als Leiche oft viel ruhiger als auf dem Friedhof, weil nicht so viele Besucher kommen, die über deinem Schädel herumlatschen. Da sind manche schon so lange gelegen, dass nur noch ihr Skelett übrig geblieben ist. Unglaublich! In diesen Fällen schiebt man das gerne auf die Anonymität der Großstadt. Aber in Tratschen hat es diese Anonymität nicht gegeben. Die Leute steckten ihre Nasen mehr in die Angelegenheiten anderer als in die eigenen. Neugier, Klatsch und Tratsch waren an der Tagesordnung und einer kannte den anderen. In einem so kleinen Ort war gar kein Platz für Anonymität. Versuch einmal, dich in so einem Kaff zu verstecken, wenn du deine Ruhe haben willst. Das schaffst du fast nicht. Trotzdem hatte die Elisabeth ganze zwei Monate warten müssen, bis sie gefunden wurde. Kein Paradebeispiel dafür, wie wir miteinander umgehen sollen. Obwohl, ganz so hart darf man dann auch wieder nicht mit den Menschen ins Gericht gehen. Zumindest nicht mit allen. Vielleicht ist es dir ja auch schon einmal passiert, dass dir aufgefallen ist, dass du jemanden schon länger nicht gesehen und dir überlegt hast, diese Person anzurufen, um zu fragen, ob alles in Ordnung ist. Aber dann hast du einfach nicht mehr daran gedacht, weil du mit deinem eigenen Leben so beschäftigt warst, und irgendwann hast du es ganz vergessen oder erfolgreich verdrängt. Den Anruf und die Person. Einfach so. Aus den Augen, aus dem Sinn, wie das Sprichwort sagt. Aber wie dem auch sei. Viele hat es in Tratschen jedenfalls nicht gegeben, die so wie der Strobel gedacht und sich bei der Nase genommen haben. Wahrscheinlich war es sein schlechtes Gewissen, das ihn dazu brachte, sich selbst um die Sache zu kümmern. Weil, das hätte er an seinem freien Tag natürlich nicht machen müssen. Obwohl er das dem Berti überlassen und nach Hause hätte gehen können, wartete er, bis die Elisabeth abgeholt wurde. Am frühen Nachmittag kam dann die Haslauer Marion auf die Dienststelle und meldete, dass ihr Chef seit gestern nicht zu Hause gewesen sei und sie sich deswegen Sorgen mache. Dazu musst du wissen, dass die Marion beim Bremer Ferdinand als Haushälterin arbeitete. Der Bremer gehörte zu den reichen Leuten in der Gegend und wohnte drüben, im 15 km entfernten Mariendörfl. Das war ein winzig kleiner Ort, in dem insgesamt nur knapp 100 Leute gelebt haben. Lauter ›Großkopferte‹, wie man sie in der Gegend bezeichnete. Weil, im Mariendörfl residierten nur besonders wohlhabende Angehörige der Lokalprominenz. Und der Bremer Ferdinand gehörte da dazu. Er war nicht nur Besitzer einer riesigen Speditionsfirma, die ihren Hauptsitz in Wien hatte, sondern war auch politisch sehr aktiv. Soll heißen, er saß im Bundesrat. Daneben betrieb er noch einen Lebensmittelgroßhandel. Von daher hatte der Mann Geld wie Mist. Und das zeigte er auch gerne. Bei jeder sich bietenden Gelegenheit. Immer musste alles besser und größer sein als bei den Nachbarn. Auch sein Haus. Jetzt musst du aber wissen, dass es im Mariendörfl keine kleinen Häuser gab, weil alle, die dort wohnten, unter dem Schlossbausyndrom gelitten haben. Nur große und luxuriöse Villen gab es da und die größte gehörte dem Bremer. Damit alleine begnügte sich der Mensch aber nicht. Nein. Er hatte seine Hütte auch noch auf einen Hügel bauen lassen, um auf die anderen Einwohner hinunterschauen zu können. Weil, das tat er gerne, der Bremer. Auf andere hinunterschauen. Von daher mochte ihn kaum jemand. Teils aus Neid und teils, weil ihn viele für ein Arschloch gehalten haben. Böse Zungen behaupteten, dass ihn nicht einmal seine drei Kinder mochten, die aus seinen zwei Ehen hervorgegangen waren. Noch bösere Zungen behaupteten, dass er seine beiden Ehefrauen mit seiner Gemeinheit in den Tod getrieben hatte. Letzteres war allerdings ein unhaltbares Gerücht, weil die beiden Frauen eines natürlichen Todes gestorben sind. Seine erste Frau, die Helena, an einem Herzinfarkt und die Hannelore, seine zweite, an Krebs. Danach hatte der Bremer das mit dem Heiraten bleiben lassen und lieber alleine gelebt. Das heißt, nicht wirklich alleine. Weil, alle seine Kinder waren nicht weit weg. Für die hatte der Bremer einfach noch drei Häuser bauen lassen. Aber nicht im Mariendörfl.

Weil, dort hatte es keinen Platz mehr gegeben. Wirklich, so blöd sich das auch anhört. Es gab dort keine Baugründe mehr. Deswegen ließ er die Häuser in einem Nachbarort, nämlich in Neus, bauen. Schön nah beieinander. Wie es sich für eine so gut situierte Vorzeigefamilie halt gehört. Nur, dass die Bremers keine Vorzeigefamilie waren. Das war deshalb so, weil sich die Geschwister nicht sonderlich lieb hatten. Warum das so gewesen ist, war ein Familiengeheimnis. Wie sie zu ihrem Vater standen, wusste offiziell auch niemand. Hemmungslose Liebe unterstellte ihnen da aber auch keiner. Genommen haben sie aber alles, was ihnen ihr Vater gab. Häuser, Autos, Geld und so. Ob er ihnen auch Liebe gab, weiß man nicht. Wahrscheinlich aber nicht. Sonst wären seine Sprösslinge vermutlich nicht so seltsam gewesen. Aber wie dem auch sei. Jedenfalls war die Haslauer Marion seit über zwanzig Jahren die Haushälterin vom Bremer und sorgte für sein leibliches Wohl. Dankbarkeit erntete sie dafür aber keine. Im Gegenteil, der Bremer kommandierte sie herum wie eine Leibeigene und wenn ihm gerade danach war, beschimpfte er sie aufs Gröbste. Besonders gut bezahlt hat er sie auch nicht. Trotzdem beschwerte sich die Marion kaum und machte immer brav ihre Arbeit. Viele ihrer Bekannten wunderten sich, wie sie das so lange ausgehalten hatte. Jetzt stand sie vor dem Schreibtisch vom Strobel und schaute besorgt drein, als sie erzählte, dass der Bremer gestern, so gegen 18.00 Uhr, mit dem Auto weggefahren und bis jetzt nicht zurückgekommen sei. Sie meinte, dass er öfter einmal über Nacht wegbliebe, aber normalerweise immer spätestens am nächsten Tag zur Mittagszeit wiederkomme. Weil, ein Kind von Traurigkeit war er nicht gerade, der Ferdinand. Der ließ es oft ganz schön krachen und kam mit einem mugel Rausch im Gesicht nach Hause. Der Strobel hörte sich alles an und erklärte der Frau dann, dass er im Moment nicht viel mehr machen konnte, als zu den Kindern vom Bremer zu fahren und zu schauen, ob er vielleicht dort war. Damit war die Marion für den Anfang zufrieden und zog ab. Der Strobel fuhr aber nicht gleich los, sondern beendete zuerst seine Arbeit. Einen ›Vorfallenheitsbericht‹ musste er schreiben. Ich meine, gib dir einmal dieses Wort. Als Normalsterblicher musst du dir da an den Kopf greifen und dich fragen, wer sich das ausgedacht hat. ›Vorfallenheitsbericht‹. Das findest du im Duden nicht. Weil, so ein Wort existiert überhaupt nicht. Nur bei der Exekutive. ›Amtsdeutsch‹ nennt sich diese Art der Sprache, in der es einen ›Vorfallenheitsbericht‹ gibt. Wie sich das schon anhört. Und wenn du jetzt denkst, dass die damals komische Wörter verwendet haben bei der Gendarmerie, dann muss ich dir sagen, dass dieses Wort immer noch verwendet wird. Keine Ahnung, warum, und auch keine Ahnung, wer sich das ausgedacht hat. Auf jeden Fall hat der Strobel ein paar Zeilen über die ›Auffindung einer Leiche‹ verfasst. Wieder so ein Unwort aus dem Amtsdeutschen. ›Auffindung‹. Sei's drum. Bevor er sich aber auf den Weg nach Neus machte, ging er noch heim, um sich umzuziehen. Weil, in seiner Paradeuniform mit den weißen Handschuhen wollte er nicht herumlaufen. Als er die Haustüre aufsperren wollte, entdeckte er auf seiner Fußmatte die Hinterlassenschaft einer Katze. Nicht zum ersten Mal. Nein. Seit mehreren Wochen schien es eine der Katzen im Ort besonders erleichternd zu finden, ihm vor die Tür zu scheißen. Bisher hatte er das Vieh aber nie erwischt und wusste deshalb nicht einmal, wie es aussah. Er hatte sich aber bereits nach ein paar Tagen fest vorgenommen, diesem Flohbeutel den Hals umzudrehen. Wie dem auch sei. In diesem Moment hatte der Strobel weder Zeit noch Lust, die Bescherung wegzuräumen. Das, so dachte er, konnte er genauso gut erledigen, sobald er aus Neus zurück war. Er öffnete die Eingangstür, stieg über das Häufchen und verschwand im Inneren des Hauses. Noch nicht einmal eine halbe Stunde später trat er schon wieder heraus. Frisch geduscht, umgezogen und bereit, seinen Aufgaben nachzukommen. Schön gemütlich fuhr er dann in Richtung Neus und dachte dabei über die Zusammenziehsache nach. Das heißt, er versuchte sich vorzustellen, wie das sein könnte. Und in seiner Fantasie kam ihm das gar nicht so verkehrt vor. Im Gegenteil. Er konnte es sich in dem Moment wirklich gut vorstellen. Gemeinsam zu Bett gehen, gemeinsam aufwachen, gemeinsam frühstücken, gemeinsames Mittag- und Abendessen, gemeinsam weggehen. Mitten in all das Gemeinsame platzte seine innere Stimme mit der Frage, ob das nicht ein bisschen viel Gemeinsames sein könnte. Und das, so ist es dem Strobel vorgekommen, war eine gute Frage. Wie viel Gemeinsamkeit braucht der Mensch? Oder anders gefragt, wie viel Gemeinsamkeit will der Mensch? Weil, immerhin birgt das Zusammenleben ja auch Risiken. Es beinhaltet Regeln und Kompromisse. Und zwar jeden Tag und nicht nur an den Wochenenden. Die Frage aller Fragen war also, ob er das wirklich haben wollte. In seinem Haus konnte er den Badezimmerspiegel vollspritzen, so viel es ihm Spaß machte. Bei der Frau Doktor musste er darauf achten, ihn zu reinigen, bevor er aus dem Bad ging. Unter der Woche war es völlig egal, wann er nach Hause kam, wann er seine Wäsche wusch, wann er schlafen ging, was er sich im Fernsehen ansah oder wie oft er Würsteln mit Saft aß. Würde das so bleiben? Wohl kaum! War er selber dazu bereit, sein

Leben umzustellen? Und siehst du, genau das wusste er nicht. Weil, auf der einen Seite war es schon eine sehr schöne Vorstellung, mit der Frau Doktor unter einem Dach zu leben. Aber auf der anderen Seite war die völlige Unabhängigkeit, die er unter der Woche genoss, auch eine wunderbare Sache. Und du darfst nicht vergessen, dass sich die beiden Turteltäubchen damit gegenseitig die Möglichkeit gaben, einander zu vermissen. Weil, irgendwie glaube ich, dass dieses ›sich Vermissen‹ eine unheimlich wichtige Sache ist. Sich jeden Tag zu sehen, ist vielleicht gar nicht so gut. Wegen dem Alltag und der Gewohnheit, meine ich. Da ist Vermissen sicher viel besser. Weil, dann freut man sich viel mehr über die gemeinsame Zeit. Das hat sich auch der Strobel überlegt. Zwar führten all seine Gedankengänge zu nichts, aber dafür verging die Zeit viel schneller und der Strobel war in null Komma nichts in Neus. Zuerst fuhr er zur Anneliese, der ältesten Tochter vom Bremer, die aus dessen erster Ehe stammte. Sie wohnte an der südlichsten Ecke und somit gleich bei der Ortseinfahrt. Für eine alleinstehende Frau lebte sie in einem ziemlich großen Haus. Der Strobel schätzte, dass da locker eine Familie mit vier Kindern Platz gehabt hätte. Vielleicht, so dachte er, hatte sich ihr Vater genau das von ihr erwartet, als er ihr das Haus bauen ließ. Eine große Familie mit vielen Enkelkindern. Möglicherweise hatte er aber auch nur viel zu viel Geld. Aber egal. Jedenfalls sah sich der Postenkommandant das Haus noch ein bisschen näher an, bevor er letztendlich läutete. Einmal, zweimal, dreimal. Nichts geschah. Gerade als er aufgeben und zu seinem Auto zurückgehen wollte, öffnete sich im ersten Stock ein Fenster und ein Frauenkopf kam zum Vorschein. Mit streng hochgesteckten Haaren und einem noch strengeren Blick. Sie grüßte nicht, sondern stellte in ziemlich unfreundlichem Ton eine einzige Frage:

»Was wollen Sie?«

Der Strobel ließ sich von ihrer Unhöflichkeit nicht anstecken, sondern grüßte sie höflich und erklärte ihr sein Anliegen. Und siehst du, da hat er gleich wieder was lernen müssen. Weil, die Frau ließ ihn nicht einmal zur Tür hinein, sondern redete vom Fenster aus mit ihm. Kurz und knapp erklärte sie, dass sie keine Ahnung habe, wo ihr feiner Herr Vater abgeblieben sein könnte, und sie äußerte die Vermutung, dass er sich sicher wieder mit einer seiner Huren herumtrieb. Ja wirklich, genauso sagte sie das. Der Strobel konnte sich das allerdings nur schwer vorstellen, weil der Bremer immerhin schon fast 70 Jahre alt war. Allerdings schützt Alter bekanntlich vor Torheit nicht. Von daher hätte der Strobel das Thema mit den Huren gerne noch ein wenig vertieft. Aber noch bevor er genauer nachfragen konnte, beendete die Anneliese das Gespräch auch schon und meinte, dass sie noch genügend andere Dinge zu tun hätte. Sprach's, knallte das Fenster zu und weg war sie. Einer der wenigen Momente, in denen sich der Gendarm dachte, dass es nicht unbedingt ein Segen sein musste, Kinder zu haben. Nachdenklich ging er zu seinem Wagen zurück. Der Nächste auf der Liste war der Karl Bremer. Auch er kam während der ersten Ehe seines Vaters zur Welt. Und, du wirst es dir vielleicht schon gedacht haben, er war auch nicht freundlicher als seine Schwester. Nur, dass er, statt das Wort ›Hure‹ zu verwenden, ›Weiber‹ gesagt hat. Sonderlich besorgt wirkte aber auch er nicht. Und reingelassen hat er den Strobel auch nicht. Wieder zog der Ordnungshüter ab, ohne weitere Informationen über den alten Bremer bekommen zu haben. Und wieder fragte er sich, was der Mann wohl falsch gemacht haben mochte, dass es seinen Kindern so herzlich wurscht war, was mit ihm passierte. Kurz darauf parkte er vor dem Haus vom Markus. Im Gegensatz zu seinen beiden Geschwistern war der richtig freundlich zu dem Gendarmen und bot ihm sogar einen Kaffee an. Ihm konnte der Strobel deutlich ansehen, dass er sich schon ein bisschen Sorgen um seinen Vater machte. Überhaupt war der Bursche ganz anders als der Karl und die Anneliese. Vielleicht, weil er nicht das leibliche Kind vom Ferdinand und der Hannelore war. Den Markus hatten die zwei nämlich adoptiert. Aus dem Kinderheim hatten sie ihn geholt. Dazu kam es, weil die Hannelore sich nichts sehnlicher gewünscht hatte als ein drittes Kind, selbst aber keine mehr bekommen konnte. Ich glaube, zu der Zeit war sie schon krank. Genau weiß ich das aber nicht. Sicher ist, dass sie ihren Mann dazu gedrängt hatte, ein Kind zu adoptieren, und ihre Wahl damals auf den Markus fiel. So gesehen also nicht verwunderlich, dass der Strobel das Sprichwort, der Apfel fällt nicht weit vom Stamm, nicht bestätigt sah. Weil, im Gegensatz zum Markus, der einen wirklich sympathischen Eindruck machte, waren seine Geschwister eher so wie ihr Vater. Arrogante Arschlöcher. Ich gebe schon zu, dass der Strobel da ein bisschen zu hart war in seinem Urteil. Aber die echten Bremer Kinder waren einfach zu unfreundlich gewesen, um es anders formulieren zu wollen. Dass der Postenkommandant kein perfekter Mensch war, weißt du ja schon. Von daher denke ich, man kann ihm diesen Ausrutscher ruhig verzeihen. Weil, laut gesagt hat er es sowieso nicht. Nur gedacht. Wie dem auch sei. Der Markus bemühte sich jedenfalls sehr und nannte dem Strobel ein paar Orte und Lokale, die sein Vater gerne besuchte. Soweit er das halt wusste. Weil, natürlich war ihm sein Vater nicht nachgelaufen und hatte ihm aufs Auge gedrückt, wo er üblicherweise hinging. Der Bremer redete nämlich mit keinem seiner Kinder übertrieben viel. Mit den leiblichen nicht und mit dem Markus auch nicht. Funkstille quasi. Warum das so war, konnte ihm der Markus allerdings nicht erklären. Und um ganz ehrlich zu sein, es interessierte den Gendarmen auch gar nicht wirklich. Nach der Unterhaltung mit dem Markus fuhr er ins Mariendörfl, um zu schauen, ob der Bremer in der Zwischenzeit aufgetaucht war. Ausschließen konnte er es jedenfalls nicht, dass der Alte nach einer längeren Sauftour wieder daheim war und friedlich in seinem Bett schlief.

# 5

Dass das Mariendörfl ein ganz besonderes Fleckchen Erde war, konntest du schon beim Abbiegen auf die schmale Straße sehen, die in den Ort hineinführte. Die war als Sackgasse gekennzeichnet. Und wie viele Orte kennst du, durch die man nicht durchfahren kann, weil es einfach nirgends mehr hingeht? Da kannst du auch in der heutigen verkehrsintensiven Zeit noch von einer echten Ruhelage reden. Außer den Leuten, die dort gewohnt haben und ihren Besuchern, fuhr kein Mensch auf dieser Straße. Wozu auch? Oder besser gefragt: Wohin auch?

Halbkreisförmig angelegt und mit sehr viel Grün in und um den Ort, wirkte das Mariendörfl fast schon ein bisschen paradiesisch. Gar keine Frage. Hinter den letzten Häusern war ein kleines Waldstück. Als natürliche Grenze quasi. Und was die Häuser angegangen ist, hast du damals sicher so schnell nirgends mehr Prachtbauten auf einem so kleinen Fleck gesehen wie dort. Das war so beeindruckend, dass der Strobel auf einer kleinen Hügelkuppe anhielt und fasziniert hinunterschaute. Nicht ein Haus, das keinen Pool hatte. Gepflegt, ruhig und gigantisch. Diese Begriffe gingen dem Strobel durch den Kopf. Noch gigantischer war aber das Anwesen vom Bremer, mit dem der Strobel fast auf Augenhöhe war. Das war ein halbes Schloss. Diesen Eindruck riefen sicher die Fensterläden und die kaisergelbe Fassade hervor. Ich meine, der Strobel sah sich das zwar voller Ehrfurcht an, beschloss gleichzeitig aber auch, dass er so etwas zum Glücklichsein nicht brauchte. Er konnte sich nicht vorstellen, dass jemand so viel Geld in Wohnraum stecken wollte, den er gar nicht brauchte, nur um den Nachbarn zu zeigen, dass er noch mehr Geld investieren konnte als sie. Das kam dem Gesetzeshüter ziemlich blöd vor. Schön fand er es trotzdem. Und das ist ja auch nicht selbstverständlich. Bis heute treten nämlich viele Reiche immer wieder den Beweis an, dass hässliche Dinge ein Vermögen kosten können. So ist das ja nicht. Weil, natürlich kann Geld guten Geschmack nicht ersetzen. Und kaufen kannst du den auch nicht. Entweder du hast einen guten Geschmack oder du suchst dir jemanden, der ihn hat. Ansonsten kannst du machen, was du willst, und es wird immer Mist dabei rauskommen. Ich persönlich glaube ja, dass die Geschmacklosen unter den Reichen den Spruch in die Welt gesetzt haben, dass man über Geschmack nicht streiten kann. Ich kann mich aber auch irren. Wichtig ist das sowieso nicht.

Als der Strobel dann beim Haus ankam, bot sich ihm neuerlich ein toller Anblick. Weil, genau vor dem Eingang war ein großer, kreisrunder Platz mit einem Springbrunnen in der Mitte. Genau wie bei einem Schloss halt. Weil er nicht wusste, wo er parken sollte, blieb er direkt vor dem Eingang stehen. Kaum stieg er aus dem Auto, ging auch schon die Türe auf und die Marion kam heraus. Als der Strobel sie fragte, ob der Bremer schon wieder da sei, schüttelte sie enttäuscht den Kopf und versprach, sofort anzurufen, falls ihr Chef nach Hause kommen sollte. Und weil es zu diesem Thema vorerst nicht mehr zu sagen gab, machte sich der Gendarm gleich wieder auf den Rückweg. Allerdings nicht, ohne der Marion zu sagen, dass sie sich keine Sorgen machen solle, weil ihr Chef sicher bald wieder da sein würde. Die Marion sah aber nicht so aus, als hätten sie die Worte vom Postenkommandanten in irgendeiner Form überzeugt.

# 6

Als der Strobel wieder auf die Dienststelle kam, war der Berti nicht alleine dort. Der Gruber Bauer war da und die beiden unterhielten sich offenbar über etwas Wichtiges. Der Strobel konnte gerade noch hören, wie der Gruber irgendwas von einem Auto erzählte, das gegen einen Baum gefahren war. Aber weil er glaubte, dass es um einen simplen Verkehrsunfall ging, achtete er nicht weiter darauf und setzte sich an seinen Schreibtisch. Erst als er den Namen

Bremer aufschnappte, wurde er wieder aufmerksam und lauschte dem Gespräch bewusst. Der Berti fragte den Gruber gerade, wo genau denn das passiert sei, von dem der Strobel jetzt natürlich nicht wusste, was es war, weil er vorher nicht zugehört hatte. Und der Gruber antwortete, dass es auf dem Feldweg passiert sei, der genau zwischen seinem Maisfeld und der Staatsgrenze entlangführte. Auf der Höhe vom Grenzstein II/88, ergänzte er noch. Als hätte der Berti geahnt, dass sein Chef unbedingt wissen wollte, um was es ging, wandte er sich jetzt dem Strobel zu und erzählte, dass der Gruber das Auto vom Bremer Ferdinand gefunden hatte und der Mann offensichtlich auf dem besagten Feldweg gegen einen Baum gekracht war. Allerdings, so fügte der Berti hinzu, war vom Ferdinand weit und breit nichts zu sehen gewesen. Zumindest hatte ihn der Gruber nicht gesehen. Von daher, schlug der Berti vor, sollte man einmal dorthin fahren und nachschauen. Natürlich stimmte der Strobel da sofort zu. Immerhin hatte er ja einen Wissensvorsprung gegenüber dem Berti. Allerdings wollte er ihm das vor dem Gruber nicht sagen, um die Entstehung vieler blöder Gerüchte zu verhindern. Weil, der Gruber war auch einer von denen, die immer und überall das Gras wachsen hörten. Und in der Zwischenzeit wusste der Strobel natürlich genau, welch blühende Fantasie die Leute im Ort hatten. Erst als sie im Auto saßen, erzählte der Strobel, dass der Bremer seit gestern Abend 18.00 Uhr verschwunden war. Der Berti hörte mit ernster Miene zu und meinte, dass der Kerl hoffentlich nicht seit gestern schwer verletzt da oben irgendwo herumlag. Eine Befürchtung, mit der er seinem Chef aus der Seele sprach. Weil auch der Strobel hoffte, dass da nichts Schlimmes passiert war. Genau an der Stelle, die der Gruber beschrieben hatte, fanden sie dann den Jaguar vom Bremer. Besonders hübsch sah der aber nicht mehr aus, weil sich ein Baum in die Frontpartie geschoben hatte. Ziemlich genau in der Mitte. Die Tür auf der Fahrerseite war offen und vom Bremer war weit und breit nichts zu sehen. Die beiden Gendarmen gingen zu dem Fahrzeug und sahen es sich genauer an. Im Innenraum fand der Strobel dunkle Flecken auf den hellbraunen Ledersitzen, die verdächtig nach Blut aussahen. Sicher war er sich da aber nicht. Deswegen sagte er dem Berti, er solle sich die Flecken auch einmal anschauen. Das tat der auch und kam zu dem gleichen Ergebnis. Blut! Also untersuchten die Gesetzeshüter den Innenraum noch genauer. Mit dem Ergebnis, dass sie noch mehr Blutspritzer fanden. Im Auto und sogar außerhalb vom Auto entdeckte der Strobel Blutspuren. Es sah ganz so aus, als hätte sich der Bremer bei dem Unfall gröber verletzt. Weil er aber nirgends zu sehen war, fingen die Beamten an, nach dem Mann zu suchen. Der Strobel gelangte allerdings schnell zu der Erkenntnis, dass sie da zu zweit eine ganze Weile brauchen würden, bis sie die ganze Gegend gründlich abgesucht hatten, und deshalb Verstärkung her musste. Gar keine Frage. Und zwar, solange es noch hell genug war. Deshalb schnappte er den Berti und fuhr mit ihm in den Ort zurück. Dort rief er den Kommandanten der freiwilligen Feuerwehr, den Konrad Christian, an und sagte ihm in kurzen Worten, was geschehen war und dass er seine Hilfe bei der Suche nach dem Bremer brauchte. Keine fünf Minuten später heulte die Sirene und noch einmal eine knappe viertel Stunde später stand der Konrad mit fünfzehn Mann vor dem Posten. Diese Geschwindigkeit beeindruckte den Strobel. Schnell wiederholte er für alle noch einmal, worum es ging, und schon brauste die Truppe unter den Augen der ersten Schaulustigen los. Drei Stunden suchten die Männer alles ab. Aber ums kurz zu machen, gefunden haben sie den Bremer nicht. Nur seinen linken Schuh. Der lag unweit vom Auto im Gebüsch. Für den Strobel warf das die Frage auf, wie er die Angelegenheit behandeln sollte. Als Vermisstenfall oder als mutmaßliches Verbrechen. Eine Frage, die er dann auch mit dem Berti durchging. Schließlich kam ein Kompromiss heraus. Nämlich, dass sie noch bis zum nächsten Morgen warten wollten. Wenn der Bremer bis dahin noch immer nicht aufgetaucht war, so hat der Strobel gesagt, dann würde er die Sache dem Major melden und der musste entscheiden, wie es weitergehen sollte. Der Konrad Christian rückte mit seinen Männern ab und die Gendarmen taten es ihnen gleich. Aber einmal ehrlich, was hätten sie im Finstern auf den Feldern auch machen sollen? Sich ein Bein brechen vielleicht? Wie auch immer. Der Strobel ging nach ihrer Rückkehr direkt zum Pfarrer Römer, um spät, aber doch noch zu seinem Herrenabend zu kommen. Den wollte er nämlich nie versäumen. Und an diesem Tag schon gar nicht, weil er unbedingt über die Zusammenziehsache reden wollte, die ihm schon seit Tagen im Magen lag. Sein Freund würde sicher wissen, was jetzt zu tun war. Von daher musste er unbedingt mit ihm reden. Und zwar bald, weil die Frau Doktor ja auf eine Antwort wartete und der Strobel nicht wusste, wie lange es wohl dauern würde, bis sie verschnupft war, weil sie keine bekam. Andererseits wollte er aber keine Entscheidung treffen, mit der er selber dann nicht hätte leben können. Ergo war das eine haarige Situation für den Strobel. Da durfte er wirklich nichts überstürzen. Der Römer selber wartete schon auf den Gendarmen. Weil, auch Hochwürden hatte seine Freude an den wöchentlichen Treffen. Immerhin war der Strobel ein wirklich guter Gesprächspartner. Nicht zuletzt wegen seiner Haltung gegenüber dem lieben Herrgott und der Institution Kirche. Zwei Themen, die immer wieder Anlass für wirklich gute und amüsante Diskussionen gaben. Zumindest sah das Hochwürden so. Für den Strobel waren speziell die Gespräche über Gott gut. Weil er noch immer keinen Frieden mit dem Schicksal seiner Familie geschlossen hatte, sondern immer noch nach einem Schuldigen für den Tod seiner Lieben gesucht hat. So ganz verwunden war die Sache also noch nicht. Und deshalb, so war der Römer überzeugt, stellte sich der Strobel in manchen Lebenssituationen immer noch saublöd an. Insbesondere, was die Frau Doktor anging. Von daher probierte der Pfarrer im Rahmen dieser Gespräche immer wieder, dem Strobel etwas klarzumachen. Nämlich, dass das, was passiert war, weder die Schuld Gottes noch die vom Strobel war. So ein kleiner Rest von Schuldgefühlen, weil er damals nicht mitgefahren war, war bei dem Gendarmen immer noch zu spüren. Obwohl natürlich niemand hätte sagen können, ob er seine Frau und seine Tochter tatsächlich hätte retten können. Aber so was ist für Außenstehende immer leichter zu beurteilen als für die Betroffenen. Von daher nützte es nichts, dem Mann das immer wieder zu sagen. Er musste es schon selber begreifen und akzeptieren. Aber, so meinte der Pfarrer, der Strobel war auf einem guten Weg. Sei's drum. An diesem Abend hatte der Römer, wie gesagt, schon auf den Postenkommandanten gewartet. In der Annahme, dass der Strobel wegen der Suchaktion kein Abendessen gehabt hatte, richtete der Pfarrer eine große Bretteljause für sie beide her. Speck, Käse, verschiedene Aufstriche und jede Menge frisches Brot. Aber nicht, dass du jetzt glaubst, der Römer hat das alles selber gemacht oder so. Überhaupt nicht. Pfarrersköchin hatte er aber auch keine. Also hatte er die Frau vom Elsner gebeten, ihm ein paar ihrer Köstlichkeiten zu richten. Weil, die Elsners hatten vor Kurzem in Hollabrunn einen Heurigen aufgemacht, in dem sie ihren Wein und kleine Speisen verkauften. Und weil die Leute in Hollabrunn so begeistert waren von den selbstgemachten Aufstrichen und dem selber geräucherten Speck, hatte der Römer die Elsner Mathilde eben gefragt, ob sie für ihn was zaubern könne. Weil, wenn Hochwürden eines ganz genau wusste, dann war es das, wo man gut und günstig essen konnte. In diesen Dingen war der Priester noch weit schlimmer als die Gendarmen. Hochwürden ging nämlich nur dorthin, wo er sicher sein konnte, dass er eine ›Spende‹ bekam. Und die Mathilde spendete das ganze Jahr über brav. Zur Belohnung kam der Römer immer wieder. Aber so sind sie eben oft, die Kirchenhirten. Leutselig, trinkfreudig, verfressen und sehr sparsam. Unglaublich, wie oft die Herren irgendwo zum Essen eingeladen wurden. Hochzeiten, Taufen, Firmungen, Erstkommunion, Beerdigungen, Geburtstagsfeiern und, und, und. Immer gab's gratis zu essen und zu trinken. Billiger und besser kannst du dich kaum ernähren. Aber wie dem auch sei. Sparsam ist schließlich nicht gleich geizig. Diesmal profitierte jedenfalls auch der Strobel von den Vorzügen des Priesterlebens und bekam ein gutes Nachtmahl serviert. Während dem Essen spekulierten die Männer ein bisschen, was mit dem Bremer passiert sein konnte. Der Strobel legte sich dabei auf die Theorie fest, dass der Mann wahrscheinlich besoffen war und deswegen den Unfall gebaut hatte. Damit ihm keiner draufkam, so vermutete der Strobel, war er halt zu Fuß irgendwohin gegangen, um sich auszunüchtern. Spätestens morgen sollte er wieder da sein. Der Römer unterstützte diese Theorie nicht. Aber wirklich dagegen geredet hat er auch nicht. Von daher war bald ein Themenwechsel angesagt und sie unterhielten sich über den einsamen Tod der Jocha Elisabeth. Und siehst du, bei diesem Thema konnte der Strobel einfach nicht anders, als wieder einmal über den Herrgott zu lästern, weil der einem Weiblein wie der Elisabeth ein ganzes Leben lang so übel mitgespielt hatte. Der frühe Verlust ihrer Eltern, ihre furchtbare Ehe, der Mord an ihrem Kind, der Mordversuch an ihr selber und ihr wahnsinnig einsames Leben. Das alles zusammen, so meinte der Postenkommandant, hätte normalerweise ausgereicht, um drei Menschen unglücklich zu machen. Mit dem Schabernack, die arme Frau auch noch hundert Jahre alt werden zu lassen, hatte der liebe Gott aus Sicht vom Strobel sein Spielchen eindeutig auf die Spitze getrieben. Wer will schon so lange leiden? Der Herrgott war allerdings nicht der Einzige, der bei diesem Thema sein Fett wegbekam. Weil, auch über die Ortsbewohner, die sich der Elisabeth so überhaupt nicht angenommen hatten, weder in ihren jungen Jahren noch auf ihre alten Tage und schon gar nicht zwischendrin, fiel er verbal ein kleines bisschen her. Aber wer jetzt glaubt, dass sich Hochwürden auf die Schimpferei vom Strobel einließ, der irrt. Weil, der Römer hatte ihn natürlich durchschaut und wusste ganz genau, dass der Gendarm in erster Linie damit haderte, dass er selber in diesem Punkt auch nicht besser war als alle anderen. Einzig, was seinen Chef anging, musste er dem Strobel recht geben. Weil, auch der Römer konnte keinen göttlichen Sinn in achtzig Jahren Leid sehen. Von daher musste er einräumen, dass scheinbar auch der Herrgott nur ein Mensch war und seinen Frust über unser Treiben manchmal an Unschuldigen ausließ. Was den Strobel anging, meinte der Römer, dass der nicht so hart mit sich ins Gericht gehen und lieber am Freitag an der Beerdigung von der Elisabeth teilnehmen sollte, weil sich die Zahl der Trauergäste ziemlich in Grenzen halten würde. Da nickte der Strobel nur. Den Rest der Mahlzeit verzehrten die Männer schweigend. Nach dem Essen kam der Strobel dann doch noch zu der Sache, die ihn so sehr beschäftigte. Die Wohnungsfusion mit der Frau Doktor. Und siehst du, der Römer hörte ihm, wie immer, brav zu. Aber den ultimativen Ratschlag blieb er ihm schuldig. Weder sagte er, der Strobel solle es machen, noch, er solle es lassen. Still saß er da und hörte sich alles an, was sein Freund zu sagen hatte. Und offenbar amüsierte er sich dabei prächtig. Nämlich über die Tatsache, dass der Strobel jede Frage, die er aufwarf, auch selber beantworten konnte. Eine ganze Stunde verging mit diesem als Solo angelegten Frage- und Antwortspiel, ohne dass der Römer auch nur einmal grunzen musste. Aber so ist das oft mit den Leuten, die kommen, um mit dir über irgendein Problem zu reden. Wenn du versuchst, gute Ratschläge zu geben, musst du dich dann nur irgendwann wundern, weil sie sich nicht daran halten. Und warum halten sie sich nicht daran? Ganz einfach. Weil diese Leute meistens gar keine Lösungsvorschläge hören wollen. Sie möchten einfach nur ihren Frust irgendwo abladen. Die meisten Antworten kennen sie nämlich selber. Aber entweder können sie die noch nicht sehen oder sie wollen sie nicht sehen. Also liegen sie dir mit ihrem Mist so lange in den Ohren, bis du dir Sorgen um sie machst, weil sie so arm sind und in einer so schwierigen Lage stecken. Ja, wirklich. Oft ist es so, dass die Suderer* nach

* Sudern = Jammern

Hause gehen und du bleibst zurück und machst dir Gedanken, während sie sich mit der Energie, die sie dir abgezapft haben, eine schöne Zeit machen. Und solange es ihnen gut geht, hörst du oft nichts von ihnen. Erst, wenn sie wieder ganz unten sind, erinnern sie sich an dich und deine Freundschaft und liegen dir wieder tagelang in den Ohren. Immer mit den gleichen Problemen. Egal, was auch immer du dazu sagst, sie ändern nichts daran und beweisen dir ihre Freundschaft, indem sie ihren geistigen Sondermüll bei dir abladen. Natürlich trifft das nicht auf jeden zu, der ein Gespräch sucht. Aber oft wollen die Leute eben nur, dass sie angehört werden. Der Strobel hat seine Sorgen jetzt auch beim Römer abgeladen und im Grunde seines Herzens gar keine Antwort haben wollen. Aber böse gemeint hat er es auch nicht. Schon gar nicht wollte er die Gutmütigkeit seines Freundes ausnutzen. Das war dem Römer natürlich auch klar. Außerdem sah der Pfarrer es nicht als seine Aufgabe an, dem Strobel zu sagen, ob er mit der Frau Doktor unter ein Dach ziehen soll oder nicht. Das, so war der Priester überzeugt, war ganz allein die Entscheidung der beiden Betroffenen. Als der Strobel seinen Monolog beendet hatte und den Römer abwartend anschaute, stand der auf und schenkte in aller Ruhe Wein nach. Der Strobel bedankte sich und wollte von seinem Freund wissen, was der zu der Sache zu sagen hatte. Die Überraschung war nicht zu übersehen, als ihm Hochwürden erklärte, dass es für ihn dazu nichts zu sagen gab, weil sich der Strobel alle Antworten schon selber gegeben hätte und jetzt nur noch eine Entscheidung zu treffen brauchte. Eine Aussage, die den Strobel um nichts gescheiter machte, als er vorher war. Aber alles Drängen und hilflos Schauen nützte ihm nichts. Dem Römer war in dieser Sache kein Ratschlag zu entlocken.

Immer nur dieses »Du kennst die Antwort selber, Strobel!« Sonst nichts. Aber so ist es halt einmal. Es gibt immer wieder Entscheidungen, die kannst du nur selber treffen. Egal, was andere sagen oder denken. Weil, immerhin musst du ja auch mit den Konsequenzen leben. Die kann dir dein Ratgeber auf keinen Fall abnehmen. Der Römer jedenfalls war erfahren genug, um zu wissen, dass man sich in Beziehungskisten nicht einmischen sollte. Schon gar nicht in die, wo es um unglückliche Liebe geht. Und wenn du es doch tust, sitzt du in einem Theaterstück der besonderen Art ganz vorne und kannst dir das Drama aus nächster Nähe geben. Erste Reihe fußfrei quasi. Sei's drum. Der Römer kannte diese und ähnliche Spielchen jedenfalls zur Genüge. Von daher war er nicht etwa ein schlechter Freund, sondern wieder einmal sehr weise. Die Angelegenheit mit dem Strobel in allen Einzelheiten zu diskutieren, hätte nämlich rein gar nichts gebracht. Nein, der Mann musste schon selber draufkommen, was er wollte. Hut ab vor dem Römer, dass er es in Kauf nahm, dass sein Freund ihm das übel nehmen würde. Weil, genau das tat der Strobel. Deswegen ging er auch heim. Hochwürden nahm's gelassen und widmete sich allein dem Wein und der Musik, während der schmollende Landgendarm auf die Dienststelle zurückging, weil er seinen Haustürschlüssel dort vergessen hatte. Als er schließlich sein Haus erreichte, war er derart in seine Gedanken vertieft, dass er die tierische Hinterlassenschaft vergaß und hineintrat. Nicht gut für den Schuh und schon gar nicht gut für die Laune. Später im Bett dachte er noch lange über sein Problem nach und ärgerte sich ein bisschen über seinen Freund, der ihm die Lösung schuldig geblieben war, und verteufelte das pelzige Mistvieh von Katze, bevor er einschlief. Eine ruhige Nacht sollte es allerdings nicht werden. Weil, mitten im schönsten Schlaf wurde er von einem ungewöhnlichen Geräusch geweckt. Es hörte sich ganz so an, als hätte sich jemand an seiner Terrassentür zu schaffen gemacht. Ohne das Licht einzuschalten, stand er auf und schlich sich auf Zehenspitzen ins Wohnzimmer, um von dort aus nach dem Eindringling Ausschau zu halten. Ich meine, es kam ihm schon ziemlich sonderbar vor, dass in dieser Gegend jemand in ein Haus einbrach, und er war wild entschlossen, diesen unverschämten Schurken dingfest zu machen. Weil, wo kommen wir denn da hin, wenn irgend so ein kleiner Gauner einfach in das Haus vom Postenkommandanten einbricht. Ich meine, so geht's ja wirklich nicht. Nach einer kurzen Pause, die der Strobel mit Lauern überbrückte, war das Geräusch wieder deutlich zu hören. Zentimeter für Zentimeter näherte er sich der Terrassentür. In der Dunkelheit war allerdings niemand zu sehen. Nicht einmal, als er sich schon die Nase am Glas der Tür plattdrückte. Nur das Geräusch war zu hören. Da beschloss der Gesetzeshüter, alles auf eine Karte zu setzen, und machte die Tür so leise wie möglich auf. Nur in Unterhosen, schlich er sich auf die Terrasse und überlegte sich dabei kurz, dass sich der Herr Einbrecher wahrscheinlich ein bisschen wundern würde, wenn der Strobel fast nackt über ihn herfiel. Aber für falsche Scham war jetzt nicht der richtige Zeitpunkt. Jetzt war der Hüter der Ordnung gefragt. Feinripp hin und Schamgefühl her. Weil, dem Verbrechen muss immer und überall mit vollem Einsatz Einhalt geboten werden. Von daher sprang der Strobel entschlossen mit einem letzten großen Schritt auf die Terrasse hinaus und rief laut: »Halt, Gendarmerie!« Und siehst du, da hat es sich wieder einmal gezeigt, dass es schon einen Sinn hat, Täter laut und deutlich anzusprechen. Weil, der

Kater, der fröhlich und heiter mit der Futterschüssel Fußball spielte, die der Strobel seit Neuestem für die armen, herrenlosen Kätzchen aus der Umgebung aufstellte, machte sich blitzartig auf und davon. Teils ärgerlich, weil er in seinem Schlaf gestört worden war, und teils durch die Situation belustigt, hob der Strobel die Schüssel auf und stellte sie wieder an ihren Platz zurück. Und weil sie jetzt leer war, befüllte er sie natürlich wieder. Die aufkeimende Frage, ob wohl dieser Kater der Übeltäter gewesen war, der ihm vor die Tür geschissen hatte, schob er beiseite. Hunger hatte das arme Vieh ja trotzdem. Jetzt kannst du denken, dass der Mann langsam, aber sicher ein klein wenig seltsam geworden ist oder ab und zu sehr einsam gewesen sein muss, weil er auf einmal anfing, sich um das Wohl aller möglichen Katzen zu sorgen. Und vielleicht hast du ja auch recht. Aber irgendwie war das auch sehr sympathisch von ihm. Das muss auch einmal gesagt werden. Ich meine, Tierliebe alleine macht ja bekanntlich noch keinen guten Menschen. Und manchmal kann es auch ein bisschen falsch verstanden werden, wenn einer mitten in der Nacht, nur mit einer Unterhose bekleidet, im Garten herumhirscht, um Futterschüsseln zu befüllen. Für einen zufälligen Beobachter kann da schon der Eindruck entstehen, dass der Tierfreund einen ganz schönen Vogel hat. Gar keine Frage.

# 7

Es wird dich wahrscheinlich nicht sonderlich überraschen, wenn ich dir jetzt erzähle, dass der Bremer am nächsten Vormittag noch immer verschwunden war. Also ging der Strobel her und informierte den Bezirkskommandanten. Weil, seit den Vorfällen im letzten Winter machte er das immer ganz brav. Er wollte sich diesbezüglich nichts mehr zuschulden kommen lassen. Bequem war es außerdem. Weil, dann musste der Major Schuch entscheiden, was zu tun war. Der Strobel spielte also den Ball weiter, wie man so sagt. Und der Major hielt den Ball in diesem Fall möglichst flach und meinte, dass man mit weiteren Maßnahmen noch bis zum Nachmittag warten könne. Weil man sowieso nicht mehr machen könne, als alles abzusuchen. Und das war am Vortag schon geschehen. Der Ordnung halber, so der Major, sollte der Strobel aber noch einmal zu den Verwandten fahren und mit dem nötigen Fingerspitzengefühl fragen, ob sie in der Zwischenzeit etwas von dem Vermissten gehört hatten. Ich meine, das hätte der Strobel sowieso gemacht. Dazu hätte er seinen Vorgesetzten nicht gebraucht. Aber weil es immer gut ist, wenn der Chef glaubt, eine gute Idee gehabt zu haben, sagte der Strobel nichts dergleichen, sondern bellte sein obligates »Ja-woll, Herr Major!« ins Telefon. Sein Chef reagierte darauf genauso wie immer. Er legte auf. Bevor der Strobel dann allerdings Gelegenheit hatte, den Befehl auch auszuführen oder sich über diese Bemerkung mit dem Fingerspitzengefühl zu wundern, stürmte die Ellmautaler Gerti in ihrer gewohnt resoluten Art zur Tür herein und direkt auf seinen Schreibtisch zu. Im ersten Moment dachte der Strobel, dass die Frau wieder einmal ein Problem mit ihrem Göttergatten haben würde, und bekreuzigte sich geistig. Weil, das war schon eine ganz schön wilde Ehe zwischen dem Toni und der Gerti. Da blieb kein Auge trocken. Im Gegenteil. Es war schon vorgekommen, dass sich die Augen vom Toni blau gefärbt hatten. Ja, wirklich. Die Gerti vermöbelte ihren Angetrauten des Öfteren kräftig, wenn ihr was nicht passte. Ich meine, auch wenn die Gerti eine Frau war, ist das keine große Kunst gewesen. Der Toni war nämlich fast zwei Köpfe kleiner als sie und um mindestens die Hälfte leichter. Von daher konnte man davon ausgehen, dass körperliche Auseinandersetzungen zwischen den beiden immer mit einem erdrutschartigen Sieg der Gerti endeten. Meistens war es die Eifersucht, die dazu führte, dass die Frau ihre gute Erziehung vergaß und den Toni mit dem Besen durchs Haus scheuchte. Weil, der Mann war, zumindest ihrer Meinung nach, ein ganz schöner Hallodri. In Wirklichkeit wollten die Frauen im Ort von dem Deppen zwar nichts wissen, aber seine Ehefrau ließ sich trotzdem nicht beirren und glaubte fest an seine Untreue. Wahre Dramen spielten sich da immer wieder ab. Zeitweise endeten sie damit, dass der Toni die Flucht durch das Badezimmerfenster im Erdgeschoss antrat. Niemand wusste, warum er sich das alles gefallen ließ und warum er es in Kauf nahm, von den anderen Männern im Ort deswegen verspottet zu werden. Noch nicht einmal seine Frau, die versuchte, ihre Temperamentsausbrüche mit besonders reichhaltiger Kost wiedergutzumachen, die sie, allem Anschein nach, zumeist selber verspeiste. Und so sehr die männlichen Ortsbewohner sich auch über den Toni lustig machten, zur Gerti getraute sich keiner was zu sagen. Dem Strobel, der diese Geschichten natürlich zur Genüge kannte, wäre es auch lieber gewesen, wenn sie jetzt nicht in der Amtsstube aufgetaucht wäre. Aber da war sie nun einmal und teilte ihm mit Händen, Füßen und verdammt vielen und vor allem sehr lauten Worten mit, dass sie soeben von einem überaus schamlosen Subjekt auf das Schwerste beleidigt worden sei und deswegen Anzeige erstatten wolle. Weil, so hat sie zornig weitergeredet, eine derartige Unverschämtheit und eine solche Frechheit, die nebenbei auch noch eine ziemliche Sauerei sei, einfach nicht ungestraft bleiben dürfe. Immerhin, so sagte sie mit erhobenem Zeigefinger, gehe es ja um die Aufrechterhaltung der Moral im ganzen Ort. Und weil sie rhetorisch offenbar gerade so gut drauf war, redete sie immer weiter auf den perplexen Gendarmen ein. Da hättest du wirklich glauben können, die Frau hatte Kiemen anstelle von Lungen. Weil, die Gerti holte während ihrer Schimpftirade nicht ein einziges Mal Luft. Zumindest kam es dem Strobel so vor. Eigentlich hätte er sie gerne fragen wollen, was genau passiert war, aber sie ließ sich partout nicht unterbrechen. Der Strobel hockte mit schiefem Kopf da, sah die Frau fragend an und ließ sie sich austoben. Irgendwann, so dachte er sich, würde sie ihm schon sagen, was passiert war. Er musste nur warten. Und wirklich! Auf einmal blieb die Gerti wie angenagelt stehen und funkelte den Strobel zornig an. Und wenn du glaubst, dass jetzt Ruhe war, irrst du dich. Weil, jetzt ging die Gerti in Kampfposition. Starrer, böser Blick, Kopf nach vorne, leicht gebeugte Schultern, Hände in die Hüften gestemmt und Beine ein Stück auseinander. Drachenalarm! Das hat natürlich auch der Strobel erkannt. Weil er aber immer noch nicht wusste, was Sache war, konnte er natürlich auch nichts dazu sagen. Von daher war der Vorwurf, den ihm die Gerti jetzt machte, voll ungerecht. Die ging nämlich auf ihn los und wollte wissen, wofür er eigentlich sein Geld bekam, wenn er in einem so hochbrisanten Fall wie dem ihren nichts unternahm. Das ärgerte den Ordnungshüter dann doch. Deshalb sagte er zu der Tobenden, dass er nicht gleich losgehen könne, um die Welt zu retten, weil er bei so unglaublichen Fällen, bei denen er nicht wisse, worum es ginge, zwingend auf Verstärkung warten müsse. Da hat die Gerti einen Moment lang so furchtbar blöd dreingeschaut, dass der Strobel grinsen musste. Bevor die Frau ganz kapierte, dass sie verarscht worden war, forderte er sie auf, sich zu setzen und ihm in Ruhe zu erzählen, was ihr so Schlimmes widerfahren war. Genauso wort- und temporeich wie zuvor machte sie das dann auch, die Gerti. Die lange Geschichte kurz erzählt, ist, dass die Frau mit ihrem Fahrrad zum Einkaufen fahren wollte. Auf ihrem Weg kam sie, natürlich, wie viele andere Ortsbewohner in den letzten Tagen, rein zufällig beim Hof von der Pfeifer Resi vorbei. Und weil sie hörte, dass da jemand im Garten war und sie die neuen Dorfbewohner begrüßen wollte, blieb sie stehen und linste über den Zaun. Und was glaubst du, musste die Gerti da sehen? Da liefen einige junge Leute herum. Und zwar splitterfasernackt! Da war die Gerti derart erschrocken, dass sie fast vom Rad gefallen wäre. Ganz aus ist es dann gewesen, als einer von den jungen Männern sie bemerkte und ansprach. Dabei ging er auf sie zu und blieb erst kurz vor dem Zaun stehen. Die arme, schockierte Gerti war doch glatt gezwungen, sich die hin und her baumelnde Männlichkeit des Burschen anzuschauen. Das musst du dir einmal vorstellen. Da fährst du arglos mit deinem Rad herum, schaust genauso arglos bei anderen Leuten über den Zaun und musst dir freihängende Geschlechtsteile anschauen. Eine unsagbare Ungeheuerlichkeit, so was. Schon dramatisch, was der Gerti da passiert war. Zumindest aus ihrer Sicht. Weil, der Strobel sah das ein kleines bisschen anders und versuchte der Gerti zu erklären, dass sie selber schuld war, wenn sie bei fremden Menschen über den Zaun gaffte. Aber das hat sie natürlich so nicht gelten lassen. Im weiteren Gespräch konnte es sich der Gendarm dann nicht verkneifen, sie zu fragen, ob sie den Übeltäter beschreiben könne.

»Ich meine allerdings das Gesicht?«, fügte er feixend hinzu. Und ob du es dir vorstellen kannst oder nicht, die Gerti konnte den Übeltäter nicht beschreiben. Zumindest das Gesicht nicht. Nach dem Rest fragte der Strobel allerdings nicht. Dafür erklärte er der Frau, dass er trotz fehlender Personenbeschreibung versuchen werde, den Sexgangster zu entlarven. Natürlich nur, um die Gerti ruhig zu stellen. In Wirklichkeit sah er absolut keinen Grund irgendwas zu unternehmen. Weil, auch damals war es nicht verboten im eigenen Garten nackt herumzulaufen. Von daher also absolut kein Handlungsbedarf für die Gendarmerie. Trotzdem holte er sein Notizbuch hervor und schrieb ein paar Stichwörter hinein. Du weißt schon, wegen der Psychologie. Im Sinne des Bürgerservice war es freilich wichtig, dass sich die Gerti gut betreut und beschützt fühlte. Und weil der Strobel was in sein Büchlein schrieb, tat sie das auch und dampfte halbwegs zufrieden wieder ab. Der Strobel saß an seinem Schreibtisch und konnte nur den Kopf schütteln und sich wundern. Aber so ist es halt. Sachen gibt's, die gibt's gar nicht. Mit dieser Erkenntnis im Kopf stand er auf, schnappte sich den Autoschlüssel und machte sich auf den Weg nach Neus, um die Ableger vom Bremer noch einmal mit seiner Anwesenheit zu beglücken. Nette Menschen kann man halt nicht oft genug treffen. Und weil es beim ersten Besuch so gut gelaufen war, wollte er diesmal gleich beim Markus anfangen und ihn mit dem nötigen Fingerspitzengefühl befragen. Diese Bemerkung von seinem Chef wurmte ihn nämlich aus unerfindlichen Gründen ein bisschen. Was genau hatte der Major damit sagen wollen? Dass dem Strobel so etwas wie Fingerspitzengefühl fehlte? Eine Unverschämtheit, wie der Strobel fand. Als er wenig später vor der Tür vom Markus stand, bemerkte er gleich, dass sie offen war. Deswegen drückte er nur einmal kurz auf den Klingelknopf, ging hinein und rief nach dem Mann. Der rührte sich aber nicht. Von daher ging der Strobel davon aus, dass der Bursche im Garten sein musste und ihn dort nicht hören konnte. Also ging er wieder raus und einmal rund um das Haus, um in den Garten zu kommen. Aber auch dort war der Markus nicht zu finden. Weder auf der Terrasse noch beim Pool. Während der Strobel wieder zurück zum Eingang marschierte, überlegte er sich, wie der Markus nur so leichtsinnig sein konnte, einfach die Tür offen zu lassen. Ich meine, es war schon eine ruhige Zeit damals und auch eine sichere Gegend, aber herausfordern musste man es trotzdem nicht. Zumindest meinte das der Strobel. Wieder läutete er, klopfte an, rief den Namen und läutete noch einmal. Nichts rührte sich. Also ging der Strobel wieder ins Haus hinein und schaute sich ein bisschen um. Ich kann dir sagen, dass es eine ziemlich beeindruckende Hütte war, die der Markus da ganz alleine bewohnte. Riesengroß und einrichtungstechnisch alles vom Feinsten. Alles eins a Qualität. Gar keine Frage. Und so modern. Da hast du gleich sehen können, dass da viel Geld im Spiel war. Vor lauter Staunen hätte der Strobel beinahe auf den Markus vergessen. Weil er den unten nicht fand, ging er über die breite, geschwungene Treppe in den ersten Stock. Als er ins Schlafzimmer kam, erschrak er ganz schön. Dort sah es nämlich aus, als hätte eine Bombe eingeschlagen. Wirklich wahr. Das Bett war komplett zerwühlt und das Bettzeug lag auf dem Boden verstreut. Der kleine Tisch, der anscheinend als Frühstückstisch diente, war umgekippt und das Geschirr lag, teilweise zerbrochen, auf dem Boden. Überhaupt schaute es auf dem Fußboden wild aus. Langsam aber sicher kam beim Strobel der Verdacht auf, dass das keine normale Unordnung war. Weil, eigentlich sah es in dem Zimmer aus, als hätte hier jemand gerauft. Und zwar ganz furchtbar. Langsam betrat der Ordnungshüter den Raum und betrachtete alles ganz genau. Und siehst du, da sind ihm auf einmal die Blutflecke auf dem hellen Teppich ins Auge gesprungen. Das heißt, zuerst wusste er natürlich nicht, dass es Blutflecke waren. Erst als er mit dem Finger darüberfuhr, erkannte er das. Und schon wurde er schlagartig wachsam. Weil, ein ziemlich verwüsteter Raum mit Blutflecken auf dem Teppich bedeutet selten etwas Gutes. Das haben die Gendarmen schon im Grundkurs gelernt. Immer Alarmstufe Rot bei so einem Bild. Keine Frage. Es könnte ja immerhin was passiert sein. Von daher ging der Strobel wieder aus dem Zimmer. Und zwar auf dem gleichen Weg, auf dem er gekommen war. Er wollte nämlich nicht zu viele Spuren hinterlassen. Weil, jetzt musste er davon ausgehen, dass er es hier mit einem Tatort zu tun hatte. Deswegen bedauerte er es auch, dass er alleine unterwegs war. Niemand da, der den Tatort absichern konnte, während der Strobel ein Telefon suchte. Im Haus wollte er freilich nicht unbedingt telefonieren. Wegen der Fingerabdrücke. Eine richtige Zwickmühle ist das gewesen. Weggehen und den Tatort ungeschützt lassen oder bleiben und im Haus telefonieren. Das war die große Frage. Letztendlich entschied sich der Strobel fürs Weggehen. Weil, gar so weit weg war das Nachbarhaus auch wieder nicht. Da würde er sicher wieder zurück sein, bevor irgendjemand seinen Tatort betreten konnte. Also stiefelte er los, um endlich die Anrufe erledigen zu können, die er machen musste. Auf sein Klopfen öffnete eine alte Dame, die offensichtlich ein kleines bisschen schwerhörig war. Zumindest nahm der Strobel das an, weil er mindestens dreimal und vor allem sehr laut sagen musste, was er wollte, bevor die Frau reagierte und den inzwischen deutlich gestressten Gendarmen ins Haus ließ, wo er sich hektisch nach einem Telefon umschaute. Aber es war keines zu sehen. Im Vorzimmer nicht, im Wohnzimmer nicht und in der Küche auch nicht. Also fragte er die Frau noch einmal, wo sie denn ihren Telefonapparat habe. Wieder verstand sie ihn scheinbar nicht. Da sind dem armen Strobel ein paar Nervenbahnen gerissen und er brüllte die Arme an wie ein Löwe. Und siehst du, die Verständigung mit Schwerhörigen ist gar nicht so schwierig. Du musst nur laut genug reden. Dann klappt das schon. Eine Erfahrung, die der Strobel jetzt auch machte. Weil, jetzt sah ihn das Mütterchen treuherzig an, schüttelte den Kopf und stellte bedauernd fest, dass sie leider noch kein Telefon im Haus habe, weil ihr Sohn der Meinung sei, dass sie keines brauche. Sie, so erzählte sie weiter, hätte nämlich sehr gerne so einen Apparat im Haus gehabt.

»Stellen's Ihnen vor, Herr Inspektor, der Rotzbub hat tatsächlich zu mir g'sagt, ich brauch so was nicht, weil ich so schlecht hör! So eine Frechheit!«

Auf einen Dialog dieser Art wollte sich der Strobel an dieser Stelle nicht einlassen. Erstens hatte er keine Zeit und zweitens Angst um seine Stimmbänder. Und ganz so arg wichtig kamen ihm die Sorgen von der Frau im Moment auch nicht vor. Von daher, geordneter Rückzug vom Strobel. Gestenreich und mit ein paar Verbeugungen eilte er rückwärts zur Tür raus und spurtete zum nächsten Haus. Und um es kurz zu machen, dort hörte man ihn gut und ein Telefon gab es auch. Zuerst rief er den Major Schuch und, nach dessen neuerlicher Aufforderung, die Angelegenheit mit dem nötigen Fingerspitzengefühl zu behandeln, die Spurensicherung an. Anschließend blieb ihm nichts weiter übrig, als zum Haus vom Markus zurückzugehen und auf die Kollegen zu warten. Diese Zeit nützte er, um sich ein paar Gedanken zu machen. Zum einen darüber, wieso der Major Schuch plötzlich so eine Vorliebe für das Wort ›Fingerspitzengefühl‹ hatte und wieso er davon auszugehen schien, dass es dem Strobel daran mangelte. Zum anderen dachte er über die Situation nach, die er hier vorgefunden hatte. Weil, seltsam war es seiner Meinung nach schon, dass innerhalb von ein paar Tagen gleich zwei Mitglieder der Familie Bremer auf so mysteriöse Art verschwunden waren. Zuerst der Ferdinand und jetzt anscheinend sein Adoptivsohn. An einen Zufall wollte der Gesetzeshüter da nicht mehr glauben. Eine Idee, was da dahinterstecken könnte, hatte er freilich nicht. Woher auch? Er war ja immer noch kein Hellseher, der Strobel. Nach gut eineinhalb Stunden waren die Spurensicherer endlich da und der Strobel konnte nach Tratschen zurückfahren, um den Berti und den Pfaffi zum Dienst zu holen. Weil, jetzt hat es doch einiges gegeben, das erledigt werden musste. Zum Beispiel die gleichzeitigen Befragungen der restlichen Bremer-Kinder. Der Strobel war nämlich der Meinung, dass es gescheiter wäre, beide zur gleichen Zeit zu befragen, damit sie sich nicht so leicht absprechen konnten, falls sie mit den Vorkommnissen irgendwas zu tun hatten. Und so schlecht war diese Idee, ehrlich gesagt, nicht. Dass der Gedanke eine mordsmäßige Schwachstelle hatte, konnte der Strobel in dem Moment freilich noch nicht wissen. Genauso wenig, wie er wissen konnte, was der Tag noch an bösen Überraschungen für ihn bereithalten würde.

# 8

Mit dem Berti und dem Pfaffi an Bord ist der Strobel eine Stunde später schon wieder auf dem Weg nach Neus gewesen. Nachdem er seine Kollegen über den Stand der Dinge informiert hatte, sprach er sich mit ihnen ab, was genau sie die Kinder vom Bremer fragen mussten. In Neus angekommen, steuerte der Postenkommandant zuerst das Haus vom Markus an, weil er unbedingt wissen wollte, ob die Spurensicherer irgendwas Interessantes entdeckt hatten. Die waren zwar mit ihrer Arbeit so weit fertig, konnten aber noch nichts sagen. Der Strobel nahm den Haustürschlüssel entgegen und sperrte die Bude ab. Die Spurensicherer verstauten ihr Zeug im Bus und machten sich auf die Heimfahrt. Kaum waren sie weg, schickte der Strobel den Berti und den Pfaffi gemeinsam zum Bremer Karl. Er selber wollte mit der Anneliese reden. Und weil das Wetter gar so schön war, kamen die drei Herren zu dem Entschluss, zu Fuß zu gehen und sich später wieder beim Auto treffen zu wollen. Was alle drei noch nicht wussten, war, dass dieses ›später‹ schon in einer knappen viertel Stunde sein würde. Weil, die lange Geschichte kurz erzählt, ist, dass keines der

Bremer-Kinder daheim war. Aber sie waren nicht nur einfach nicht daheim, sondern genauso verschwunden wie ihr Vater und der Markus. Spätestens jetzt war endgültig klar, dass da etwas ganz und gar nicht stimmte. Und wie du dir vielleicht vorstellen kannst, waren die drei Ordnungshüter mit vier fast zeitgleich verschwundenen Personen ziemlich überfordert. Schon überhaupt, weil es eine ganze Familie war, die sich da gleichsam in Luft aufgelöst hatte. Allerdings sah der Strobel Licht am Ende des Tunnels, weil er überzeugt war, dass die Kriminalabteilung diesen spektakulären Fall übernehmen würde. Zumindest wollte er den Major Schuch in diese Richtung lenken. Weil, der wollte sowieso nie, dass der Strobel selber ermittelte. Als Erstes verständigte er allerdings über Funk die Spurensicherer, dass sie zurückkommen mussten, weil es noch zwei weitere Tatorte zum Untersuchen gab. Die Freude der Kollegen hielt sich arg in Grenzen. Aber so ist das im Leben. Erstens kommt es anders und zweitens als man denkt. Ein blöder Spruch, aber wahr. Diesmal dauerte es freilich nicht so lange, bis der Bus wieder da war. Weil, weit waren sie ja noch nicht weg gewesen, die Kollegen. Nach ihrer Ankunft fuhr der Strobel sofort wieder nach Tratschen. Diesmal, um mit dem Major zu telefonieren. Und was glaubst du, wie es dem Offizier beim Bericht vom Strobel die Gehirnwindungen verdreht hat. Weil, so etwas hatte natürlich auch er noch nie erlebt. Zur Erleichterung vom Strobel reagierte er genauso wie erwartet und ordnete an, der Strobel solle sofort die Kriminalpolizei anrufen und den Fall abgeben. Ich glaube, der Stein, der dem Landgendarmen da vom Herzen gefallen ist, war so groß, dass der Major das Plumpsen sogar durchs Telefon hören konnte. Aber wie dem auch sei. Damit sind wir wieder bei dem blöden Spruch angekommen. Erstens kommt es anders und zweitens als man denkt. Weil, bei der Kriminalpolizei erklärte man dem Strobel freundlich, aber bestimmt, dass man im Moment keine Beamten zur Verfügung habe, um sich um diese Sache zu kümmern, und der Strobel, zumindest die nächsten paar Tage, alleine mit seinem Problem fertig werden müsse. Wenn er eine Leiche habe, so wurde ihm gesagt, solle er sich ruhig wieder melden. Dann würde sofort jemand kommen. ›Sapperlot‹, dachte sich der Strobel und kam zur Überzeugung, dass sich das Schicksal gegen ihn verschworen oder der Herrgott sich einen schlechten Scherz erlaubt hatte. Letzteren hatte er auf die Rechnung genommen, weil er im Moment wegen der Jocha Elisabeth nicht gut auf ihn zu sprechen war. Ansonsten hätte er ihn sicher in Ruhe gelassen. Im Moment brauchte er aber einen Sündenbock und dazu eignete sich ein personifizierter Herrgott einfach viel besser als das ominöse Schicksal, das völlig anonym und gesichtslos umherstreift. Weil, Gott kann sich jeder irgendwie vorstellen. Zum Beispiel als alten Mann mit langem, weißen Bart und Heiligenschein. Aber wie soll man sich, bitte, das Schicksal vorstellen? Da geht es ja schon beim Geschlecht los. Natürlich könntest du jetzt sagen, das Schicksal muss eine Frau sein, weil es oft so hinterlistig zuschlägt, aber das muss ja nicht stimmen. Weil, oft ist es auch richtig brutal. Und das würde besser zu einem Mann passen. Ist das Schicksal alt oder jung, groß oder klein, dick oder dünn? Fragen über Fragen. Keiner weiß das. Der Strobel wusste es auch nicht. Darum entschied er sich halt für Gott als Sündenbock. Das musste der alte Knabe schon aushalten. Sei's drum. Tatsache ist, dass der Plan mit dem Wanderakt nicht geklappt hatte. Normalerweise haute so etwas immer hin. Nach dem Motto ›Mach den Akt zum Wanderer, dann hat ihn bald ein anderer‹. Das war und ist so eine Art Gesellschaftsspiel bei vielen Ämtern und Behörden. Zumindest möchte man das oft glauben, wenn man was braucht. Diesmal jedoch hatte der Strobel keine Mitspieler gefunden und der Fall war ihm geblieben. Da konnte das ganze böse Dreinschauen und auch das Beschweren beim Major nichts dran ändern. Jetzt ging es dem Strobel so wie dem Herrgott noch vor ein paar Minuten. Diese Sache musste er aushalten. So oder so. Ich meine, wenn es nur die Arbeit gewesen wäre, wäre die Geschichte vielleicht gar nicht so schlimm gewesen. Aber es war schon Donnerstag. Das war die Katastrophe. Weil, wie sollte der Strobel bis zum Wochenende vier Vermisste finden? Das kam ihm mehr als unwahrscheinlich vor. Von daher sah er natürlich schon kommen, dass die Frau Doktor an diesem Wochenende umsonst auf ihn warten würde. Der einzige Trost war, dass er für seine Entscheidung in Sachen Wohnortfusion ein bisschen mehr Zeit gewonnen hatte. Das alles ging dem Strobel durch den Kopf. Aber das war nur menschlich, weil, ein bisschen sudern und jammern musste schon drin sein. Ohne das geht in Österreich bekanntlich gar nichts. Damals nicht und heute schon gar nicht. Von daher also alles in bester Ordnung mit dem Strobel und seiner Suderei. Jedenfalls war es wieder einmal Zeit für ihn, sein Notizbuch hervorzuholen und ein paar Fragen zu notieren. Viel war es aber, ehrlich gesagt, nicht, was der Strobel in das Buch kritzelte. Genau genommen, nur eine einzige Frage. ›Was ist passiert?‹

Dann fuhr er wieder nach Neus zurück, um seinen Kollegen die schlechte Nachricht zu überbringen und sich auf den neuesten Stand bringen zu lassen. Aber ich brauche dich deswegen nicht großartig auf die Folter zu spannen, sondern kann dir frei von der Leber weg erzählen, dass es für die Spurensicherer nicht viel zu sagen gab. Im Haus von der Anneliese gab es Anzeichen eines Kampfes und Blutspuren. Aber keine Einbruchsspuren, keine Hinweise auf den oder die Täter und keine verwertbaren Fingerabdrücke. Nichts dergleichen. Das Haus vom Karl machte dagegen einen anständigen und aufgeräumten Eindruck. Weg war er aber trotzdem. Eine wirklich eigenartige Sache, die unheimlich viele Fragen aufwarf. Am meisten beschäftigte den Strobel aber, wer um alles in der Welt einen derartigen Groll gegen die Familie Bremer hegte, dass er gleich alle Mitglieder verschwinden ließ. Waren sie tot oder lebten sie noch? Der Strobel tendierte ja mehr zu der Ansicht, dass alle noch lebten. Weil, was für einen Sinn sollte es für einen Mörder haben, sich die Mühe zu machen, alle vier zu verschleppen und dabei zu riskieren, gesehen zu werden? Nein. So viel war für den Strobel klar, töten können hätte der Täter die Bremers auch in ihren Häusern. Also eine Entführung. Blöd nur für den Entführer, dass jetzt keiner mehr da war, der das Lösegeld hätte auszahlen können. Sicher auch kein Spaß für so einen Entführer, wenn er sich vier oder fünf Leute schnappt und dann feststellen muss, dass er vergessen hat, einen übrig zu lassen, der ihm das Geld geben kann. Die ganze Arbeit umsonst. Stell dir das einmal vor. Schöner Schaden. Aber vielleicht sind Entführungen genau deswegen nicht so beliebt bei den Verbrechern. Weil es immer Probleme gibt. Das fängt schon damit an, dass du einmal draufkommen musst, wen du überhaupt entführen willst. Ein paar Kriterien muss das Opfer nämlich schon erfüllen. Geld muss es haben, irgendjemand muss es zurückhaben wollen und es muss dir unbedingt unsympathisch sein. Ich meine, für den Fall, dass es hart auf hart kommt. Da darf dir dein Opfer nicht leidtun. Darum immer einen Unsympathler nehmen. Goldene Entführerregel! Wenn du das geeignete Opfer hast, brauchst du natürlich auch ein Versteck. Immerhin musst du ja eine Weile unentdeckt bleiben und die Variante mit dem eigenen Keller hat sich eher nicht so gut bewährt. Wenn das erledigt ist, gilt es, die Gewohnheiten deines Opfers auszuspionieren. Das ist ganz wichtig, weil du natürlich wissen musst, wann du am besten zuschlagen kannst. Mit einer schriftlichen Einladung kommst du nämlich meistens nicht weit. Aber das Spionieren braucht viel Zeit. Vor allem, weil du nebenbei ja auch deinen Alltag bewältigen musst. Arbeiten und so. Von irgendwas musst du als zukünftiger Entführer schließlich leben. Wenn du genügend Geld hättest, bräuchtest du den Scheiß ja nicht zu machen. Von daher: ewig und drei Tage spionieren. Dann endlich der Tag der Tage. Du krallst dir dein ahnungsloses Opfer und bringst es in dein Versteck. So weit, so gut. Jetzt heißt es, einen Erpresserbrief schreiben. Oder, besser gesagt, kleben. Weil, so ein bisschen müssen auch Klischees bedient werden. Von daher, Buchstaben aus der Zeitung schnipseln und auf ein Blatt Papier kleben. Früher ist das einfacher gewesen als heute. Nicht, weil vielleicht die Zeitungen besser geeignet waren, sondern wegen der Spuren. Damals hast du nur aufpassen müssen, dass du keine Fingerabdrücke hinterlässt. Heutzutage musst du dich so anziehen, dass du aussiehst wie einer von den Teledubbies, damit du nur ja nichts hinterlässt, was dich verraten kann. Ein Haar, Speichel, Schweiß, Hautschuppen und was weiß ich, was dir noch alles zum Verhängnis werden kann bei so einem Brief. Von daher musst du dich in ein Vollkörperkondom schmeißen. Aber wie gesagt, damals war das noch nicht so arg.

Nur der Inhalt, der war immer schon schwer zu formulieren. Auf keinen Fall zu höflich und mit einer kurzen, deutlichen Botschaft, die den Empfänger sofort in Furcht und Unruhe versetzt. Und natürlich eine Geldforderung, die auch erfüllbar ist. So muss ein Erpresserbrief ausschauen. Außerdem sollte unbedingt drinstehen, dass die Polizei nicht verständigt werden darf. Das ist einer der wichtigsten Sätze überhaupt. Ich meine, genau genommen ist er nur eine rhetorische Floskel, so wie ›liebe Grüße‹ oder so. Aber ›liebe Grüße‹ kannst du halt unter so einen Erpresserbrief nicht schreiben. Wie kommt das denn rüber? Das geht gar nicht! Nein, da schreibst du eben ›keine Polizei, sonst …‹ Bringen tut das in den meisten Fällen nichts, weil die Leute förmlich auf ihrem Geld sitzen. Da kannst du dir deine Drohung sonst wohin stecken. Die rufen trotzdem die Polizei. Aber wie dem auch sei. Jedenfalls musst du den fertigen Brief dann noch schnell irgendwo, möglichst weit von deinem Versteck, in den Briefkasten werfen und warten. Wichtig dabei ist, dass du keinen Absender draufschreibst. Dann kommt die Anrufphase. Anrufen, Stimme verstellen, böse daherreden, ein paar hässliche Drohungen ausstoßen und ein Ultimatum setzen. Dieses Ultimatum ist auch ganz wichtig. Das darfst du auf keinen Fall vergessen. Mit ein wenig Glück hast du eine Familie erwischt, die ihren Bruder, Sohn, Onkel, wen auch immer, zurückwill und bereit ist zu zahlen. Dann bleibt nur zu hoffen, dass die ihr Geld nicht fest angelegt haben. In Immobilien zum Beispiel. So etwas ist für Entführer ganz blöd. Weil, was sollen die dann machen? Ein Haus überschreiben? Wenn du Pech hast, findet die Familie dein Opfer genauso unsympathisch wie du und will es nicht zurück. In diesem Fall kommt der Augenblick, in dem es wichtig wird, dass du die Person nicht leiden kannst. Weil du dir dann mit dem Abschneiden von Körperteilen viel leichter tust. Finger, Ohren, Zehen und so. Da tust du dich schwer, wenn du den Typen magst. Außerdem gibt das freilich eine ziemliche Sauerei. Aber es wirkt sehr gut bei den sturen Angehörigen, wenn die glauben, dass sie einen Bausatz zurückkriegen. Im Großen und Ganzen ist das Szenario jetzt durchgespielt und es kann zur Geldübergabe kommen. Das ist der Moment, wo der Affe ins Wasser hüpft. Weil, alle deine bisherige Mühe und der Aufwand werden jetzt belohnt. Zumindest in der Theorie. In der Praxis schaut das nämlich ganz anders aus. Da ist es nämlich öfter der Moment, wo dein Gangsterdasein ein jähes Ende findet, weil du erwischt wirst. So gefinkelt kannst du deinen Plan gar nicht schmieden. Denk zum Beispiel an diesen Dagobert. Der war freilich ein Erpresser, aber das ist im Prinzip nicht viel anders. Der Kerl hat die Polizei zwar ewig und drei Tage genervt, Kohle hat er aber keine bekommen. Und erwischt haben sie ihn am Ende auch. Man kann also sagen, dass sich so eine Entführung überhaupt nicht auszahlt. Damit hast du nur viel Arbeit. Es sei denn, es genügt dir, nicht so schnell vergessen zu werden und, bedingt durch das Stockholmsyndrom, neue Freundschaften zu knüpfen. Wie dem auch sei. Obwohl er bis zu diesem Zeitpunkt keine Erfahrung mit Entführungen hatte, wusste der Strobel das alles natürlich auch. Von daher kam es ihm nicht sehr plausibel vor, dass einer gleich vier Menschen entführt haben sollte. Andererseits musste sich der Gendarm natürlich fragen, welchen Hintergrund es sonst für das Verschwinden der Familie geben konnte. Einen spontanen Familienurlaub schloss er eher aus. Dafür schienen sich die Leutchen untereinander nicht gut genug zu verstehen. Alles in allem war die Sache ein Rätsel. Nichtsdestotrotz musste etwas getan werden. Und zwar möglichst sofort. Schließlich sollte es ja nicht so aussehen, als würden die Gendarmen das Verschwinden mehrerer Personen ganz einfach so hinnehmen. Also beschloss der Strobel, mit der Befragung der Nachbarn anzufangen. Und als Krimifan weißt du selbst ja mit Sicherheit, dass das immer eine gute Idee ist. Schwer zu finden waren die Leute außerdem auch nicht, weil sie sowieso alle auf der Straße standen, um nur ja nichts zu versäumen. Die drei Beamten mussten also nur von einem zum anderen gehen und ihre Fragen stellen. Bevor sie damit anfingen, erwischte sich der Strobel dabei, dass er seine Männer ermahnte, Fingerspitzengefühl zu zeigen. Daran kannst du erkennen, wie leicht der Mensch sich manchmal beeinflussen lässt. So etwas hätte der Strobel nämlich normalerweise gewiss nicht gesagt. Das tat er nur, weil er die Ermahnung vom Major im Hinterkopf hatte und sich überhaupt nicht sicher war, was der damit hatte sagen wollen. Nach einer halben Stunde waren alle befragt. Das heißt, fast alle. Weil, einer ließ sich nicht auf der Straße blicken. Nämlich der Matzinger Alfred. Der war ein direkter Nachbar vom Markus Bremer. Genauer gesagt, grenzten ihre Gärten aneinander. Weil aber mindestens 200 Meter Luftlinie zwischen ihren Häusern lag, konnte man sie nicht wirklich als Nachbarn bezeichnen. Aber wie dem auch sei. Dem Strobel fiel jedenfalls auf, dass der Matzinger nicht bei der Gruppe von Männern stand, die bereits alle möglichen Theorien über den Tathergang diskutierten, sondern in seinem Garten damit beschäftigt war, ein Loch zu buddeln. Und zwar ein relativ großes. Der Strobel ging so nahe wie möglich an den Zaun heran und wartete geduldig, bis der Mann in seine

Richtung sah, und winkte ihn dann zu sich. Folgsam stellte der Matzinger den Spaten weg und trottete auf den Gendarmen zu, der ihn schon von Weitem freundlich grüßte. Die beiden Männer kannten sich nämlich schon seit Längerem. Genauer gesagt, seit der Strobel in Tratschen wohnte. Weil, nach seinem Einzug in das Haus hatte ihm der Matzinger ein paar kleinere Reparaturen im Badezimmer erledigt. Du musst nämlich wissen, dass der Mann Installateur gewesen ist und die verstopfte Toilette wieder in Ordnung gebracht hatte. Und zwar zu einem absolut fairen Preis. Eine Kiste Bier hatte er dafür vom Strobel haben wollen. Und stell dir vor, er hat sie dann auch zusammen mit dem Postenkommandanten getrunken. Freunde waren die beiden deshalb noch nicht, aber als Bekannte konnte man sie schon bezeichnen. Sie sahen sich halt nicht allzu oft, weil der Matzinger selten nach Tratschen und der Strobel nur alle heiligen Zeiten nach Neus kam. Umso erfreuter schien der Matzinger jetzt zu sein, als er den Gendarmen erkannte. Über den Zaun hinweg reichte er dem Strobel die Hand, begrüßte ihn und fragte, was eigentlich passiert sei. Und siehst du, da war der Strobel dann doch sehr verwundert. Weil, dass es bei all dem Wirbel jemanden gab, der nicht wusste, was eigentlich los war, ist für den Gendarmen nahezu unvorstellbar gewesen. Er fragte sich, ob das Graben eines Loches tatsächlich derartig fesselnd sein konnte, dass der Matzinger nicht mitgekriegt hatte, was in seiner Nachbarschaft vor sich gegangen war. Und genau das fragte er den Alfred jetzt auch. Der wusste zuerst gar nicht, wie er diese Frage verstehen sollte, und gab von daher auch nicht gleich eine Antwort, sondern konterte mit einer Gegenfrage. Nämlich der, ob es der Strobel vielleicht einmal probieren wolle mit dem Graben. Weil, so meinte der

Alfred, das Loch sowieso noch tiefer werden müsse und er selber schon genug von der Schufterei habe. Natürlich wollte der Strobel keine Löcher vertiefen, sondern viel lieber wissen, ob der Matzinger irgendwas gesehen hatte. Und was soll ich dir sagen? Obwohl der, laut seiner Aussage, fast den ganzen Tag im Garten gewesen war, hatte er nichts gesehen. Und weil es zu dem Thema sonst nichts mehr zu sagen gab, fragte der Strobel den Mann dann doch noch, wofür er dieses Loch überhaupt brauchte. Weil, so ein bisschen neugierig war er naturgemäß schon und was anderes, über das er mit dem Matzinger hätte reden können, ist ihm im Moment nicht eingefallen. Und man mag es sich kaum vorstellen, aber bei dem Thema ist der Kerl voll aufgeblüht. Voller Begeisterung hat er dem Gendarmen erklärt, dass er vorhabe, seinen Kirschbaum zu versetzen, weil er neben dem Haus, wo der Baum jetzt stand, eine Garage bauen wolle. Mit Händen und Füßen versuchte er jetzt, dem Strobel zu veranschaulichen, wo genau die Garage stehen und wie sie aussehen sollte. Außerdem erklärte er Schritt für Schritt, wie der relativ große Baum von A nach B bewegt werden sollte. Alles zusammen Dinge, die den Strobel beim besten Willen nicht interessiert haben. Man könnte auch sagen, dass ihm das scheißegal gewesen ist. Aber das klingt nicht sehr nett. Der Matzinger bekam in seiner Begeisterung überhaupt nicht mit, dass sein Gesprächspartner mit seinen Gedanken ganz woanders war. Nämlich wieder bei seinem Fall. Immerhin waren vier vermisste Personen ein klein wenig wichtiger als der Bau einer Garage und der Umzug eines Baumes. Als der Alfred dann doch noch eine kleine Sprechpause einlegte, nützte der Strobel die Gelegenheit, um eine kurze Entschuldigung von sich zu geben und sich wieder dem Haus vom Markus zuzuwenden. Vielleicht, so überlegte er, sollte er noch einmal hineingehen und sich umsehen. Weil, bei aller Gründlichkeit der Spurensicherer konnte man trotzdem nie wissen, ob nicht vielleicht doch etwas übersehen worden war. Vielleicht hatte der Strobel mit dieser Einschätzung ja auch recht, aber ob er der richtige Mann war, dieses Etwas zu entdecken, ist heute genauso fraglich wie damals. Ich meine, bei allem Respekt für den Mann, jedoch ein zweiter Sherlock Holmes war er nicht gerade. Aber wie dem auch sei. Jedenfalls sperrte er die Tür auf und ging ins Haus. Er hielt sich gar nicht lange mit der unteren Etage auf, sondern ging gleich in den ersten Stock, um sich das Schlafzimmer anzusehen. Weil, dort, so hatte der Kollege von der Spurensicherung gesagt, hatte mit sehr hoher Wahrscheinlichkeit ein Kampf stattgefunden. Eine Aussage, die dem Strobel wenigstens ein bisschen weiterhalf. So wusste er wenigstens, dass der Markus nicht freiwillig mitgegangen, sondern tatsächlich entführt worden war. Blieb nur die Frage, von wem. Nach einem Motiv musste er in diesem Fall freilich nicht fragen. Das war mit Sicherheit Geld. Draußen begann es langsam zu dämmern und in dem Zimmer herrschte deswegen ein ganz merkwürdiges Licht, das die Szene total unwirklich erscheinen ließ. Der umgestoßene Tisch, das völlig zerwühlte Bett und die kaputte Lampe. Alles wirkte unecht. Vor seinem geistigen Auge stellte sich der Strobel vor, wie der Angreifer über den schlafenden Markus hergefallen war und ihn aus dem Bett gezerrt hatte. Fast war ihm, als könnte er hören, wie verzweifelt sich der Bursche gewehrt haben musste. Aber offenbar war er seinem Angreifer kräftemäßig unterlegen gewesen. Vor allem musste ihn dieser irgendwie ruhiggestellt haben. Weil, einen sich derart heftig widersetzenden Mann hätte der Täter wohl kaum die

Treppe hinunter und dann aus dem Haus zu einem wartenden Fahrzeug bringen können, ohne dass irgendjemand zumindest etwas gehört hätte. Nein, da war sich der Strobel ganz sicher. Das hätte nie und nimmer geklappt. Wie also hatte der Täter sein Opfer betäubt? Mit einem gezielten Schlag auf den Kopf? Zumindest hätte das die Blutflecke erklärt, die auf dem Teppich gefunden worden waren. Mitten in seine Überlegungen hinein betrat der Berti das Zimmer. Er hatte seinen Chef gesucht, um ihm zu sagen, dass die Befragungen der übrigen Nachbarn absolut nichts Brauchbares ergeben hatten. Aber das hatte sich der Strobel ohnehin schon gedacht. Hier hatte er allerdings schon alles gesehen und es machte keinen Sinn, noch länger zu bleiben. Von daher entschied er sich dafür, auch die beiden anderen Tatorte noch einmal zu besichtigen. Also ging er gemeinsam mit dem Berti zum Haus von der Anneliese. Als er sich dort umsah, stellte er fest, dass es dort scheinbar keinen so verbittert geführten Kampf gegeben hatte. Das Bett verriet zwar schon, dass hier jemand gegen seinen Willen herausgezogen worden war, und auf dem Nachttisch waren die Bilder umgefallen, aber ansonsten hielten sich die Schäden in Grenzen. Das, so mutmaßte der Strobel, hatte wohl daran gelegen, dass die Anneliese eine Frau war und von daher ihrem Angreifer vermutlich nichts entgegenzusetzen hatte. Gerade war der Strobel dabei, mit dem Berti ein paar Theorien durchzugehen, als er durch lautes Rufen aus dem Erdgeschoss aus seinen Gedanken gerissen wurde. Es war die Stimme vom Pfaffi. Und weil sie etwas aufgeregt klang, beschloss der Strobel, einfach einmal nachzuschauen, was passiert war. Und was glaubst du, wie blöd der Postenkommandant dreinschaute, als er sah, mit wem sein Mitarbeiter da im Wohnzimmer stand?

Ziemlich blöd. Weil, der Pfaffi war zusammen mit dem verschwunden geglaubten Bremer Karl gekommen, der, nebenbei bemerkt, sehr blass um die Nase war. Augenscheinlich bereiteten ihm die Vorgänge doch ein wenig Sorgen. Zumindest dachte das der Strobel. Aber das war ein Irrtum. Die Blässe kam von der Wut, die der Karl hatte, weil die Spurensicherung ganz einfach sein Haus auf den Kopf gestellt hatte. Natürlich hatte der Pfaffi schon versucht, dem Mann zu erklären, wie es dazu gekommen war, aber der Karl hatte ihm nicht recht zugehört, sondern sich immer mehr in seinen Zorn hineingesteigert. So lange, bis der Pfaffi keinen anderen Ausweg mehr sah, als es seinem Chef zu überlassen, den Karl zu beruhigen. Und das tat der auch, nachdem er sich eine minutenlange Schimpftirade angehört hatte. Aber nicht, dass du jetzt denkst, der Strobel wäre besonders freundlich mit dem Karl umgegangen oder hätte sich gar bei ihm für das Vorgehen der Gendarmerie entschuldigt. Oh nein! Nichts dergleichen hat der Strobel gemacht. Vielmehr fauchte er den aus seiner Sicht ziemlich undankbaren Bremer-Spross an, endlich die Klappe zu halten und froh zu sein, nicht das Schicksal seiner Geschwister teilen zu müssen. Da stutzte der Karl tatsächlich für einen Moment, bevor er wieder anfing, sich über das fehlende Fingerspitzengefühl der Beamten zu beschweren. Jetzt wunderte sich der Strobel einmal mehr darüber, dass dieses Wort plötzlich in aller Munde zu sein schien. Erst als der Berti dem Karl in aller Seelenruhe und etwas schulmeisterlich erklärte, dass er selber schuld sei, dass ihm die Gendarmen die Bude umgedreht hatten, weil er ausgerechnet an dem Tag auf die Idee gekommen war wegzufahren, an dem der Rest seiner Familie entführt worden sei, und er zu allem Überfluss auch noch blöd genug gewesen sei zu vergessen, die Tür abzusperren. Vor allem der letzte Satz sorgte dafür, dass es dem Karl die Sprache verschlug. Ein Moment, den der Strobel nutzte, um ihn zu fragen, wann er den Markus oder die Anneliese zuletzt gesehen und ob er etwas von seinem Vater gehört hatte. Die Antworten halfen dem Strobel kein bisschen weiter. Aber noch bevor der Karl wieder anfangen konnte herumzumeckern, bestellte ihn der Strobel für den nächsten Tag auf den Gendarmerieposten, um seine Aussage schriftlich aufzunehmen. Damit ließ er den Mann stehen. Seine beiden Kollegen folgten ihm wortlos zum Auto. Auf dem Heimweg rätselten der Berti und der Pfaffi herum, was wohl passiert war, und der Strobel zerbrach sich schweigend ebenfalls seinen Kopf darüber. Weil, eines wusste der Gesetzeshüter genau: Was immer in Neus auch geschehen war, man würde von ihm erwarten, dass er es herausfand. Und dieser Gedanke machte ihm Angst. Er war sich nämlich ziemlich sicher, dass er dieses Rätsel ohne fremde Hilfe nicht würde lösen können. Allerdings war diese Hilfe im Moment sehr weit weg. Er würde also einen ganzen Sack voll guter Ideen brauchen, um die Situation unter Kontrolle zu halten. Davon war er überzeugt. Weil, was genau er machen sollte, falls sich der oder die Entführer meldeten, davon hatte er keine Ahnung. Auf den Major würde er in diesem Fall allerdings auch nicht zählen können. So viel war ihm klar. Weil, mit dem Führen von Ermittlungen hatte es sein Vorgesetzter nicht so. Der gefiel sich in der Rolle des Beobachters und Kritikers sehr viel besser. Da konnte er nämlich aus der zweiten Reihe schimpfen, ohne Gefahr zu laufen, Verantwortung übernehmen zu müssen. Je mehr der Strobel über seine Misere nachdachte, umso klarer wurde ihm, dass er ziemlich alleine dastand. Eine

Aussicht, die seine Freude auf den nächsten Arbeitstag deutlich trübte. Von daher beeilte er sich nur noch, so schnell wie möglich nach Hause zu kommen. Insgesamt gesehen, war er in einer Situation, die ihm eigentlich hätte den Schlaf rauben müssen. Aber zu seiner eigenen Überraschung schlief er sofort ein, als sein Kopf das Kissen berührte. Und zwar so tief und fest, dass er am nächsten Morgen fast verschlafen hätte und sein Tag deswegen von der ersten Minute an stressig war.

## 9

Der Strobel hatte noch nicht einmal die Zeit, sich ordentlich zu waschen. Als er das Haus im Laufschritt verließ, war er noch dabei, seine Krawatte zu binden und danach sein Hemd in die Hose zu stopfen. Kämmen war ganz ausgefallen. Zu seinem Glück konnte man das unter seiner Mütze aber nicht sehen. Im Gegensatz zu seiner Hektik. Die hätte wohl auch ein Blinder mit Hut deutlich mitgekriegt. Er stieß die Tür derart kräftig auf, dass sie krachend gegen die Wand schlug und der Berti ganz schön zusammenzuckte. Ohne anzuhalten, steuerte der Strobel direkt auf seinen Schreibtisch zu und übersah dabei den Reporter, der hinter dem Berti saß und provokant auf seine Armbanduhr schaute, derweil der Strobel fluchend mit einigen Schriftstücken hantierte, die auf seinem Schreibtisch lagen und ihm jetzt im Weg waren. Zornig fasste er sie, ohne sie sich anzusehen, zu einem Stapel zusammen und stopfte sie in den Papierkorb. Der Berti versuchte, seinen Chef auf den Besucher aufmerksam zu machen, indem er sich ein paar Mal hintereinander räusperte. Ein Geräusch, das den Strobel offenbar nervte. Er hielt in seiner Tätigkeit inne, warf dem Berti einen bösen Blick zu und fragte ihn, ob er vielleicht einen Frosch gefrühstückt habe. Noch bevor der Berti etwas antworten konnte, bemerkte der Strobel dann doch den Reporter, der eifrig irgendwelche Notizen in ein kleines Büchlein kritzelte, und fuhr den Berti an:

»Wer hat den Kerl in aller Herrgottsfrühe hereingelassen?«

Noch ehe der Berti antworten konnte, erhob sich der Mann hinter ihm von seinem Stuhl, schob ihn zur Seite, ging direkt auf den Strobel zu und streckte ihm die Hand entgegen.

»Kurt Leander, von der Arbeiter-Zeitung«, stellte er sich dabei vor. Der Strobel ignorierte die ihm entgegengestreckte Hand genauso wie ihren Besitzer und funkelte immer noch zornig den Berti an, dem nichts Besseres einfiel, als mit den Schultern zu zucken. Was hätte er auch sagen sollen? Der Herr Leander stand währenddessen immer noch mit ausgestreckter Hand da und schaute den Postenkommandanten erwartungsvoll an. Gerade als der Berti doch noch zu einer Rechtfertigung ansetzen wollte, weil er dachte, dass es klüger wäre, irgendwas zu sagen als weiter zu schweigen, ging die Tür auf und der Pfaffi kam herein. Fast zwanzig Minuten zu spät! Jetzt kannst du natürlich sagen, dass der Strobel keinen Grund hatte, dem Pfaffi wegen dieser Verspätung auch nur irgendwas zu sagen, weil er ja selber auch zu spät gekommen war. Und irgendwie hast du damit wahrscheinlich auch recht. Nur darfst du eben nicht vergessen, was der Volksmund in solchen Situationen so sagt. Nämlich, dass es, wenn zwei dasselbe tun, noch lange nicht das gleiche ist. Ergo hat der Strobel vor lauter Ärger die Fairness einmal kurz vergessen und den jungen Kollegen wegen seiner Verspätung angeschnauzt. Der hat natürlich ein schlechtes Gewissen gehabt und wollte gerade zu einer Entschuldigung ansetzen, als sich der Reporter einmischte und feststellte, dass der Strobel selber erst seit fünf Minuten da war und deswegen nicht allzu streng sein sollte. Na, was glaubst du, wie da dem Strobel die Hutschnur geplatzt ist? Obwohl ich schon sagen muss, dass der Mann normalerweise nicht so impulsiv, sondern ein eher ruhiger Typ war. Von daher haben sich sowohl der Berti als auch der Pfaffi ein bisschen über seinen Ausbruch gewundert. Der Herr Leander von der Arbeiter-Zeitung hatte keine Zeit, sich zu wundern. Weil, erstens hat er den Strobel nicht gekannt und deshalb nicht gewusst, dass der normalerweise viel netter war, und zweitens hatte er sich mit seiner Einmischung den Unmut vom Strobel zugezogen, was wiederum zu seinem Hinauswurf führte. Der Journalist versuchte zwar zu protestieren und dem Strobel etwas zu erklären, aber das interessierte den nicht im Geringsten. Jetzt schnappte er sich nämlich doch noch die immer noch ausgestreckte Hand und zog den dazugehörigen Körper resolut in Richtung Postentür. Dort angelangt, öffnete sie der Strobel, wünschte dem Herrn Leander einen schönen Tag und schubste ihn regelrecht hinaus. Anschließend warf er die Tür ins Schloss und wandte sich wieder seinen beiden Kollegen zu, die gespannt zu warten schienen, was wohl als Nächstes kommen würde. Und was soll ich dir sagen? Als Nächstes kam die Ellmautaler Gerti. Die Keiferei von diesem Weibsbild brauchte der Strobel so früh am Tag auch nicht wirklich. Nur leider kam er nicht dazu, ihr das zu sagen. Weil, genau wie schon am Tag zuvor, redete sie, ohne Luft zu holen. Und ob du es glaubst oder nicht, es ging schon wieder um die nackten Hippies. Nur dass die Gerti diesmal ausgerückt war, um dieses Gesindel wegen schwerer Körperverletzung anzuzeigen. Zumindest waren das ihre Worte. Nach einer solchen Ankündigung konnte der Strobel sie, sehr zu seinem Bedauern, nicht einfach hinauswerfen, sondern musste sich wenigstens anhören, was die Frau zu sagen hatte. Das heißt, jemand musste sich das anhören. Und weil der Strobel an diesem Morgen nicht dieser Jemand sein wollte, bestimmte er kurzerhand den Pfaffi dazu, diese Anzeige entgegenzunehmen. Das erschien ihm als angemessene Bestrafung für dessen Verspätung. Wieder so eine Entscheidung, die der Postenkommandant aus dem Bauch heraus traf und deren Folgen er beim besten Willen nicht absehen konnte. Aber schön der Reihe nach. Während der Pfaffi mit der immer noch ohne Unterbrechung redenden Gerti in den Nebenraum verschwand, der Strobel versuchte, sich auf die Frage zu konzentrieren, was er eigentlich hatte machen wollen, und der Berti nicht so recht wusste, wofür er eigentlich da war, ging neuerlich die Tür auf. Diesmal war es der Fürnkranz Josef, der die Dienststelle mit seinem Erscheinen beehrte. Und das war wirklich eine Überraschung. Weil, im Gegensatz zu seinem Vorgänger war der Fürnkranz Josef stets um ein gutes Verhältnis zu den Ordnungshütern bemüht und kam deshalb nur sehr selten auf den Gendarmerieposten. Und um eine derart ungewöhnliche Zeit kam er sowieso nie. Aber wie dem auch sei. Der Berti sah seine Chance gekommen, seinem Dasein einen Sinn zu geben, und wollte sich gleich um den Bürgermeister kümmern. Der allerdings ging an ihm vorbei, als wäre er gar nicht da, und blieb genau vor dem Schreibtisch vom Strobel stehen und legte seinen Hut auf die Platte. Platz gab es ja jetzt genug, nachdem der Strobel so effektiv aufgeräumt hatte. Dann kehrte Ruhe ein. Keiner der Anwesenden sprach ein Wort. Der Berti stand mit hängenden Schultern mitten im Raum und haderte mit sich, der Strobel bemühte sich darum, den Bürgermeister nicht zu sehen, und der Bürgermeister seinerseits versuchte, die Aufmerksamkeit des Postenkommandanten durch Drehen seines Hutes auf sich zu ziehen. Ich habe keine Ahnung, wie lange das noch so gegangen wäre, wenn nicht die Fürnkranz Marie gekommen wäre und für Ablenkung gesorgt hätte. Aber nicht, dass du jetzt denkst, die arme Frau hatte schon wieder eine Leiche gefunden oder so. Nein, nein. Überhaupt nicht. Sie war die neue Putzfrau auf dem Gendarmerieposten. Ihre Stelle in der Gärtnerei hatte sie verloren, weil sie so lange im Krankenhaus war, nachdem das Schicksal sie mit der Nase auf den erhängten Fellner Fritz gestoßen hatte. Danach wollte sie keiner mehr einstellen, weil sie sich, gelinde ausgedrückt, ein wenig seltsam benahm. Jetzt willst du wahrscheinlich wissen, wie sich das genau geäußert hat. Aber ganz so leicht zu erklären ist das nicht. Jedenfalls lag es nicht nur an dem eigenartig starren Gesichtsausdruck und ihrem leeren Blick, dass sie den meisten ihrer Mitmenschen ein bisschen suspekt war. Nein, ich glaube, es lag auch ein wenig daran, dass die Marie immer wieder mit sich selber redete. Und zwar nicht sehr freundlich. Manchmal rannte sie, wild gestikulierend, herum und schrie sich selber an. Das wirkte ganz schön unheimlich, das kannst du ruhig glauben. Ihre dauernden Muskelzuckungen machten die Sache auch nicht besser. Aber wie auch immer. Jedenfalls wollte ihr niemand im

Ort eine Arbeit geben. Den Leuten wäre es sicher viel lieber gewesen, wenn die Marie in der Klapsmühle geblieben wäre. Aber dort wollte man sie nicht behalten, weil sie dafür einfach noch zu normal war. Jedenfalls hat dann der Pfarrer Römer den Strobel irgendwann auf das Problem angesprochen und der hatte aus lauter Mitleid mit der armen Frau dafür gesorgt, dass sie vom Bund als Putzfrau eingestellt wurde. Na ja, und jetzt war sie eben da, bellte und schimpfte abwechselnd vor sich hin und putzte die Räumlichkeiten der Gendarmerie. Und, abgesehen von der Lautstärke, machte sie das wirklich gut. Da gab es nichts zu kritisieren. Vom Boden hätte man da essen können, wie man so sagt. Das wollte aber ohnehin keiner. Aber zurück zu diesem Morgen. Die drei Männer waren also gerade erstarrt, als die Hintertür aufging und die Marie auf allen vieren hereinrutschte und dabei sehr merkwürdige Töne von sich gab. Sie war damit beschäftigt, den Boden zu wischen. Warum sie das auf Knien liegend machte und nicht den Mob verwendete, kann ich dir nicht sagen, und warum sie sich dabei anhörte wie ein an einem Lungenödem sterbender Hund, auch nicht. Was ich dir aber sagen kann, ist, dass der Bürgermeister derartig blöd dreinschaute, dass der Strobel unwillkürlich lachen musste. Das wiederum erschreckte die Marie, die gar nicht gesehen hatte, dass sie nicht alleine im Raum war. Wie von der Tarantel gestochen sprang sie auf und verschwand, lautstark schimpfend, durch die Hintertür. Beim Fürnkranz Josef löste der Auftritt von der Marie auf jeden Fall die Verkrampfung und er begann, den Grund seines Besuches zu erläutern. Und siehst du, es war derselbe, aus dem die Ellmautaler Gerti gekommen war. Der Bürgermeister beschwerte sich über die neuen Ortsbewohner. Oder besser gesagt, er gab etliche Beschwerden wieder, die ihm von den Leuten im Ort zugetragen worden waren. Einige hatten sich darüber mokiert, dass die Herrschaften immer nur nackt oder leicht bekleidet herumliefen, andere wieder beschwerten sich über die angebliche Lärmbelästigung durch die laute Musik und die alte Hörmann hatte dem Bürgermeister ihr Leid darüber geklagt, dass diese Bagage nie alles bezahlte, was sie bei ihr kaufte. Soll heißen, sie bezichtigte diese Leute des Ladendiebstahls. Hippies hin und Blumenkinder her, was zu viel war, war einfach zu viel. Meinte zumindest der Bürgermeister. Der Strobel hörte sich das alles geduldig an und dachte sich insgeheim, dass es eine ziemlich bemerkenswerte Leistung von den jungen Leuten war, sich in wenigen Tagen so viele Feinde in Tratschen gemacht zu haben. Normale Menschen hätten dafür mindestens zwei Wochen gebraucht. Um das Hippiethema aber nicht unnötig in die Länge zu ziehen, versprach der Strobel, sich so bald als möglich darum zu kümmern, und komplimentierte den Bürgermeister, unter Berufung auf einige total wichtige Erledigungen, hinaus. Noch bevor er wieder an seinem Platz war, läutete das Telefon und ein ziemlich sauer klingender Major Schuch fragte nach, warum der Strobel sich weigerte, mit dem Reporter von der Arbeiter-Zeitung zusammenzuarbeiten, den er ihm geschickt hatte. Da wusste der Strobel zuerst gar nicht, was sein Vorgesetzter meinte. Bis der den Namen Leander nannte. Erst da fiel dem Strobel der seltsame Typ wieder ein, den er vor kurzem vor die Tür gesetzt hatte. Und stell dir vor, jetzt musste er sich vom Major sagen lassen, dass er gefälligst nett zu diesem Leander sein und ihn im Zuge der Ermittlungen immer auf dem Laufenden halten sollte, weil der, nach Abschluss des Falles, einen Exklusivbericht über die Entführungen der Bremer-Kinder bringen wollte. Sätze, die dem Strobel nicht so richtig ins Gehirn wollten. Darum fragte er vorsichtshalber noch einmal nach, ob er das alles auch richtig verstanden hatte, und handelte sich dafür prompt eine verbale Ohrfeige ein. Noch während der Strobel ungläubig den Worten seines Chefs lauschte, öffnete sich abermals die Tür und Kurt Leander marschierte mit einem triumphierenden Gesichtsausdruck herein. Schnurstracks ging er auf den Stuhl zu, auf dem er vorhin schon gesessen hatte, nahm Platz, legte die Füße auf den Tisch und sah den Berti herausfordernd an. »Gibt's vielleicht einen Kaffee?«

Diese Frage stellte der Leander genau in dem Moment, in dem der Major den Strobel wegen seiner morgendlichen Verspätung zur Rede stellte. Da hielt der Strobel schnell mit der Hand die Sprechmuschel zu und beantwortete die Frage anstelle vom Berti: »Nein!«

Dann horchte er wieder, was sein Chef so alles zu sagen hatte. Insgesamt fiel der Anschiss halb so wild aus, weil der Major seinen Postenkommandanten im Moment wirklich dringend brauchte und ihn deshalb nicht unnötig verärgern wollte. Weil, Chef hin, Major her, wenn deine Indianer nicht so wollen wie du, hilft es dir gar nichts, dass du der Häuptling bist. Dann ist das bestenfalls ein Titel ohne Mittel, wie der Volksmund so sagt. Von daher war also auch beim Herrn Major ein bisschen Zurückhaltung, oder um mit seinen Worten zu reden, Fingerspitzengefühl angesagt, was die Maßregelung vom Strobel angegangen ist. Nur bei der Leandersache ist er eisern geblieben und bestand darauf, dass der Strobel den Mann immer auf dem Laufenden halten sollte. Da blieb dem Bezirksinspektor gar nichts weiter übrig, als sein obligates ›Ja-woll, Herr Oberst!‹ in den

Hörer zu schmettern und darauf zu warten, seinen Chef auflegen zu hören. Das süffisante Lächeln im Gesicht des Reporters zeigte ihm, dass der Kerl genau wusste, worum es in dem eben geführten Telefonat gegangen war. Trotzdem, oder vielleicht genau deshalb, wollte ihn der Strobel nicht zu null gewinnen lassen. Als wäre der Leander gar nicht da, schaute er direkt zum Berti und sagte: »Heute kommt noch so ein Arsch von der Zeitung vorbei. Kümmere dich ein bisschen um ihn.« Sprach's und ging, am Schreibtisch vom Berti vorbei, in Richtung Kaffeemaschine. Allerdings nicht, ohne dabei mit der Hand die Füße des Journalisten von der Tischplatte zu fegen. Spätestens jetzt waren die Grenzen zwischen ihnen abgesteckt. Nach Freundschaft sah das jedenfalls nicht aus und der Berti zog bei dem Gedanken an die nächsten Tage unwillkürlich die Schultern in die Höhe. Der Pfaffi kam mit einer überaus zufrieden wirkenden Gerti aus dem Nebenraum und begleitete sie zur Tür. Dabei versprühte er so viel jugendlichen Charme, dass es ganz aus war. Er öffnete, wünschte ihr noch einen schönen Tag und deutete dabei eine kleine Verbeugung an. Die Gerti strahlte wie ein frisch polierter Schilling und hielt dem Burschen ihre schwammige Pratze hin, als hätte sie sich einen Handkuss erwartet. Der Pfaffi seinerseits versicherte jetzt mit unglaublicher Höflichkeit, dass man sich ehe baldigst darum bemühen werde, diese sagenhaften Missstände zu beseitigen und dafür Sorge zu tragen, dass anständige Bürger wieder ungestört leben konnten. Mit diesen Worten schob er die Gerti zur Tür hinaus. Weil, freiwillig wäre sie wahrscheinlich so schnell nicht verschwunden. Zu gut gefiel ihr die Unterhaltung mit dem charmanten jungen Gendarmen. Bevor sie aber endlich von der Bühne abtrat, zirpte sie dem Pfaffi noch zu, dass er in seiner Uniform einfach umwerfend aussah. Ein Kompliment, auf das der gerne verzichtet hätte. Zumindest aus dem Mund von der Gerti, die dann doch um mindestens zwanzig Jahre zu alt und um ebenso viele Kilos zu schwer für seinen Geschmack war. Bis auf den Herrn Leander waren also alle wieder raus aus dem Tempel und der Strobel konnte sich der Planung für den Tag widmen. Zuallererst wollte er die Haslauer Marion anrufen und sie fragen, ob sich der Bremer Ferdinand vielleicht schon gemeldet hatte. Das erschien ihm selber zwar mehr als unwahrscheinlich, aber ein Versuch konnte nicht schaden. Danach, so überlegte sich der Strobel, würde er wohl oder übel zu den Hippies gehen und mit ihnen reden müssen. Das, so glaubte er, konnte aber nicht allzu lange dauern. Im Anschluss daran musste er unbedingt noch einmal mit dem Bremer Karl reden. Weil, komisch ist es dem Strobel schon vorgekommen, dass der jetzt als einziges Familienmitglied noch da war. Besonders viel Besorgnis wegen dem Verschwinden seiner Verwandtschaft hatte der Typ auch nicht gerade gezeigt. Zu hundert Prozent konnte der Strobel also noch nicht ausschließen, dass der Karl etwas mit dieser Sache zu tun hatte. Geglaubt hat er es zwar nicht, aber einen besseren Verdächtigen hatte er im Moment auch nicht. Und irgendwo musste er mit den Ermittlungen schließlich anfangen. Warum also nicht beim Karl? Den Berti wollte er als Kindermädchen für den Reporter einsetzen. Irgendwie musste er den Typen aus dem Weg bekommen. Der Strobel hatte überhaupt keine Lust, sich den ganzen Tag über die Schulter schauen zu lassen. Von daher also eine Sonderaufgabe für den Berti, die der mehr als nur widerwillig zur Kenntnis nahm. Eine Idee, wie er den Leander von früh bis abends beschäftigen sollte, hatte der Berti nämlich nicht.

# 10

Nach dem Telefonat mit der Haslauer Marion war der Strobel auch nicht viel klüger als vorher. Der Ferdinand hatte sich immer noch nicht gemeldet und auch vom Markus und der Anneliese gab es keine Lebenszeichen. Über den Karl und sein Verhältnis zum Rest der Familie konnte die Marion auch nicht viel sagen. Von daher war das also eine Sackgasse. Zum Karl konnte er im Moment nicht fahren, weil der Berti und der Leander mit dem Dienstauto unterwegs waren. Ergo blieb ihm nichts anderes übrig, als sich der Hippieproblematik anzunehmen. Den Pfaffi wollte er mitnehmen, weil der sich gar so hingebungsvoll um die Gerti gekümmert und sie dem Strobel damit vom Hals gehalten hatte. Also sagte er dem Burschen, dass er sich fertig machen solle, weil sie jetzt ein ernstes Gespräch mit den neuen Mitgliedern der Dorfgemeinschaft führen müssten. Und weil das irgendwie einmal was ganz anderes war als die üblichen Amtshandlungen, freute sich der Pfaffi unübersehbar darüber, dass er mitgehen durfte. Wahrscheinlich, so dachte sich der Strobel, hoffte sein junger Kollege auf den Anblick von nacktem Fleisch. Ganz falsch lag er damit nicht. Weil, heimlich still und leise hoffte der Pfaffi tatsächlich darauf, zumindest einen nackten Busen zu sehen. Natürlich versuchte er sich das nicht anmerken zu lassen und trat mit einer total ausdruckslosen Miene hinter dem Strobel aus der Postentür. Schweigend schlenderten die beiden Gendarmen nebeneinander die Hauptstraße entlang, in Richtung des Sündenpfuhls. Und während sich der Pfaffi auf nackte Haut freute, dachte der Strobel wieder über die Idee von der Frau Doktor nach zusammenzuziehen. Als sie das Anwesen erreichten, drückte der Pfaffi schneller auf den Klingelknopf, als der Strobel die weitere Vorgehensweise mit ihm absprechen konnte. Und schneller, als der Strobel seinen Unmut über die Voreiligkeit seines Kollegen äußern konnte, wurde die Tür geöffnet. Und siehst du, da haben dann beide Ordnungshüter blöd dreingeschaut. Weil, aufgemacht hat ihnen eine junge Frau. Bildhübsch, sicher nicht älter als 20 Jahre und nackt, wie Gott sie geschaffen hatte. Sie lächelte die beiden Beamten so strahlend an, dass man meinen konnte, ihre Nacktheit war das Normalste von der ganzen Welt. Und im Gegensatz zu den beiden Männern sah sie das offensichtlich auch so. Keine Spur von Scham oder so. Nur dieses strahlende Lächeln. Während der Strobel krampfhaft versuchte, sich auf das Gesicht der jungen Frau zu konzentrieren, geriet der Pfaffi neben ihm völlig aus der Fassung und starrte mit hochrotem Kopf und leicht geöffnetem Mund auf die ihm dargebotene Nacktheit. Ziemlich ungeniert, wie sein Chef später erzählen sollte. Die hübsche Maid schien derartige Reaktionen gewohnt zu sein. Zumindest reagierte sie in keiner Weise darauf. Ganz so, als hätte sie nichts bemerkt, lächelte sie weiter strahlend und sah die Herren erwartungsvoll an. Der Strobel glaubte, so ein klein bisschen Schalk in ihren Augen zu erkennen, und konnte sich des Gefühles nicht erwehren, dass das Mädel Vergnügen daran hatte, sie beide in Verlegenheit zu bringen. Deshalb beschloss er, lieber gleich zum Thema zu kommen, bevor es noch sehr peinlich werden konnte.

»Grüß Gott, Gendarmerie. Wir kommen wegen einiger Beschwerden, die Sie und Ihre Bekann …«

Mitten im Satz vergaß der Strobel plötzlich, was er eigentlich sagen wollte. Weil, da ist noch ein Mädchen aufgetaucht. Genauso jung, genauso hübsch und ebenfalls ohne Kleidung. So beschloss der Ordnungshüter, die Sache mit etwas mehr Humor anzugehen.

»Ah, die Damen haben den gleichen Schneider«, stellte er, ohne eine Miene zu verziehen, fest und traf damit offenbar mitten ins Humorzentrum der beiden Evas. Die kicherten nämlich fröhlich und heiter vor sich hin, als hätte der Postenkommandant den Schenkelklopfer des Jahres von sich gegeben. Ich meine, natürlich war der Spruch vom Strobel irgendwie witzig, aber so komisch, wie die zwei Mädels jetzt getan haben, war er dann auch nicht. Aus den Augenwinkeln konnte er sehen, dass sein Kollege wie angewurzelt vor der Tür stand und die beiden Grazien mit verklärtem Blick anstarrte. Von ihm brauchte er sich also keine Hilfe zu erwarten. Besonders viel Übung im Umgang mit Nackten hatte aber auch er selber nicht. Von daher musste er sich dringend etwas einfallen lassen, um die Oberhand zu gewinnen. Ansonsten würde diese Amtshandlung wohl eher ergebnislos verlaufen. Und das wollte der Strobel auf keinen Fall, weil er wusste, dass ihn die anderen Ortsbewohner nicht in Ruhe lassen würden. Er musste also zumindest versuchen, auf die Damen einzuwirken. Und natürlich auch auf die Herren, von denen zwei, mit wild schaukelnden Familienjuwelen, den Flur entlanggehüpft kamen. Offenbar wollten sie wissen, wer denn da zu Besuch gekommen war. Und auch die Burschen schienen so etwas wie Schamgefühl nicht zu kennen. Überschwänglich begrüßten sie die beiden Gendarmen und der ältere der beiden Freihänger bat sie überaus freundlich hinein. Irgendwie schien es dem Strobel eine gute Idee, ins Haus zu gehen und die Tür hinter sich zu schließen. Es war ihm nämlich fast so, als spürte er unzählige Augenpaare im

Kreuz, die ihn bei seinem Versuch, hier Ordnung zu schaffen, argwöhnisch beobachteten. Da wollte er sich auf keinen Fall eine Blöße geben. Und so wie es jetzt aussah, war eine geschlossene Tür die einzige Chance, halbwegs ungeschoren aus der Sache herauszukommen. Also rammte er dem Pfaffi die Faust in den Rücken und weckte ihn damit zumindest soweit aus seinem tranceähnlichen Zustand, dass er über die Schwelle trat und der Strobel endlich die Tür zu machen konnte. Und wenn du jetzt glaubst, dass sich der Gendarm erleichtert fühlte, dann irrst du dich gewaltig! Weil, jetzt, wo er sich selber die Möglichkeit zum Rückzug genommen hatte, waren ihm plötzlich viel zu viele nackte Menschen in der Nähe. Von daher musste der Strobel nun schleunigst irgendetwas unternehmen, um mehr Spielraum zu bekommen. Weil, so war ihm die Sache, nicht nur wegen der Temperaturen, viel zu heiß. Eine vernünftige Frage fiel ihm aber nicht ein. Da sprang überraschend sein junger Kollege in die Bresche und fragte, wer denn der Chef der Truppe sei. Und siehst du, das war gar keine blöde Frage. Weil, so etwas wie einen Sprecher musste es wohl geben. Und anders als beim Militär, hast du den bei diesen Leuten nicht an der Kleidung erkennen können. Kaum hatte der Pfaffi seine Frage gestellt, hakten sich die beiden Schönheiten links und rechts bei ihm unter und zogen ihn, immer noch kichernd, in Richtung Garten. Dem Strobel blieben die beiden Männer. Ein schlechtes Geschäft, wie er sich heimlich dachte. Und ein ziemlich merkwürdig riechendes. Dieser etwas süßlich anmutende Duft war ihm gleich aufgefallen, als er ins Haus gekommen war, aber vor lauter Ablenkung hatte er ihn nicht gleich registriert. Jetzt stand der Bezirksinspektor im Halbdunkel des Vorzimmers und sog schnüffelnd die Luft in die Nase.

»Was riecht denn da so eigenartig?«, fragte er und sah dabei den größeren der Männer fragend an. Der machte einen etwas verwunderten Gesichtsausdruck und beantwortete die Frage mit einer Gegenfrage.

»Was meinen's denn, Herr Inspektor?«

Dabei schaute er den Strobel total unschuldig an. Sein Kumpan hob ebenfalls schnuppernd die Nase, als würde er versuchen, den Duft einzuordnen. Gleichzeitig hielt er seine selbst gedrehte Zigarette so weit wie möglich vom Strobel weg und ließ sie schließlich unauffällig in einer der Blumenvasen verschwinden, bevor er sagte:

»Ah! Die Räucherstäbchen. Sie meinen sicher die Räucherstäbchen, Herr Inspektor. Echte, aus Indien, die riechen einfach göttlich!«

»Ja«, mischte sich sein Freund ins Gespräch, »einfach göttlich, die Dinger!« Dabei fuchtelte er sich mit der Hand vor der Nase herum und tat so, als würde er den Duft in sich aufsaugen.

»Na ja«, meinte der Strobel, »ein bisserl penetrant kommen's mir vor, die Staberln, wenn ich das sagen darf«, und ging einige Schritte vorwärts, um zu sehen, wo der Pfaffi war und um von diesem Geruch wegzukommen, der ihm so gar nicht zusagte. Im Garten wurde er rasch fündig. Da saß der Pfaffi, flankiert von den beiden Mädels, inmitten einer Gruppe sehr spärlich bekleideter Menschen auf dem Rasen und unterhielt sich offenbar angeregt. Noch mehr nackte Haut konnte und wollte der Strobel allerdings nicht mehr ertragen. Von daher hat er den Pfaffi kurz zu sich gerufen, ihn daran erinnert, warum sie gekommen waren, und ihm letztendlich den Auftrag erteilt, die Leutchen zu dem Thema ›Nackt in der Öffentlichkeit‹ ein klein wenig zu sensibilisieren. Mehr als das konnten sie ohnehin nicht tun.

Schließlich waren die Herrschaften ja nicht auf der Straße herumgelaufen, sondern lediglich in ihrem eigenen Garten. Das war letztendlich nicht verboten. Blöd war eben nur, dass dieser Garten von außen einsehbar war. Vielleicht würde der Pfaffi es ja schaffen, Frieden zwischen den Hippies und ihren Nachbarn zu stiften. Wegen dem Ladendiebstahl, so meinte der Strobel, solle der Pfaffi einen Termin auf der Dienststelle ausmachen. Kurz lenkte ihn eine Gestalt ab, die in einiger Entfernung dabei war, die Leiter eines Hochstandes am Waldrand zu erklimmen. Da musste der Strobel nämlich ernsthaft darüber nachdenken, welche Tiere es am helllichten Tag wohl zu jagen gab. Aber noch bevor er sich eingehender mit dieser Frage beschäftigen konnte, riss ihn der Pfaffi mit dem Versprechen aus seinen Gedanken, sich um alles zu kümmern. Ganz Chef, gab der Strobel noch die Empfehlung ab, der Pfaffi solle es mit dem Kümmern nicht übertreiben und beizeiten wieder auf der Dienststelle erscheinen. Nachdem auch das besprochen war, ergriff der Strobel schnellstmöglich die Flucht. An den fleißigen Jägersmann auf dem Hochstand, der offenbar die Tagschicht übernommen hatte, verschwendete er vorerst keinen Gedanken mehr. Vielmehr beschäftigte ihn wieder die Frage, wer, abgesehen vom Karl, wohl ein Interesse am Verschwinden der Familie Bremer haben könnte. Natürlich ist ihm da niemand eingefallen, weil er die Familie nicht gut genug kannte, um zu wissen, ob sie Feinde hatte und wer diese waren. Aber er entschloss sich dazu, so bald als möglich nach Neus zu fahren, um den Karl genau das zu fragen. Aber dafür brauchte er das Auto. Und was soll ich dir sagen? Der Käfer stand auf seinem Platz hinter der Dienststelle, als der Strobel dort ankam. Auf seinem Schreibtisch fand er eine Notiz vom Berti, aus der hervorging, dass er mit dem Herrn Leander zum Hübner zum Mittagessen gegangen war. Eine Gelegenheit, die er nicht ungenützt lassen wollte. Würde er nur eine Minute zu lange warten, konnte es durchaus passieren, dass sein neuer Schatten wieder zurückkam und er ihn mitnehmen musste. Es war ohnehin nur mehr eine Frage der Zeit, bis der Reporter sich aufregen würde, weil der Strobel ihn nicht, wie vom Major aufgetragen, in seine Ermittlungen einweihte. Von daher war Eile geboten. Flott stieg er in den Wagen, startete den Motor und sah im gleichen Moment den Leander zur Hintertür herausschauen und winken. Irgendwas schien der Mann zu rufen, aber der Strobel beschloss, ihn offiziell nicht gesehen zu haben, gab kräftig Gas und brauste, so schnell das mit den 34 PS eben möglich war, davon. Kaum war er um die nächste Ecke, freute er sich diebisch über seinen kleinen Streich und die Tatsache, dass ihm niemand einen Vorwurf machen konnte, weil er den Schreiberling übersehen hatte. Alles bestens quasi. Zumindest bis zu seiner Ankunft in Neus. Dort musste er nämlich feststellen, dass der Karl nicht daheim war. Da beschlich den Postenkommandanten gleich ein seltsames Gefühl und er fragte sich unwillkürlich, ob jetzt auch noch der letzte Bremer verschwunden war. Ich meine, möglich wäre es ja gewesen. Gar keine Frage. Aber dass der Karl offenbar mit seinem Auto unterwegs war, sprach eher gegen sein ungewolltes Verschwinden, und der Strobel beschloss, auf ihn zu warten. Vielleicht war er ja nicht weit weg. Einkaufen in Hollabrunn oder so was Ähnliches. Das konnte durchaus sein. Ein bisschen Geduld, so dachte sich der Strobel, konnte da sicher nicht schaden. Allerdings hatte er nicht die leiseste Idee, wie er sich die Zeit vertreiben sollte. Weil, getan hat sich in Neus gar nichts. Im Grunde sogar noch weniger als in Tratschen. Neus war der Inbegriff eines Kaffs. Da gab es kein Wirtshaus und auch keinen Supermarkt. Noch nicht einmal einen eigenen Pfarrer gab es. Von daher mangelte es dem Strobel an einer sinnvollen Beschäftigung und er beschloss, spazieren zu gehen. Ein bisschen Bewegung konnte schließlich nicht schaden. Und siehst du, die Idee war gut. Weil, als er zum Haus vom Markus kam, sah er, dass der Matzinger in seinem Garten immer noch ganz alleine mit dem Versetzen des Baumes zugange war. Und weil er den Mann nicht unsympathisch fand und gerade sowieso nichts Besseres zu tun hatte, beschloss er, seine Hilfe anzubieten. Dieses Angebot machte den Matzinger sichtlich verlegen und er lehnte es zuerst ab, indem er meinte, der Ordnungshüter werde sich die schöne Uniform dreckig machen. Aber der Strobel war so hartnäckig, dass der Matzinger nach einigem Hin und Her doch noch zustimmte. Wahrscheinlich weil er merkte, dass der Gendarm sowieso keine Ruhe geben würde. Also zog der Strobel seine Uniformjacke aus, hängte sie auf einen der Zaunpfosten, krempelte seine Hemdsärmel auf und spuckte symbolisch in die Hände. »Auf geht's!«, stellte er voller Vorfreude auf die bevorstehende körperliche Arbeit fest und marschierte quer durch den Garten auf den Kirschbaum zu, der auf seinen Umzug vorbereitet und deshalb ausgegraben werden sollte. Das Loch, das sein neues Zuhause werden würde, war schon fertig. Blieb also nur noch das Ausgraben. Und dabei legte der Strobel jetzt ein Tempo vor, dass der Matzinger befürchtete, es gebe kein Morgen mehr. Jetzt wunderst du dich vielleicht, dass der ansonsten eher gemütliche Gendarm auf einmal gerackert hat wie ein Tier. Aber du musst bedenken, dass er als Beamter nicht oft Gelegenheit hatte, einer körperlichen Betätigung nachzugehen. Und in seiner Freizeit hatte es sich auch nie ergeben. Was hätte er also machen sollen? Nebenberuflich als Totengräber arbeiten? Wohl kaum. Von daher machte ihm die Schaufelei jetzt richtig Spaß. Und das merkte man halt auch. Natürlich auch der Matzinger, der den Schwung seines Helfers insofern ausnützte, als dass er selber immer langsamer grub. Aber nicht, dass du jetzt denkst, der Matzinger war ein fauler Sack. Überhaupt nicht! Aber er dachte sich halt, dass er dem Strobel keine Arbeit wegnehmen sollte, wo es ihm doch gerade so viel Freude machte. Dem Gendarmen fiel es ohnehin nicht auf, dass er ziemlich auf sich alleine gestellt war. Also ging der Matzinger ins Haus und holte zwei Flaschen Bier. Dass er eine trockene Baustelle hatte, wollte er sich nämlich nicht nachsagen lassen. Und verdient hatte sich der Strobel das Bier allemal. Die beiden Männer hockten sich auf die Terrasse , tranken ihr Bier und redeten über dies und das. Langsam, aber sicher lenkte der Strobel das Gespräch immer mehr in Richtung Bremer Markus. Weil, wenn er schon einmal da war, wollte er freilich auch etwas für seine Ermittlungen tun. Und über den Markus wusste er genauso wenig wie über dessen Schwester oder den alten Bremer. Er kannte die Familie nicht und war daher für jede Information dankbar. Und der direkte Nachbar konnte vielleicht etwas über die Gewohnheiten vom Markus sagen. Zumindest musste er versuchen, das festzustellen. Aber der Matzinger Alfred wollte offenbar nicht über die Bremers reden und wich den Fragen vom Strobel immer wieder aus, indem er über den geplanten Bau seiner Garage redete. Am Ende ist dabei herausgekommen, dass der Strobel noch immer nichts über die Bremers wusste und der Matzinger einen freiwilligen Bauhelfer hatte. Na gut, du könntest jetzt denken, dass dieses Ergebnis nicht gerade berauschend war, und wahrscheinlich hast du damit auch recht. Aber andererseits hatte die Sache schon was Positives. Nämlich, dass der Strobel etwas mehr Bewegung machen und vielleicht ein oder zwei Kilos abnehmen würde. Aber wie dem auch sei. Kaum hatten die Männer ihre Biere ausgetrunken, musste der Strobel auch schon weg. Weil, der Zufall hatte es so gewollt, dass just in dem Augenblick, in dem der Matzinger die zweite Flasche Bier für den Gendarmen öffnen wollte, der Bremer Karl vor dem Haus seines Bruders einparkte. Eine Tatsache, die dem Strobel gefiel und den Matzinger zum Rümpfen der Nase veranlasste. Eine Geste, aus der der Strobel schloss, dass der Matzinger die Mitglieder der Familie Bremer nicht besonders gut leiden konnte. Während er sich verabschiedete und dabei sein Versprechen auffrischte, dem Matzinger beim Betonieren des Garagenfundamentes zu helfen, notierte sich der Strobel geistig, dass er seinen neuen Freund unbedingt einmal fragen musste, warum der so eine offensichtliche Abneigung gegen seinen Nachbarn hatte. Weil, irgendwas, da war sich der Ordnungshüter sicher, musste zwischen ihnen vorgefallen sein. Aber jetzt war ihm das Gespräch mit dem Karl wichtiger. Vielleicht hatte der in der Zwischenzeit etwas von seiner Verwandtschaft gehört. Ohne weitere Worte machte sich der Strobel in Richtung Karl auf, der gerade in dem Haus verschwand. Das warf eindeutig die Frage auf, woher der Kerl einen Schlüssel für das Anwesen hatte. Ich meine, natürlich war es durchaus möglich, dass er den vom Markus persönlich bekommen hatte, aber sehr wahrscheinlich erschien das dem Strobel nicht. Wer würde wohl seinen Haustürschlüssel jemandem anvertrauen wollen, mit dem er sich nicht verstand? Aber wie auch immer. Fakt war, dass der Karl offenbar einen Schlüssel hatte und auch davon Gebrauch machte. Was immer er in dem Haus auch suchen mochte. Das, so nahm sich der Strobel jetzt vor, würde er in den nächsten Minuten herauszufinden versuchen. Mit diesem Vorsatz betrat er, ohne anzuklopfen, das Haus. Schon in dem riesigen Vorraum hörte er den Karl irgendwo hantieren. Oder besser gesagt, wüten. Weil, es klang tatsächlich so, als würde er in einem der Räume die Möbel zertrümmern. Soweit der Strobel das sagen konnte, kamen diese Geräusche aus dem Wohnzimmer. Daher schlich er sich vorsichtig an die Tür und spähte hinein. Dort wühlte der Karl gerade wie ein Wilder in einer Schreibtischschublade. Mit beiden Händen schaufelte er den Inhalt förmlich heraus. Ab und zu hielt er inne, betrachtete irgendwelche Schriftstücke näher und warf sie dann auf den Haufen hinter sich. Dabei murmelte er unablässig etwas vor sich hin, was der Strobel nicht verstehen konnte. Als der Karl mit der Lade fertig war, donnerte er sie derart zu, dass es sich anhörte, als würde der Tisch auseinanderfallen. Tat er ab nicht und der Herr Karl machte sich auf, um den Wohnzimmerschrank zu untersuchen. Hektisch riss er die erste Tür auf und stürzte sich auf das Innenleben des Schrankes. Gerade als er anfangen wollte, den Inhalt hinauszuschaufeln, unterbrach ihn der Strobel mit der einfachen Frage, ob er ihm vielleicht irgendwie behilflich sein könne. Daran, wie heftig sein Gegenüber jetzt erschrak, konnte der Strobel erkennen, dass der Karl den Dienstwagen vor dem Eingang nicht gesehen hatte. Sonst wäre er wohl kaum so überrascht gewesen, den Ordnungshüter zu sehen. Lange hielt diese Überraschung allerdings nicht vor.

»Was wollen Sie denn schon wieder?«, schnauzte der Karl und wandte sich erneut dem Schrank zu. »Der Markus ist immer noch nicht da. Der Vater und die Anneliese auch nicht! Also gehen's los und suchen's die drei lieber, anstatt dass Sie mir da auf den Wecker fallen!«

»So ein Zufall«, antwortete der Strobel, »genau deswegen bin ich eigentlich da. Und genau deswegen muss ich auch mit Ihnen reden! Aber sagen Sie einmal, was machen Sie da eigentlich? Suchen's was Bestimmtes? Kann man vielleicht helfen?«

»Na!«, war alles, was der Karl darauf zu sagen hatte. Zu wenig für den Gendarmen, der sich nun einmal in den Kopf gesetzt hatte, alle möglichen Fragen zu klären. Darunter freilich auch die, was der Karl in dem Haus wollte. Weil der aber nicht sonderlich gesprächsbereit wirkte, ging der Strobel auf Konfrontationskurs. Er machte den Bremer Karl schlicht und ergreifend darauf aufmerksam, dass er sich im Moment des Einbruches schuldig mache und er ihn verhaften müsse, wenn er ihm keinen wirklich guten Grund für sein Verhalten nennen könne. Weil, so sagte der Strobel, es kaum denkbar war, dass der Karl vom Markus die Erlaubnis bekommen hatte, das Haus in ein Schlachtfeld zu verwandeln. Und offensichtlich traf er damit ins Schwarze. Der Karl blieb auf einmal wie angewurzelt stehen, wandte dem Strobel das Gesicht zu und schüttelte den Kopf. Es schockierte den Beamten richtig, wie verzweifelt der Mann dreinschaute. Er sah fast so aus, als würde er jeden Moment losheulen.

»Wahrscheinlich ist es eh schon zu spät und Sie haben alles verdorben. Sie sollten gar nicht hier sein! Warum sind Sie hier?«

Die letzten Worte schrie der Karl fast und schlug sich dabei die Hände vor das Gesicht. Eine Reaktion, mit der sich der Strobel nichts anzufangen wusste. Also blieb er erst einmal ruhig stehen und schob seine Mütze in den Nacken. Ein Zeichen dafür, dass er verwirrt war. Irgendwas versuchte ihm der Karl da scheinbar zu sagen, aber was genau? Was sollte er verdorben haben? Wofür war es zu spät? Viele Fragen auf einmal, die ihm da durch den Kopf schossen. Jedenfalls mehr, als er gleichzeitig formulieren konnte. Das wussten auch sein Hirn und seine Zunge, die einen automatischen Filterungsprozess in Gang setzten, an dessen Ende eine ziemlich unklare Frage stand.

»Hä?«

»Was, hä?«, fuhr ihn der Karl giftig an. »›Keine Gendarmerie!‹ steht in dem Brief und jetzt latschen Sie Idiot da herum und bringen meine Familie in Gefahr! Ich hätte nur mehr die Kontonummer gebraucht und dann das Geld überweisen müssen. Jetzt werden sie sie umbringen! Nur wegen Ihnen!«

Noch ein ›Hä‹ erschien dem Strobel in dem Moment unangebracht. Deshalb beschränkte er sich darauf, seine Mütze abzunehmen und sich am Hinterkopf zu kratzen. Das brachte zwar nichts, schadete aber auch nicht. Von daher keine schlechte Idee vom Strobel. Um die Situation zu entspannen, reichte die Kratzerei allerdings nicht. Das war unschwer zu erkennen. Nur, was sollte der Strobel sonst machen? Langsam dämmerte ihm nämlich, wovon der Karl redete. Zumindest glaubte er das. Weil, das, was der Karl gesagt hatte, klang eindeutig nach Erpressung oder Entführung. Ich meine, nicht dass du jetzt denkst, der Strobel hätte mit solchen Fällen Erfahrung gehabt oder so. Ganz und gar nicht. Er kannte so etwas auch nur aus dem Fernsehen. Das heißt, während seiner Ausbildung hatte er auch von solchen Fällen gehört, aber das war schon ziemlich lange her. Im Fernsehen hatte er vor ungefähr einer Woche einen Krimi gesehen, in dem es um Entführung gegangen war. Und jetzt schien es ihm so, als steckte er mitten in so einem Fall drin. Und das auch noch mit drei Opfern!

»Na, Servus!«, war alles, was ihm dazu einfiel. Abgesehen von seinem verzweifelten Gesicht vielleicht. Ganz kurz hoffte er noch, sich verhört zu haben. Aber diese Hoffnung machte ihm der Karl mit seinem nächsten Satz zunichte, indem er von einem Brief sprach, den er am Vormittag mit der Post bekommen hatte, und von dem Anruf, der gegen Mittag bei ihm eingegangen war. Der Strobel glaubte sich zu verhören und spürte, wie seine Knie ein wenig weich wurden. So viel Aufregung konnte er gar nicht gebrauchen. Schon gar nicht so kurz vor dem Wochenende. Was sollte er der Frau Doktor sagen, wenn er nicht zu ihr fahren konnte, nur weil er die Familie Bremer suchen musste? Vor allem fragte er sich aber, wo, zum Teufel, er sie suchen sollte. Einen Moment lang wartete er darauf, in seinem Bett aufzuwachen und festzustellen, dass alles nur ein böser Traum gewesen war. Aber diesen Gefallen tat ihm sein Schicksal freilich nicht. Ob er es wahrhaben wollte oder nicht, er steckte bis zu den Ohren in einer Entführung. Und das, obwohl mit den Hippies das Verbrechen und die Unmoral in Tratschen Einzug gehalten hatten und er, zusammen mit seinen Männern, dagegen in den Kampf ziehen musste. Solche und ähnlich absurde Gedankengänge beherrschten für kurze Zeit das Hirn vom Strobel. Aber was hier Minuten braucht, um es zu erzählen, passierte in Wirklichkeit in ein paar Sekunden. Von daher merkte der Karl natürlich nichts von dem Schock, den der Gendarm erlitten hatte. Der Strobel selber hatte sich bereits wieder so weit gesammelt, dass ihm klar wurde, dass er unbedingt Verstärkung brauchte. Zuerst musste er allerdings einen Blick auf diesen Brief werfen und ein ausführliches Gespräch mit dem Karl führen. Erst wenn er alle Informationen beisammen hatte, konnte er in Wien anrufen und um Hilfe bitten. Und auch den Major würde er sicher erst dann überzeugen können, Hilfe anzufordern, wenn er ihm die volle Tragweite der Ereignisse klarmachen konnte. Weil, sein Vorgesetzter würde zuallererst sehen, dass er sich wieder einmal vor der Presse aufspielen konnte. Von daher musste der Strobel ab sofort sehr umsichtig und koordiniert vorgehen. Vor allem aber musste er diesen Leander irgendwie loswerden. Der war im Moment ungefähr so hilfreich wie eine Fliegerbombe auf einer Großbaustelle. Auf keinen Fall durfte der Bursche etwas mitbekommen. Er musste beschäftigt werden. Aber wie? Rasch packte der Strobel den Karl zusammen und teilte ihm mit, dass er ihn jetzt zur Dienststelle mitnehmen musste, um dort noch ein paar Takte mit ihm zu reden. Kurz wollte der noch protestieren, weil er meinte, dass er damit das endgültige Todesurteil über seine Familie fällen würde. Und siehst du, da bewies der Strobel jetzt tatsächlich nicht sonderlich viel Fingerspitzengefühl, als er dem Mann klarmachte, dass sowieso keiner mehr lebte, wenn die Entführer ihn beobachtet hatten. Ihren Zweck erfüllten diese Worte jedenfalls. Ohne weiteren Widerstand ging der Karl zu seinem Auto und folgte dem Strobel nach Tratschen.

## 11

Was der Postenkommandant zu diesem Zeitpunkt noch nicht wissen konnte, war, dass der Pfaffi immer noch bei den Hippies war und gerade den ersten Joint seines Lebens rauchte, während ihm einer seiner neuen Freunde wortreich die sich immer schneller drehende Welt erklärte. Auf die Kleinigkeit, dass er eigentlich Dienst und hier eine Aufgabe zu erfüllen hatte, vergaß er total. Zu sehr war er von dem Mädchen abgelenkt, das auf den wunderschönen Namen Rose hörte. Na ja, eigentlich war er mehr von ihren Knospen abgelenkt, aber das tut nicht unbedingt was zur Sache. Wesentlich ist nur, dass er nicht tat, was er hätte tun sollen, sondern allerhand Dinge machte, die er auf keinen Fall hätte tun sollen. Wie zum Beispiel das Rauchen eines Joints. Andererseits könnte man natürlich auch sagen, dass er als Gesetzeshüter ja wissen musste, wie das Zeug schmeckte oder auch roch. Sein Chef hatte den Geruch am Nachmittag, sehr zur Freude der Hippies, nämlich auch nicht erkannt. Das wäre dem Strobel, hätte er es denn gewusst, sicher unglaublich peinlich gewesen. Aber zu seinem und etwas später dann auch zum Glück vom Pfaffi wusste er das ja nicht. Der Berti hatte, über den Tag verteilt, seine Sünden abgebüßt. Dieser Journalist war ein derart neugieriger Geselle, dass der Berti glaubte, der Kerl wolle ihm, im wahrsten Sinne des Wortes, ein Loch in den Bauch fragen. Unglaublich, was dieser Mensch alles wissen wollte. Über den Ort selbst, die Menschen, die hier lebten, den Bürgermeister, den Strobel, über das Verbrechen und natürlich auch über den Berti. Weil der aber ein gebranntes Kind war, was die Presse angegangen ist, versuchte er freilich, so wenig wie möglich zu sagen. Vor allem nichts, das man ihm später zum Vorwurf machen konnte. Ein Verhalten, das zur Folge hatte, dass der Reporter sehr viele Fragen mit ›Ja‹ oder ›Nein‹ beantwortet bekam, manche mit ›vielleicht‹ und manche mit ›weiß ich nicht‹. Konkrete Antworten, mit denen er etwas anfangen konnte, bekam er kaum. Und ein Gespräch, wie man es sich im Allgemeinen vorstellt, wenn zwei Menschen miteinander reden, kam auch nicht zustande. Insgesamt eine Situation, die den Herrn Leander nicht wirklich glücklich machte. Vor allem, weil der Strobel weit und breit nicht zu sehen war und sein merkwürdiger Begleiter über den Verbleib seines Chefs nichts sagen konnte oder wollte. Wobei man zur Verteidigung vom Berti sagen muss, dass er wirklich nicht wusste, wo der Strobel hingefahren war. Nach etlichen Stunden des Wartens hatte der Journalist jedenfalls irgendwann die Nase voll und fuhr nach Hollabrunn zurück. Der Berti war aber klug genug, um zu wissen, dass er erstens bald zurückkommen und sich zweitens sicher wieder beim Major darüber beschweren würde, wie der Tag gelaufen war. Wirklich übel nehmen konnte man ihm eine derartige Beschwerde bei genauer Betrachtung allerdings nicht. Weil, immerhin war der Mann einen ganzen Tag auf der ›Leerscheibe‹ gelaufen, wie der Volksmund so sagt, wenn einer nicht bekommt, was er haben will. Obwohl ich zugeben muss, dass sich das Wort aus dem Volksmund ganz anders anhört. Der spricht es nämlich eher wie ›Laascheim‹ aus. Aber wenn ich dir das so hinschreiben würde, wüsstest du wahrscheinlich gar nicht, was das heißen könnte. Irgendwie ist es aus meiner Sicht sowieso ein Wunder, dass wir Menschen uns untereinander verstehen. Obwohl das, genau genommen, nicht die richtige Formulierung ist. Richtig muss es heißen, dass es ein Wunder ist, dass wir Menschen uns untereinander verständigen können. Verstehen tun wir uns deshalb nämlich noch lange nicht. Aber wie dem auch sei. Hochdeutsch hin, Volksmund her, der vergangene Tag hatte es, insgesamt gesehen, ganz schön in sich gehabt. Und was den Strobel und seine Mannen angegangen ist, war er ja auch noch nicht vorbei. Und noch jemanden gab es, für den dieser Tag noch nicht vorbei war. Nämlich den großen Unbekannten, der seit etlichen Stunden auf seinem Hochstand hockte und sich die Augen aus dem Kopf starrte, und die Gestalt im Wald, die mit einer ziemlich großen Axt in der Hand hinter einem dicken Baum darauf wartete, dass es endlich ganz dunkel wurde. Ja, auch für diese beiden war der Tag noch nicht zu Ende. Und für den Karl, der wegen des Erpresserbriefes ziemlich aus dem Häuschen war, auch nicht. Nach der schriftlichen Einvernahme forderte der Strobel den Mann noch auf, mit ihm in den Nebenraum zu kommen, wo er ihm die Fingerabdrücke abnahm. Zu Vergleichszwecken, versteht sich. Weil, immerhin hatte der Karl den Erpresserbrief in der Hand gehabt und es hätte ganz leicht passieren können, dass er für den Täter gehalten wurde. Überhaupt in dem Fall, dass sonst keine Fingerspuren auf dem Papier waren. Von daher also lieber nach dem Ausschlussprinzip vorgegangen und den Karl daktyloskopiert, wie das im Fachchargon so schön heißt, wenn einem die Fingerabdrücke abgenommen werden. Dann verpackte der Strobel den Brief in Folie und steckte das Ganze in ein Kuvert, um es am nächsten Tag zur Untersuchung nach Wien schicken zu können. Den Karl schickte er nach Hause. Bevor er auch heimging, telefonierte er noch mit der Frau Doktor, um ihr die schlechten Nachrichten betreffend Wochenende zu überbringen. Und siehst du, da hat sich gleich einmal herausgestellt, wie verwirrt der Strobel wegen der Entführungsgeschichte war. Weil, die Frau Doktor erinnerte ihn daran, dass sie sowieso ausgemacht hatten, dass sie am Wochenende nach Tratschen kommen sollte, weil ja am Samstag die Beerdigung von der Jocha Mutter stattfand, zu der sie gemeinsam gehen wollten. Von daher beziehungstechnisch alles im Lot beim Strobel. Eine Stunde später holte ihn die Frau Doktor mit dem Auto von der Dienststelle ab.

# 12

Nach einer relativ kurzen Nacht und einem ausgiebigen Frühstück saß der Strobel am nächsten Tag um 08.00 Uhr wieder hinter seinem Schreibtisch und las, nach einem Anruf bei der Kripo, die Aussage vom Karl. Danach sah er sich die Abschrift des Erpresserbriefes an. Es war wirklich ein guter Brief. Das musste der Strobel zugeben. Kurz, knapp, aussagestark und einschüchternd. Genau wie so ein Brief eben sein musste. Die für den Strobel unglaublich klingende Lösegeldforderung von 1.000.000 Schilling war für die Familie Bremer eher Kleingeld und von daher gut gewählt. Auch handwerklich konnte sich das Schreiben sehen lassen. Obwohl Schreiben nicht das richtige Wort war, weil es lauter aufgeklebte Buchstaben gewesen sind. Fein säuberlich aneinandergereiht, wie der Strobel ganz nebenbei bemerkte. Aber das konnte er auf der Abschrift, die er jetzt in Händen hielt, freilich nicht mehr sehen. Beim Original hatte sich jemand viel Zeit genommen und wirklich Mühe walten lassen. Keine Frage. Geholfen haben diese Erkenntnisse aber nicht. Zumindest nicht im Hinblick auf den Ort, an dem die Bremers gefangen gehalten wurden. Abgestempelt war der Brief in Wien. Und zwar am Westbahnhof. Na, was soll ich dir da noch sagen? Die Chance, dass sich einer der Postangestellten an die Person erinnerte, die den Brief aufgegeben hatte, war gleich null. Weil, erstens gingen dort wahrscheinlich tausend Leute pro Tag ein und aus und zweitens war es ein ganz normaler Briefumschlag mit einer ganz normalen Inlandsanschrift gewesen, der sicher niemandem aufgefallen war. Die Möglichkeit, dass der Briefschreiber sich durch besonders auffällige Kleidung, ein Schild mit der Aufschrift ›Erpresser im Dienst‹ oder gar mit einer Beichte bei einem der Schalterbeamten besonders bemerkbar gemacht hatte, schloss der Strobel von vornherein kategorisch aus. Trotzdem wollte er freilich jemanden hinschicken, um die Beamten zu befragen. Nur so für alle Fälle. Nachdenklich ließ der Strobel den Brief sinken und sah zum Fenster hinaus. Der Kollege von der Kripo hatte ihm versprochen, in den nächsten zwei Stunden Verstärkung zu schicken. So eine Entführung war ihm halt dann doch spektakulär genug, um sie zu übernehmen. Außerdem war in so einem Fall sowieso vorgesehen, dass die Kripo die Arbeit machte. Immerhin waren da allerhand Dinge zu tun, von denen der Strobel als gewöhnlicher Landgendarm nicht die geringste Ahnung hatte. Da brauchte es schon besonders geschulte Organe, wie das so schön heißt im Amtsdeutschen. Zum Beispiel für das Einrichten einer Fangschaltung. Ich meine, woher sollte der Strobel das auch wissen oder gar können? Wofür sollte er derart hochtechnische Dinge bisher auch gebraucht haben? Wegen unerlaubt entsorgtem Müll? Einer entlaufenen Katze, einem Falschparker? Wohl kaum. Jetzt waren die zwei Stunden schon fast um und die Kollegen sollten eigentlich längst beim Karl eingetroffen sein. Aber bisher hatte niemand angerufen. Die Kollegen nicht, der Bremer Karl nicht, der Berti nicht und auch der Pfaffi nicht, der seit dem gestrigen Tag ebenfalls abgängig war. Noch bemerkenswerter fand er allerdings die Tatsache, dass der Herr Leander sich auch noch nicht gerührt hatte. Weder telefonisch noch persönlich. Beim Major dürfte sich der Kerl jedenfalls nicht beschwert haben, dachte der Strobel, weil der sonst schon längst angerufen und ihn zusammengestaucht hätte. Aber an dieser Front herrschte absolute

Ruhe, was dem Major allerdings nicht ähnlich sah, wenn es um den Strobel ging. Vielleicht, so überlegte der Gendarm weiter, wollte der Leander damit versuchen, das Verhältnis zwischen ihnen ein wenig zu verbessern und ihn ein bisschen zu bezirzen. Am Montag würde der Typ garantiert wieder auftauchen. Da war sich der Strobel absolut sicher. Blieb also nur noch die Frage, wann der Herr Kollege Pfaffenberger zu erscheinen gedachte. Der sollte nämlich seit 07.00 Uhr im Dienst sein. Jetzt war es fast 10.00 Uhr und von dem Burschen war weit und breit nichts zu sehen. Gerade als der Strobel den Hörer von der Gabel nahm, um seinen Untergebenen anzurufen, schlich der wie ein geprügelter Hund zur Tür herein. Der Kerl hatte eine Farbe im Gesicht, dass den Strobel fast das Entsetzen packte, weil er glaubte, der Pfaffi sei todkrank und würde jede Sekunde umfallen. Seine Uniformjacke war offen, seine Haare zerzaust und die Krawatte fehlte. Aber was den Strobel dann doch ein wenig misstrauisch werden ließ, war die Tatsache, dass er nur einen Schuh anhatte. Den zweiten trug er in der Hand. So konnte er wohl kaum von zu Hause weggefahren sein. Davon war der Strobel überzeugt. Aber was war mit ihm passiert? Das war die große Frage. Die roten Augen und die ins Grünliche gehende Gesichtsfarbe zeigten deutlich, dass es dem Jungen schlecht ging. Und als ihm der Strobel entgegenging, um ihm zu helfen, konnte er auch die Alkoholfahne riechen, die der Pfaffi hinter sich herzog. Auf einmal dämmerte es dem Postenkommandanten. Der Bursche musste bei den Hippies versumpft sein und auch gleich die Nacht in ihrem Haus verbracht haben. Wo sonst sollte er um diese Zeit und in diesem Zustand herkommen? Für einen Wutausbruch blieb allerdings keine Zeit. Ein Blick aus dem Fenster zeigte ihm nämlich, dass der Bürgermeister im Anmarsch war. Nicht auszudenken, wenn der den Pfaffi so sehen würde. Von daher musste er den Deppen aus der Amtsstube bringen, bevor der Ortsvorsteher eintrat. Da fiel dem Strobel nur die Zelle ein. Er schnappte den Pfaffi bei der Schulter, zog ihn hinter sich her, stieß ihn im Nebenraum in eine Zelle, legte ihn auf die Pritsche, verriegelte die Tür und kam gerade rechtzeitig in den Amtsraum zurück, um den Bürgermeister begrüßen zu können. Der schien alles andere als gut aufgelegt zu sein. Zumindest deutete sein Gesicht darauf hin. Und noch bevor ihm der Strobel einen Sitzplatz anbieten konnte, polterte der Mann los. Dass es jetzt bald einmal genug sei und der Strobel endlich etwas gegen dieses ruhestörende Gesindel unternehmen solle und er, in seiner Funktion als Bürgermeister, nicht einsehe, dass er sich dauernd von den Ortsbewohnern wegen dieser Brut anjammern lassen müsse. Weil, so der Fürnkranz, love and peace schon schön und gut seien, aber man das Thema aus seiner Sicht nicht übertreiben solle. Das Umhacken eines Hochstandes, so führte der Bürgermeister mit erhobenem Zeigefinger aus, gehe da absolut zu weit. Obwohl der Strobel überhaupt keine Ahnung hatte, wovon der Fürnkranz da eigentlich redete, musste er ihm vom Grundsätzlichen her recht geben. Weil, so ein Hochstand gehörte schließlich irgendjemandem und es erfüllte eindeutig den Tatbestand der Sachbeschädigung, ihn umzuhacken. So weit ging der Postenkommandant also mit dem Bürgermeister konform. Und das sagte er ihm jetzt auch, bevor er ihn fragte, was genau eigentlich passiert war und was es mit der Hochstandgeschichte auf sich hatte. Und siehst du, die ruhige Art, mit der der Strobel seine Frage stellte, führte dazu, dass sich auch der Fürnkranz beruhigte und noch einmal von vorne anfing. Diesmal aber viel sachlicher. Es stellte sich heraus, dass sich der Heinzl Rudi beim Bürgermeister beschwert hatte, weil in der Nacht jemand seinen Hochstand umgehackt hatte. Und weil dieser Hochstand gar nicht weit weg vom Hof der Hippies gestanden hatte, ging der Heinzl automatisch davon aus, dass der Übeltäter dort zu suchen war. Beweise gab es dafür allerdings keine, wie der Strobel auf Nachfrage erfuhr. Das Ganze war eher mehr so eine Vermutung vom Förster Heinzl. Aber wie dem auch sei, umgehauen hatte den Hochstand trotzdem irgendwer. Ob es einer von den Hippies war oder nicht, würde der Strobel halt herausfinden müssen. Allerdings nicht an diesem Tag. Weil, da war sein Terminkalender bereits mehr als voll. Und genau das hat er dem Bürgermeister jetzt auch erklärt. Nämlich, dass er drei verschwundene Bremers zu suchen hatte, einen Entführer verhaften sollte und zu einer Beerdigung musste. Alles an diesem Samstag. Wann also sollte er sich da um einen gefallenen Hochstand kümmern?

»Tut mir leid, unmöglich!«, sagte er mit Bestimmtheit und vertröstete den Fürnkranz auf den Montag, bevor er ihn bat, ihn nicht länger aufzuhalten und die Dienststelle zu verlassen. Zu diesem Zeitpunkt konnte der Strobel freilich noch nicht einmal ahnen, dass der Besuch vom Fürnkranz fast so etwas wie der Startschuss zu einem ziemlich verrückten Wochenende war, an dem sich die Ereignisse zwar nicht unbedingt überschlugen, aber in schöner Regelmäßigkeit abwechselten. Jedenfalls schnell genug, um den Strobel nicht zur Ruhe kommen zu lassen. Aber schön der Reihe nach. Weil, nachdem er den Fürnkranz hinauskomplimentiert hatte, herrschte erst einmal Ruhe und er konnte sich um den Pfaffi kümmern. Weil, logischerweise konnte und wollte der Strobel diese Sache nicht auf sich beruhen lassen. Auf gar keinen Fall. Ein Mindestmaß an Disziplin und Ordnung musste schon sein. Gar keine Frage. Von daher war er wild entschlossen, seinem Mitarbeiter genau die Standpauke zu halten, die er seiner Meinung nach redlich verdiente. Aber wie so oft im Leben kam es ganz anders. Als der Strobel nämlich an die Zellentür trat, konnte er ganz deutlich hören, dass der Pfaffi schnarchte. Er versuchte zwar mit allen Mitteln, den Jungen zu wecken, aber der war richtig bewusstlos. Was der Strobel auch probierte, es half nicht. Und er versuchte so einiges. Schütteln, Rufen, ein Klaps auf die Wange und Wasser ins Gesicht. Nichts davon half. Also gab der Strobel auf, versperrte die Zelle wieder und telefonierte mit dem Berti, um ihn zu fragen, ob er vielleicht für ihren jungen Kollegen einspringen könnte. Was der etwas widerwillig auch tat. Dann rief er auf dem Bezirkskommando an und meldete den Pfaffi krank. Kaum war das erledigt, bekam er Besuch. Ein Kollege von der Kriminalpolizei, der sich als Kontrollinspektor Novotny vorstellte, erschien auf der Dienststelle und informierte den Strobel, dass er jetzt die Ermittlungen im Bremerfall übernehmen würde und seine Leute schon beim Karl im Haus seien, um dort alles herzurichten, was sie so brauchten. Was immer dieses ›alles‹ auch gewesen sein mochte, es hörte sich sehr wichtig an. Zumindest dachte sich das der Strobel. Gesagt hat er aber nichts. Der Kollege Novotny setzte sich mit der größten Selbstverständlichkeit hinter den Schreibtisch vom Strobel und forderte ihn im Kommandoton auf, alles zu erzählen, was er über den Fall wusste, und ihm den Erpresserbrief zu zeigen. Während er sprach, griff er in die Innentasche seines Sakkos und holte eine Plastikhülle heraus, in der sich ein Stück Papier befand. Zumindest sah es für den Strobel so aus.

Dass er recht hatte, konnte er sehen, als der Novotny die Hülle auf den Tisch legte. Es war tatsächlich ein weiterer Erpresserbrief darin. Und siehst du, in diesem Moment siegte beim Strobel die Neugier über den Stolz und er vergaß total darauf, dem Herrn von der Kriminalpolizei in klaren Worten zu erklären, dass er so nicht mit ihm reden brauchte. Stattdessen holte er das Kuvert, förderte den ersten Brief zutage und legte ihn neben den vom Novotny. Beide starrten schweigend auf die Briefe. Sie waren von der gleichen Machart. Der Unterschied zwischen ihnen lag im Text und in den Umschlägen. Brief Nummer eins war mit einer Marke versehen worden. Auf dem zweiten Umschlag war keine Marke zu sehen. Wozu auch? Er war offensichtlich an diesem Morgen gekommen. Und samstags wurde keine Post zugestellt. Vom Text her unterschieden sich die Briefe auch stark. Während der erste wegen der Anweisungen und Drohungen darin noch relativ lang war, enthielt der zweite nur ein einziges Wort: ›Daumen‹. Mehr stand auf dem Blatt nicht. Fein säuberlich, in gerader Linie und in Großbuchstaben auf das Papier geklebt. Völlig schnörkellos und ohne weitere Drohungen. ›Daumen‹. Vielleicht war es genau diese Kürze, die dem Strobel eine Gänsehaut verursachte. Wer weiß? Er selber konnte es jedenfalls nicht erklären, warum ihn dieses Wort so erschreckte. Es war einfach so. Deshalb begann er auch ohne weitere Verzögerung zu erzählen, was er bis jetzt wusste. Viel war das ohnehin nicht. Diese Feststellung konnte sich auch der Herr aus Wien nicht verkneifen und traf damit beim Strobel schon wieder auf einen empfindlichen Nerv. Aber als der ansetzte, seinem Gast doch noch die Meinung zu geigen, erschien der Berti laut grüßend zum Dienst. Der Kollege Novotny seinerseits verabschiedete sich und verschwand durch die Tür, ohne den Berti eines Blickes zu würdigen. Damit nicht genug, reagierte auch der Strobel nicht auf das Erscheinen seines Kollegen. Er war nämlich total in Gedanken versunken. Zum einen ärgerte er sich über diesen impertinenten Novotny und zum anderen beschäftigte ihn der zweite Brief. Genauer gesagt, die Tatsache, dass er anscheinend an diesem Tag gekommen war. Das konnte nur bedeuten, dass ihn jemand in den Briefkasten geworfen hatte. Vielleicht sogar der Entführer selbst. Das wiederum ließ den Schluss zu, dass die Familie Bremer nicht allzu weit weg gefangen gehalten wurde und der Täter den Karl wahrscheinlich beobachtete. Das bedeutete, dass er wusste, dass die Gendarmerie bereits ermittelte. Wenn dem tatsächlich so war, bekam das Wort ›Daumen‹ natürlich noch mehr Gewicht. Weil, auch wenn der Strobel es nicht wahrhaben wollte, aber im Grunde ahnte sein Verstand schon, was es mit diesem Wort auf sich hatte. Daran wollte er allerdings im Moment nicht denken. Den Berti registrierte er erst, als dieser seinen Gruß lautstark wiederholte und seinem Chef dabei auf die Schulter klopfte. Diesmal erwiderte er den Gruß. Den Schmollmund, den der Berti zog, übersah er allerdings. Woher hätte er auch wissen sollen, dass der Kerl sich seit einigen Tagen zurückgesetzt fühlte, weil er der Meinung war, nicht genügend beachtet zu werden. Da hat es natürlich gepasst, dass ihn der Strobel zuerst gar nicht bemerkt hatte. Von daher war er angerührt, weil er an seinem freien Tag extra gekommen war, um seinem Chef unter die Arme zu greifen, und der ihn zum Dank noch nicht einmal gegrüßt hatte. Befindlichkeiten, die man auf den ersten Blick für kindisch halten könnte. Tatsächlich aber war das Verhalten vom Berti nur allzu menschlich. Ich meine, viele von uns haben sich in ihrem Leben wahrscheinlich schon einmal so gefühlt und deswegen herumgebockt. Das war keine Erfindung vom Berti. Und dass die Herumspinnerei eine rein weibliche Eigenschaft ist, ist eindeutig ein Vorurteil. Weil auch wir Männer ganz schön schmollen können, wenn uns ein Furz quer sitzt. Gar keine Frage. Das muss auch einmal gesagt werden, dass nicht nur Frauen mühsam sein können. Aber wie dem auch sei. Freilich könntest du jetzt sagen, dass der Berti ein erwachsener Mann gewesen ist und von daher eigentlich in der Lage hätte sein müssen zu sagen, was ihm nicht passte. Aber das ist so nicht ganz richtig. Ein Psychologe könnte dir das mit ganz einfachen Worten erklären, was da im Unterbewusstsein vom Berti abgegangen ist. Wie sehr er sich in dem Moment in seine Kindheit zurückversetzt fühlte. Und zwar an jenen Tag, an dem er beim Hörmann vor dem Ladentisch gestanden und darauf gewartet hatte, endlich seinen Schokoriegel kaufen zu können, auf den er sich den ganzen Weg gefreut hatte. Aber mit seinen fünf Jahren war der Berti damals eben noch ein Knirps und tauchte in der Masse der Erwachsenen quasi unter. Das führte dazu, dass ihn die damals noch nicht ganz so alte Frau Hörmann dauernd übersah. Da nützte es dem kleinen Berti gar nichts, dass er seine Hand so hoch hinaufstreckte, wie er nur konnte, und »Bitte, bitte …« rief. Ja, in diesem Augenblick fühlte sich Klein Berti so hilflos und unglücklich wie noch nie zuvor in seinem kurzen Leben. Aber dem Burschen hatte es damals eben am nötigen Durchsetzungsvermögen gefehlt. Er hatte das Geschäft ohne den heißersehnten Schokoriegel verlassen müssen und sich in sein Versteck zurückgezogen, um ausgiebig zu schmollen. Das war ein furchtbar trauriger Tag für den kleinen Mann gewesen. Na ja, und als der Strobel ihn an diesem Tag nicht gleich bemerkte, erinnerte sich das Unterbewusstsein vom Berti eben an dieses Ereignis und rief die gleichen Gefühle in ihm hervor. Natürlich war das dem Mann nicht bewusst. Es ist einfach so in seinem Kopf passiert. Und siehst du, daraus lernen wir, dass oft harmlos wirkende Ereignisse uns Menschen ganz schön aus der Bahn werfen können und wir oft gar nicht wissen, warum. Es sei aber angemerkt, dass der Berti immer noch sehr gerne Schokoriegel aß. Und dank des neumodischen Supermarktkonzeptes beim Hübner konnte er sie sich selbst aus dem Regal nehmen. Gut für sein Unterbewusstsein, aber schlecht für seine Figur. Sei's drum. Laienhaft erklärt, war das jedenfalls die Ursache für die Schmollerei vom Berti. Und genau, wie er nicht gewusst hat, warum er sich so schlecht fühlte, hat auch sein Chef nichts davon mitgekriegt. Der war nämlich vollauf mit seinen Gedanken beschäftigt. Natürlich hätte er sich die nicht mehr machen brauchen, weil der Kontrollinspektor Novotny aus dem hochlöblichen Wien den Akt übernommen hatte. Aber so einfach war das dann auch nicht. Immerhin passierte die ganze Sache in seinem Zuständigkeitsbereich. Von daher natürlich ein gesteigertes Interesse an der Klärung beim Strobel. Gar keine Frage. Da blieb keine Zeit für besonderes Einfühlungsvermögen in das Seelenleben seines Kollegen. Ich meine, du musst dir das einmal überlegen. Normalerweise wäre diese Hippiesache ein großer Aufreger gewesen und die Hochstandgeschichte auch. Diese beiden Fälle hätten in normalen Zeiten absolut ausgereicht, um die Gendarmen voll und ganz auszulasten. Von dieser Warte aus betrachtet, lief der Strobel praktisch auf 250 Prozent Leistung oder so. Vollgas, wenn du so willst. Trotzdem vergaß er seinen 15.00 Uhr Termin nicht. Da war nämlich die Trauerfeier für die Jocha Elisabeth angesetzt, für die er sich auch noch umziehen musste. Aber dafür hatte er noch zwei Stunden Zeit. Und weil er sich offiziell nicht mehr um die Entführung kümmern musste, beschloss er, sich den Tatort beim Hochstand anzuschauen. Gedacht, getan, und schon kurze Zeit später stand er, zusammen mit dem Berti, vor dem Opfer der nächtlichen Gewaltattacke. Abgesehen von vier Stümpfen, die einmal die Stützen der Konstruktion gewesen waren, lag das Ding komplett im Gras. Es war eindeutig zu erkennen, dass hier jemand mit einer Axt am Werk gewesen war. Und zwar jemand, der kein besonderes Talent im Umgang mit einem solchen Werkzeug gehabt hatte. Dafür waren die Einschnitte der Klinge viel zu weitläufig im Holz verteilt. Es sei denn, überlegte der Strobel, dass der Täter einen Vollrausch gehabt hatte. Das würde einiges erklären. Die beiden Gendarmen sahen sich den gefallenen Riesen genau an. Als sie am ehemals oberen Ende standen, bemerkte der Berti ein Stück Stoff, das unter dem Holz hervorlugte, und zog daran. Es war allerdings ein ziemlich widerspenstiges Teil. Mit beiden Händen musste er ziehen und sich auch noch mit seinem ganzen, nicht gerade unbeträchtlichen Gewicht reinhängen, um das Ding unter dem Hochstand hervorzuzerren. Er mühte sich redlich ab, bis es schließlich mit einem Mal nachgab und er sich auf sein Hinterteil setzte. Interessiert betrachtete er das Beutestück in seinen Händen. Erst bei ganz genauem Hinsehen erkannte er, dass es sich um einen Filzhut handelte. Weil, unter der Einwirkung vom Gewicht und der unbändigen Körperkraft des Berti hatte sich die Kopfbedeckung derartig verformt, dass sie kaum noch als solche zu erkennen war. Erst nach mehrmaligem Drehen und Wenden war er sich da ganz sicher.

Und, man glaubt es kaum, es war ein Name im Hutband eingestickt. ›Anton E.‹ stand da zu lesen. Da war es für die Herren nicht mehr ganz so schwer, den Besitzer des Hutes auszuforschen. Jetzt mussten sie den Ellmautaler Toni nur noch fragen, warum er den Hochstand, an dessen Bau er vor ungefähr zwei Monaten selbst beteiligt gewesen war, umgehackt hatte. Weil, an und für sich war der Toni ein leidenschaftlicher Weidmann und investierte seine Zeit in die Pflege und Erhaltung solcher Sachen. Sie zu zerstören, passte gar nicht zu ihm. Als sich der Strobel umsah, stellte er fest, dass es vom Hochstand zum Grundstück der Hippies nicht sehr weit war. Da wurde ihm natürlich auch klar, warum der Bürgermeister auf einen von ihnen als Täter getippt hatte. Sicher war er sich da aber trotzdem nicht. Vor allem nicht, weil er nicht wusste, ob die Abneigung der Hippies gegen das Töten sich auch auf Tiere bezog oder ob es diesen Leuten mehr um den Krieg als solches ging. Dafür hatte er sich bisher noch viel zu wenig mit dieser Art von Kultur auseinandergesetzt. Der Berti wusste auf diese Frage auch keine Antwort, meinte aber, dass der Strobel vielleicht den Pfaffi fragen sollte, weil der ja anscheinend eine Menge neuer Freundschaften in dem Haus geschlossen hatte. Ganz frei von Zynismus war diese Bemerkung nicht. Dem Strobel, der gerade nicht so gut auf den jungen Kollegen zu sprechen war, fiel das allerdings nicht auf. Er schnaubte nur statt einer Antwort und machte sich auf den Weg zum Auto. Weil, jetzt mussten sie erst einmal den Ellmautaler Toni suchen. Und irgendwie beschlich den Strobel das Gefühl, dass sie das so tun sollten, dass die Gerti davon nichts mitbekam. Andernfalls konnte es ganz leicht sein, dass sich der arme Kerl wieder im Badezimmer würde einsperren müssen. Also sagte er dem Berti, er solle zuerst zum Hübner fahren, weil das das Stammwirtshaus vom Toni gewesen ist. Wenn er nicht gerade im Wald oder daheim war, dann war er dort und versoff so lange sein Geld, bis ihn die Gerti, sehr zur Unterhaltung der übrigen Gäste, abholen kam. Das war nämlich immer recht witzig anzuschauen, wenn die Gerti ihren Angetrauten bei diesen Gelegenheiten regelrecht aus dem Lokal prügelte. Immer mit der flachen Hand auf den Hinterkopf und wenn er sich duckte, der Toni, trat sie ihm in den Hintern. Ja, man könnte sagen, dass die Gerti ein ziemlich wildes und grobes Weibsbild gewesen ist, mit dem nicht gut Kirschen essen war. Deswegen hatten viele Leute ganz einfach Mitleid mit dem Toni. So auch der Strobel und der Berti. Und siehst du, der Strobel sollte recht behalten. Der Toni lehnte wie üblich beim Hübner an der Bar und hielt sich an einem Krügel Bier fest. Als sich der Strobel neben ihn stellte und ihn ansah, erschrak er richtig. Anscheinend hatte der Toni den Fall des Hochstandes nicht ganz unbeschadet überstanden. Davon zeugten ein blaues Auge, eine aufgeplatzte Lippe, ein Kopfverband und ein bandagierter Arm. Insgesamt sah der Kerl so aus, als hätte ihn jemand durch den Fleischwolf gedreht. Dazu kam der eindeutig schuldbewusste Blick, den er dem Strobel zuwarf und mit dem er ihn dazu brachte, nicht lange um den heißen Brei herumzureden, sondern ihm seinen Hut auf die Schank zu legen. Der Toni nahm den zerfledderten Filzdeckel und betrachtete ihn ausgiebig.

»Wo hast denn den g'funden?«, wollte er wissen.

»Wo hast ihn denn verloren?«

»Wenn ich das wüsst', hätt' ich ihn ja nicht verloren, sondern vergessen.«

»Stimmt eigentlich.«

»Eh stimmt's. Aber wo hast ihn jetzt wirklich g'funden?«

»Unterm Hochstand.«

»Echt?«

»Ja, echt.«

»Wie ist er denn da hingekommen?«

»Das wollt' ich eigentlich von dir wissen.«

»Drunter g'rutscht wahrscheinlich.«

»Drunter g'rutscht. So, so. Wie soll denn das passiert sein?«

»Beim Runterfallen wahrscheinlich.«

»Wie bist runtergefallen?«

»Ziemlich rasch halt.«

»Warum?«

»Gekippt.«

»Warum?«

»Steher gebrochen.«

»Warum?«

»Einfach so.«

»Arg.«

»Ja, echt arg!«

»Was da alles hätt' passieren können, gell?«

»Ja, Wahnsinn! Voll g'fährlich! Ich könnt tot sein!«

»Bist oben gehockt?«

»Ja. Ganz oben.«

»Und auf einmal ist er gekippt? Einfach so? Ist es so gewesen?«

»Ja, so ziemlich.«

»Was heißt *so ziemlich*?«

»Ich kann mich nicht genau erinnern.«

»Ah, geh! Gedächtnisschwund?«

»Ja.«

»Auf'n Kopf g'fallen oder was?«

»Ja, volles Rohr auf die Birn'.«

»Warum hast denn zu niemandem was g'sagt?«

»Wegen dem Hut?«

»Na, wegen dem Hochstand.«

»Was hätt‹ ich denn sagen sollen?«

»Na, zum Beispiel, dass er einfach so umg'fallen ist.«

»Vergessen wahrscheinlich.«

»Vergessen? Ist danach noch was Spannenderes passiert?«

»Glaub ich nicht.«

»Aber?«

»Nix aber. Vergessen halt. Der Schock oder so.«

»Was hast denn der Gerti erzählt?«

»Nix. Sie hat nicht g'fragt.«

Jetzt war sogar für den überaus gutmütigen Strobel der Moment gekommen, in dem er die Geduld verlor. Er sah den Toni an und sagte ihm auf den Kopf zu, dass der Hochstand von jemandem umgehackt worden war und er davon ausgehen musste, dass es der Toni selber tat, wenn der keine vernünftigen Antworten geben würde. Das wieder, so erklärte der Ordnungshüter weiter, hätte zur Folge, dass er ihn eine Weile einsperren hätte müssen. Nach diesen Worten schaute er dem Toni tief in die Augen und forderte ihn auf, jetzt die Wahrheit zu sagen.

»Ich kann mich an nichts erinnern!«, sagte der Toni trotzig und drehte sich weg. Der Strobel schaute auf die Uhr und stellte fest, dass er sich langsam, aber sicher auf den Weg machen musste, wenn er rechtzeitig auf dem Friedhof sein wollte. Und pünktlich musste er unbedingt sein, wo doch die Frau Doktor extra wegen der Beerdigung nach

Tratschen gekommen war. Da konnte er sie schlecht alleine hingehen lassen. Von daher beschloss er, das Gespräch mit dem Toni ein andermal weiterzuführen.

»Darüber reden wir noch, Bursche!«, kündigte er unheilschwer an, drehte sich um und ging. Im Auto versuchte der Strobel, den Berti dazu zu überreden, ebenfalls auf die Beerdigung zu gehen. Aber der stellte sich stur und berief sich darauf, dass in dieser Zeit irgendwer da sein musste, falls etwas passierte. Ein Argument, gegen das der Strobel nur schlecht etwas sagen konnte. Also stieg er bei seinem Haus aus dem Auto und der Berti fuhr wieder weg.

## 13

Drinnen wartete die Frau Doktor bereits auf ihn. Sie war schon umgezogen und trug ein sehr elegantes schwarzes Kostüm. Die Paradeuniform vom Strobel hing auf einem Kleiderbügel im Vorzimmer und seine Schuhe standen, auf Hochglanz poliert, darunter. Er brauchte also nur noch in das Gewand hineinzuschlüpfen. Auf dem Weg zum Friedhof stellte die Frau Doktor fest, dass sie sehr gespannt war, wie viele Leute zu der Trauerfeier kommen würden. Der Strobel war überzeugt, dass außer ihnen niemand da sein würde, sagte es aber nicht, weil er meinte, dass sie es ohnehin sehen würde, sobald sie am Friedhof ankamen. Wozu also schon vorher unken? Genau in dem Moment, als sie den Friedhof durch die schmiedeeiserne Gittertür betraten, begann die Glocke der kleinen Kapelle zu läuten. Fast so, als hätte der Pfarrer Römer auf sie beide gewartet. Das war natürlich nicht so. Es war einfach Punkt 15.00 Uhr. Das Paar ging auf die kleine Kapelle zu, in der der Sarg stand. Genau wie der Strobel erwartet hatte, war kein Mensch da. Mit Ausnahme der beiden Totengräber natürlich. Der Pfarrer stand in der Kapelle und sprach leise ein Gebet. Als der Strobel und die Frau Doktor eintraten, sah er kurz zu ihnen, nickte ihnen zu und betete schließlich weiter. Recht wohl fühlte sich der Strobel in dieser Umgebung nicht. Ich meine, wahrscheinlich gibt es nicht viele Menschen, die sich auf einem Friedhof wohlfühlen, aber für den Strobel war es besonders schlimm. Zuletzt war er bei der Beisetzung seiner Frau und seiner Tochter auf einem Friedhof gewesen. Jetzt überkamen ihn Erinnerungen an diesen wohl schwärzesten Tag seines Lebens. Die Gefühle kamen so heftig in ihm hoch, dass er ihnen absolut nichts entgegenzusetzen hatte. Er spürte, wie sich seine Augen mit Tränen füllten. Seine Frau Doktor drückte seine Hand ein wenig fester. Ganz so, als wüsste sie, was in ihm vorging. Um zu verhindern, dass sie seine Tränen sah, starrte er während der gesamten Trauerfeier stur geradeaus. Auch als sie hinter dem Römer und den beiden Totengräbern her auf die offene Grabstelle zugingen. Der Anblick der Grube verstärkte die Traurigkeit. Sie war völlig schmucklos. Keine Blumen und keine Kränze. Wie gelähmt sah er zu, wie die beiden Arbeiter den Sarg in das Grab senkten. Die Worte, die der Pfarrer Römer währenddessen sprach, hörte er nicht. Zu sehr war er damit beschäftigt, wieder einmal mit Gott zu hadern. Wegen seiner Familie und natürlich auch wegen der Elisabeth. Die Frau hatte nie jemandem etwas Böses getan und trotzdem war sie Zeit ihres Lebens einsam und alleine gewesen. Noch nicht einmal auf ihrem letzten Weg wollte sie jemand begleiten. Niemand sollte diese Welt so unbeachtet verlassen müssen, dachte der Strobel. Auf einmal spürte er, wie ihm die Frau Doktor ihre Hand entzog. Sie ging ein paar Schritte näher an das offene Grab heran. Erst jetzt sah er, dass sie einen Strauß weißer Rosen im Arm gehalten hatte, den sie jetzt auf den Sarg fallen ließ. In diesem Moment fragte er sich, ob Gott auch ihn, den ewigen Zweifler, so einsam sterben lassen würde. Eine Vorstellung, die ihm nicht sonderlich gefiel. Nach knapp einer halben Stunde war alles vorbei. Der Römer bedankte sich bei den beiden für ihr Kommen und während er ein paar Worte mit der Frau Doktor wechselte, beobachtete der Strobel die beiden Totengräber, die neben dem offenen Grab standen und sich unterhielten, während sie ihre Zigaretten rauchten. Unwillkürlich fragte er sich, ob die Herren die Kippen respektlos in das Grab der Elisabeth werfen würden, als ihn die Frau Doktor mit einem Kuss auf die Wange aus seinen Gedanken riss. Es war Zeit für ihn zu gehen. Immerhin wartete eine Menge Arbeit auf ihn.

# 14

Weit kam er allerdings nicht, weil draußen vor dem Tor schon der Berti auf ihn wartete. Als der seinen Chef erblickte, eilte er sofort auf ihn zu und redete hektisch auf ihn ein. Er erzählte, dass der Novotny und der Major Schuch auf dem Weg zur Dienststelle seien, weil es eine äußerst unerfreuliche Entwicklung gab, die sie unbedingt mit dem Strobel besprechen wollten. Genaueres konnte der Berti dazu allerdings nicht sagen. Dafür wusste er aber, dass sie sich beeilen mussten, wenn sie vor den beiden Herren auf dem Posten sein wollten. Als sich der Strobel der Frau Doktor zuwandte, um sich ihr zu erklären, winkte diese nur ab und meinte, er solle ruhig gehen, weil sie auch alleine zurecht kommen würde. So machten sich die Gendarmen mit einem flauen Gefühl in der Magengegend auf den Weg. Keiner von ihnen hatte auch nur die leiseste Idee, was zu diesem Treffen geführt haben konnte. Vor allem der Umstand, dass der Major sich an einem Samstag auf den Weg nach Tratschen machte, deutete auf gröbere Probleme hin. Weil, der Mann verirrte sich fast nie hierher. Schon gar nicht am Wochenende. Fast zeitgleich mit dem Novotny kamen sie beim Posten an. Und noch bevor sie ein Wort mit ihm reden konnten, brauste auch schon der Major daher, als wäre der Krieg ausgebrochen. Hektisch sprang er aus seinem Wagen und grüßte pauschal in die Runde. Der Strobel beeilte sich, die Hintertüre aufzusperren, und erstarrte fast zur Salzsäule, als er sie öffnete. Drinnen hörte er nämlich jemanden rufen. Und zwar den Pfaffi! Da fiel dem Postenkommandanten ein, dass er den Burschen in die Zelle gesperrt und dort vergessen hatte. Offenbar war er jetzt aufgewacht und wollte herausgelassen werden. Ein verdammt blöder Zeitpunkt. Ausgerechnet jetzt, wo der Major und der Novotny da waren. Wie sollte er erklären, dass einer seiner Mitarbeiter in der Zelle eingeschlossen war? Noch dazu befand sich der Pfaffi nicht gerade in einem herzeigbaren Zustand. Um in die Amtsräume zu kommen, mussten sie aber beim Zellentrakt vorbei. Blöde Geschichte. Er warf einen Blick über die Schulter, um zu sehen, wo die zwei Männer waren. Zu seinem Glück standen sie mit dem Rücken zu ihm. Also verschloss der Strobel die Hintertür wieder, sperrte sie ab und machte sich auf den Weg zum vorderen Eingang. Zwar würden seine Besucher den Pfaffi dann trotzdem hören, aber wenigstens nicht gleich sehen, und er konnte eine Erklärung für den Lärm erfinden. Er ging zum Berti, der überhaupt keine Ahnung hatte, dass der Pfaffi in der Zelle saß, flüsterte ihm ins Ohr, er solle die zwei irgendwie aufhalten, und eilte, so schnell es ging ohne zu viel Aufmerksamkeit zu erregen, zur Vordertür. Er sperrte sie auf, huschte hinein, lief zum Zellenblock und fauchte den Pfaffi an, dass er, wenn er keine Schwierigkeiten haben wolle, still sein müsse, weil der Major draußen sei. Zwar konnte man dem Burschen ansehen, dass er keine Ahnung hatte, was hier gespielt wurde, aber er erkannte am Ton seines Chefs, dass er besser tun sollte, was der verlangte, und setzte sich wieder auf die Pritsche. Kein Wort kam mehr über seine Lippen. Der Strobel sperrte die Zelle auf und begab sich wieder in die Amtsräume. Als er sich hinter seinem Schreibtisch niederließ, ging auch schon die Tür auf und ein ziemlich verwirrt dreinschauender Berti kam, gefolgt vom Major und vom Novotny, herein. Die Herren machten überaus besorgte Gesichter. Kaum hatten sie Platz genommen, begann der Major auch schon zu reden. Und was er zu sagen hatte, gefiel dem Postenkommandanten gar nicht. Weil, sein Vorgesetzter erzählte, dass der Bremer Karl einen weiteren Brief vom Entführer bekommen hatte, in dem dieser den Abzug der Kriminalpolizei forderte. Sollte das nicht in der nächsten Stunde geschehen, würde er den Markus töten. Sollte sich in den folgenden Tagen, mit Ausnahme der örtlichen Gendarmerie, auch nur ein einziger fremder Beamter in Tratschen zeigen, würde er auch die

Anneliese umbringen. Kurz, prägnant und aussagekräftig. Schon als der letzte Brief ohne Marke gekommen war, hatte sich der Strobel gedacht, dass der Täter in der Nähe sein musste, aber jetzt war er sich natürlich ganz sicher. Entweder dieser selbst oder ein Komplize beobachtete das Haus vom Karl. Gar keine Frage. Weil, woher hätte der Entführer sonst wissen können, dass die Kriminalpolizei da war? Natürlich ist das jetzt keine besonders herausragende Überlegung vom Strobel gewesen. Der Novotny und der Major waren freilich zu dem gleichen Schluss gekommen. Aber interessant war es trotzdem. Vor allem die Antwort auf die brennende Frage, wie es jetzt weitergehen sollte. Und dazu hatte der Major auch schon eine Idee. Der Strobel sollte nach außen hin wieder die Ermittlungen führen und den Novotny telefonisch auf dem Laufenden halten. Der würde die weiteren Maßnahmen von Hollabrunn aus koordinieren. Keinesfalls, so schärfte der Major dem Strobel mehrmals ein, durfte er irgendwas unternehmen, ohne es vorher mit ihm oder dem Novotny abzusprechen. Vor allem, wenn es um die Übergabe des Lösegeldes ging. Dabei wollte der Novotny dem Täter nämlich eine Falle stellen und ihn verhaften. Genau nach Lehrbuch und hochtheoretisch. Weder der Strobel noch der Berti hatten an dieser Entwicklung besondere Freude. Vor allem der Strobel nicht. Dem war es nämlich ganz recht gewesen, dass der Novotny die Verantwortung für die Geschichte übernommen hatte. Er war sich vollkommen im Klaren darüber, dass er, sollte einem der Opfer etwas zustoßen, der Arsch sein würde. Und wer wollte in solch einem Fall schon gerne der Arsch sein? Genau das versuchte er dem Major jetzt zu erklären. Aber da mischte sich der Novotny ein und verlor ein paar schlaue Worte zum Thema: ›Die Psyche des Entführers‹. Gestenreich und ausschweifend erklärte er den Anwesenden, dass aufgrund des bisherigen Verhaltens und der Vorgehensweise des Täters nicht davon auszugehen sei, dass er tatsächlich zur Gewalt neige. Vielmehr könne man annehmen, es zwar mit einem intelligenten, aber unentschlossenen Menschen zu tun zu haben. Weil, so der kluge Novotny, der böse Bube schon längst jemanden verletzt hätte, wenn er das wirklich gewollt hätte. Schöne Worte, die den Strobel dazu veranlassten, den Mann zu fragen, ob er den Entführer persönlich kenne oder mit ihm geredet habe, weil er das gar so gut wisse. Da war er glatt beleidigt, der Kollege aus Wien, und redete etwas von wissenschaftlich belegbaren Erkenntnissen, irgendwelchen Studien und Erfahrungen aus dem Ausland daher. Alles Dinge, die dem Strobel herzlich wurscht gewesen sind. Er vertrat mehr die Meinung, aufgrund dieser Prognose vom Kontrollinspektor Novotny keine Verantwortung übernehmen zu wollen. Das, so sagte er klar und deutlich, könne der gerne selber tun. Bevor diese Debatte zum Streit ausartete, griff der Major ein und stellte fest, dass, egal was auch passieren würde, der Novotny als Einsatzleiter die volle Verantwortung hatte. Ein Machtwort, mit dem die Streithähne gut leben konnten. Aus Sicht vom Strobel war die Situation gar nicht einmal so schlecht. Keine Entscheidungen treffen und keine Verantwortung übernehmen zu müssen, hörte sich ganz gut an. Dem Novotny hast du ansehen können, dass er ebenfalls sehr zufrieden gewesen ist, weiterhin Leiter der Ermittlungen zu sein. Was den Major angegangen ist, so verriet dessen Miene nicht wirklich, was er dachte. Ausgesehen hat er allerdings, als hätte er in eine ungeschälte Zwiebel gebissen. Kaum war die Entscheidung getroffen, machten sich der Offizier und sein neuer Freund wieder auf den Weg und der Strobel blieb mit einem äußerst besorgt wirkenden Berti zurück. Aber nicht, dass du jetzt denkst, der Berti war nur wegen der Entführungsgeschichte besorgt. Nein, er machte sich auch Gedanken darüber, was sein Chef mit dem jungen Kollegen anstellen würde, der immer noch hinten in der Zelle hockte. Eines war nämlich sicher: ungeschoren würde der Depp nicht davonkommen. Wie konnte der Kerl auch auf die Idee verfallen, einfach nicht zum Dienst zu erscheinen? Die Frage war nur, wie hart ihn der Zorn vom Strobel dafür treffen würde. Und siehst du, wieder einmal standen die Sterne für den Herrn Inspektor Pfaffenberger günstig. Der Strobel war nämlich mit seinen Gedanken ganz woanders. Nämlich bei der Frau Doktor und dem Lied vom Zusammenziehen. Weil, dass die Frau auf irgendeine Stellungnahme von ihm wartete, hatte er am Vortag schon gemerkt. Aber er wusste beim besten Willen noch immer nicht, was er ihr sagen sollte. Von daher war der Pfaffi seine kleinste Sorge und er trug dem Berti auf, ihn heimzuschicken. Das machte der auch gleich. Allerdings hinderte er den Pfaffi wohlweislich daran, zum Strobel zu gehen, um sich irgendwie zu rechtfertigen. Er dirigierte ihn lieber zur Hintertür hinaus und gab ihm den gut gemeinten Ratschlag, morgen früh pünktlich und nüchtern zum Dienst zu erscheinen und erst dann mit dem Strobel zu reden. Ziemlich zerknirscht, trollte sich der Jungspund. Der Berti selbst ging wieder in dem Amtsraum und setzte sich hinter seinen Schreibtisch. Kaum hatte er Platz genommen, schoss der Strobel, völlig unerwartet für seinen Kollegen, die Frage ab, ob der, wäre er an seiner Stelle, nach Hollabrunn ziehen würde. Jetzt musst du natürlich wissen, dass die zwei vorher nie über dieses Thema geredet hatten und der Berti deswegen natürlich nicht zu 100 Prozent informiert war. Genau genommen, eigentlich nur zu 50. Maximal. Dazu ist gekommen, dass er manchmal geistig ein bisschen träge gewesen ist. So auch jetzt. Ich meine, der arme Kerl hat logischerweise nur Bahnhof verstanden und überhaupt nicht gewusst, wieso sein Chef nach Hollabrunn ziehen sollte. Die Stadt war ja zwischendurch ganz nett, aber eine Ruhe wie in Tratschen konnte sie nicht bieten. Und ob der Strobel mehr Geschäfte brauchte, als es in Tratschen gab, wusste der Berti freilich nicht. Dafür kannte er die Einkaufsgewohnheiten seines Chefs zu wenig. Auch hatte er keinen Schimmer, worauf der Mann hinauswollte. Was er aber wusste, war, dass der Strobel Busfahrten hasste wie die Pest. Also gab er eine kurze und klare Antwort.

»Du hast kein Auto.«

Damit war dem Strobel freilich nicht sonderlich geholfen. Immerhin war ihm selbst klar, dass er kein Auto hatte. Seine Frage beantwortete das allerdings nicht und er hakte nach.

»Würdest du an meiner Stelle in die Stadt ziehen?«

»Ich weiß nicht. Darüber hab ich noch nicht nachgedacht.«

»Dann tu es jetzt! Würdest du?«

»Aber du hast kein Auto.«

»Ich weiß, dass ich kein Auto habe. Vergiss das jetzt einmal und beantworte bitte meine Frage!«

»Du fährst doch nicht gerne Bus, also …«

»Menschenskind, Berti! Vergiss das. Sag einfach ja oder nein!«

»Hm … Wenn ich an deiner Stelle wäre und ein Auto hätte, dann vielleicht. Aber ohne Auto …«

»Ich kann mir ein Auto kaufen. Das ist nicht das Problem. Die Frage ist, ob ich in die Stadt ziehen soll.«

»Warum willst denn da hin?«

»Das ist es ja eben. Ich weiß nicht, ob ich da hin will!«

»Warum fragst dann?«

»Weil ich deine Meinung hören wollte!«

»Warum?«

»Weil ich es selber nicht weiß!«

»Vielleicht gewöhnst dich ja an den Bus, wenn du …«

»Der Bus ist mir wurscht, Berti. Das Problem lässt sich jederzeit lösen …«

»Und warum fragst dann?«

»Weil …«

Genau in dem Moment, in dem der Strobel schon leicht entnervt zu einer ausführlichen Antwort ansetzte, läutete wieder das Telefon.

»Heb du ab. Ich geh zum Wenger!«, sagte der Strobel resignierend, nahm seine Kappe und ging hinaus. So wie es aussah, musste er doch noch einen zweiten Anlauf nehmen und sich beim Römer einen Rat holen. Aber der würde wahrscheinlich gar nichts sagen oder darauf bestehen, dass sie heiraten mussten oder so. Und ob er das wollte, wusste er auch nicht. Mit grimmiger Miene und den Blick fest auf die Straße direkt vor seinen Füßen geheftet, marschierte er los. Weit kam er allerdings nicht, weil der Berti rief, dass er zurückkommen solle, weil schon wieder was Arges passiert sei.

»Jetzt leckt's mich doch alle am …«, murmelte der Postenkommandant zornig, als er sich umdrehte und zurückging. Zwischen Tür und Angel teilte ihm der Berti mit, dass die Haslauer Marion angerufen hatte, weil sie eine Anzeige machen wollte. Und zwar wegen einem Paket, das sie vor der Tür des Bremerschen Anwesens gefunden hatte. Aggressiv und genervt unterbrach der Strobel seinen Kollegen, weil er ohne langes Herumgerede wissen wollte, was in dem Paket drinnen war. »Daumen!«, antwortete der Berti und klang dabei eindeutig beleidigt. Ein bisschen mehr Beachtung hatte er sich für diese Nachricht nämlich schon erwartet. So etwas passierte schließlich nicht jeden Tag. Und diese Beachtung bekam er jetzt auch. Weil, der Strobel glaubte, seinen Ohren nicht zu trauen, und fragte noch einmal.

»Was war drinnen?«

»Daumen!«

»Hast du Daumen g'sagt?«

»Ja, Daumen!«, nickte der Berti zustimmend.

»Wie viele?«

»Keine Ahnung.«

»Und von wem?«

»Na, woher soll ich denn das wissen?«

»Sicher von einem der Entführten!«

»Glaubst?«

»Nein! Hat sicher irgendeine Verwandtschaft als Geschenk geschickt. Autoschlüssel!«

Mit diesen Worten eilte der Strobel auch schon wieder zum Dienstkäfer. Auf dem Weg nach Mariendörfl diskutierten sie kurz darüber, ob sie jetzt nicht besser den Novotny hätten anrufen sollen, kamen aber zu dem Ergebnis, dass der sie sowieso zu dem Haus geschickt hätte, um nachzuschauen, was es mit dem Paket auf sich hatte. Deswegen konnten sie sich genauso gut gleich ein Bild machen und dann den Novotny verständigen. Vielleicht war der angebliche Daumen ja gar keiner? Wer konnte das jetzt schon wissen? Und falls doch, wem hatte er gehört und, vor allem, wer hatte ihn vor das Haus vom Bremer gestellt? Und warum dorthin? Mitten in all diesen Überlegungen erinnerte sich der Strobel auf einmal an den zweiten Erpresserbrief. Da hatte nämlich nur ein Wort drinnen gestanden. ›Daumen‹ nämlich. Jetzt war er sich doch ziemlich sicher, dass es wirklich Teile eines der Opfer sein mussten, und forderte den Berti auf, schneller zu fahren. Als er einen Blick zu ihm hinüberwarf, konnte er an der fahlen Gesichtsfarbe erkennen, dass der Berti auch schon an den Brief gedacht hatte. Dann allerdings keimte eine neue Frage in ihm auf. Nämlich die nach der Schuld. Wessen Fehler war es gewesen, dass der Entführer die Kriminalbeamten gesehen und so reagiert hatte? Der von ihm oder doch eher der vom Novotny? In wessen Verantwortung fiel wohl ein abgeschnittener Daumen? Mit einem Mal war er sich ziemlich sicher, dass der feine Herr Major versuchen würde, ihm die Sache in die Schuhe zu schieben. So von wegen Fingerspitzengefühl und so. Eine bessere Gelegenheit, dem Strobel zu schaden, würde er sicher so schnell nicht wieder bekommen. Von daher machte sich der Postenkommandant auf einen Kampf gefasst, von dem er noch nicht einmal wusste, ob er jemals stattfinden würde. Jetzt kannst du natürlich sagen, sicher ist sicher und es ist besser, auf alles vorbereitet zu sein. Und grundsätzlich stimmt das ja auch. Aber der Strobel sollte in diesem Fall bald merken, dass es reine Energieverschwendung war, sich über ungelegte Eier Gedanken zu machen. Schließlich sagt ja auch der Volksmund, dass man das Fell des Bären nicht aufteilen soll, bevor er tatsächlich erlegt ist. Eine Regel, die der Strobel normalerweise immer beherzigte. Doch diesmal hatte er eindeutig ein bisschen zu viel um die Ohren, um sachlich zu bleiben. Deshalb bastelte er den Rest der Fahrt an seiner Verteidigungsstrategie, anstatt sich mit dem vorliegenden Fall zu befassen. Gar nicht professionell vom Strobel. Aber wie dem auch sei.

# 15

Im Mariendörfl wurden die beiden Herren jedenfalls schon sehnsüchtig von der Marion erwartet. Die hatte nämlich auch nicht besonders viel Freude damit, menschliche Körperteile im Haus zu haben, und wollte das Paket so schnell wie möglich wieder loswerden. Ja wirklich, das war ihre einzige Sorge. Die Schachtel musste aus dem Haus. Natürlich ist das der Schock gewesen. Gar keine Frage. Ich meine, es ist ja auch ganz normal, dass man geschockt ist, wenn man so ein merkwürdiges Geschenk öffnet. Zumindest kann ich mir das recht gut vorstellen. Wissen tu ich es freilich nicht, weil ich noch nie solche Post gekriegt habe. Die Marion war jedenfalls völlig neben sich und brauchte deswegen dringend irgendeine Beschäftigung, mit der sie sich ablenken konnte. Und was lenkt so eine Haushälterin besser ab als Kochen und Putzen? Richtig! Nichts. Deshalb hat die Marion angefangen, einen Kuchen zu backen. Frag jetzt nicht, was für einen Kuchen. Das weiß ich nämlich nicht. Jedenfalls ist sie in der Küche zugange gewesen, als die beiden Ordnungshüter eintrafen, und hantierte lautstark mit dem Mixer. Das führte logischerweise dazu, dass sie die Herren nicht läuten hörte und deshalb zu Tode erschrak, als die Uniformierten plötzlich in der Küche auftauchten und in einer Rührpause laut und deutlich grüßten. Da ist der armen Frau der Mixer aus der Hand gefallen und sie hat einen spitzen Schrei ausgestoßen. Und das war nur der Anfang, weil die Marion jetzt eine ganze Kette von Ereignissen auslöste. Während der Mixer, begleitet von dem Schrei, in Richtung Fußboden fiel, wirbelte sie zu den beiden Gendarmen herum und riss dabei abwehrend die Arme in die Höhe. Dafür brauchte sie exakt so lange, wie der Mixer für den Weg zum Boden, und so traf sie das Ding am Ende der Drehung an ihrem linken Fuß. Genau auf den großen Zeh, der ohnehin unter einem ziemlich großen Hühnerauge zu leiden hatte und deswegen dauernd wehtat. Das war auch der Grund, warum sie seit einigen Tagen immer nur Schlapfen anhatte, die vorne offen waren. Im Hinblick auf die Vermeidung von Druckschmerz beim Gehen eine weise Entscheidung. In Verbindung mit dem fallenden Rührgerät allerdings nicht. Der Treffer tat so höllisch weh, dass sie ihren Fuß hob und bei dem Versuch, ihren Zeh mit der rechten Hand zu erreichen, ein bisschen das Gleichgewicht verlor und sich auf der Arbeitsplatte abstützen wollte. Dabei kam sie der Rührschüssel mit dem Teig zu nahe, kippte sie um und beförderte sie ebenfalls zu Boden. Als sie ihr Gleichgewicht endgültig zu verlieren drohte, wollte ihr der Berti zu Hilfe eilen und machte einen schnellen Schritt in ihre Richtung. Vor lauter Herumwackeln und mit den Armen Rudern hatte die Ärmste immer noch nicht erkannt, wer da in ihrer Küche stand, und versuchte deshalb, dem Schatten zu entkommen, der sich da in vermeintlich böser Absicht auf sie zubewegte. Sie drehte sich also weg, um ins Wohnzimmer zu flüchten, und trat dabei in den Teig, der zwar farblich gut zu dem geschmacklosen Linoleum passte, aber nicht gerade einen griffigen Bodenbelag abgab. Von daher hatte die Gute freilich ein paar Startschwierigkeiten und kam nicht ganz so rasant von der Stelle, wie sie sich das vorgestellt hatte. Das wieder trug nicht zu ihrer Beruhigung bei. Man könnte auch sagen, dass sie in diesem Moment endgültig in Panik verfallen ist, aber das bestreitet die Frau ja bis heute. Wie dem auch sei. Jedenfalls versuchte sie verzweifelt, auf den

Beinen zu bleiben und Distanz zwischen sich und ihren Angreifer zu bringen. Die Folge war ein eher unkontrolliertes Durch-die-Küche-Schleudern mit einigen abrupten Kurswechseln, von denen einer sie auch am Küchentisch vorbeiführte, auf dem sie – du ahnst es sicher schon – den Karton mit dem Beweisstück geparkt hatte. Und es kam, wie es kommen musste. Genau! Die Marion fegte den Karton im Vorbeischleudern mit einer fast schon lässig anmutenden Armbewegung von der Tischplatte. Die Schachtel flog in hohem Bogen vom Tisch, die Marion schleuderte vor sich hin, der Berti versuchte, sie, ohne in den Teig zu treten, einzuholen, um ihren Kurs zu stabilisieren, und der Strobel, der die Szene bisher stumm beobachtet hatte, verfolgte das fliegende Beweisstück mit großen Augen und offenem Mund. Er sah, wie es auf dem Boden landete, sich mehrmals überschlug, sich öffnete und seinen Inhalt freigab, der sich jetzt in der Küche verteilte. Wobei dem Postenkommandanten das Papier und die Styroporteilchen wurscht waren. Ihn fesselte dieser kleine, fleischfarbene Teil, der auf den ersten Blick mehr wie eine kleine Wurst aussah als wie ein Daumen, und der jetzt vom Linoleum abprallte und in einer flachen Kurve auf den darauf verteilten Teig zusegelte. Wie in Zeitlupe sah er das Ding fliegen und realisierte sofort, dass hier ein unendlich wichtiges Beweisstück Gefahr lief, arg in Mitleidenschaft gezogen zu werden. Mitten in der Masse lag ja noch der Mixer. Und weil der natürlich immer noch Strom hatte, lief er auch noch, und das kleine, fleischfarbene Würstchen flog genau auf den sich sauschnell drehenden Quirl zu. Da kam schlagartig Leben in den Strobel.

»Neeiiin!«, schrie er entsetzt, spurtete los, als gelte es, ein Leben zu retten, und versuchte ernsthaft, das Corpus

Delicti zu fangen, bevor es den Mixer erreichte. Na ja, kurz und gut, für den Daumen war es zu spät. Der landete auf dem wirbelnden Metall, wurde dadurch quasi zum extrem beschleunigten Querschläger, sauste durch den Raum, am Strobel vorbei und durchs offene Fenster in den Garten. Dafür erstarrte die Marion durch den Schrei vom Strobel augenblicklich zur Salzsäule. Der Berti nicht. Der donnerte jetzt mit viel Schwung von hinten in die Marion hinein, die dadurch doch noch zu Fall kam und mit dem Kopf so hart gegen einen der Stühle schlug, dass die Haut über ihrem rechten Auge aufplatzte wie die einer überreifen Tomate. Der Berti selber konnte sich gerade noch am Tisch abfangen. Das alles sah der Strobel schon nicht mehr. Der war flugs nach draußen geeilt, um das Würstchen zu bergen. Keine Sekunde zu früh, wie sich herausstellte. Eine der Katzen war nämlich schon dabei, an dem seltsamen Ding zu riechen und es abzulecken. Nicht auszudenken, wenn das Vieh am Ende das Beweisstück verschleppt oder gar gefressen hätte. So weit kam es aber dann glücklicherweise doch nicht. Der heranstürmende Strobel schlug das Tier schon alleine durch seinen Anblick in die Flucht. Seine »Kusch, Kusch« Ruferei hätte er sich ruhig sparen können. Langsam ging er neben dem Ding in die Hocke, um es näher zu betrachten. Und tatsächlich! Es war ein Daumen. Auf den ersten Blick fein säuberlich von der Hand getrennt. Kein Grund zur Beanstandung. Chirurgisch einwandfrei. Ansonsten sah er aber nicht mehr ganz so frisch aus. An etlichen Stellen war die Haut abgeschrammt und auf Höhe des Gelenkes wirkte er fast ein wenig schief. Dieser Anblick ließ den Strobel stark vermuten, dass der Mixer für diese Blessuren verantwortlich war, und er befasste sich gedanklich bereits mit der Frage, wie er das dem Major und dem

Kollegen Novotny erklären sollte. Am besten würde sein, so dachte er, erst einmal gar nichts zu sagen. Möglicherweise bemerkte ja niemand etwas. Wirklich geglaubt hat er daran allerdings nicht. Zu deutlich waren die Spuren. Aber jetzt hatte der Strobel ein viel wichtigeres Problem zu lösen. Er musste das Ding wieder einsammeln, ohne noch mehr Schaden anzurichten. Allerdings hatte er weder Handschuhe noch irgendein Behältnis bei sich. Wie, um alles in der Welt, sollte er also den Daumen sichern? Kurz überlegte er, dass es schade um die ›Originalverpackung‹ war. Aber der Karton war sicher noch zu gebrauchen. Außer der Marion und dem Täter sollte den niemand berührt haben. Der Sturz war völlig egal. Er musste also den Daumen nur wieder in den Karton legen. Bei diesen Gedanken geschah etwas Seltsames. Im Kopf vom Strobel manifestierte sich nämlich ein Störgeräusch. Na ja, genaugenommen war es kein Geräusch, sondern ein sich ständig in seinem Hirn wiederholendes Wort. Und dieses Wort lautete ›Fingerspitzengefühl‹. Ja, wirklich! Total makaber, aber wahr. In einer Endlosschleife lief dieses Wort durch seinen Kopf. Und da konnte der Strobel irgendwie gar nicht anders, als blöd zu grinsen. Weil, was den Besitzer des Daumens anging, so fehlte dem jetzt tatsächlich ein kleines bisschen Fingerspitzengefühl. Lange hielt diese seltsame Heiterkeit aber nicht vor und die Absicht, das Beweisstück zu retten, gewann wieder die Oberhand. Allerdings wollte er das gute Stück nicht aus den Augen lassen. Schließlich konnte er nicht sicher sein, ob die Katze nicht zurückkehrte, um sich den Daumen doch noch zu holen. Die lange Geschichte kurz erzählt, ist, dass er nach dem Berti rief, bis der seinen Kopf durch das Fenster steckte und ihn fragte, was los sei. Sein Chef sagte allerdings nichts, sondern zeigte nur stumm auf das Würstchen, wie er den Daumen für sich nannte, weil er ihm dann nicht so viel Unbehagen verursachte und auch die Endlosschleife Ruhe gab. Daraufhin verschwand der Berti. Aber nur, um wenige Augenblicke später wieder aufzutauchen und dem Strobel durchs Fenster den Karton zuzuwerfen. Er selber konnte nämlich die Küche nicht verlassen, weil er dabei war, die Marion zu verarzten, die aus einer Platzwunde blutete, als hätte sie jemand abgestochen. Während also der Strobel draußen vor dem Haus das Beweisstück einsammelte, spielte der Berti drinnen den Landarzt. Und ehrlich gesagt, bemühte er sich weit mehr als sein Chef, der das Würstchen nach kurzem Überlegen einfach mit zwei Fingern aufhob und in die Schachtel warf. Der Berti ging dagegen voll in seiner Aufgabe als Ersthelfer auf. Im Abstellraum hatte er die Hausapotheke gefunden und damit begonnen, die Wunde zu verbinden. Natürlich nicht, ohne sie vorher gründlich zu reinigen und zu desinfizieren. Wenn schon, denn schon. Danach band er der Marion einen Turban, der sie aussehen ließ wie eine Sonderausgabe des Aladin aus Tausendundeiner Nacht. Als der Strobel die Küche wieder betrat, betrachtete sein Kollege gerade zufrieden sein Werk und testete aus, ob es leichten bis mittelschweren Manipulationen standhielt. Schließlich sollte die Marion ihre neue Kopfbedeckung nicht verlieren. Natürlich hat der Berti sich nicht ohne Grund derart aufopfernd um die Frau gekümmert. Absolut nicht. Ein schlechtes Gewissen hat er gehabt, weil er nicht rechtzeitig gebremst hatte. Zu seinem Glück war die Frau noch immer viel zu aufgewühlt, um irgendwas zu sagen. Hinter sich hörte er den Strobel fluchen und als er sich umdrehte, sah er ihn mit einem Stück Papier in der Hand, das ebenfalls in der Schachtel gewesen war. Mit spitzen Fingern hielt er den Zettel hoch und der Berti konnte deutlich die Blutflecke darauf erkennen. Die Frage aller Fragen war allerdings, um wessen Blut es sich handelte. Ich meine, das Papier war mit dem abgetrennten Daumen in der Schachtel gewesen. Von daher war es natürlich gut möglich, dass das Blut vom Daumen stammte. Andererseits hatte der Strobel das Ding auf dem Küchenboden, gleich neben den Blutspuren von der Marion, gefunden. Hätte es sich bei dem Papier nicht um den vierten Brief des Entführers gehandelt, hätte sich der Strobel wahrscheinlich nicht so viel dabei gedacht. So aber war das wegen dem Blut eine nicht ganz unwichtige Frage und er beschloss, diese erst auf der Heimfahrt mit seinem Kollegen zu klären. Die Botschaft in dem Brief war gottlob noch deutlich lesbar.

›Der Preis ist gestiegen!‹ stand drin. Wieder mit fein säuberlich geklebten Buchstaben aus der Zeitung. Einen kurzen Moment erwischte sich der Strobel dabei, dass er so etwas wie Bewunderung für den Erpresser empfand. Ich meine, nicht dass du jetzt glaubst, der Strobel hat das Verbrechen an sich gut gefunden. Überhaupt nicht! Was der Strobel bewunderte, war, dass der Täter so präzise nach Lehrbuch vorging. Bis hin zu dem Punkt, dass das Opfer ein Ungustel sein musste. Weil, in diesem Fall mochte der Mann seine Opfer anscheinend wirklich nicht besonders. Wie sonst war zu erklären, dass er einem von ihnen bereits nach so kurzer Zeit irgendwelche Gliedmaßen abschnitt? Aber etwas war diesmal an dem Brief anders. Es gab ein Postskriptum, das dem Strobel Übelkeit verursachte.

›PS: Anbei die Daumen als Warnung‹ stand da nämlich. Ja, wirklich wahr, da stand nicht ›der Daumen‹ sondern ›die Daumen‹! Also warf der Strobel noch einmal einen Blick in die Schachtel. Aber außer dem Würstchen aus dem Garten war die leer. Hektisch begann er, sich in der Küche umzusehen. Weil, wenn der Täter nicht vergessen hatte, den zweiten Daumen einzupacken, musste er sich zwangsläufig irgendwo hier drinnen befinden. Auch wenn er ihn nicht davonfliegen gesehen hatte. Eine andere Möglichkeit gab es nicht. Wie ein nervöses Huhn ließ der Strobel seinen Kopf hin und her wackeln, bis auch der Berti schließlich merkte, da etwas nicht stimmte. Auf seine Frage, was denn nun los sei, antwortete der Strobel wohlweislich nicht, um zu verhindern, dass die Marion etwas von der peinlichen Panne mitbekam. Stattdessen machte er einen Schritt auf den Berti zu und hielt ihm den Brief vor die Nase. Und auch dem fielen fast die Augen aus dem Kopf, als er las, was da stand. Und siehst du, in diesem Moment verstanden sich die Gendarmen wortlos. Gemeinsam und systematisch suchten sie den Raum ab. Und was glaubst du, wo der Berti das fehlende Beweisstück fand? Richtig! In den Teigresten auf dem Fußboden lag es. Beide Gendarmen standen gebückt da, starrten in den Teig und überlegten, was nun zu tun war. So verunreinigt konnten sie das Teil schlecht einpacken. Aber wie sollten sie es reinigen, ohne vielleicht Spuren zu vernichten? Und siehst du, in diesem Moment kam ihnen völlig unerwartet die Marion zu Hilfe. Die stellte sich nämlich jetzt neben die beiden, um zu sehen, was die da so anstarrten. Und als sie den Daumen sah, griff sie, ohne zu zögern, in die zähe Masse, nahm ihn und machte einen Schritt in Richtung Spülbecken. Noch bevor die Ordnungshüter reagieren konnten, drehte sie das Wasser auf und hielt das Teil drunter, bis es wieder sauber war. »Bitte sehr«, sagte sie kurz und knapp, als sie dem verdutzten Strobel den Daumen in die Hand drückte. Sowohl der als auch der Berti sahen abwechselnd das Beweisstück und dann wieder die Marion an, sagten aber beide kein Wort. Was genau hätten sie in dieser Situation auch sagen sollen. Weil, seien wir uns einmal ganz ehrlich, ein Lehrbeispiel zum Thema Beweismittelsicherung war der Auftritt der Herren nicht gerade. Oder anders gesagt, wären sie die Letzten gewesen, die sich über die Handlungsweise der Marion hätten aufregen dürfen. Andererseits ist kaum zu sagen, wer an dem ganzen Schlamassel eigentlich Schuld war. Wäre die Marion nicht erschrocken, wäre das alles wahrscheinlich nicht passiert. Das dachte zumindest der Strobel. Nur, was nützte ihm dieser Gedanke jetzt noch. Alles, was zu tun blieb, war, sich in Schadensbegrenzung zu üben, um nicht zum Gespött des ganzen Bundeslandes zu werden. Gelaufen war die Sache ohnehin schon. Also warf der Strobel Daumen Nummer zwei wortlos zu seinem Bruder in den Karton, legte den Brief dazu, bedankte sich brav und verschwand mit einem kurzen Gruß hinaus. Der Berti tat es ihm fast gleich. Nur dass er noch eine Entschuldigung formulieren wollte. Allerdings war die Marion darauf scheinbar nicht heiß. Sie drehte sich um und ging in Richtung Wohnzimmer, ohne den Berti auch nur eines Blickes zu würdigen. Von einem Abschiedsgruß ganz zu schweigen. Jetzt fragst du dich vielleicht, genau wie der Berti, warum die Marion eigentlich so sauer gewesen ist. Und siehst du, das ist eine verdammt gute Frage. Im Grunde waren alle Beteiligten komplett unschuldig an der Situation. Es hat sich halt eins unglücklich ins andere gefügt. Aber weil der Mensch eben immer jemanden braucht, dem er die Schuld an seinem Unglück geben kann, haben sich die drei gegenseitig den Schwarzen Peter zugeschoben. Die Marion war sauer auf die beiden Beamten, weil die sie gar so erschreckt hatten und sie sich verletzt hatte. Der Strobel war sauer auf die Marion, weil die den Karton vom Tisch geschmissen hatte, und der Berti war sauer auf den Strobel, weil er ihm nicht geholfen hatte, die Marion zu beruhigen, und es deshalb zu dem Unfall kam. So oder so ähnlich war das damals mit dem Aufeinander-sauer-Sein bei den drei Herrschaften. Wichtig für die Geschichte ist das aber nicht. Das erzähl ich nur, weil es oft so ist, dass Leute aufeinander böse sind, weil etwas passiert ist, das keiner hätte verhindern können, aber für das man halt einen Buhmann braucht, um besser damit umgehen zu können. Weil, nicht bei jedem Unglück gibt es zwangsläufig einen Schuldigen. Oft ist es eine Verkettung unglücklicher Zufälle. Einfach dumm gelaufen, wie der Volksmund so sagt. Sei's drum. Der Strobel und der Berti verbrachten die Heimfahrt jedenfalls mit einer hitzigen Debatte über die Schuldfrage und darüber, ob sie irgendjemandem sagen sollten, was mit den Beweisstücken alles passiert war, bevor sie in der Gerichtsmedizin landeten. Im Gegensatz zur Schuldfrage wurden sie sich bei diesem Thema relativ schnell einig und beschlossen, erst einmal nichts zu sagen. Sollten Fragen in dieser Richtung auftauchen, konnten sie immer noch alles erzählen. Tatsache war, dass für einen einzigen Samstag schon ganz schön viel geschehen war und sowohl der Strobel als auch der Berti genug hatten. Tatsache war aber auch, dass es mindestens zwei Personen geben musste, denen ein Daumen fehlte. Das war deswegen so sicher, weil der zweite Daumen einen lackierten Nagel hatte. Aber weil es erstens anders kommt und zweitens, als man denkt, war das für diesen Tag noch nicht der letzte Akt des Dramas.

# 16

Kaum auf der Dienststelle angekommen, telefonierte der Strobel mit dem Kollegen Novotny, um ihn über die neuesten Entwicklungen zu informieren. Genau wie der Strobel fragte sich auch der Beamte von der Kripo, wieso das Paket mit den Daumen vor das Haus vom alten Bremer gestellt worden war. Beim Karl hätte es doch viel mehr Sinn gemacht. Weil, wann die Marion das nächste Mal auftauchen würde, konnte der Täter nicht wissen. Immerhin war ihr Chef ja nicht daheim, weil er Opfer einer Entführung geworden war. Da konnte man nicht zwangsläufig davon ausgehen, dass die Frau immer pünktlich zur Arbeit kam. Es gab wieder nur die Erklärung, dass der Täter in der Nähe sein musste. Wahrscheinlich beobachtete er den Karl ständig. Und weil er die Kripo in seinem Haus gesehen hatte, wollte er ein Exempel statuieren, um dem Karl die Idee schnell wieder auszutreiben. Deshalb also die Daumen und deshalb vor dem Haus vom Ferdinand. So weit, so gut. Jetzt galt es nur noch festzustellen, wer von den Nachbarn der Bösewicht war, und schon war alles vorbei. Leichter gesagt als getan. Was die beiden Finger betraf, vereinbarten die Herren, dass die erst am nächsten Tag zur Untersuchung nach Wien gebracht werden sollten. Über Nacht sollte der Strobel sie, gut verpackt, in den Kühlschrank legen. Was er sich zu dieser Anordnung dachte, aber nicht sagte, war, dass es bei alledem, was die Beweisstücke schon durchgemacht hatten, sicher genügte, sie mit dem Karton einzukühlen, ohne sie noch großartig vor irgendwas zu schützen. Was konnte den beiden Daumen schon noch passieren? Ein Fleischwolf vielleicht? Dem

Novotny versicherte er freilich, alles in seiner Macht Stehende zu tun, um die Teile frisch zu halten. Nach diesem Telefonat wollte er sich an und für sich mit dem Berti ausschnapsen, wer von ihnen die Nacht auf der Dienststelle verbringen sollte. Grundsätzlich wäre ja der Pfaffi dran gewesen. Aber wie du sicher noch weißt, ist der ausgefallen. Von daher war also eine Neueinteilung notwendig. Mitten in der schönsten Diskussion läutete abermals das Telefon. Mit seinem gewohnten Was-ist-denn-jetzt-schon-wieder-los-Gesicht hob der Berti den Hörer ab, meldete sich und lauschte gespannt. Dabei wurde seine Miene immer finsterer. Schließlich gab er dem Strobel ein Zeichen, näher zu ihm zu kommen, forderte seinen Gesprächspartner auf, alles zu wiederholen, und hielt den Hörer so, dass auch sein Chef etwas hören konnte. Und du glaubst gar nicht, was der da zu hören bekam. Eine männliche Stimme nämlich, die gerade dabei war, dem Berti zu erklären, dass der Bremer Karl in diesem Moment angeblich damit beschäftigt war, die Leiche von der Anneliese im Keller vom Markus zu verbuddeln. Na, das war doch allerhand! Geradezu unglaublich. Sollte der Karl wirklich der Täter sein? Sinn machte es schon irgendwie. Meinte zumindest der Berti, nachdem dieses seltsame Telefonat beendet war. Eine Täterschaft Karls würde einige Fragen beantworten. Sie warf aber auch zweifellos einige auf. Zum Beispiel, welches Motiv er gehabt haben sollte, seinen Vater und seine Geschwister zu entführen. Und warum sollte er die Anneliese töten und im Keller vom Markus vergraben? Als der Berti diese Frage stellte, fiel dem Strobel relativ schnell ein Grund für die Auswahl dieses Versteckes ein. Nämlich, dass das Haus schon durchsucht worden war. Niemand würde also hingehen und den Keller noch einmal inspizieren. Von daher ein perfektes Versteck für eine Leiche. Wenn der Karl die Anneliese aber tatsächlich schon umgebracht hatte, dann konnte man wohl kaum davon ausgehen, dass er den Ferdinand und den Markus am Leben lassen würde. Eine weitere wesentliche Frage war die nach dem bisherigen Versteck. Keines der Familienhäuser kam dafür infrage. Die waren alle schon durchsucht worden. Das heißt, fast alle. Weil, während sie darüber redeten, fiel dem Berti ein, dass die Villa vom Ferdinand noch nicht durchsucht worden war. Sehr wahrscheinlich war es zwar nicht, dass die Opfer dort versteckt wurden, weil da immerhin die Haslauer Marion ein- und ausging, aber wirklich ausschließen konnten sie es halt auch nicht. Von daher musste das unbedingt nachgeholt werden. Aber natürlich erst, nachdem die Sache mit dem Karl und der toten Anneliese erledigt war. Also liefen die Gendarmen eilig zu ihrem Dienstauto und machten sich auf den Weg nach Neus. Vielleicht schafften sie es ja noch, den Karl auf frischer Tat zu betreten, wie das im Amtsdeutschen so schön heißt. Zeit, um den Novotny zu verständigen, hatten sie freilich keine mehr. Jetzt zählte praktisch jede Minute. Mit ein bisschen Glück würde die Entführungssache innerhalb der nächsten Stunde geklärt sein. Schlecht wäre das aus Sicht vom Strobel nicht gewesen, weil er dann wenigstens noch den Sonntag gehabt hätte, um sich zu erholen und mit seiner Frau Doktor einen Ausflug zu machen oder so. Der Berti sah das scheinbar auch so. Weil, der ist mit dem Strobel gefahren, als hätte er das Auto gestohlen. Der Mann hat den Käfer so vehement durch die Kurven gejagt, dass seinem Chef angst und bang geworden ist. Natürlich lag das auch an den Nerven vom Strobel. Weil, Blaulicht hin und Einsatzfahrt her, ein Käfer ist und bleibt halt ein Käfer.

Und der ist im Originalzustand nicht gerade ein Rennauto. Damals so wenig wie heute. Von daher hätte sich der Strobel nicht so blöd anstellen müssen. Den Berti hat das ein bisschen geärgert. Aber nicht so sehr, wie es ihm Freude bereitete, seinen Chef in Furcht und Unruhe zu versetzen. Darum bremste er nach den Protesten vom Strobel vor jeder Kurve scharf ab. Na ja, ein bisschen Spaß muss sein, wie der Roberto Jahre später so schön gesungen hat. Auch, wenn der Spaß in diesem Fall ein bisschen einseitig war. Für das Empfinden vom Strobel erreichten sie Neus in Rekordzeit. Der Berti stoppte den Wagen mit einer Vollbremsung genau vor der Eingangstür des Hauses. So schnell sie konnten, sprangen die beiden Gendarmen aus dem Auto und hasteten auf die Tür zu. Und siehe da, sie war tatsächlich offen. Eilig betraten sie das Haus und arbeiteten sich mit gezogenen Waffen bis zur Kellertreppe vor. Als der Berti sie öffnete, sahen sie, dass Licht im Stiegenhaus brannte, und sie hörten seltsame Geräusche von unten. Also liefen sie, so schnell es ihnen möglich war, in den Keller, um den Karl bei seinem Tun zu erwischen. Und was soll ich dir sagen? Bis zu einem gewissen Grad gelang ihnen das auch. Jetzt fragst du dich sicher, was das heißen soll. Oder? Na ja, ganz einfach. Als sie den Kellerraum erreichten, sahen sie tatsächlich den Karl. Allerdings war der nicht damit beschäftigt, die Anneliese zu vergraben, sondern lag auf dem Rücken, presste eine Hand auf seine Brust und röchelte laut vor sich hin. Als die Ordnungshüter näher an ihn herantraten, konnten sie sehen, dass er neben einem Loch lag, aus dem ein Gesicht schaute. Und dieses Gesicht gehörte wahrhaftig der Bremer Anneliese. Eine Schaufel lag auch in der Grube. Auf den ersten Blick sah es so aus, als hätte der Karl bei dem Versuch, die Anneliese zu vergraben, einen Herzanfall erlitten. Zumindest deutete bei ihm alles auf eine Herzattacke hin. Während der Strobel neben dem Karl kniete und versuchte, ihm zu helfen, sprintete der Berti hinauf zum Telefon, um die Rettung und den Novotny anzurufen. Vor allem dem Mann vom Roten Kreuz schärfte er ein, dass größte Eile geboten war. Weil, sollte der Karl sterben, hatten sie keinen Täter mehr. Und weil sie den Markus und den Ferdinand noch nicht gefunden hatten, wäre das ziemlich schlecht gewesen. Zumindest für die beiden. Aber nicht nur für sie. Dem Major hätte sicher auch nicht gefallen, wenn sie den Fall nur halb aufgeklärt hätten. Ich meine, wie schaut denn das aus, wenn du bei der Aufklärung einer Entführung lediglich ein totes Opfer vorweisen kannst und zugeben musst, dass du die anderen beiden nicht finden konntest? Professionell wirkt das nicht. Dafür würden die Medien ganz sicher keinen zum Helden machen. Den Strobel nicht, den Berti nicht, den Novotny nicht und auch den Major nicht. Die Wahrscheinlichkeit, dass man sie alle in der Luft zerreißen würde, war ungleich höher. Und wenn es etwas gab, das der Major gar nicht leiden konnte, dann war das Kritik an seiner Person. Da konnte er ganz schön böse werden. Von daher stand das Wohl vom Karl natürlich an oberster Stelle. Er musste um jeden Preis verhört werden können, um das Versteck zu erfahren. Vielleicht lebten der Ferdinand und der Markus ja wirklich noch und konnten so gerettet werden. Im Gegensatz dazu war das Telefonat mit dem Novotny nicht so aufregend. Immerhin musste dem nur mitgeteilt werden, dass die Anneliese mausetot und halbverscharrt im Keller vom Haus des Markus gefunden worden war und er die Spurensicherer schicken soll. Außerdem war der Entführer gefasst und der Novotny konnte selber mit seinen Leuten kommen und die Sache übernehmen. Für den Strobel und den Berti war sie mit dem Abtransport des Karl gelaufen. Glaubten sie zumindest.

## 17

Nach dem Erscheinen der Kripoleute blieben sie noch ein bisschen, um sich das bunte Treiben anzusehen. Vor allem der Kontrollinspektor hatte es ihnen angetan. Der hüpfte herum wie Rumpelstilzchen persönlich und erteilte am laufenden Band Kommandos. Der Major war ebenfalls gekommen und scharwenzelte um den Novotny herum. Keiner beachtete den Strobel oder den Berti. Bis zu dem Augenblick, als sie beschlossen, nach Tratschen zurückzufahren, und sich in Richtung Auto bewegen wollten. Da erregten sie die Aufmerksamkeit des Majors, der ihnen hinterhereilte und ihnen auftrug, sich vorsichtshalber noch einmal im Haus des Karl umzuschauen, weil dort eventuell was übersehen worden war. Speziell dem Keller sollten sie ihre Aufmerksamkeit widmen. Wenig erfreut machten sich die beiden auf den Weg. Wohlwissend, dass ihre Nacht immer kürzer wurde. Obwohl es zu Fuß keine fünf Minuten gedauert hätte, zu dem Haus zu kommen, fuhren sie mit dem Wagen. Diesmal stand dem Berti der Sinn aber nicht nach Scherzen. Total gesittet und schweigend lenkte er den Kugelporsche ans andere Ende von Neus. Auch der Strobel sagte nichts. Als sie bei dem Haus ankamen, sahen sie schon von außen, dass überall Licht brannte.

Vom Keller bis zum Dach quasi. Eine ganz schöne Festbeleuchtung dafür, dass keiner daheim war. Vor allem das Licht im Keller machte den Strobel nervös. Was konnte das wohl zu bedeuten haben? Würden sie jetzt tatsächlich die letzten beiden Opfer finden? Genau als der Strobel sich das dachte, sprach der Berti es aus und erhielt ein elegantes Schulterzucken als Antwort. Gespannt sahen sich die Männer an und nach einem kurzen Kopfnicken vom Strobel marschierten sie los. Weil überall Licht brannte, durchsuchten sie vorsichtshalber auch die oberen Räumlichkeiten. Allerdings nur relativ oberflächlich. Es ging in erster Linie darum sicherzustellen, dass niemand im Haus war. Keiner von beiden wollte nämlich, dass plötzlich jemand in ihrem Rücken auftauchte, der ihnen möglicherweise Böses wollte. Aber es war niemand da. Im Erdgeschoss nicht und im ersten Stock oben auch nicht. Blieb also lediglich noch der Keller übrig. Zum zweiten Mal an diesem Tag stiegen sie eine Kellertreppe hinab. Diesmal nur um vieles langsamer, weil absolut keine Geräusche zu hören waren. Raum für Raum durchforsteten sie den riesigen Keller. Ohne Erfolg. Bis ihnen schließlich nur noch die Garage blieb, die sie sich für den Schluss aufgehoben hatten. Aber auch die war, bis auf das Auto vom Karl, leer. Die beiden wollten schon wieder hinausgehen, als der Berti in der hintersten Ecke noch eine Tür entdeckte, die fast schon außerhalb des Lichtkegels lag. Sofort machte er seinen Chef darauf aufmerksam. Den Strobel elektrisierte diese Entdeckung aber nicht wirklich und er meinte, dass es das Vorrecht des Entdeckers sei, den Raum als Erster zu betreten. Das war schön ausgedrückt vom Strobel. Trotzdem hielt sich die Freude beim Berti ganz schön in Grenzen. Aber weil der Chef halt einmal der Chef war und Diskussionen folglich keinen tiefergehenden Sinn machten, latschte er lustlos auf die Türe zu und versuchte, sie zu öffnen. Vergeblich. Weil, genau diese allerletzte Tür war die einzige im gesamten Keller, die versperrt war. Ich meine, das musst du dir vorstellen. Da haben die zwei unzählige Quadratmeter Keller durchsucht und waren dabei auf etliche Türen gestoßen, die allesamt unversperrt waren, und standen nun ausgerechnet in der Garage vor einer versperrten Tür, die mit ziemlicher Sicherheit in einen Abstellraum oder so was Ähnliches führte. So kurz vor dem Ende der Durchsuchung. Das war schon fast Verhöhnung des Gegners. Zumindest empfand das der Berti so. In der Hoffnung, dem Strobel würde dieses Prozedere genügen, hämmerte er mit der Faust gegen die Tür und rief einige Male laut: »Hallo? Ist da drinnen jemand?«

Antwort erhielt er allerdings keine. Zufrieden wendete er sich ab und wollte am Strobel vorbei aus der Garage gehen. Mehr als ein netter Versuch wurde daraus allerdings nicht. Sein Chef pfiff ihn nämlich zurück und machte ihm unmissverständlich klar, dass sie unbedingt wissen mussten, was hinter dieser Türe war. Aber nicht, weil der Strobel ein so gründlicher Beamter war, sondern weil es durchaus sein konnte, dass sich in dem verschlossenen Raum irgendetwas verbarg, was mit dem Fall zu tun hatte, und es mehr als nur peinlich gewesen wäre, hätten sie es übersehen. Eine solche Blamage wollte der Postenkommandant keinesfalls riskieren. Letzten Endes war es aber völlig egal, warum er die Tür unbedingt aufmachen wollte. Hauptsache getan! Werkzeug fanden sie in der Garage und der angrenzenden Werkstatt zuhauf. Einfach gestaltete sich dieses Unterfangen trotzdem nicht. Zum einen war es eine Metalltür und zum anderen schloss sie sehr gut und der Berti konnte mit den Werkzeugen nirgends richtig ansetzen. Sein Unmut darüber war unüberhörbar. Er fluchte wie ein Rohrspatz, während er mit Schraubenziehern in verschiedenen Größen versuchte, das Türblatt aufzuhebeln. Aber bis hin zum Brecheisen blieben die Versuche erfolglos. Der Strobel beteiligte sich an der ganzen Aktion nicht. Er durchwühlte lieber weiter die Werkstatt. Sein Kollege hatte keine Ahnung, was er dort genau suchte, und ärgerte sich über die mangelnde Unterstützung. Wie hätte er auch wissen sollen, dass der Strobel auf der Suche nach einer Bohrmaschine und einem Verlängerungskabel war? Ich meine, ich könnte dir jetzt noch eine ganze Weile sonst was über diese Suche erzählen, aber die lange Geschichte kurz erzählt, ist, dass er fündig wurde und sie das Schloss aufbohren konnten. Der Raum hinter dieser Metalltür war klein, dunkel, stickig und fensterlos. Die ideale Zelle! Darüber waren sich die Gendarmen sofort einig, noch während der Strobel nach dem Lichtschalter tastete. Die Spannung der beiden war fast körperlich spürbar. Irgendwie wussten sie, dass sie etwas finden würden. Wenn auch nicht klar war, was es sein würde. Diese Frage beantwortete sich einige Sekunden, nachdem der Strobel den Schalter ertastet und gedrückt hatte. In dem matten Licht der einzelnen Glühbirne zeigte sich nämlich, dass der Raum leer war. Das heißt, ziemlich leer. In der Mitte lag nämlich schon etwas auf dem Fußboden. Aus der Entfernung sah dieses Etwas wie eine Gartenschere aus. Um sicher sein zu können, ging der Strobel näher heran und stellte so fest, dass es tatsächlich eine Gartenschere war. Und noch etwas konnte er sehen. Nämlich ein kleines Würstchen, das daneben lag. Natürlich war das nur ein Versuch vom Strobel, sich selber vor der Wahrheit zu schützen. Dir ist sicher schon klar, dass dieses Würstchen in Wirklichkeit gar keines war. Das hat auch der Berti sofort erkannt und mit einem einzigen Wort auf den Punkt gebracht: »Daumen!«, stellte er trocken fest. Und genau das lag da auch. Ein Daumen mit eindeutigen Resten von Nagellack. Da drängte sich die Vermutung, dieser Daumen könnte der Bruder von dem in der Schachtel sein und zur Leiche von der Anneliese gehören, förmlich auf. Um das zu begreifen, musste keiner der beiden Gendarmen eine besonders große Leuchte sein. Durch diesen Fund war jetzt klar, dass zumindest die Frau in diesem Raum gewesen sein musste. Deshalb sahen sich die beiden noch genauer um und fanden schließlich einen ziemlich großen Blutfleck in der hinteren Ecke, in dem ein Gegenstand lag, der nicht so ohne Weiteres zu identifizieren war. Erst als der Berti tief in die Hocke ging, erkannte er, dass es sich um eine Krawattennadel handelte. Dass die von der Anneliese stammte, war relativ unwahrscheinlich. Ich meine, heutzutage könnte man sich da gar nicht einmal so sicher sein. Weil, so genau geht das oft mit den Geschlechtern nicht mehr. Weiblein wird Männlein, Männlein wird Weiblein. ›Bäumchen wechsle dich‹ mit erhöhtem Einsatz quasi. Da kannst du ab und zu ganz schön durcheinanderkommen. Obwohl ich zugeben muss, dass es so etwas auch früher schon gegeben hat. Nicht so oft und auch nicht so konsequent, aber doch. Und eine Krawattennadel ist schließlich etwas anderes als eine Geschlechtsumwandlung. Von daher konnte man also nicht ganz ausschließen, dass die Nadel von der Anneliese stammte. Die Vermutung, sie könnte dem Ferdinand oder dem Markus gehören, lag aber freilich wesentlich näher. Und bequemer war sie auch. Weil, immerhin bedeutete das, dass zumindest einer der beiden ebenfalls in dem Raum gewesen sein musste und somit der Karl tatsächlich der Entführer war. Eins und eins macht bekanntlich zwei. Da gab und gibt es nichts daran zu rütteln. Von daher also voll die logische Überlegung der Beamten. Jetzt mussten sie nur noch dem Novotny von ihrer Entdeckung erzählen, damit der die Kollegen von der Spurensicherung herschicken konnte, und alles war gut. Und weil der Strobel den Kollegen aus Wien nicht mehr sehen wollte, erklärte er sich bereit, Wache zu halten, während der Berti sich auf den Weg zum Haus vom Markus machte. Sein Chef nutzte die Zeit für ein paar Überlegungen. Die Tatsache alleine, dass sie hier vermutlich das alte Versteck der Entführten gefunden hatten, half ihnen nämlich in Wahrheit nicht weiter, weil ja keiner mehr drin war. Es galt also, das neue Versteck zu finden. Ohne die Hilfe vom Karl würde das wahrscheinlich sehr schwierig werden und der war im Moment nicht besonders gesprächig. Vor allem beschäftigte den Strobel die Frage, ob der Ferdinand und der Markus überhaupt noch am Leben waren. Wenn der Karl die Anneliese getötet hatte, dann würde er nicht gezögert haben, auch seinen Adoptivbruder und seinen Vater zu töten. Immerhin wäre er dann Alleinerbe des Vermögens gewesen. Eines ziemlich großen Vermögens, nebenbei bemerkt. So groß jedenfalls, dass es ein gutes Motiv abgeben würde. Diese Gedanken waren allerdings reine Spekulation. Solange man den Karl nicht fragen konnte, war wohl kaum etwas zu machen. Versuchen würde es der Novotny um jeden Preis. Da war sich der Strobel ganz sicher. Er selbst begann, im Kopf ein paar mögliche Verstecke durchzugehen. Er kannte die Gegend aber nicht gut genug, um zu wissen, wo man Menschen verschwinden lassen konnte. Dafür gab es viel zu viele Möglichkeiten. Leerstehende Weinkeller, Stadel oder Jagdhütten. All diese Plätze abzusuchen, würde wahrscheinlich mehrere Tage dauern. Auch wenn die beiden von der Logik her nicht sehr weit weg sein konnten. Und weil der Strobel gerade so schön am Nachdenken war, versuchte er auch gleich, sich vorzustellen, wie der Karl die Tat durchgeführt hatte. Zuerst hatte er sich seinen Vater geschnappt. So viel war klar. In der Nacht darauf musste er dann seine Geschwister geholt haben. In ihre Häuser zu gelangen, war sicher keine besondere Schwierigkeit. Zwar redeten sie nicht viel miteinander, aber ein Vorwand, um hineingelassen zu werden, war wohl trotzdem schnell zu finden. Was die Reihenfolge der Taten und die Tatzeit anging, hatte er aber keine Idee. Zu blöd aber auch, dass von den Nachbarn keiner was gesehen oder gehört hatte. Derweil er sich all diese Dinge durch den Kopf gehen ließ, fraß sich eine Frage in sein Gehirn, die er bisher vernachlässigt hatte. Nämlich die, wer eigentlich der anonyme Anrufer gewesen war, der den Karl beim Verscharren von der Anneliese beobachtet hatte. Das konnte ja nur jemand gewesen sein, der den Karl kannte und in der Nähe wohnte. Wer sollte sich auch sonst in diese Gegend verirren? Wenn es also ein Nachbar war, stellte sich die Frage, warum der seine Stimme verstellt und seinen Namen nicht genannt hatte. Wozu sollte das wohl gut sein? Zu solchen Blödheiten neigten die Menschen in der Umgebung normalerweise nicht. Im Gegenteil. Zudem hätte sich der Anrufer tagelang damit brüsten können, der Gendarmerie einen Mörder ans Messer geliefert zu haben. Wer konnte das schon von sich behaupten. Damit wäre der Kerl ein Held gewesen. Warum also hatte er um jeden Preis unerkannt bleiben wollen? Wirklich eine sehr interessante Frage. Das dachte zumindest der Strobel, während er zum wiederholten Male einen Blick auf das lackierte Würstchen warf.

Aber das lag immer noch unverändert an seinem Platz. Und genau diese Tatsache störte ihn plötzlich. Aber nicht, weil er übergeschnappt war und darauf wartete, dass der Finger weglief oder ein Gespräch mit ihm anfing. Gar nicht. Der Strobel war ganz klar im Kopf. Genau das war auch der Grund dafür, dass ihn der Daumen von der Anneliese von einer Sekunde zur anderen irritierte. Aus Sicht vom Karl machte es überhaupt keinen Sinn, seiner Schwester mit der Gartenschere irgendwelche Körperteile abzuschneiden und sie dann mitsamt dem Tatwerkzeug hier liegen zu lassen, während er die Leiche im Haus seines Bruders verscharrte. Das war eine völlig unsinnige Vorgehensweise. Schon überhaupt für jemanden, der bis dahin so durchdacht und diszipliniert vorgegangen war. Unbewusst war der Strobel während seiner Hirnwichserei ein Stück weit in den Raum gegangen und starrte auf die Reste von der Anneliese. Und ob du es glaubst oder nicht, jetzt sah es für ihn auch noch so aus, als würde das Teil sich bewegen. Das war dann ein kleines bisschen zu viel für den müden Gendarmen. Er verzog sich aus dem Raum und schloss die Tür hinter sich. Nur so zur Vorsicht, verstehst du? Unfroh war er nicht, als der Berti endlich mit zwei Kollegen von der Spurensicherung auftauchte und sie fahren konnten. Im Auto redete er mit dem Berti über seine Gedanken. Und siehst du, der sah das nach einigem Hin und Her auch so wie sein Chef. Und wenn du ganz ehrlich bist, musst auch du zugeben, dass da einiges keinen Sinn machte. Die Diskussion zu dem Punkt, ob sie dem Novotny von ihren Zweifeln berichten sollten, verlief ergebnislos. Der Strobel war dafür, der Berti nicht. Der meinte nämlich, dass der Novotny so ein kluger Kopf war, dass er darauf ganz von alleine kommen würde. Der süffisante Unterton entging dem Strobel allerdings nicht. Er störte ihn aber auch nicht. Er konnte die Abneigung seines Kollegen nachvollziehen. Der klassische Knuddelbär war der Novotny nicht gerade. Da er aber nicht vorhatte, den Mann zu heiraten, war ihm das vollkommen wurscht. Jetzt wollte er außerdem sowieso möglichst bald heimgehen und vielleicht noch ein Achtel Wein mit der Frau Doktor trinken. Mit ein wenig Glück würde ihn die Frau nicht auf diese Zusammenzieherei ansprechen. Falls doch, würde er sich halt was einfallen lassen müssen, um sich vor der Antwort zu drücken. Warum der Depp nicht auf die Idee gekommen ist, ihr zu sagen, dass er noch keine Entscheidung getroffen hatte, wissen wahrscheinlich nicht einmal die Götter. Und der Strobel auch nicht. Aber wie dem auch sei. Jetzt war er ohnehin noch auf der Dienststelle und bekam unerwarteten Besuch. Der Major stand nämlich auf einmal in der Tür. Nicht gerade ein Grund zu besonderer Freude. Der Strobel war so überrascht, seinen Vorgesetzten zu sehen, dass er ihn fast gefragt hätte, ob er nicht schlafen kann, weil er um die Zeit noch auf dem Posten vorbeischaute. Gott sei Dank bremste er sich aber rechtzeitig. Weil, so viel Humor hatte der Major mit Sicherheit nicht im Gepäck. Die beiden Gendarmen beschränkten sich jedenfalls darauf, den Offizier abwartend anzuschauen. Der würde mit Sicherheit etwas sagen, wenn er das Gefühl hatte, etwas sagen zu müssen. Und so war es dann auch. Obwohl es ganz genau genommen eine Frage gewesen ist, die er stellte. Er erkundigte sich nämlich, ob einer der beiden im Laufe des Tages vielleicht den Herrn Leander gesehen hatte. Weil der, so erläuterte der Major den Grund seiner Frage, laut Aussage seines Chefredakteurs und seiner Lebensgefährtin seit dem gestrigen Abend spurlos verschwunden war. Und siehst du, da hätte es keinen Experten für Körpersprache gebraucht, um zu deuten, was sich die Gendarmen in dem Moment dachten. Übel nehmen kannst du ihnen das aber nicht. Weil, drei verschwundene Bremers bedeuteten schon genug Stress. Da brauchte es sicher keinen in Luft aufgelösten Leander mehr. Außerdem waren sich die Beamten ziemlich sicher, dass der Reporter nach ihrer letzten Begegnung schön brav nach Hause gefahren war. Aber wie es der Teufel wollte, war dieses ›ziemlich‹ ein Wort, das den Major störte. Der meinte nämlich, dass er diese Sache erst dann als erledigt einstufen würde, wenn sie ganz sicher waren und diese Behauptung auch beweisen konnten. In einem ziemlich scharfen Ton fügte er noch an, dass er ausdrücklich befohlen hatte, dass sie sich um den Journalisten kümmern sollten, und er sich jetzt ernsthaft fragen musste, wie der Mann da so einfach hatte verschwinden können. Es sei also durchaus im Interesse vom Strobel und vom Berti, ihn schnellstmöglich wiederzufinden. Anderenfalls, und da wiederholte sich der Major jetzt, würden sie sich schneller in Hinterpfuiteufel wiederfinden, als sie bis drei zählen konnten. Nachdem der Strobel den letzten Kampf um ein Ticket nach Hinterpfuiteufel ja bereits gewonnen hatte, machte er sich deswegen jetzt nicht so viele Sorgen. Da störte ihn die Aussicht auf zusätzliche Arbeit schon wesentlich mehr. Der Berti war noch nicht so abgebrüht wie sein Chef und fand die Drohung des Majors ziemlich besorgniserregend. Und das sagte er dem Strobel auch, nachdem der Offizier wieder weg war. Aber einmal ehrlich, was hätte der Mann darauf sagen sollen? ›Mach dir keine Sorgen Berti, das wird schon nicht passieren.‹? Oder: ›Nimm's leicht, Kumpel, dort ist es auch lustig.‹ Was genau? Der Strobel wusste es auch nicht. Deshalb sagte er einfach gar nichts zu dem Thema. Erst als sie die Dienststelle verließen, schlug er seinem Kollegen vor, er solle sich bis morgen ein paar Gedanken darüber machen, wo der Leander abgeblieben sein könnte. Diesen Vorschlag quittierte der Berti mit einem Grunzlaut, der nicht zu deuten war.

## 18

Als der Strobel bei seinem Haus eintraf, war es dort völlig finster. Drinnen wie draußen. Auto stand auch keines vor der Tür. Da ist dem Postenkommandanten ganz schön die Lade heruntergefallen. Er hatte trotz der fortgeschrittenen Stunde noch mit ein wenig Zärtlichkeit und Romantik gerechnet und jetzt fand er sich alleine wieder. Unwillkürlich fragte er sich da natürlich, warum die Frau Doktor weggefahren war. Allein an der Tatsache, dass er viel länger als sonst gearbeitet hatte, konnte es wohl schlecht liegen. Es musste etwas passiert sein. Aber was? Er blieb nur kurz mit hängendem Kopf vor dem Haus stehen, bevor er sich dazu entschied hineinzugehen. Es war ihm durchaus klar, dass er die Antwort auf seine Frage nicht auf der Straße finden würde. Drinnen fand er sie in Form einer Nachricht, die auf dem Wohnzimmertisch auf ihn wartete. Er blieb davor stehen, unschlüssig, ob er wirklich wissen wollte, was in dem Brief stand. Sein Gefühl sagte ihm nämlich, dass es nichts Gutes war. Und was man nicht weiß, macht einen bekanntlich nicht heiß. Den Spruch kennt heute jedes

Kind. Der Strobel kannte ihn freilich auch. Nur berücksichtigt hat er ihn nicht. Er wollte unbedingt wissen, was ihm seine Angebetete geschrieben hatte. Langsam streckte er die Hand aus, nahm das gefaltete Blatt mit zittrigen Fingern vom Tisch, schloss die Augen, atmete tief durch und faltete es auseinander. Als er die Augen wieder öffnete und den Text las, musste er lernen, dass er mit seinen Ahnungen nicht immer richtig lag. Weil, in dem Brief stand nur, dass sie schnell heimgefahren war, weil sie etwas vergessen hatte, und bald wieder da sein würde. Da ist dem Strobel ein derart großer Stein vom Herzen gefallen, das glaubst du gar nicht. Und so ist es halt gekommen, dass er mitten im Wohnzimmer gestanden ist und erleichtert gelacht hat, als die Frau Doktor wieder zur Tür hereinkam und ihn ansah, als wären bei ihm alle Schrauben locker. Danach gab es dann tatsächlich noch Romantik und Zärtlichkeit. Aber damit will ich mich, ehrlich gesagt, nicht unnötig aufhalten, weil die Nacht für den Strobel trotzdem noch lang genug war, um am nächsten Tag halbwegs ausgeruht zu sein. Und das war auch gut so. Er konnte schließlich nicht wissen, was am Sonntag auf ihn zukommen würde. Gemessen am Samstag, befürchtete er allerdings das Schlimmste.

# 19

Was soll ich dir sagen? Dieser Sonntag begann so, dass man glauben konnte, es wäre nichts gewesen. Als der Strobel sich auf den Weg ins Büro machte, war alles ruhig. Die meisten Menschen in Tratschen waren zwar schon wach und bereiteten sich auf den Gottesdienst vor, aber jetzt saßen sie noch beim Frühstück. Die Sonne war bereits auf dem Weg zum Horizont und verbreitete ihr warmes, seidiges Licht. In Kombination mit den Blumenfenstern und der Ruhe war das einfach nur schön anzusehen. Ansichtskartenromantik, wie man so sagt. Sogar für ein gestandenes Mannsbild wie den Strobel. Der Pfarrer Römer saß zu dieser Zeit natürlich auch schon bei seiner morgendlichen Mahlzeit und las sich noch einmal seine Predigt durch. An diesem Sonntag wollte er wieder einmal etwas über Nächstenliebe und Verständnis sagen. Auch er hatte nämlich schon bemerkt, dass seine Gemeinde ein neues Feindbild hatte, das mit allen Mitteln bekämpft wurde. Freilich hätte er es auch lieber gesehen, wenn diese Hippies öfter einmal zu ihm in die Kirche gekommen wären, aber das haben sie nun einmal nicht getan. Sie aber deshalb für alles verantwortlich zu machen, was in Tratschen schieflief, war nicht in Ordnung. Die Leute tratschten hinter ihren Rücken über sie und wie immer wurden wahre Geschichten derart ausgeschmückt, dass sie am Ende auch nur noch Märchen waren. Es fehlte nur noch, dass sich jemand fand, der erzählte, dass diese Hippies alle Vampire waren, die nur darauf aus waren, jeden in Tratschen auszusaugen. Na ja, und weil der Römer in all der Zeit seinen Optimismus nicht verloren hatte, meinte er eben immer noch, er könne mit seinen Predigten etwas ändern. Obwohl ich persönlich ja glaube, dass der Mann genau wusste, dass seine schönen Worte vollkommen für die Fische waren und er mit ihnen nichts bewirken konnte. Für diese Erkenntnis war der Römer, weiß Gott, intelligent genug. Ich denke, dass er die Hoffnung nur nicht aufgab, weil er nichts anderes zu tun hatte. Es war schlicht und ergreifend sein Job. Das hätte er selber natürlich niemals zugegeben. Vielleicht war es ihm aber auch nicht bewusst. Aber wie dem auch sei. Trotz all der Idylle war an diesem Sonntagmorgen etwas anders. Die Geräuschkulisse nämlich. Es war viel lauter als sonst. Genauer gesagt, konnte man vom Ende des Ortes her ein deutliches Hämmern hören. Ganz so, als wäre jemand dabei gewesen, etwas zu bauen. Klarerweise konnte der Strobel den Lärm auch hören. Aber da er aus einiger Entfernung kam, störte er ihn nicht weiter. Sollte es jemand anderen stören, so dachte der Strobel, konnte der ja die Gendarmerie rufen. Ein witziger Bursche, der Strobel. Muss ich schon sagen. Recht hatte er allerdings auch. Warum hätte er sich die Mühe machen sollen nachzusehen, wer da einen derartigen Krawall veranstaltete, wenn es sowieso keinen störte? Und genau genommen war er noch in seiner Freizeit. Auch wenn das vielleicht ein bisschen pingelig von ihm war. Auf ein paar Minuten auf und ab wäre es sicher nicht angekommen. Aber Lärm ist eben einmal nur Lärm und kein Gewaltverbrechen. Damals wie heute. Von daher setzte der Strobel seinen Weg zum Posten unbeirrt fort. Dort angekommen, traf er auf einen fast schon vergnügt wirkenden Berti, der bereits Kaffee gekocht hatte. Der Pfaffi war allerdings nicht zu sehen. Es war aber auch noch zwanzig Minuten zu früh. Der Strobel war ganz sicher, dass der Junge es nicht wagen würde, wieder zu spät zu kommen. So dumm war er sicher nicht. Aber falls doch, musste der Strobel als sein Chef ihn zur Rechenschaft ziehen. Außerdem musste er ihn dem Major melden. So weit wollte er es freilich nicht kommen lassen. Wem hätte eine solche Maßnahme genützt? Das hätte nur eine Menge Streit und Ärger gebracht. Ein Gedanke, der dem harmoniebedürftigen Kommandanten reichlich Unbehagen bereitete. Untereinander Streit zu haben, empfand er nur als nutzlos. Die Energie, die dafür aufgewendet werden musste, konnte man seiner Meinung nach für andere Dinge wesentlich besser einsetzen. Außerdem machte der Dienst viel mehr Spaß, wenn die Stimmung auf der Dienststelle gut war. Als Postenkommandant sah es der Strobel, neben vielen anderen Dingen, auch als seine Aufgabe an, genau für diese gute Stimmung zu sorgen. Genau genommen wäre der Strobel von seinem Naturell her gar nicht als Kommandant geeignet gewesen. Dafür war er nämlich viel zu gutmütig. Auf der Dienststelle in Tratschen mit den gerade einmal zwei Beamten, die er unter sich hatte, spielte das keine so große Rolle, aber auf einem größeren Posten hätte er wahrscheinlich so seine Schwierigkeiten gehabt. Je mehr Leute du als Kommandant hast, desto weniger kannst du jedermanns Freund sein. Weil du es erstens sowieso nicht jedem recht machen kannst und du zweitens schnell einen Sauhaufen beieinander hast, wenn du keine klare Linie fährst. Gar keine Frage. ›Wenn es dem Esel zu gut geht, geht er aufs Eis tanzen‹, sagt der Volksmund. Und auf so einer Dienststelle stimmt das allemal. Da geht es gleich einmal nach dem Motto: ›Ein jeder macht, was er will, keiner das, was er soll, und alle machen mit.‹ Vielleicht sind wir Menschen von jeher nicht dafür gemacht, keinen zu haben, der uns klipp und klar sagt, was wir zu tun und zu lassen haben. Ich glaube, die meisten von uns hätten auf Dauer ein Problem damit, sich zu beschäftigen, wenn sie keine Arbeit und keinen Chef hätten. Es ist ja nicht nur so, dass viele keine Verantwortung übernehmen wollen, sondern ganz viele Menschen können das gar nicht. Wir sind eben Herdentiere. Und wie alle Herdentiere brauchen wir ein

Leittier. Gemeinhin als Alphatier bezeichnet. Wenn das Alphatier rennt, rennen wir auch, und wenn es stehen bleibt, bleiben auch wir stehen. Wie die Schafe. Von denen, die in der zweiten Reihe stehen und alles besser wissen, gibt es naturgemäß viel mehr als von denen, die sich in der ersten Reihe vom Löwen fressen lassen. Aber so ist es nun einmal. Der schönste Platz ist in der Opposition. Schauen, was das Leittier tut, und es kritisieren. Ohne eine Idee zu haben, wie man es besser machen könnte. Ob das in einer Schafherde auch so ist, weiß kein Mensch, weil die Viecher keiner versteht. Aber ich denke, solange die Tiere genügend zu fressen haben, verhalten sie sich ruhig. Unsere Politiker sind da beispielsweise ein bisschen anders. Die sind normalerweise auch nicht klüger als die Schafe, haben mehr als genug zu fressen, kriegen den Hals aber trotzdem nicht voll. Von daher schimpft die Opposition immer über die regierende Partei. Und wenn die Oppositionellen dann, durch welche Umstände auch immer, an die Macht kommen, machen sie es auch nicht besser als ihre Vorgänger, von denen sie dann bei jeder Gelegenheit verbal geohrfeigt werden. Ein sich ständig wiederholendes Schauspiel. Interessant finde ich dabei, dass keiner der Beteiligten auf die Idee kommt, dass die Zeit, die sie darauf verwenden, den politischen Gegner zu verunglimpfen, wesentlich besser genützt werden könnte. Nämlich dazu, gemeinsam mit den anderen Fraktionen nach Lösungen für die anstehenden Probleme zu suchen, anstatt die Ideen des anderen nur zu verteufeln. Ich finde es ein bisschen seltsam, dass es tatsächlich Leute gibt, die einen Haufen Geld dafür kassieren, ständig nur blöd herumzureden und keine Ergebnisse abzuliefern. Wirklich wahr! Unsere Politiker können machen, was sie wollen, ohne dafür belangt zu werden. Da drängt sich einem doch die Feststellung auf, dass du, wenn du ein solcher Depp bist, dass du in der Privatwirtschaft nicht überleben kannst, Politiker werden solltest. Da kannst du dämlich sein, wie du willst, Fehler machen, wie es dich freut, Milliarden an Steuergeldern in den Sand setzen und dich selbst bereichern, dass die Tür nicht zugeht, ohne irgendwelche Konsequenzen fürchten zu müssen. Dazu kommt, dass du große Teile deiner Arbeitszeit mit Schlafen verbringen kannst. Das klingt doch nach einem Traumjob. Ist es auch. Darum wollen ihn ja so viele haben. Aber wie dem auch sei. Das war jetzt der populistische Teil. Die Verbreitung einer vermeintlichen Volksmeinung quasi. Dabei schaut die Wirklichkeit vielleicht doch ein bisschen anders aus. Weil, gar so blöd können unsere Politiker dann auch wieder nicht sein. Sind ja schließlich alles Studierte. Von dieser Warte aus gesehen, bleibt dann nur noch die Vermutung, dass die Herrschaften den Karren ganz bewusst immer tiefer in den Schlamm schieben und ihre Intelligenz lediglich dafür nützen, ihren eigenen Vorteil, so gut es geht, zu optimieren. Keine wirklich tolle Vorstellung. Sei's drum.

## 20

Der Strobel hatte jedenfalls nicht lange Zeit, sich über diesen schönen und fast ruhigen Sonntagmorgen zu freuen, weil dann doch noch jemand anrief, um sich wegen des Lärms zu beschweren. Und zwar der Herr Müller. Der zählte, nebst seiner Frau und den beiden Kindern, zu der Gattung der Frischluftdepperten und war seit einem knappen Jahr stolzer Besitzer eines Wochenendhauses in Tratschen. Gott allein wusste, was den Mann dazu getrieben hatte, sein Geld ausgerechnet dafür auszugeben. Auf der Beliebtheitsskala der Tratschener lag die Familie relativ weit hinten. Das lag höchstwahrscheinlich daran, dass Papa Müller ein, na ja, sagen wir einmal, ziemlich rustikaler Kerl gewesen ist. Die Ortsbewohner haben das freilich ein bisschen weniger schön formuliert und ihm nachgesagt, dass er den typischen primitiven Urwiener verkörperte, den man nirgends haben wollte. Noch nicht einmal in Wien. Natürlich ein böses Vorurteil der Dorfbewohner. Gar keine Frage. Weil, so primitiv kannst du in Wirklichkeit gar nicht sein, dass du in einer Stadt wie Wien nicht dein Platzerl finden könntest. Die Stadt hatte immer schon ein Herz für Sonderlinge, Fremde, Künstler und sonst noch alle möglichen Leute. Multikulti quasi. Nur, dass es damals noch nicht ganz so arg gewesen ist wie heute. Heutzutage brauchst du in Wien als sozial schwacher Mensch nämlich nicht auf deine Weltreise zu verzichten. Du brauchst nur eine Tageskarte für die Straßenbahn zu kaufen und ein bisschen kreuz und quer zu fahren. Da triffst du die ganze Welt. Ein polnisches Viertel, ein türkisches Viertel, ein albanisches Viertel, ein asiatisches Viertel, den Naschmarkt, haufenweise Afrikaner, Südamerikaner, Inder, Pakistani, Afghanen und, und, und. Alles gibt es. Und nebenbei natürlich auch eine Menge Müllers. Gar keine Frage. Diese Familie Müller hatte natürlich auch ihr eigenes kleines Refugium in einem der vielen Wiener Gemeindebauten. Aber das genügte ihnen offenbar nicht. Deshalb suchten sie sich einen Rückzugsort auf dem Land. Ihre Wahl fiel, aus welchen Gründen auch immer, auf Tratschen. Eine Ehre, auf die alle, vom Bürgermeister abwärts, der sich immer wieder mit Beschwerden und Forderungen des Herrn Müller konfrontiert sah, gerne verzichtet hätten. Allein der Sprachgebrauch des Mannes war, gelinde gesagt, schwer gewöhnungsbedürftig. Ich meine, Schönsprecher waren die Tratschener allesamt auch keine, aber die vulgäre Ausdrucksweise vom Müller war schon eine Klasse für sich. Kaum ein Satz, in dem er ohne Schimpfwort auskam. In der Fäkalsprache kannte der Vokabeln, die zuvor auf dem Land noch nie ein Mensch gehört hatte. Und darauf war er offenbar nicht nur stolz, sondern auch bestrebt, sein Umfeld an diesem Wortschatz teilhaben zu lassen. Aber wie es halt oft ist im Leben, wollten die gottesfürchtigen Landeier nichts dazulernen und mieden den Sprechkontakt mit dem Ur-Mundel, wie sie den Müller bald nannten, so gut sie konnten. Was die Frau Müller und die beiden Kinder anging, so hatten die unter dem schlechten Ruf ihres Familienoberhauptes zu leiden. Die Frau allerdings mehr als ihre beiden Ableger. Weil, die hatten, zwar mit viel Mühe, aber doch, schon ein paar Freunde unter den anderen Kindern gefunden. Und zu ihrem Glück haben sie nicht so arg dahergeredet wie ihr Vater. Das hat ihre Mutter zwar auch nicht gemacht, aber dafür ist sie nie aus dem Haus gegangen. Vielleicht schämte sie sich ja für ihren Göttergatten, wer weiß? Weil, alleine der optische Auftritt vom Herrn Müller war ein Hammer. Er trug fast immer knielange rote Hosen, Gummischlapfen und ein ärmelloses weißes Ripshirt, das um mindestens zwei Nummern zu klein war und sich deshalb um seine Wampe spannte, dass man unwillkürlich darauf wartete, dass es einfach so zerriss. Außerdem gab es ein Stück seines riesigen Fettbauches frei, der über den Bund der Hose hing. Die Krönung war sein oranger Schlapphut mit Zippverschlusstasche an der Seite. Ein cooles Teil, wie man heute wohl sagen würde. Jahraus, jahrein. Sommer wie Winter. Wie dem auch sei. Jedenfalls hatte man beim Herrn Müller immer irgendwie den Eindruck, dass er nicht nur dieses eine Haus, sondern den ganzen Ort inklusive aller Bewohner gekauft hatte. Zumindest benahm er sich so. Immer wieder hatte er tolle Ideen, die er vom Bürgermeister umgesetzt haben wollte. Müllabfuhr statt am Mittwoch am Montag, weil ihm als Wochenendeinwohner der Mittwoch natürlich gar nicht recht war. Ein Fahrverbot für Traktoren, weil er sich von den lauten Maschinen gestört fühlte, wenn er in seinem Garten saß. Natürlich störten ihn auch die lärmenden Nachbarskinder, die bellenden Hunde und seit Neuestem die Hippies, die schräg gegenüber eingezogen waren. Und weil den Herrn Müller das alles belästigte, war es eigentlich nur logisch, dass ihm das laute Hämmern an einem Sonntagmorgen auch gegen den Strich ging. So gesehen also wirklich keine Überraschung, dass der Kerl die Gendarmerie anrief und sich beschwerte, weil ihm der Lärm den Schlaf raubte. Natürlich war er auf dem Gendarmerieposten bereits als Querulant bekannt. Trotzdem mussten ihn die Ordnungshüter immer wieder ernst nehmen und so schnell wie möglich etwas unternehmen, weil er sich sonst sofort beim Bürgermeister und beim Bezirkskommandanten beschwerte. Und zwar schriftlich. Das war schon ein paar Mal vorgekommen. Der Strobel musste jedes Mal eine Stellungnahme abgeben, warum die Beamten so lange gebraucht hatten, bis sie am Einsatzort waren. Das war zwar kein großes Problem, aber lästig war es allemal. Eine unnötige Arbeit, die sich der Strobel selbstverständlich ersparen wollte. Von daher gab er dem Berti nach dem Telefonat ein Zeichen und sie brachen sofort auf, um dem unerhörten Treiben des Hammermannes Einhalt zu gebieten. Als sie die Dienststelle verließen, hörten sie überdeutlich, dass sich zu den Hammerschlägen auch noch Sägegeräusche gesellt hatten. Von sonntäglicher Ruhe konnte da wirklich keine Rede mehr sein. Wenn man den Krawall mitten im Ort so gut hören konnte, wie laut musste es da erst an Ort und Stelle sein? Eine Frage, die sich für die beiden Männer alsbald beantwortete. Lange brauchten sie in der Tat nicht zu suchen, bis sie die Quelle des Krawalls ausfindig gemacht hatten. Die lag nämlich am Waldrand hinter dem Anwesen der Hippies. Dort war der Ellmautaler Toni zusammen mit einem seiner Freunde offenbar damit beschäftigt, den gefällten Hochstand wieder instand zu setzen. An und für sich durchaus löblich. Aber eben nicht am Sonntagmorgen. Genau das teilte der Strobel den beiden Ruhestörern mit hochamtlicher Miene jetzt auch mit und forderte sie auf, ihre Arbeit einzustellen. Nur widerwillig waren die Burschen dazu bereit. Der Toni faselte dauernd etwas von der besonderen Dringlichkeit der Angelegenheit und sein Freund bestätigte dies mit ständigem Kopfnicken. Das nützte ihnen aber alles nichts. Der Strobel ist hart geblieben. Er dachte sich folgerichtig, dass ihm das bisschen Jammerei von den beiden Deppen immer noch lieber war als eine Beschwerde vom Müller. Außerdem, davon war er überzeugt, würde es bei dem Lärm, den die zwei verursachten, sicher nicht bei einer Beschwerde bleiben. Da würden sich bald noch weitere Anrufer finden und sie müssten dann sowieso etwas unternehmen. Von daher hat er also lieber gleich richtig durchgegriffen. Ordnung musste schließlich sein. Nach kurzem Widerstand zogen die verhinderten Zimmermänner murrend ab. Die beiden Beamten blieben noch ein paar Minuten, um sicher sein zu können, dass die Bastelfreunde nicht zurückkamen, sobald die Gendarmen weg waren. Während sie warteten, setzten sie sich auf einen der liegenden Baumstämme und genossen den sommerlichen Morgen und das damit verbundene Vogelgezwitscher. Das war unheimlich entspannend. Zumindest bis zu dem Augenblick, in dem der Berti meinte, seine Gedanken laut aussprechen zu müssen, und das Leanderthema anschnitt. Da verfinsterte sich die glückselige Miene seines Chefs augenblicklich und er erhob sich, um zum Auto zu gehen. Die Lärmerregung war schließlich ganz im Sinne des Beschwerdeführers eingestellt und sie konnten zurück zur Dienststelle fahren, um sich schnellstens auf die Suche nach dem Leander zu machen. Aber wahrscheinlich, so dachte sich der Strobel, war der Kerl schon längst zu Hause und sie machten sich die Mühe völlig umsonst. Um den Major zufriedenzustellen, blieb ihnen allerdings keine Wahl. Sie mussten zumindest so tun, als würden sie den Mann suchen. Außerdem war anzunehmen, dass es auch im Fall des wahnsinnigen Karl noch einiges zu tun geben würde. Nur weil der jetzt als Täter entlarvt war, hieß das ja noch lange nicht, dass auch der Akt erledigt war. Immerhin hatte man den Markus und seinen Vater bisher noch nicht gefunden. Alleine diese Tatsache ließ befürchten, dass es kein besonders ruhiger Sonntag werden würde. Während der Rückfahrt zum Büro versuchte der Strobel, im Kopf einen Tagesablauf festzulegen. Weil aber sehr viele verschiedene Dinge zu erledigen waren, wollte ihm das nicht so recht gelingen. Man könnte auch sagen, dass er bald ein Terminchaos im Kopf und überhaupt keine Übersicht mehr hatte. Von daher beschloss er, auf erprobte Methoden zurückzugreifen und sich wie immer alles aufzuschreiben. An und für sich freilich eine gute Idee. Überhaupt, wenn er dazu gekommen wäre. Das war aber nicht der Fall. Weil, kaum kamen sie auf der Dienststelle an, ging der Stress auch schon los. Ein ziemlich unterwürfiger Pfaffi erwartete sie schon dringend. Er hatte einen Anruf vom Major entgegengenommen und sollte dem Strobel dringend ausrichten, dass die Leute vom Novotny in einem Waldstück ganz in der Nähe von Neus das Auto vom Leander gefunden hatten. Von dem Reporter selbst fehlte allerdings jede Spur. Der Major ließ außerdem ausrichten, dass er sich umgehend einen Rückruf vom Strobel erwartete. Gottergeben hörte der Postenkommandant zu und dachte dabei, dass sein Bedarf an verlassen aufgefundenen Autos und verschwundenen Personen jetzt endgültig gedeckt war. Weil, alles, was recht war, aber das, was da momentan in seinem Rayon ablief, musste bei Gott nicht sein. Schon gar nicht, solange das Wetter derart traumhaft war und man sich die Zeit wesentlich angenehmer hätte vertreiben können als mit dem Zusammenklauben menschlicher Körperteile und der Suche nach ihren Besitzern. Ja, wirklich. Das hat sich der Strobel in dem Moment gedacht. Ich persönlich finde das nicht weiter schlimm. Wahrscheinlich hätte jeder andere an seiner Stelle auch so reagiert. Es ist ja nicht sein Fall gewesen. Er und seine Männer waren in diesem Theaterstück bestenfalls Komparsen. Auf Abruf bereitstehen, falls der Novotny oder der Major etwas brauchten. Das war, wenn man von der Suche nach dem Leander einmal absah, ihre Aufgabe. Was diesen Journalisten anging, glaubte der Strobel allerdings nicht mehr so recht daran, dass der in der Zwischenzeit schon wieder daheim war. Weil, egal wie er es auch drehte und wendete, der Bursche hätte wohl keinen vernünftigen Grund dafür gehabt, seinen Wagen im Wald zu verstecken und dann zu

Fuß nach Wien zu latschen. Dafür gab es nur eine Erklärung. Dem Leander musste etwas zugestoßen sein. Es sei denn, und bei dieser Möglichkeit lief es dem Strobel kalt über den Rücken, der Leander hatte etwas mit den Entführungen zu tun. War er vielleicht ein Komplize vom Karl? Hatte er sein Auto im Wald abgestellt, weil er sich jetzt im Versteck der Opfer befand und sie bewachte? Was, wenn er noch nicht wusste, dass der Karl einen Herzinfarkt erlitten hatte? Was, wenn er auf ein Lebenszeichen von ihm wartete? Und was, wenn er den Auftrag hatte, den Ferdinand und den Markus zu beseitigen, wenn sich der Karl nicht bei ihm meldete? Theoretisch war all das natürlich möglich. Praktisch gesehen, gab es allerdings nicht den kleinsten Anhaltspunkt dafür. Aber vielleicht, so dachte er weiter, sollte er diesen Gedankengang trotzdem nicht außer Acht lassen und dem Major oder dem Novotny davon erzählen. Kaum ging ihm das durch den Kopf, hörte er den Pfaffi schon erzählen, dass der Major auch bereits auf diese Idee gekommen war. Irgendwie auch ganz klar. Weil, so ein Über-drüber-Wunderwuzi war der Strobel dann auch wieder nicht, dass nur er auf einen derart naheliegenden Gedanken gekommen wäre. Ich meine, nichts gegen ihn als Person, aber da wollen wir doch die Kirche schön im Dorf lassen. Schließlich ist er auch nur ein ganz normaler Mensch gewesen, der Strobel. Aber wie dem auch sei. Jedenfalls telefonierte er gleich darauf mit dem Major, der ihm so ziemlich das Gleiche noch einmal erzählte, was der Pfaffi schon gesagt hatte. Mit dem Unterschied, dass sein Vorgesetzter damit schloss, dass der Strobel gefälligst in die Gänge kommen und den Leander finden sollte, weil dessen Chef schon ziemlich lästig war. Der wollte seinen besten Mann nämlich unbedingt zurückhaben. Und, so sagte der Major weiter, Lust auf negative Schlagzeilen hatte er keinesfalls. Von daher sollte der Strobel sich also schnellstmöglich mit dem Novotny treffen und die weitere Vorgehensweise mit ihm absprechen. Und siehst du, das war wieder genau so eine Situation, die den Strobel innerlich zur Weißglut brachte. Zuerst wurde ihm befohlen, sich rauszuhalten, und im nächsten Moment kam ein ganz subtiler Anschiss, weil er zu wenig Initiative zeigte. Sein Bedürfnis, seinem Busenfreund darauf mit dem Götzzitat zu antworten, war sehr ausgeprägt. Trotzdem hielt er sich zurück. Außer ein paar Probleme, weil er sich dem Major gegenüber ungebührlich verhalten hatte, hätte das wohl kaum etwas gebracht. Von daher machte er wieder einmal gute Miene zum bösen Spiel und schmetterte sein obligates »Ja-woll, Herr Major!« in den Hörer. Der Herr Bezirkskommandant wusste auch so ganz genau, was ihm der Postenkommandant sagen wollte. Da brauchte es keine Kraftausdrücke. Der Strobel schaffte es immer wieder, dieses ›Ja-woll‹ in einem solchen Tonfall zu sagen, dass es sich für einen Außenstehenden nach absolutem Gehorsam anhörte. Der Major, der den Strobel schon relativ gut kennengelernt hatte, wusste es zwar besser, konnte aber nichts tun. Schließlich widersetzte sich der Strobel seinen Anordnungen ja nicht. Ich meine, der Strobel konnte doch nichts dafür, dass der Major sich von diesem ›Ja-woll‹ verarscht und angegriffen fühlte. Gefreut hat es ihn aber. Gar keine Frage. Manchmal dachte der Strobel darüber nach, wie lange es wohl dauern würde, bis ihm dieses infantile Spielchen nichts mehr herausreißen würde. Irgendwann würde sich dieser kindische Moment des Triumphes abgenutzt haben. Und was kam dann? Vielleicht doch noch der Götz von Berlichingen? Oder einfach absolute Gleichgültigkeit? Um das herauszufinden, würde er nichts weiter tun müssen, als zu warten, bis es so weit war. So lange wollte er diese Augenblicke, in denen er aus seiner Sicht wenigstens als moralischer Sieger vom Platz ging, in vollen Zügen genießen. Trotz allem musste er aber tun, was ihm soeben befohlen worden war. Moralischer Sieger hin oder her. Deswegen entschied er, die Kopfwäsche, die er dem Pfaffi verpassen wollte, fürs Erste zu verschieben und sich gleich auf die Arbeit zu konzentrieren.

# 21

Zuallererst musste er mit dem Novotny darüber reden, wer von ihnen was tun sollte. Von daher musste er also nach Neus fahren und den Kontrollinspektor suchen. Gerade als er den Berti auffordern wollte, mit ihm zu fahren, öffnete sich die Tür und der Novotny marschierte herein. Der Mann von der Kripo machte ein sehr ernstes Gesicht. Irgendetwas schien ihn zu beunruhigen. Ohne viel Gerede kam er zum Thema. In kurzen Worten erzählte er noch einmal, dass ein Jäger aus der Gegend das Auto vom Leander gefunden hatte. Deswegen galt das Hauptaugenmerk jetzt der Suche nach dem Journalisten. Der Novotny hoffte, dass ihn der Leander zu den beiden Opfern führen würde. Als er das sagte, glaubte der Strobel, einen Anflug von Hoffnungslosigkeit in der Stimme des Kripomannes zu hören. Und weil er wissen wollte, wie er dran war, fragte er ihn gleich danach. Und siehst du, da gab der Novotny ohne Umschweife zu, dass er, was die Suche nach dem Markus und dem Ferdinand Bremer anging, mit seinem Latein am Ende war. Es gab nicht den kleinsten Hinweis darauf, wo sie sein konnten. Man hatte das Haus vom Karl bereits dreimal vom Keller bis zum Dach durchsucht und war jetzt dabei, das Grundstück und die nähere Umgebung nach eventuell vorhandenen Gräbern abzusuchen. Aber, so gab der Novotny zu, sehr groß war die Chance nicht, irgendwas zu finden. Also lag die ganze Hoffnung darauf, den Leander aufzuspüren. Er informierte den Strobel darüber, dass bereits zwei Hundeführer angefordert worden waren, die in den nächsten zwei Stunden da sein sollten. Nur, so erklärte er weiter, habe er selber keine Leute mehr zur Verfügung, die sich mit den Hundeführern auf die Suche machen konnten. Darum, so sagte er, wollte er jetzt den Strobel bitten. Ja, wirklich! Er hat um Unterstützung gebeten. Jetzt war nichts mehr von seiner Überheblichkeit und Arroganz, die er in den letzten Tagen zur Schau gestellt hatte, zu spüren. Diesbezügliche Kommentare sparte sich der Strobel aber, weil sie ohnehin zu nichts geführt hätten. Außerdem konnte er sich gut vorstellen, wie schwer es dem Novotny gefallen sein musste, ihn um Unterstützung zu bitten. Deswegen wollte der Postenkommandant darauf nicht herumreiten. Stattdessen gab er sich ganz professionell und sicherte seinem Gegenüber zu, sich sofort auf den Weg machen zu wollen und die Sache mit seinen Männern zu übernehmen. Dass ihm der Novotny dafür dankbar war, konnte er ihm ansehen. Da hätte es seiner Worte gar nicht mehr gebraucht. Kaum war das geklärt, war der Novotny auch schon wieder draußen.

»Also dann! Auf geht's, meine Herren!«, sagte der Strobel zu seinen Männern und ging voraus zum Wagen. Wie immer, wenn sie alle drei zusammen unterwegs waren, zwängte sich der etwas zu gut genährte Berti auf die Rückbank, der Strobel setzte sich auf den Beifahrersitz, weil das eben einmal der Platz des Patrouillenkommandanten war, und der Pfaffi musste fahren, weil er der Jüngste war. Der Strobel sah den Jungspund von der Seite an und kündigte ihm an, dass er sich noch eingehend mit ihm unterhalten werde, sobald die Sache abgeschlossen sei. Der Bursche wurde etwas blass um die Nase, nickte schuldbewusst und tat so, als müsse er sich unheimlich auf den nicht vorhandenen Verkehr konzentrieren. Danach redeten sie kein Wort mehr. Erst als sie in Neus ankamen, sagte der Strobel wieder etwas. Nämlich, dass der Pfaffi zurück nach Tratschen fahren solle, damit die Dienststelle nicht den ganzen Tag unbesetzt blieb. Immerhin konnte es ja doch sein, dass etwas passierte. Ungläubig starrte der Pfaffi seinen Chef an und es war ihm überdeutlich anzumerken, wie enttäuscht und beleidigt er war. Aber der Bursche war trotz allem klug genug, um zu wissen, dass es für ihn besser war, kein Wort zu sagen, sondern einfach nur zu tun, was der Strobel wollte. Bevor er wegfuhr, sagte ihm sein Chef noch, dass er ihn anrufen würde, sobald sie abzuholen seien. Damit war das Gespräch für den Strobel erledigt und er ging mit dem Berti in den Wald hinein. Der Novotny hatte ihm ziemlich genau beschrieben, wo das Auto abgestellt war. Einer seiner Männer stand dort und bewachte das Fahrzeug, für den Fall, dass der Leander auftauchen sollte oder irgendjemand anderer mit dem Wagen wegfahren wollte. Problemlos fanden sie die Stelle und stellten fest, dass die beiden Hundeführer auch schon eingetroffen waren. Nach einer kurzen Begrüßung einigten sich die Männer darauf, wie sie vorgehen wollten. Viel gab es dazu nicht zu sagen. Immerhin waren es die Hunde, die, sofern sie eine Fährte aufnehmen konnten, den Weg vorgaben. Die übrigen Beteiligten konnten nur hinterhergehen und darauf achten, nicht den Anschluss zu verlieren. Aber wie bei vielen anderen Gelegenheiten auch, war es hier und jetzt enorm wichtig, etwas zu reden. Aus Höflichkeit, aus Unsicherheit und wegen der unbestrittenen Tatsache, dass nichts mühsamer ist, als sich anzuschweigen. Ich meine, ein jeder kennt wahrscheinlich das Gefühl, in bestimmten Situationen etwas sagen zu müssen. Dafür haben wir Menschen schließlich den Small Talk erfunden, der unter anderem dazu dient, unangenehme Situationen mit sinnlosem Gerede zu überbrücken. Das glaubst du so nicht? Na, dann pass auf. Wie läuft es üblicherweise, wenn du irgendwo mit einem Menschen, den du nicht kennst, einen Termin hast? Du fährst hin, läutest und wartest darauf, eingelassen zu werden. Nicht selten gelangst du an jemanden, der irgendwelche Seminare besucht hat, um vor Gruppen sprechen, verkaufen, beraten oder sonst was zu lernen. Wenn das so ist, wirst du feststellen, dass dir dein Gegenüber die Hand hinhalten und dich überaus freundlich begrüßen wird. Immerhin ist der erste Eindruck wichtig. Und weil es nach dieser Begrüßung unweigerlich zu einer Schweigephase kommen muss, weil der Typ ja nicht schon bei der Haustür anfangen kann, dich vollzuquatschen, kommt die Nummer mit dem Small Talk. Das äußert sich dann oft durch so idiotische Fragen wie: »Na, haben Sie hergefunden?« Ich meine, was für eine Frage ist das? Wäre die Antwort Nein, könnte er dir diese Frage jetzt ja nicht stellen, weil du nicht da wärst, oder? Ehrlich gesagt, habe ich nichts gegen Small Talk. Aber das ist wohl die dümmste Einstiegsfrage, die man sich vorstellen kann. Trotzdem ist es die, die mir bisher am öftesten gestellt wurde. War viel Verkehr? Hatten Sie Schwierigkeiten, einen Parkplatz zu finden? Regnet es noch? Ist es heiß draußen? Alles mögliche Fragen, in denen es um gar nichts geht. Die kann man doch auch nehmen, um Small Talk zu machen. Sei's drum. Die Gendarmen im Wald machten halt auch so eine Art Small Talk. Zwar kam keiner auf die Idee, den anderen zu fragen, ob er hergefunden hatte, aber dafür legten sie fest, in welcher Reihenfolge sie gehen wollten. Mindestens genauso unnötig, weil es, wie schon gesagt, logisch war, dass die Hunde vorausgehen würden. Es sei denn, einer der Beamten hätte eine bessere Spürnase gehabt. Dann hätte natürlich er vorausgehen dürfen. Na ja, wie auch immer. Jedenfalls sind die beiden Hundeführer im Eilzugtempo vorausgeeilt und der Strobel und der Berti keuchend hinterher. Immer bemüht, den Anschluss nicht zu verlieren und nicht zu stolpern. Das war gar nicht so einfach, wie es sich anhört. Um es kurz zu machen und dir die Schilderung des Waldlaufes zu ersparen, sage ich dir gleich, dass die Hunde den Leander nicht gefunden haben. Nach einer Stunde nicht und nach weiteren zweien auch nicht. Im Ganzen nicht und auch keine zu seinem Körper gehörenden Teile. Einfach gar nichts. Natürlich könntest du jetzt sagen, dass das eine gute Nachricht war oder zumindest keine schlechte, aber der Strobel sah das naturgemäß ein bisschen anders. Der war eher frustriert, dass diese Suchaktion außer einer Blase auf seiner rechten Ferse, etlichen Gelsenstichen, dreckigen Schuhen und einer komplett durchschwitzten Uniform nichts gebracht hatte. Auch der Berti wollte nur noch eine Pause machen, etwas trinken und eine kräftige Mahlzeit zu sich nehmen. Den hatte die Herumhetzerei nämlich viel mehr geschlaucht als seinen Chef. Wahrscheinlich, weil er ein bisschen mehr Kilos auf den Rippen hatte. Und was soll ich dir sagen? Die

Kriminalpolizei blieb bei ihrer Suche genauso erfolglos. Weder Vater und Sohn Bremer noch der Journalist tauchten irgendwo in Neus auf. Langsam, aber sicher begann der Strobel daran zu zweifeln, dass er einen der Männer lebend wiedersehen würde. In den Gesichtern der anderen las er, dass sie auch so dachten. Aber keiner sprach es laut aus. Und so verging der halbe Tag, ohne auch nur das kleinste verwertbare Ergebnis zu bringen. Bis zu dem Moment, in dem der Strobel pinkeln musste.

## 22

Derweil seine beiden Kollegen durch den Wald hirschten, wurde dem Pfaffi auf der Dienststelle auch nicht gerade fad. Ausgerechnet an diesem Sonntag war nämlich nichts mit der sonstigen Wochenendruhe. Das Telefon lief richtig heiß vor lauter Beschwerdeanrufen. In erster Linie ging es dabei um die Hippies. Sie waren ihren Nachbarn zu laut, zu nackt, zu high und überhaupt viel zu nahe. Ich meine, nicht dass du jetzt glaubst, die Tratschener wären nicht aufgeschlossen oder modern gewesen. Doch! Natürlich waren sie das. Aber halt mit bestimmten Grenzen. Will heißen, keiner von ihnen hatte mit Hippies ein Problem, solange sie nur weit genug weg waren. In der eigenen Nachbarschaft wollte man sie nicht haben. Gleiches galt für Fremde, Ausländer, Ex-Sträflinge, übelbeleumundete Frauen und sonstiges Gesindel aller Art. All diesen Leuten gegenüber waren die Ortsbewohner distanziert aufgeschlossen. Die konnten überall leben, nur eben nicht in Tratschen. Der Rest der Welt war groß genug. Tratschen leider nicht. Genau das zeigte sich an diesem Sonntag wieder einmal in aller Deutlichkeit. Dazu kamen Anrufe diverser Medienvertreter, die Informationen zu dem Entführungsfall und zu dem verschwundenen Reporter wollten, die ihnen der Pfaffi nicht einmal hätte geben können, wenn er gewollt hätte. Zum Drüberstreuen rief dann auch der Herr Müller erneut an, weil das Gehämmere im Wald schon wieder losging und er sich deswegen bemüßigt fühlte, seiner Meinung Ausdruck zu verleihen, dass er nicht wisse, wofür er eigentlich so viele Steuern zahlte, wenn die Republik mit seinem Geld anscheinend nur unfähige Hornochsen bezahlte, die nicht einmal in der Lage waren, an einem Sonntag für Ruhe zu sorgen. Ein Vortrag, den der junge Gendarm wortlos über sich ergehen ließ, weil er ja nicht wusste, dass seine beiden Kollegen deshalb vor einigen Stunden schon einmal ausgerückt waren. Als der Herr Müller mit seiner Schimpftirade fertig war, versprach der Pfaffi, sich der Sache ehe baldigst anzunehmen, und legte auf. Weiter ging es mit einem Besuch des Bürgermeisters, der ebenfalls einige Beschwerden über die neuen Ortsbewohner im Gepäck hatte, Anrufe des Majors, der unverzüglich über den Ermittlungsstand informiert werden wollte, der Frau vom Berti, die wissen wollte, wann er endlich zum Mittagessen kommen würde, dem Heinzl Rudi, der in seiner Funktion als Förster Anzeige erstattete, weil irgendjemand unerlaubt ein paar Bäume gefällt hatte, dem Rollinger, der sich darüber beschwerte, dass ihm der Haberl angeblich vor sein Wohnzimmerfenster gepinkelt hatte, und zu guter Letzt von der Rose, die weinend erzählte, dass irgendjemand Steine durch ein paar Fenster ihres Hauses geworfen hatte.

Ja, man könnte sagen, dass in Tratschen an diesem Sonntag Großkampftag war und der Pfaffi seine Sünden der vergangenen Tage wirklich abbüßte. Um ja nichts falsch zu machen, entschied er sich dafür, die Dienststelle nicht zu verlassen. Er rechtfertigte diese Entscheidung damit, dass andauernd das Telefon läutete. Ein Argument, das man so und so sehen kann. Aber wie dem auch sei.

# 23

Im Wald bei Neus bekamen der Strobel und der Berti von der ganzen Aufregung nichts mit. Etwas von der Hektik, die sie zu Beginn des Tages noch verspürt hatten, war im Wald von ihnen abgefallen. Es war nichts zu hören außer dem Rauschen des Windes in den Bäumen, dem Gezwitscher der Vögel und hin und wieder bellte einer der Hunde. Verschwitzt und müde saßen die Beamten auf einem umgestürzten Baum und reichten eine Wasserflasche weiter. Keiner von ihnen redete etwas. Was hätte es auch zu sagen gegeben? Der Strobel genoss die Geräusche des Waldes ganz besonders und beschloss, in seiner Freizeit öfter einmal einen Spaziergang zu machen, und der Berti war mit dem Knurren seines Magens und den Gedanken an eine ordentliche Mahlzeit mehr als beschäftigt. Die beiden Hundeführer versorgten ihre Vierbeiner und fachsimpelten leise vor sich hin. In der Zwischenzeit war allen klar geworden, dass die Hunde keine Fährte aufgenommen hatten und auch keine mehr aufnehmen würden. Trotzdem wollte keiner die

Entscheidung treffen, die Suche einzustellen. So ein kleines bisschen Hoffnung trug ein jeder von ihnen noch in sich. Das zeigte sich dann auch in dem kurzen Gespräch, das sie darüber führten, wie lange sie diese Pause noch ausdehnen sollten. Einstimmig beschlossen sie weiterzumachen. Damit waren auch der Strobel und der Berti einverstanden. Allerdings musste der Postenkommandant unbedingt noch seine Notdurft verrichten und forderte die anderen auf, so lange zu warten. Dann ging er ein Stück weiter in den Wald hinein, um zu tun, was seine Blase von ihm verlangte. Er war ungefähr 30 Meter von seinen Kollegen entfernt und gerade im Begriff, seinen kleinen Schutzmann in Stellung zu bringen, als er eine für ihn völlig überraschende Entdeckung machte. Er war so verblüfft, dass er sich um ein Haar auf die Schuhe gepinkelt hätte. Hinter dem Gebüsch, das er gerade dabei war zu bewässern, stand nämlich jemand. Und zwar der Bremer Markus. Mehr oder weniger quicklebendig, stand er da, starrte den Strobel mit großen Augen an und sagte: »Hilfe!« Dann fiel er vor dem immer noch pinkelnden Gendarmen, der sich beeilte, dem Strahl eine andere Richtung zu geben, auf die Knie. Was der Strobel jetzt für einen Stress bekommen hat, das glaubst du gar nicht. Zuerst wollte er natürlich seine Kollegen rufen, unterließ das aber, weil ihm einfiel, dass er immer noch mit dem Spatz in der Hand dastand. Aus dem gleichen Grund musste er natürlich auch seinen Impuls, dem Markus zu helfen, vorerst unterdrücken und zudem noch auf die Abstrahlrichtung achten. Schließlich wollte er weder sich selbst noch den am Boden knienden Mann treffen. Schleunigst verrichtete er sein Geschäft und verbarg alles wieder dort, wo es hingehörte. Danach rief er den anderen zu, dass sie schnell kommen sollten, weil eines der Opfer aufgetaucht sei. Da ging natürlich auch durch die Wartenden ein Ruck. Fast gleichzeitig setzten sie sich in seine Richtung in Bewegung. Währenddessen kämpfte sich der Strobel durch das Gebüsch auf den immer noch knienden Markus zu, kauerte sich neben ihn und fragte, ob sein Vater auch in der Nähe sei. Da sah der Markus seinem Helfer ins Gesicht und schüttelte nur müde den Kopf. Erst jetzt fiel dem Strobel auf, dass seine linke Hand dick verbunden war. Natürlich war ihm sofort klar, warum. Dann waren auch schon die anderen zur Stelle. Mit vereinten Kräften halfen sie dem Markus hoch und verfrachteten ihn zu dem Fahrzeug der Hundeführer, um über Funk einen Krankenwagen zu rufen. Alle redeten durcheinander und stellten dem armen Markus alle möglichen Fragen, von denen der keine einzige beantwortete. Er wirkte völlig erschöpft. Der Verband an seiner Hand war durchgeblutet und seine Kleidung stand vor Dreck fast von selbst. Insgesamt ein trauriger Anblick. Das erkannten schließlich auch seine Retter und ließen ihn in Ruhe. Derweil der Strobel neben dem Markus hockte und auf die Rettung wartete, suchten der Berti und die beiden Hundeführer die Stelle ab, an der der Markus entdeckt worden war. Und diesmal konnten die Tiere eine Fährte aufnehmen und ihr bis zu einem Erdkeller folgen, dessen Türe offen stand. Ein kurzer Blick ins Innere ließ die Männer zu der Überzeugung kommen, dass dieser Keller das Versteck gewesen sein musste. Vom Ferdinand Bremer war allerdings keine Spur zu finden und vom Leander auch nicht. Aber immerhin hatten sie eines der Opfer gefunden. Das freute die Männer schon ganz schön und die Erkenntnis, dass sie mit ihrer Arbeit tatsächlich Leben retten konnten, erfüllte sie mit einer tiefen Zufriedenheit. Genau das war es, was sie dazu ermunterte, ihre Suche nach den anderen beiden Männern nicht aufzugeben. Die Hoffnung, sie doch noch lebendig zu finden, hatte jedenfalls neue Nahrung bekommen. Die Rettung brachte den Markus nach Hollabrunn ins Krankenhaus und der Strobel fuhr mit dem Berti und den Hundeführern nach Neus, weil ihn der Novotny sprechen wollte. Und siehst du, bei ihrer Ankunft zeigte sich wieder einmal, dass sich gute Nachrichten schnell herumsprechen können. Die Kollegenschaft schenkte ihnen anerkennende Blicke und gratulierte zu diesem Erfolg. Na, was glaubst du, wie überrascht der Strobel da gewesen ist. Und auch ein kleines bisschen stolz. Weil, so viel Anerkennung bekam er schließlich nicht jeden Tag. Genauso wenig, wie er täglich Leben rettete. Von daher genoss er das Ganze erst einmal. Auch der Kollege Novotny, der ihm entgegengegangen war, gratulierte ihm mit einem Handschlag, bevor er seine Fragen stellte. Aber sonderlich ergiebig waren die Antworten allesamt nicht. Bis auf diesen Erdkeller gab es keine neuen Erkenntnisse. Und der wurde bereits von der Spurensicherung auf den Kopf gestellt. Was den Markus anging, würde man wahrscheinlich ein oder zwei Tage warten müssen, bis der ansprechbar sein würde. Bis dahin mussten sie eben so weitermachen wie bisher. Mehr oder weniger auf gut Glück. Mittlerweile hatte der Novotny so etwas Ähnliches wie eine Einsatzzentrale im Haus vom Karl eingerichtet und er forderte den Suchtrupp auf, mit ihm hineinzugehen und Kaffee zu trinken. Sehr zu seiner Überraschung lehnten der Berti und die beiden Hundeführer das ab und beriefen sich auf ihren bereits sehr ausgeprägten Hunger. Der Strobel schlug daraufhin vor, der Berti solle mit den beiden Mittagessen gehen und danach wiederkommen. Er selbst wollte nämlich noch ein paar Takte mit dem Kripomann reden.

So wie es momentan aussah, war der gar nicht so ungut, wie er am Anfang gewirkt hatte. Auf jeden Fall konnte der Strobel aber auf diese Weise seinen Informationsstand verbessern. Schaden konnte das auf keinen Fall. Ergo blieb er und ging mit dem Novotny ins Haus. Aus den Augenwinkeln bemerkte er, dass sich auf dem Grundstück vom Matzinger etwas rührte. Der Hausherr höchstselbst war offenbar immer noch damit beschäftigt, seinen Kirschbaum zu verpflanzen. Da kam dem Strobel der Gedanke, dass es wahrscheinlich klüger gewesen wäre, der Kerl hätte den Baum einfach umgesägt, statt sich diese Plackerei anzutun. Vor allem war ihm völlig schleierhaft, wie der Matzinger den Baum eigentlich transportieren wollte. Klar, weit war es nicht, aber handlich ist so ein Baum, auch wenn er nur mittelgroß ist, auf keinen Fall. Außerdem fiel dem Strobel noch ein, dass er versprochen hatte, beim Bau der Garage zu helfen. Deswegen wollte er noch schnell mit dem Mann reden und sagte das auch dem Novotny, bevor er sich auf den Weg machte.

## 24

Der Matzinger war wie ein Wilder am Graben und schien sich für sonst nichts auf der Welt zu interessieren. Erst als der Strobel direkt vor ihm stand, hielt er inne und begrüßte ihn. Das Loch, in das der Kirschbaum eingesetzt werden sollte, hatte inzwischen beachtliche Ausmaße angenommen. Es war so groß, dass es auch drei Bäume aufnehmen hätte können. Dementsprechend riesig war auch der Erdhaufen gleich daneben. Weiter drüben sah der Strobel den Kirschbaum stehen, dessen Wurzeln zum Großteil schon im Freien lagen. Noch bevor er irgendetwas fragen oder sagen konnte, eröffnete der Matzinger das Gespräch:

»So ein Haufen Leute rundherum und keiner hilft. Ein echter Jammer!«

»Die haben ja auch was Besseres zu tun.«

»Ja, schon, aber mit so vielen Händen dauert das Ganze nur ein paar Minuten. So viel Zeit werdet's wohl haben, oder?«

»Guter Witz. Aber sag, wann ist es denn so weit mit dem Garagenbau?«

»Sobald der Baum in dem Loch steht.«

»Und wann wird das sein? Ich sollte mich nämlich richten können.«

»Wenn du mir mit deinen Kollegen hilfst, in 10 Minuten. Sonst weiß ich's nicht.«

»Na komm, dann stellen wir zwei den Zahnstocher schnell um.«

»Ah! Der Herr Inspektor hat die Krafthosen an. Warum nimmst ihn denn nicht gleich alleine?«

»Jetzt lass es uns doch wenigstens probieren.«

»Probier's, Herkules. Hindert dich ja keiner. Ich brauch meine Bandscheiben noch.«

»Wie viele Leute brauchst denn dafür?«

»Je mehr, je besser.«

»Für den kleinen Baum?«

»Glaub mir, Strobel, du kannst den Zahnstocher alleine nicht einmal umschmeißen, ohne dass du nachher eine Bremsspur in der Unterhose hast. Jetzt frag halt. Vielleicht helfen deine Leute ja geschwind.«

Wenig begeistert machte sich der Strobel auf den Weg zurück. Er glaubte keine Sekunde daran, dass auch nur ein einziger der Männer bereit sein würde, bei dem Projekt zu helfen. Er versuchte es trotzdem. Und siehst du, wieder ist er überrascht worden. Weil, insgesamt haben sich 15 Freiwillige gemeldet, mit denen im Schlepptau der Strobel wieder zum Matzinger gegangen ist, um im wahrsten Sinne des Wortes einen Baum auszureißen. Die lange Geschichte kurz erzählt, ist, dass es tatsächlich nicht viel länger als 10 Minuten dauerte, den Kirschbaum zu versetzen. Der Strobel musste sich da noch nicht einmal selber die Hände schmutzig machen. Wie es aussah, waren doch etliche seiner Kollegen unausgelastet und dementsprechend groß war auch ihr Einsatz. Der Matzinger selbst rührte den Baum auch nicht an. Er ging vor der Gruppe her und dirigierte sie zum neuen Standort. Kaum stand der Baum, waren die Männer auch schon wieder weg und der Strobel bekam endlich eine Antwort auf seine Terminfrage. Wenngleich diese ihm auch nicht weiterhalf.

»Im Laufe der Woche. Das kommt ganz aufs Wetter an.«

Darauf wusste der Postenkommandant freilich nichts mehr zu sagen und verabschiedete sich kurz und knapp bei dem komischen Kauz. Offensichtlich war dem Matzinger seine Hilfe nicht ganz so wichtig, wie der Strobel geglaubt hatte. Er schien auch nicht unbedingt darauf zu bestehen, dass der Gendarm sein Versprechen einlöste. Anders war es kaum zu erklären, dass er keinen Termin nannte. Einerseits war der Strobel froh, dass er aus dieser Masche so billig wieder herausgekommen war, andererseits ärgerte ihn das komische Getue vom Matzinger natürlich auch. Von daher ging er mit gemischten Gefühlen zurück, um sich beim Novotny den versprochenen Kaffee zu holen. Auch dem

Novotny war der Matzinger freilich schon aufgefallen. Wie konnte es auch anders sein. Ein Mann, der den Großteil des Tages damit verbrachte, zwei riesige Löcher in seinen Garten zu buddeln, musste ganz einfach auffallen. So beschäftigt kann man gar nicht sein, dass man das nicht irgendwann bemerkt und sich seinen Teil denkt. Der Kripomann dachte sich halt auch seinen Teil. Nämlich, dass der Nachbar seines Entführungsopfers offensichtlich nicht ganz dicht war. Wie sonst wäre dessen seltsames Verhalten zu erklären gewesen. Und wenn du ganz ehrlich bist, ist die Idee, einen Kirschbaum zu versetzen, weil man eine Garage bauen will, wirklich ein bisschen seltsam. Die meisten Leute würden den Baum einfach fällen und an anderer Stelle einen neuen pflanzen. Ganz klar. Aber es ist halt nicht ein jeder gleich. Und der Matzinger war offensichtlich noch viel weniger gleich. Wie dem auch sei. Der Kripomann verstrickte den Strobel nur kurz in ein Gespräch über den merkwürdigen Typen auf dem Nachbargrundstück, bevor sie sich wieder ihrem Fall zuwandten. Noch einmal spielten sie alle Ereignisse der Reihe nach durch. Angefangen bei der Auffindung des Autos vom Ferdinand bis hin zur Entdeckung des Markus an diesem Tag. Alles kauten sie haarklein durch. Sie fanden aber nichts Neues heraus. Im Gegenteil. Je genauer sie die Sache betrachteten, desto weniger Sinn machte sie irgendwie. Zuerst musste der Karl den Ferdinand geholt haben. Immerhin war dessen Wagen bereits einen Tag vor dem Verschwinden seiner beiden Kinder entdeckt worden. Allerdings gab es da mehrere ungeklärte Fragen. Warum war der alte Bremer auf dem Feldweg unterwegs? Woher war er gekommen? Wieso war er gegen den Baum gekracht? Wie hatte ihn der Karl von dort weggebracht und vor allem natürlich, wohin? Nicht weniger interessant waren die Fragen in Bezug auf das Verschwinden vom Markus und der Anneliese. Wann hatte der Karl das getan und wohin hatte er sie gebracht? So wie es sich bisher darstellte, hielt er seine Opfer nicht in einem gemeinsamen Versteck fest. Es sah zumindest so aus, als hätte er den Markus in diesem Erdkeller und die Anneliese in dem Raum hinter seiner Garage eingesperrt. Warum hatte er das getan? Wäre es nicht viel einfacher gewesen, sie alle zusammen zu verstecken? Nicht zuletzt blieb natürlich auch die Frage nach dem Motiv. Warum, um alles in der Welt, sollte der Karl das getan haben? Wegen des Geldes etwa? Wollte er der Alleinerbe werden? Dafür hätte er nicht diese komplizierte Entführungsgeschichte inszenieren müssen. Ein paar simple Morde hätten es auch getan. Andererseits wäre das eine plausible Erklärung gewesen, warum er seiner Schwester die Daumen abgetrennt und sie danach getötet hatte. Auf diese Weise konnte er die Körperteile nehmen, um die Dramatik zu erhöhen, und brauchte sich gleichzeitig nicht mehr um sie zu kümmern. Sollte es so gewesen sein, fehlte allerdings eine Erklärung für die Tatsache, dass auch dem Markus ein Daumen abgeschnitten worden war und dem Ferdinand offenbar nicht. Im Unterschied zu seiner Schwester lebte der Markus noch. Das ergab irgendwie keinen Sinn. Genau wie es keinen Sinn machte, dass der Karl seine Schwester im Haus vom Markus vergraben wollte. Er hätte sie genauso gut irgendwo im Wald verscharren können. Eine weitere, nicht ganz unwichtige Frage war die nach dem anonymen Anrufer. Wer hatte den Karl angezeigt und warum hatte diese Person ihren Namen nicht genannt? Auch das fanden die Beamten mehr als eigenartig. Und was zur Hölle spielte der Leander für eine Rolle? Aus welchem Grund hatte der Karl ihn entführt? Oder hatte er ihn gar schon umgebracht? Kannte der Karl diesen Reporter überhaupt? Aber so sehr sie sich auch ihre Köpfe zerbrachen, nichts ergab richtig Sinn. Es war ein Puzzle, bei dem die Teile einfach nicht zueinander passen wollten. Es blieb ihnen also nichts weiter übrig, als zu warten, bis sie den Karl und den Markus befragen konnten, oder, und das wäre ihnen noch lieber gewesen, sie den Ferdinand fanden. Sehr hoch war die Chance allerdings nicht. Außerdem blieb noch das Ergebnis der Obduktion von der Anneliese abzuwarten und die Berichte der Spurensicherung über die einzelnen Tatorte. Vielleicht brachten die ja noch etwas Licht ins Dunkel. Zu diesem Zeitpunkt wussten sie im Grunde nur, dass sie nichts wussten. Am Ende ihrer Unterhaltung bot der Novotny an, den Major Schuch über den Ermittlungsstand zu informieren. Auch darüber, dass der Journalist immer noch spurlos verschwunden war. Zu guter Letzt holte er einen seiner Männer herein und trug ihm auf, er solle jemanden finden, der die beiden Gendarmen zurück nach Tratschen chauffieren konnte. Weil, so meinte er zum Strobel, es unnötiger Blödsinn gewesen wäre, den Pfaffi wieder nach Neus kommen zu lassen, wenn hier jede Menge Beamte und Autos zur Verfügung standen. Dem fügte sich der Angesprochene nur zu gern, weil er auf diese Art mindestens eine halbe Stunde früher daheim war. Auf den Berti brauchte er auch nicht extra zu warten. Der war vom Essen schon zurück und tratschte mit dem Matzinger. Die zwei kannten sich ganz gut, weil sie miteinander in die Schule gegangen waren. Freunde waren sie deshalb zwar nicht, aber es reichte für ein kleines Schwätzchen zwischendurch, das der Berti gleich beendete, als der Strobel nach ihm rief. Nach einem kurzen Abschied und der Ankündigung, man werde sich am nächsten Tag bestimmt wieder sehen, ging die Fahrt in Richtung Heimat. Weder der Berti noch sein Chef verspürten das Bedürfnis, über den vergangenen Tag zu reden. Zu dem Thema waren in den letzten Stunden mehr als genug Worte gewechselt worden. Irgendwann musste auch einmal Schluss sein. Müde fühlten sie sich natürlich auch. Hinter den Hunden durch den Wald zu hetzen, war nicht gerade ein Vergnügen gewesen. Von daher freuten sich die Herren auf einen redlich verdienten Feierabend. Sie konnten schließlich nicht ahnen, dass der Pfaffi die Lage in Tratschen nicht so ganz unter Kontrolle hatte und sie daher eine kleine Überraschung erwartete, die mit Feierabend nicht viel zu tun hatte.

## 25

Vorsichtig ausgedrückt, war dem Pfaffi die Situation ein kleines bisschen entglitten. Warum, konnte später keiner mehr so genau sagen. Die einen meinten, er habe einfach viel zu lange gewartet, bis er endlich was tat, und die anderen meinten, er habe alles falsch gemacht, was man nur falsch machen kann. Wieder andere vertraten den Standpunkt, dass man dem Burschen gar keinen Vorwurf machen konnte, weil er eigentlich gar nicht allein hätte sein dürfen. Er selbst sagte gar nichts, weil er genau wusste, dass er Mist gebaut hatte, und der Strobel gab es sehr bald auf, feststellen zu wollen, was genau passiert war und wer von den Beteiligten angefangen hatte. Für ihn galt es in erster Linie, die Scherben aufzusammeln. Und das war gar nicht so einfach. Und weil keiner mehr sagen konnte, in welcher Reihenfolge die Geschehnisse abgelaufen sind, kann ich sie dir mehr oder weniger auch nur auflisten. Ein bisschen was hast du ja schon mitgekriegt. Der Müller hatte sich noch einmal über den Lärm beschwert, den der Ellmautaler und sein Freund, der übrigens Pichler Wolfi geheißen hat, am Waldrand gemacht haben. Weil der Pfaffi aber nicht hingefahren ist, hat der Müller geglaubt, das selbst regeln zu müssen. Wie er zu der Überzeugung gekommen war, dass alle Menschen in Tratschen vor Ehrfurcht erstarren mussten, wenn sie ihn sahen, wird auf ewig ein Rätsel bleiben. Jedenfalls marschierte er wutentbrannt los, um für Ruhe zu sorgen. So weit war die Geschichte nachvollziehbar. Dazu, was dann passierte, als er die Baustelle erreichte, gibt es verschiedene Versionen. Nämlich seine, die vom Förster und die vom Toni und vom Wolfi. Fest steht aber, dass der Müller ziemlich verändert aussah, als er einige Zeit später wieder zu Hause eintraf. Ein blaues Auge, eine aufgeplatzte Lippe und ein zerrissenes und völlig verdrecktes Unterleibchen deuteten darauf hin, dass seine Mission ein Fehlschlag war. Während er selber beteuerte, die beiden Herren lediglich ersucht zu haben, ein kleines bisschen leiser zu sein, und sie ihn daraufhin mit der Hilfe vom Förster, der ihn von hinten gehalten habe, mehr oder weniger grundlos verprügelt hatten, behaupteten die beiden, der Müller sei herumgehüpft wie ein Wahnsinniger, habe sie aufs Gröbste beschimpft, dem Toni die Motorsäge entrissen, etliche Drohungen ausgestoßen und sei schließlich mit den Fäusten auf sie losgegangen. Als Beweis zeigten sie dem Strobel ein paar blaue Flecken, die von dem Angriff stammen sollten. Mitten in dem ganzen Trubel sei dann plötzlich der Förster aufgetaucht und habe den tobenden Müller von hinten festgehalten, was dazu geführt habe, dass sie ihm in der Hitze des Gefechtes, aber selbstverständlich immer noch in Notwehr, die eine oder andere Watschen verabreichten. Der Förster, ohne jeden Zweifel ein ehrbarer Mann, gab zu Protokoll, dass er auf der Suche nach dem gemeinen Baumdieb gewesen sei, der in den letzten Tagen mehrere Eichen gefällt habe, und er dabei das wilde Geschrei gehört habe. Er sei hingelaufen, um nachzusehen, was da los sei, und habe auf einmal den Müller mit der Motorsäge in der Hand herumhüpfen sehen, während der Ellmautaler und der Pichler versuchten, ihn am Fällen des nächsten Baumes zu hindern. Da es seine Aufgabe als Förster sei, den Wald zu schützen, habe er den Müller von hinten gepackt, um ihn festzuhalten. Sonst habe er selber nichts getan. Ob die beiden anderen den Ur-Mundel geschlagen hatten, wollte er nicht gesehen haben. Selbst der Laie kann sich hier gut vorstellen, dass die Wahrheit irgendwo in der Mitte lag. Von daher zeigte der Strobel alle Beteiligten wegen Raufhandels an und gab ihnen auf den Weg mit, dass sie sich das vor Gericht ausschnapsen sollten, wer wen, wie und warum geschlagen hatte. Aber wie gesagt, diese Rekonstruktion erfolgte erst ein paar Tage später. Die Keilerei im Wald war aber nicht das einzige Problem, das sich ergab. Wie du sicher noch weißt, hatte die Rose am Posten angerufen, weil jemand Steine durch die Fenster des Hippiehauses geworfen hatte. Und weil das kein besonders netter Zug war, wollte sie Hilfe von der Exekutive. Anders als bei der Lärmsache, war der Pfaffi diesmal schon ausgefahren, um der holden Maid, in die er sich, nebenbei bemerkt, voll verknallt hatte, den weißen Ritter vorzuspielen. Immerhin ist allgemein bekannt, dass die Märchenprinzessin ihr Herz immer dem Helden schenkt. Das einzige Problem an der Sache war, dass eine ganze Menge Leute vor dem Haus standen, die allesamt ihren Unmut über die Anwesenheit der Blumenkinder zum Ausdruck brachten. Pikanterweise befanden sich in der Meute einige Mädels aus der Umgebung, die ein winziges Problem damit zu haben schienen, dass die weiblichen Hausbewohner einigen der Dorfburschen den Begriff ›freie Liebe‹ ein wenig zu detailliert erklärt hatten. Der Rest der Truppe bestand aus Moralaposteln, die gegen die Freizügigkeit, die in diesem Sündenpfuhl herrschte, protestieren wollten und die eine Abneigung gegen Drogen hatten. Na ja, was soll ich dir sagen? Es kam, wie es kommen musste. Ein bis über beide Ohren verliebter Gendarm, der nicht ganz so unparteiisch war, wie er es wahrscheinlich hätte sein sollen, brauchte nur ganze zwei Minuten, um die bereits kochende Volksseele gegen sich aufzubringen. Schließlich, so sahen es zumindest die Einheimischen, war er ihr Gendarm und demnach dazu da, ihre Interessen zu vertreten und nicht die des dahergelaufenen Gesindels. Die scheinbare Ungerechtigkeit, die seine Flamme da erfahren musste, sorgte dafür, dass die Rüstung des weißen Ritters immer heller strahlte und er immer heftiger Partei für die Hippies ergriff. Wobei ich zu seiner Verteidigung schon sagen muss, dass er nicht ganz falschlag, der Pfaffi. Immerhin war die Sache mit den Fenstern nicht ganz ungefährlich, weil schließlich jemand hätte verletzt werden können. Außerdem war es Sachbeschädigung und somit eine Straftat, die er verfolgen musste. Andererseits war es auch nicht legal, Haschisch zu rauchen. Auch dann nicht, wenn es im eigenen Garten geschah. Das nackt Herumrennen und die wilde Vögelei konnten hingegen höchstens als moralisch verwerflich angesehen werden. Verbrechen waren das keine. Von daher wäre es, nachträglich betrachtet, wahrscheinlich klüger gewesen, der Pfaffi hätte versucht, einen

Kompromiss zwischen den beiden Parteien auszuhandeln, als sich auf eine Seite zu schlagen. Noch dazu auf die falsche. Auf der Seite der Hippies hatte er nämlich auch den Bürgermeister gegen sich. Sehr ungeschickt vom Pfaffi. Aber das ist ihm in seiner Verliebtheit gar nicht in den Sinn gekommen. Aus seiner Sicht konnte die Rose gar nichts Unrechtes getan haben. Von daher waren also Ritterspiele in Tratschen. Mit sehr viel Publikum, dessen Sympathien nicht dem Helden gehörten. Um diese Angelegenheit wieder halbwegs auszubügeln, brauchte der Strobel später fast drei Wochen. Den Bürgermeister davon abzuhalten, sich beim Bezirkskommando zu beschweren, schaffte der Postenkommandant nur mit der Hilfe vom Pfarrer Römer und es kostete ihn außerdem zwei Kartons Elsnerwein und eine kräftige Jause für den Gemeinderat. Aber wie schon gesagt, das passierte alles später. An diesem Sonntag kehrte der Strobel aus Neus zurück und fand Tratschen im Ausnahmezustand vor. Weder er noch der Berti konnten fassen, was sich da abspielte. Und statt des verdienten Feierabends waren sie stundenlang damit beschäftigt, die Gemüter zu beruhigen und die Leute von der Straße zu bringen. Zum Glück für den Pfaffi war das ganze Ausmaß der Ereignisse nicht auf den ersten Blick erkennbar. Deswegen kam er an diesem Abend noch mit einem blauen Auge davon. Seine Kollegen gingen nämlich davon aus, dass er versucht hatte, den Aufstand vor dem Hippiehaus zu beenden. Niemals wären sie auf die Idee gekommen, dass es der Pfaffi war, der für diese Eskalation gesorgt hatte. Das alles stellte sich in den nächsten Tagen heraus und hat mit der eigentlichen Geschichte nichts zu tun. Ich erzähle dir das nur, damit du siehst, dass die Gendarmen in Tratschen manchmal schon ganz schön viel zu tun hatten. Aber wie dem auch sei. Als endlich einigermaßen Ruhe herrschte, machte sich der Strobel auf den Weg ins Pfarrhaus. Trotz seiner Müdigkeit hatte er das unbedingte Bedürfnis, mit jemandem außerhalb seines Kollegenkreises zu reden. Seine Angebetete war bereits am frühen Abend wieder nach Hollabrunn gefahren und schlafen wollte er noch nicht gehen. Dazu fehlte ihm die Ruhe. Gesprächsstoff gab es genug für einen netten Abend. Abgesehen von dem Fall, war da ja weiterhin die Zusammenziehsache, die auch noch zu einem Abschluss gebracht werden wollte. Ein wenig Ablenkung konnte ihm ebenfalls nicht schaden. Es wäre nicht das erste Mal gewesen, dass jemand die Lösung eines Problems fand, nachdem er etwas völlig anderes gemacht hatte. Vielleicht, so hoffte der Strobel, würde das in seinem Fall auch so sein. Trotz der etwas späteren Stunde zeigte sich der Römer hoch erfreut über den Besuch des Gendarmen und führte ihn in die Küche, wo er sich sofort daran machte, eine kleine Nachtjause zu richten, die aus ein paar Scheiben Schinken und einigen Käsewürfeln bestand. Eine Mahlzeit, die der Strobel, trotz seines leichten Übergewichtes, als vertretbar empfand. Er selber öffnete die Flasche Wein, die ihm der Priester vor die Nase gestellt hatte, und schenkte zwei Gläser ein. Dieser Vorgang wirkte fast wie eine Zeremonie. Keiner der Männer sprach ein Wort, bevor sie sich gegenübersaßen.

# 26

Wie nicht anders zu erwarten, wollte der Römer zuerst unbedingt alles über die Entführungen wissen. Der Strobel tat ihm den Gefallen und erzählte schön der Reihe nach, was bisher passiert war. Gespannt wartete er dann auf das Fazit seines Freundes. Doch sehr zu seiner Enttäuschung fiel das nicht anders aus als sein eigenes. Nämlich, dass die ganze Sache irgendwie seltsam war und keinen Sinn machte. Aber einmal ehrlich. Was hatte sich der Strobel denn erwartet? Die Lösung des Falles, vom Römer fein säuberlich auf dem Silbertablett serviert? Natürlich stellte der Pfarrer, ganz seiner Natur entsprechend, ein paar wilde Theorien auf, aber wirklich brauchbar waren die alle nicht. Und selbst wenn, hätte der Strobel das wahrscheinlich nicht mitgekriegt, weil er viel zu sehr mit der Zusammenziehsache beschäftigt war, über die er eigentlich reden wollte. Er wartete nur darauf, dass der Römer eine Pause machte, und wollte dann mit diesem Thema beginnen. Und siehst du, da hat es sich gezeigt, dass der Römer seinen Freund schon ziemlich gut kannte. Er schnallte nämlich, dass der Strobel ihm gar nicht zuhörte, und sah ihn prüfend an. Und zwar so lange, bis dieser bemerkte, dass es ganz ruhig in dem Zimmer war, und sich suchend umsah. Der Römer lächelte milde und fragte ihn, wo er denn mit seinen Gedanken sei. Und da sprudelte es nur so aus dem Strobel heraus. Alles redete er sich, ohne viel Luft zu holen, von der Seele. Dass er nicht wusste, ob er mit der Frau Doktor zusammenziehen sollte, und er Angst davor hatte, dass es, falls er es tat, nicht funktionieren könnte. Dass er auf der anderen Seite wahnsinnig gerne mit ihr unter einem Dach wohnen und sie sogar heiraten würde, wenn er genau wüsste, dass es gut geht. Und dass er, wenn er denn zustimmen sollte, keine Ahnung hätte, ob er in Tratschen bleiben oder nach Hollabrunn ziehen sollte, weil beide Möglichkeiten ihre Vor- und Nachteile hatten. Dass er sich mit der Entführungsgeschichte absolut überfordert fühlte und totale Angst davor hatte, irgendeinen schwerwiegenden Fehler zu machen oder vielleicht sogar schon gemacht zu haben. Dass er das Gefühl hatte, irgendetwas übersehen zu haben, und sich deshalb am Tod von der Anneliese mitschuldig fühlte. Und dass er nicht wusste, was er mit dem Pfaffi machen sollte, weil der immer wieder bewies, dass man sich nicht auf ihn verlassen konnte und er in Situationen wie dieser keine Hilfe war. Dass ihn der Major nervte und er sich schon die längste Zeit wünschte, der Typ würde endlich ernst machen und ihn nach Hinterpfuiteufel versetzen, weil er dort endlich seine Ruhe haben würde, und dass er, sofern er tatsächlich nach Hollabrunn zog, unbedingt einen fahrbaren Untersatz brauchte. Ja, diese und noch ein paar andere Dinge, die aber nicht so wichtig sind, gab der Strobel von sich und der Römer hörte es sich an. Manches nahm er ernst und manches ordnete er in die Kategorie Geraunze ein. Eine gefühlte Ewigkeit redete sich der Strobel den ganzen Frust von der Seele, ohne den Priester auch nur einmal zu Wort kommen zu lassen. Das wollte der aber sowieso nicht, weil er schon bemerkt hatte, dass es seinem Gegenüber nicht unbedingt darum ging, eine Lösung all seiner Probleme präsentiert zu bekommen. Die einzig brennende Frage schien die zu sein, ob er mit seiner Freundin zusammenziehen sollte oder nicht. Aber dazu wollte der Römer immer noch keine Meinung äußern. An dieser Einstellung hatte sich seit dem letzten Mal nichts geändert. Eine sehr weise Entscheidung des Kirchenhirten, weil, wenn du zu so etwas deinen Senf dazugibst, bist du oft ganz schnell an allem Schuld, was danach so passiert. Wenn alles gut geht, ist das kein Problem. Da sucht sowieso keiner einen Verantwortlichen. Läuft die Geschichte allerdings aus dem Ruder und die zwei Turteltäubchen machen sich gegenseitig das Leben mit so unendlich wichtigen Dingen wie hochgeklappten Toilettendeckeln, Zahnpasta auf dem Badezimmerspiegel, Auswahl des Fernsehprogramms, herumliegenden Socken und dergleichen zur Hölle, dann bist du gleich einmal der Dodel, weil du, als dein Freund dich nach deiner Meinung gefragt hat, die falsche Antwort gegeben hast. Bist du aber als wirklich guter Freund ehrlich und rätst dringend von diesem Experiment ab, weil du von Anfang an gesehen hast, dass sich da zwei gefunden haben, die sich besser aus dem Weg gegangen wären, bist du auch der Angeschmierte, weil du ihm sein Glück nicht gönnst oder es, im Falle des Scheiterns, schon im Vorfeld verschrien hast. Seien wir uns ehrlich. Wer braucht das? Richtig, kein Mensch. Der Römer auch nicht. Von daher natürlich kein Statement von ihm zu der Zusammenziehsache. Ganz klar. Zum Rest hat er schon etwas gesagt. Auch, wenn er sich ziemlich sicher war, dass es umsonst war. Aber bei völligem Schweigen seinerseits wäre wahrscheinlich der Eindruck entstanden, er hätte gar nicht zugehört. Es hätte sicher nicht genügt, ab und zu einmal ein ›Hm‹, ein ›Aha‹ oder etwas ähnlich Konstruktives von sich zu geben. Dieser Trick, davon war der Römer aus tiefstem Herzen überzeugt, funktionierte nur bei Frauen. Er beschränkte sich also darauf zu warten, bis der Strobel fertig war, und sagte ihm, dass ihn keine Schuld am Tod von der Anneliese traf, er in den letzten Tagen alles in seiner Macht Stehende getan hatte, um die Entführungsopfer zu retten, und auch kein anderer den Fall gelöst hatte. In dieser Tonart ging es eine Weile dahin. So lange nämlich, bis der Strobel, der ja auf eine ganz andere Antwort wartete, die Geduld verlor und wieder auf das Zusammenziehen zu sprechen kam.

»Soll ich es tun oder nicht?«

»Was meinst du?«

»Mit ihr zusammenziehen.«

»Hm …«

»Was soll das heißen, hm …?«

»Na ja …«

»Was?«

»Ich …, äh …,weißt, Strobel …«

»Du meinst also, nein? Dann sag's halt einfach!«

»Nein! Ich meine gar nichts, ich …«

»Warum nicht? Du kannst es mir ruhig sagen. Meinst, sie ist die Falsche?«

»Hör zu, ich will dazu eigentlich nichts sa …«

»Jetzt kannst dich auch nicht mehr drücken. Du kannst nicht einfach sagen, dass ich es nicht tun soll, und dann keinen Grund nennen! Das kannst nicht bringen!«

»Aber ich hab doch gar nichts gesagt! Wie kommst denn …«

»Ich kenn dich doch! Wenn du anfängst, so komisch herumzureden, ist was im Busch. Jetzt red halt mit mir!«

»Gar nichts ist im Busch! Und gesagt hab ich auch nichts! Hör auf, mir dauernd irgendwas in den Mund zu legen …«

»Ich leg dir ja nichts in den Mund. Du hast mir doch abgeraten, mit ihr zu …«

»Ich hab dir von gar nichts abgeraten! Ich wollte dir …«

»Oh! Tut mir leid. Dann hab ich dich falsch verstanden. Du meinst also, ich sollte es versuchen?«

»Ich meine gar nichts! Ich wollte dir nur erklären …«

»Also was denn jetzt? Einmal ja, einmal nein. Was soll ich denn damit anfangen, kannst du mir das sagen?«

»Du musst mich schon einmal ausreden lassen, wenn du meine Meinung hören willst!«

»Gerade hast du gesagt, du meinst gar nichts! Sag einmal, was ist denn los mit dir? Kannst nicht einfach sagen, was du dir denkst?«

»Du lässt mich ja nicht ausreden! Sonst hätte ich dir schon längst …«

»Was hättest mir?«

»Siehst!«

»Was?«

»Schon wieder!«

»Was?«

»Du hast mich nicht ausreden lassen!«

»Na, dann red halt endlich, du sturer Hund. Lass dir die Würmer nicht so aus der Nase ziehen! Das gibt's ja normalerweise gar nicht!«

»Mach, was du willst, Strobel! Das ist es, was ich dir sagen will. Du musst wissen, was du willst, nicht ich. Zieh mit ihr zusammen oder lass es bleiben. Mir doch wurscht! Verstehst?«

»Aber …«

»Nichts, aber. Debatte beendet, so schaut es aus!«

»Ich wollte doch nur …«

»Aber ich nicht! Und jetzt gib Ruhe und lass uns unseren Wein austrinken.«

Genau das taten die beiden Männer dann auch. Sie tranken den Wein aus. Und zwar schweigend. Der Strobel schmollte ein bisschen, weil ihn der Römer seiner Meinung nach etwas zu rüde behandelt hatte, anstatt sich seines Problems anzunehmen, und der Römer war ein klein wenig säuerlich, weil sich der Strobel so blöd angestellt hatte. Das Gute an der Sache war, dass beide wussten, dass am nächsten Tag alles vergessen sein würde. Nachdem für diesen Abend alles gesagt und der Wein getrunken war, verabschiedete sich der Strobel kurz nach Mitternacht, um nach Hause zu gehen. Von der Zeit her passte ihm das ganz gut, weil er am nächsten Tag fit sein wollte. Erkenntnistechnisch gesehen, war er aber enttäuscht, weil er keinen Millimeter weitergekommen war. Deswegen nahm er sich fest vor, diese Sache zumindest so lange auf Eis zu legen, bis der Entführungsfall geklärt war.

## 27

Als er den Hauptplatz erreicht hatte, setzte er sich auf eine der Bänke, die dort vor Kurzem aufgestellt worden waren. Wozu genau, wusste der Postenkommandant nicht. Die meisten anderen Bürger von Tratschen allerdings auch nicht. Wirklich wichtig war das aber ohnehin nicht. Und mit Steuergeldern war man bei dieser Aktion auch sorgsam umgegangen. Weil, auf den Rückenlehnen waren kleine Schilder angebracht, denen entnommen werden konnte, dass diese Bänke von der Raiffeisenbank gesponsert worden waren. Und da standen sie nun. Von den vorbeigehenden Erwachsenen weitgehend unbeachtet und von der Jugend geschunden. So eine Bank hatte nämlich auch auf dem Land kein schönes Leben. Es fand sich immer irgend so ein Rotzer, der sich auf die Lehne hockte und die Füße auf der Sitzfläche deponierte, darüberlief oder gar darauf herumsprang. Um diese nachtschlafende Zeit freilich nicht. Da hatte der Strobel die freie Auswahl. Er saß da und betrachtete den klaren Sternenhimmel. In Verbindung mit dem leichten Wind und der absoluten Stille war das total entspannend. Nach ein paar kräftigen Atemzügen fühlte er sich plötzlich pudelwohl. In dieser Minute kam er zu dem Entschluss, bei nächster Gelegenheit mit seinem Herzblatt ein ernsthaftes Gespräch zu führen. Weil, genau genommen, war es ja eine gemeinsame Entscheidung. Darüber sollten sie einmal reden und erst dann einen Entschluss fassen. Alles andere würde wohl zu nichts führen. Mit sich und seiner Erkenntnis hoch zufrieden, genoss er noch ein wenig die Stille und das leuchtende Firmament. Irgendwann setzte er seinen Weg fort. In dieser Nacht schlief der Bezirksinspektor besser als in den letzten Tagen.

## 28

Ist ein Kilo Steine schwerer als ein Kilo Federn? War das Huhn früher da oder das Ei? Wenn der Nachtwächter bei Tage stirbt, hat er dann Anspruch auf Pension? Fragen, über deren Beantwortung sich niemand lange Gedanken machen wird. Das hätten auch die Tratschener sicher nicht gemacht. Über die Frage, ob sie als Einheimische nicht automatisch mehr Rechte hatten als diese dahergelaufenen Hippies, diskutierten sie dagegen eifrig, obwohl die, genau genommen, auch nicht viel sinnvoller war. Jeder weiß, dass das Gesetz nicht danach unterscheidet, wie lange sich jemand irgendwo aufhält. Das spielt keine Rolle. Trotzdem erhitzen sich auch heutzutage die Gemüter, wenn es darum geht, Rechte und Pflichten Einzelner festzulegen. Und viele sind der Meinung, dass der Einheimische besser gestellt sein und mehr Rechte haben sollte als der zugereiste Fremde. Das hat, glaube ich, etwas mit Angst zu tun. Davor, dass einem von diesen Fremden etwas genommen wird oder dass sich gewohnte Abläufe ändern oder die Fremden sonst wie Schaden anrichten könnten. Je exotischer der Fremde, desto größer die Angst. Je mehr Angst, desto mehr Ablehnung. Keine Ahnung, ob es wirklich so einfach zu erklären ist, warum wir Fremde, die nach unserem Empfinden in unsere Welt eindringen wollen, sehr oft ablehnen. Ja, sogar regelrecht hassen. Und zwar so sehr, dass oft völlig banale Dinge, wie eine falsche Kopfbedeckung, genügen, um auf die Barrikaden zu gehen. Aber wie auch immer. In Tratschen gab es damals keine Ausländer. Man verzeihe mir dieses böse und politisch nicht korrekte Wort. Es muss ›Fremde‹ heißen. Genau, wie man bei der erkennungsdienstlichen Behandlung nur noch zwei Hautfarben unterscheidet. Weiß und nicht weiß. Kein Scherz! Das soll angeblich Diskriminierungen verhindern. Vielleicht stimmt das ja. Zumindest habe ich noch nie gehört, dass jemand zu einem anderen ›du Nicht-Weißer‹ gesagt hätte. Andererseits habe ich aber auch noch nie verstanden, warum es Diskriminierung ist, wenn man ›Schwarzer‹ sagt, nicht aber, wenn man ›Weißer‹ sagt. Aber wahrscheinlich gibt es da gar nichts zu verstehen. Es ist halt so. Das kommt vielleicht daher, weil wir verlernt haben, normal mit den Dingen umzugehen. Alles muss irgendwie extrem sein. Autos, Sportarten, Filme. Alles irgendwie extrem. Und auch der Umgang mit Fremden irgendwie extrem. Die einen reagieren besonders ablehnend und empfinden Fremde als Bedrohung, und die anderen sehen nur das Gute im Menschen und wollen den Fremden möglichst viele Vorteile unserer Gesellschaft zukommen lassen. Wie in vielen Fällen wäre vielleicht auch hier die gesunde Mitte der richtige Weg. Aber wer weiß schon genau, wo diese Mitte ist? Wie dem auch sei. Eigentlich wollte ich ja über die Ablehnung der Dorfbewohner gegenüber den Hippies reden. Ich meine, das war auch nichts anderes als heute bei den Fremden. Nur, dass es in dem Fall keine Ausländer waren. Aber fremd waren sie den wenig weltoffenen Bürgern des kleinen Dorfes trotzdem. Und es war die Angst vor diesem ihnen völlig unbekannten und natürlich auch unverständlichen Lebensstil dieser jungen Leute, die sie so extrem reagieren ließ. Ja, für die bäuerlichen Seelen stellte diese kleine Gruppe meistens nackter und bekiffter Menschen eine große Gefahr für die moralischen Strukturen dar. Und wie immer in solchen Fällen, suchte niemand den Dialog. Ein mordsmäßiger Aufstand war das, den auch der sonst so leutselige Herr Bürgermeister nach besten Kräften unterstützte. Bereits am frühen Morgen überfiel er den Strobel regelrecht mit seinem Anliegen, dieser solle endlich etwas gegen das Gesindel unternehmen. Allerdings war der Postenkommandant nicht daran interessiert, in irgendeiner Form Partei zu ergreifen, und spielte den Ball ganz geschickt weiter, indem er den Bürgermeister wissen ließ, dass nicht er, sondern der Bezirkskommandant für Probleme dieser Art zuständig sei. Das stimmte zwar nicht ganz, hielt ihm den Bürgermeister aber sicher für ein paar Stunden vom Leib. Ganz nebenbei würde sich auch der Major Schuch an diesem Tag einmal nicht fragen müssen, wie er die Zeit totschlagen konnte. Dieser Gedanke erheiterte den Strobel derart, dass er sogar noch einen Schritt weiterging und dem Bürgermeister, hinter vorgehaltener Hand, den Rat gab, gleich mit einer Abordnung von Ortsbewohnern nach Hollabrunn zu fahren und dem Major die Aufwartung zu machen. Weil, so behauptete der Strobel frech, er selber erst tätig werden konnte, wenn er eine eindeutige Weisung seines Vorgesetzten erhielt. Sehr viel Bauernschläue vom Strobel. Damit schlug er zwei Fliegen mit einer Klappe. Niemand würde ihm jetzt vorwerfen können, dass er nichts getan hatte, und er war die Radaubrüder los. Die Tatsache, dem Major den Tag versaut zu haben, war die Sahne auf dem Kuchen. Der Berti verfolgte diesen Husarenstreich seines Chefs mit besorgt gerunzelter Stirn, sagte aber nichts. Genau wie der Pfaffi. Der hatte nämlich das nicht ganz unbegründete Gefühl, ein kleines bisschen für diese Situation mitverantwortlich zu sein, und zog es deshalb vor, sich, außerhalb des Blickfeldes vom Bürgermeister, im Nebenraum aufzuhalten. Überall musste er ja schließlich nicht dabei sein. Und, was soll ich dir sagen? Die kleine Kriegslist vom Strobel zeigte ihre Wirkung. Eine nicht näher bekannte Anzahl an aufgeregten Bürgern machte sich auf den Weg in die Stadt, um der Obrigkeit die Stirn zu bieten. Alle anderen gingen an ihre Arbeit. Somit herrschte erst einmal wieder Ruhe. Zumindest vorübergehend. Wie lange das so bleiben würde, hing jetzt einzig und allein vom Major ab. Bei allem, was man über den Mann sagen konnte, durfte man allerdings nicht vergessen, dass er ein ziemlich guter Diplomat war. Deshalb war sich der Strobel sicher, dass sich das Problem in überschaubare Grenzen zwängen ließ. Er selbst musste sich jetzt um wesentlich wichtigere Dinge kümmern.

# 29

Zuerst telefonierte er mit dem Novotny, um zu erfahren, ob es Neuigkeiten gab, und die weitere Vorgehensweise mit ihm abzusprechen. Die Lage war im Wesentlichen unverändert. Allerdings überraschte der Kripomann den Strobel mit der Bitte, einen seiner Männer als Bewachung für den Karl ins Krankenhaus zu schicken. Der war zwar immer noch ohne Bewusstsein, aber, so meinte der Novotny, man konnte nie wissen. Natürlich erklärte sich der Strobel damit einverstanden und entschied, dass diese Aufgabe genau die richtige für den Pfaffi war. Zumindest konnte er dabei nicht viel Schaden anrichten. Ein bewusstloser Entführer würde ihm wohl kaum davonlaufen. Der Novotny erzählte weiter, dass er in etwa einer Stunde das Obduktionsergebnis für die Anneliese und die Berichte der Spurensicherung wegen der Tatorte erwartete. Sobald er mehr wisse, werde er sich sofort beim Strobel melden. Da war der Landgendarm echt perplex. Der anfangs so überhebliche Kerl behandelte ihn jetzt wie einen Kollegen. Es war schon verblüffend, wie Erfolglosigkeit verbinden konnte. Da mutmaßte der Strobel gleich einmal, dass dieses Verhalten einzig darauf abzielte, einen Sündenbock präsentieren zu können, wenn die Sache komplett schiefging. Dann konnte die Kripo sagen, die Landeier hätten es verbockt. Für den Fall eines Erfolges konnten sie sich auf die Schultern klopfen und sich für ihre großartige Arbeit loben, ohne die Landeier auch nur mit einem Wort zu erwähnen. Vielleicht war das eine böse Unterstellung vom Strobel, aber ganz von der Hand zu weisen war diese Überlegung freilich auch nicht. Ihm blieb allerdings so oder so nichts anderes übrig, als gute Miene zum möglicherweise bösen Spiel zu machen. Vor allem mussten endlich der Bremer und der Leander gefunden werden. Wenn das einmal geschafft war, konnten sie immer noch darüber streiten, wer zum Helden ernannt werden sollte. Wobei ich aber sagen muss, dass der Strobel, bedingt durch seine Erfahrungen in der Vergangenheit, überhaupt keine Lust hatte, wieder ein Held zu werden. Ihm erschien dieser Status eindeutig zu anstrengend. Da wollte er lieber gar nicht erwähnt werden. All das würde sich in den nächsten Tagen entscheiden. Bis dahin galt es, möglichst gut mit der Kripo zusammenzuarbeiten. Gemeinsam war die Chance, die beiden Herren doch noch lebend zu retten, um einiges höher. Wobei der Strobel es tunlichst vermied, diese Chance in Zahlen auszudrücken. Im Grunde war ihm nämlich durchaus bewusst, dass diese Zahl deutlich unter 50 Prozent lag. Wie mit dem Novotny vereinbart, trug er dem Pfaffi auf, nach Hollabrunn zu fahren und den Bremer Karl zu bewachen. Als ihn der Bursche fragend ansah, ergänzte er, dass ihn der Berti fahren solle. Er selbst wollte die Zeit nützen, um sich ein paar Notizen zu machen. Vor allem wollte er all die Fragen zu Papier bringen, über die er am Vortag mit dem Novotny diskutiert hatte. Vielleicht hatten sie einfach etwas übersehen. Natürlich war da der Wunsch Vater des Gedanken, aber probieren wollte er es auf jeden Fall. Er schrieb wirklich jede Frage auf, die ihm einfiel, und notierte auch alle erdenklichen Antworten dazu. Allerdings ergab das eine derartige Vielzahl an Möglichkeiten, dass er es bald bleiben ließ. Er musste einsehen, dass ihm noch zu viele Parameter fehlten. Mit den vorhandenen Informationen würde es sehr schwer werden, auf einen grünen Zweig zu kommen. So viel war sicher. Also versuchte er lediglich, auf das Motiv vom Karl zu kommen. Es war ihm immer noch völlig schleierhaft, wieso der älteste Sohn vom Bremer sich so einen komplizierten Blödsinn ausgedacht hatte. Seine Familie hätte er viel einfacher loswerden können. Über diese Tatsache kam der Strobel einfach nicht hinweg. Der Karl war alles andere als ein Depp. Von daher konnte man ihm ein gut durchdachtes Verbrechen durchaus zutrauen. Gar keine Frage. Nur, wozu? Diese simple Frage ließ sich nicht aus der Welt schaffen. Hast du das Motiv, hast du auch den Mörder. Ergo wollte der Strobel den Karl erst dann zum Bösewicht erklären, wenn er sein Motiv kannte. Abgesehen von Geldgier, fiel ihm aber keines ein. Natürlich blieb da die Überlegung, dass der Karl das alles eingefädelt haben konnte, weil ihm klar war, dass er schnell unter Verdacht geraten konnte, wenn außer ihm alle Familienangehörigen ermordet würden. Aber dieses Problem hätte er ebenso, wenn sie im Zuge dieser Entführungsgeschichte starben. Schließlich war er auch in diesem Fall der einzig Überlebende und somit Alleinerbe. Vielleicht, so überlegte sich der Strobel kurz, sollten sie sich nicht so schnell auf den Karl als Täter festlegen. Diesen Gedanken verwarf er aber sofort wieder. Viel zu eindeutig waren die Beweise. Das Blut und der Daumen von der Anneliese in seiner Garage. Die Tatsache, dass er versucht hatte, die Leiche seiner Schwester verschwinden zu lassen. Diese Tatsachen belasteten ihn schwer. Selbst bei gutmütigster Betrachtung fand der Strobel da keine Gründe, an die Unschuld des Mannes zu glauben. Vielleicht, so dachte er, würde die Marion etwas über das Motiv vom Karl sagen können. Immerhin kannte sie die Familienverhältnisse wie keine Zweite und hatte auch die Buben aufwachsen sehen. Was konnte es also schaden, sie zu besuchen und ihr ein paar Fragen über die Familie zu stellen? Ein guter Gedanke, den er sich für später aufheben wollte. Nämlich für den Fall, dass sich tatsächlich keine neuen Erkenntnisse finden ließen. Er war so in seine Gedanken vertieft, dass er gar nicht mitbekam, dass jemand die Dienststelle betrat. Erst als dieser direkt vor seinem Schreibtisch stand und auf die Tischplatte klopfte, registrierte er den Besucher. Und was glaubst du, wie überrascht der Strobel im ersten Moment gewesen ist, als er sah, dass es der Novotny war. Mit dem hatte er zu allerletzt gerechnet. Er kam noch nicht einmal dazu, den Mann zu begrüßen, weil dieser sofort zu reden begann, als er sicher war, die volle Aufmerksamkeit des Postenkommandanten zu haben. In kurzen, knappen Worten teilte er dem Strobel mit, dass der Bremer Markus wieder so weit auf dem Damm war, dass sie ihn befragen konnten, und er wollte wissen, ob der Strobel ihn begleiten würde. Da hat der Postenkommandant im ersten Moment geglaubt, nicht richtig zu hören. Er sollte tatsächlich mitfahren? Die Erklärung dafür lieferte der Novotny sofort hinterher. Er war nämlich der Ansicht, dass es nicht schaden konnte, jemanden mitzunehmen, der über gute Ortskenntnisse verfügte. Für den Fall, dass der Markus irgendwelche Ortsangaben machen konnte. Eine Überlegung, die durchaus Sinn machte. Und weil der Strobel spürte, dass der Kripomann hinter seiner kühlen Fassade mordsmäßig nervös war, beeilte er sich damit, sich reisefertig zu machen. Bevor sie gingen, legte er dem Berti eine Nachricht auf den Schreibtisch.

# 30

Viel hatten sich die beiden Herren auf ihrem gemeinsamen Weg nicht zu sagen. Der Novotny übermittelte Grüße vom Travnicek, die der Strobel dankend entgegennahm, und das war es dann auch schon wieder. Sie kamen einfach nicht ins Gespräch. Wahrscheinlich fiel keinem von ihnen ein Thema ein. Oder sie waren zu sehr mit ihren Gedanken beschäftigt. Es kann allerdings auch gut sein, dass sie sich schlicht und ergreifend nicht sonderlich mochten. Wer weiß? Ist ohnehin vollkommen unwichtig. Tatsache ist, sie fuhren zusammen nach Hollabrunn, um dort mit dem Bremer Markus zu reden. Tatsache ist auch, dass bei beiden die Nerven zum Zerreißen gespannt waren und sie es kaum erwarten konnten zu hören, was der Markus zu erzählen hatte. Bevor sie zu ihm durften, mussten sie erst einmal seinen behandelnden Arzt überwinden, der ihnen einen elendslangen Vortrag über den Zustand seines Patienten hielt. Dabei redete er die meiste Zeit so gestelzt daher, dass die beiden nicht einmal die Hälfte des Gesagten verstanden. Deswegen ließen sie diese Ausführungen kommentarlos über sich ergehen. Erst als der Arzt meinte, sie könnten jetzt für 10 Minuten in das Zimmer, müssten aber darauf achten, den Patienten nicht zu überfordern, erwachten sie wieder zum Leben. Als sie schließlich vor seinem Bett standen, überfiel den Strobel unvermittelt ein Gefühl des Mitleids, als er die verbundene Hand sah. Er konnte sich nicht einmal ansatzweise vorstellen, wie schmerzhaft es gewesen sein musste, als dem Markus der Daumen mit der Gartenschere abgetrennt worden war. Genau genommen, wollte er das auch gar nicht. Als er jetzt vor ihnen im Bett lag, war er ziemlich blass um die Nase, schien sich ansonsten aber recht gut erholt zu haben. Zumindest machte er einen gefassten und stabilen Eindruck. Der Bursche schien ein ziemlich robustes Gemüt zu haben. Andere an seiner Stelle wären wahrscheinlich wesentlich mitgenommener gewesen. Der Markus aber sah sie ruhig an und wartete fast schon gelassen auf ihre Fragen. Obwohl dem Strobel sehr vieles förmlich auf der Zunge brannte, ließ er selbstverständlich dem Novotny den Vortritt. Nach dem Austausch einiger Höflichkeiten, die aus dem Ausdruck des Bedauerns für die erlittenen Verletzungen und Erkundigungen nach dem Befinden bestanden, wollte der Novotny als Erstes wissen, was am Abend der Entführung geschehen war. Da ließ sich der Markus nicht zweimal bitten. Er erzählte, dass er gerade dabei gewesen sei, sich im Badezimmer zum Schlafengehen fertig zu machen, als er Schritte gehört habe. Als er das Badezimmer verlassen habe, um nachzusehen, habe ihn jemand von hinten gepackt und versucht, ihn zu Boden zu reißen. Er habe sich gewehrt, so gut er konnte, und es habe eine wilde Rauferei gegeben, bei der es einmal quer durchs Schlafzimmer ging. Trotz aller Gegenwehr habe er gegen seinen Angreifer keine Chance gehabt. Ein heftiger Schlag auf den Kopf habe dann dafür gesorgt, dass die Lichter bei ihm ausgegangen seien. Beim Aufwachen sei er gefesselt, geknebelt und mit verbundenen Augen im Kofferraum eines Autos gelegen. Er habe versucht, sich zu bewegen, und gespürt, dass er nicht alleine war, sondern noch eine zweite Person neben ihm lag, die sich nicht gerührt habe. Der Wagen sei in relativ rascher Fahrt auf einer ziemlich unebenen Straße unterwegs gewesen. Zumindest habe es sich in dem Kofferraum so angefühlt, weil er ziemlich durchgebeutelt worden sei. Bewegen habe er sich nicht können. Nach einer Weile habe der Wagen angehalten und jemand habe den Kofferraum geöffnet und offenbar die andere Person herausgeholt. Ein paar Minuten später habe ihn jemand an den Beinen gepackt und ihn äußerst unsanft aus dem Auto und dann hinter sich hergezerrt. Dann sei er eine Treppe hinuntergestoßen worden. Das alles sei vollkommen wortlos passiert. Da er bewusstlos gewesen sei, könne er natürlich keine Angaben machen, wie lange er in dem Wagen gewesen sei. Auch habe er keine Ahnung, um wen es sich bei der zweiten Person gehandelt haben könnte. Dass er in einem Erdkeller war, habe er erst am Tag der Flucht erkannt. Vorher sei ihm zwar der modrige Geruch aufgefallen, aber zuordnen habe er den nicht können.

Die Beamten hörten dem Markus aufmerksam zu, der seine Erlebnisse erstaunlich emotionslos und trocken erzählte. Das Ganze klang fast so nüchtern wie ein Gendarmeriebericht. So wie es aussah, war der arme Kerl doch traumatisiert worden. Ich meine, das war ja auch kein Wunder. Immerhin war der Markus ein Entführungsopfer, dem man einen Daumen abgeschnitten hatte. Wenn er da nicht traumatisiert sein durfte, wann dann? Von einem Moment zum nächsten hörte der Markus auf zu erzählen und wendete sein Gesicht zum Fenster. Die Gendarmen wechselten einen kurzen Blick, bevor der Novotny versuchte, den Burschen dazu zu bringen weiterzuerzählen. Aber da kam nichts mehr. Stumm starrte er zum Fenster hinaus und reagierte auf nichts mehr. Etwas verlegen und vor allem hilflos, standen die Ermittler vor seinem Bett und wussten nicht so recht, wie sie sich jetzt verhalten sollten. Die Zeit, die sie noch hatten, um den Ferdinand und den Leander zu finden, lief ihnen quasi durch die Finger. Sie mussten einfach alles wissen, was der Markus zu sagen hatte. Wenn der aber einen auf Stockfisch machte, hatten sie ein ernsthaftes Problem. So viel stand fest. Ich meine, natürlich hatten sie Verständnis für den armen Kerl. Aber trotzdem war er nicht das einzige Opfer. Der Strobel gab dem Novotny ein Zeichen, ihm zu folgen, und verließ das Zimmer. Auf dem Flur stellte er zur Diskussion, dass man dem Markus vielleicht die Wahrheit sagen sollte. Freilich war schwer zu sagen, wie er auf die Neuigkeiten reagieren würde, dass seine Schwester tot, sein Vater spurlos verschwunden war und alles auf seinen Bruder Karl als Täter hindeutete. Das alles zusammen wäre schon für einen völlig gesunden Menschen viel gewesen. Aber für den offensichtlich angeschlagenen Markus war das sicher noch schwerer zu verkraften. Da brauchten sie ihm von dem verschwundenen Reporter gar nichts zu sagen. Und siehst du, in dieser Situation zeigte sich, dass der Strobel wesentlich mehr Fingerspitzengefühl besaß als der Kripomann. Weil, während der Strobel immer nur davon redete, wie sehr man den Markus schonen musste, hob der Novotny hervor, dass jetzt nicht die Zeit für besondere Rücksichtnahme war. Da sie keine Einigung erzielen konnten, schlug der Strobel vor, den Arzt zu fragen. Der hörte sich das Dilemma in seiner Gesamtheit an, neigte seinen Kopf dabei abwechselnd nach links und rechts, verdrehte auf sonderbare Art die Augen und faltete die Hände wie zum Gebet. Als der Novotny gesagt hatte, was es zu sagen gab, nahm der Mediziner seine Brille ab, räusperte sich, sah sie abwechselnd an und bestätigte ihnen, dass es eine verdammt schwierige Entscheidung war, die es zu treffen galt. Für einen Moment befürchtete der Strobel, er würde wieder mit seinem Vortrag über den Zustand vom Markus anfangen. Aber das tat er nicht. Der

Doktor hatte den Ernst der Lage ganz offensichtlich verstanden. Schließlich machte er den Vorschlag, dem Markus das alles nach und nach zu erzählen. Schlückchenweise quasi. Je nach Reaktion könnten sie dann ja aufhören oder weitermachen. Er selber wollte sich bereithalten, falls sein Eingreifen erforderlich wurde. Ausgestattet mit dem ärztlichen Segen, eilten die Gendarmen ins Krankenzimmer zurück, um die Befragung fortzusetzen. Es stellte sich heraus, dass ihre Sorge, der Markus könnte kollabieren, völlig unbegründet war. Er wusste schon, dass der Karl ihm das angetan hatte. Er hatte ihn nämlich erkannt. Wahrhaben wollte er das aber zuerst nicht. Darum, so erklärte er, habe er bis zu diesem Moment auch nichts gesagt. Natürlich war er sehr betroffen von den Neuigkeiten über seinen Vater, den Leander und den Tod seiner Schwester, gar keine Frage, aber er brach nicht zusammen. Im Gegenteil, der Strobel hatte sogar den Eindruck, als hätte der Mann die Tragweite des Gesagten gar nicht richtig verstanden.

# 31

Als sie ihm alles mitgeteilt hatten, herrschte erst einmal Schweigen im Raum. Der Markus lag in seinem Bett und sah wieder zum Fenster hinaus. Sie gaben ihm genau die Zeit, die er brauchte um sich so weit zu sammeln, den Rest seiner Geschichte auch erzählen zu können, deren Kurzfassung ich dir freilich auch preisgeben will. Nämlich, dass der Markus dann in dem Keller eingesperrt war. In regelmäßigen Abständen ist der Karl gekommen und hat ihm etwas zu essen gebracht. Allerdings wusste er nie, ob es Tag oder Nacht war. Geschweige denn, dass er gewusst hätte, welcher Tag war. Zwischen den Besuchen vom Karl war es total ruhig in dem Keller. Drinnen kein Geräusch und von draußen war auch nichts zu hören. Der Moment, in dem er seinen Bruder erkannte, war der, als er kam, um ihm den Daumen abzuschneiden. Da hat der Karl nämlich zum ersten Mal mit ihm geredet. Nach dieser Prozedur, so erzählte der Markus weiter, sei er eine Weile ohnmächtig gewesen. Wie lange, könne er nicht sagen. Als er aufgewacht sei, sei seine Hand verbunden und der Karl wieder weg gewesen. Er sei der festen Überzeugung gewesen, dass sein Bruder ihn umbringen würde. Deswegen habe er alle Energie darauf verwendet, sich zu befreien. Eine gefühlte Ewigkeit habe er versucht, sich von den Fesseln loszumachen. Nach etlichen Stunden habe er dann geschafft, sie zu lockern und abzustreifen. Er habe die Augenbinde abgenommen, sich im Dunkeln zur Treppe und sich dann bis zum Eingang des Kellers vorgetastet. Auch die Türe habe er aufbrechen müssen. Er sei bereits so erschöpft gewesen, dass er das fast nicht geschafft habe. Nur die Angst vor dem Tod habe ihn dazu beflügelt, die Türe mit seinen Beinen aufzustemmen. Als er es geschafft hatte, habe er die Stimmen der Männer gehört und dachte zuerst, dass es Komplizen vom Karl seien. Deswegen sei er in den Keller zurückgeschlüpft. Erst nachdem er einen Blick auf die Uniformen erhascht hatte, kam die Gewissheit, dass er es geschafft hatte, und sich zu erkennen gegeben. So weit, so gut. Das war also die zusammengefasste Geschichte vom Markus. Seine Schilderungen waren freilich viel ausführlicher und auch theatralischer. Aber weil es vom Inhalt her sowieso keinen Unterschied macht, genügt meine Version auch. Jedenfalls hatten die Ordnungshüter gespannt zugehört und schwelgten ganz gehörig in Mitleid. So einen Horror wollte niemand erleben. Darüber waren sie sich auch ohne Worte einig. Niemals! Trotzdem vergaß der Novotny aber nicht, noch einmal nach den anderen Opfern zu fragen. Aber der Markus musste sie enttäuschen. Er hatte weder seinen Vater noch seine Schwester gesehen. Wer der Kurt Leander war, wusste er gar nicht. Das war verzeihlich. Weil, so eine Größe, dass ihn ein jeder kennen musste, war der Mann dann auch wieder nicht. Auf die Frage, ob er eine Ahnung habe, warum der Karl das alles getan hatte, konnte er ebenfalls keine Antwort liefern. Er hatte nicht die leiseste Idee, wieso sein Bruder ihnen das angetan hatte. Was dem Strobel besonders auffiel, war, dass der Markus immer wieder nach seinem Vater fragte. Er wollte ganz genau wissen, seit wann der verschwunden war und wo sie das Auto gefunden hatten. Offensichtlich setzte ihm dieser Punkt besonders zu. Während der Novotny dann anfing, Details zu hinterfragen, dachte der Strobel über das eben Gehörte nach. Er versuchte sich vorzustellen, wie es sein musste, tagelang in einem kleinen, feuchten Raum zu hocken und nichts sehen oder hören zu können. Was musste es für ein schreckliches Gefühl sein, im Kofferraum eines Autos transportiert zu werden? Genau, als er sich diese Frage stellte, machte es klick. Und zwar ziemlich laut. Aber nicht im Raum, sondern in seinem Kopf. Da war etwas unklar in der Geschichte vom Markus. Er hatte doch ganz am Anfang erzählt, es sei noch eine zweite Person im Kofferraum gewesen, die der Karl noch vor ihm herausgeholt habe. Warum war er dann alleine im Keller gewesen? Wo hatte der Karl diese Person gelassen? Da schoss dem Strobel schlagartig eine ziemliche Erregung ins Gebein und er wollte den Markus unbedingt danach fragen. Also unterbrach er das Gespräch, das der Novotny gerade führte, handelte sich dafür einen sehr bösen Blick ein und stellte seine Frage. Das überraschte den Novotny und verwirrte offensichtlich den Markus. Der sah den Strobel einige Sekunden nur ziemlich blöd an und rührte sich überhaupt nicht. Hinter ihnen öffnete sich die Zimmertür und der Arzt steckte seinen Kopf herein, um die Gendarmen darauf aufmerksam zu machen, dass ihre Zeit jetzt um war, weil der Patient unbedingt seine Ruhe brauchte. Das passte dem Strobel natürlich gar nicht. Er hatte einfach das Gefühl, dass die Antwort auf seine Frage für ihre weiteren Ermittlungen wichtig war, und wollte deshalb auf keinen Fall aufhören. Der Arzt verdrehte gottergeben die Augen und hätte sicher nachgegeben, wenn in diesem Moment nicht der Markus angefangen hätte, ganz laut zu stöhnen und sich vor Schmerzen zu winden. Da verfinsterte sich die Miene vom Doktor schlagartig und er forderte sie mit Nachdruck auf, das Zimmer sofort zu verlassen, während er eilig auf das Bett und den wimmernden Markus zuging. Der Novotny reagierte als Erster und bewegte sich in Richtung Tür. Und weil er merkte, dass sein Kollege nicht so recht auf den Arzt hören wollte, zog er ihn am Ärmel mit. Wirklich gebraucht hätte er das nicht, weil auch der Strobel erkannt hatte, dass es keinen Sinn haben würde, weiter auf den Mediziner einzureden. Vor allem bekam der Markus jetzt mit Sicherheit ein starkes Schmerzmittel und würde danach nicht ansprechbar sein. Von daher konnten sie genauso gut hinausgehen. Der Postenkommandant nahm sich aber ganz fest vor, dem Markus diese Frage sobald wie möglich noch einmal zu stellen.

# 32

Vor dem Zimmer wollte dann der Kripomann wissen, welcher Teufel den Strobel da drinnen gerade geritten habe, ihm mitten im Gespräch ins Wort zu fallen. Seinem Gesicht war anzusehen, dass er fuchsteufelswild war. Es sah ganz so aus, als mochte er es nicht besonders, unterbrochen zu werden. Ich glaube, er wollte eine Entschuldigung vom Strobel hören. Der dachte aber in seinem Eifer gar nicht daran, sich zu entschuldigen, sondern fiel dem Novotny wieder ins Wort, um ihm zu erklären, was in seinem Kopf gerade vorging. Und siehst du, noch bevor der Strobel fertig geredet hatte, schlug sich der Novotny mit der flachen Hand auf die Stirn.

»Ah, ja genau, Sherlock! Und was beweist das, außer dass der Mann logischerweise verwirrt ist und sich nicht mehr exakt an alles erinnern kann?«

Eine Argumentation, die natürlich auf der Hand lag. Da gab es nichts dagegen zu sagen. Damit war bis zu ihrer Rückkehr nach Tratschen das letzte Wort zwischen ihnen gesprochen. Vor dem Gendarmerieposten ließ der Novotny den Strobel schließlich aussteigen. Die Einladung zum Kaffee lehnte er diesmal ab. Der gute Mann war offensichtlich ziemlich verschnupft, weil der Landgendarm es gewagt hatte, seine Schlussfolgerungen zu hinterfragen. Ich meine, ein kleines bisschen hatte der Strobel natürlich auch das Gefühl, zu weit gegangen zu sein. Immerhin war er nur Kommandant auf einem Drei-Mann-Posten mitten im Nirgendwo und der Novotny bei der Kriminalpolizei, wo er Tag für Tag mit kniffligen Fällen zu tun hatte. Das war quasi sein Geschäft. Von daher war sich der Strobel nicht ganz sicher, ob er sich nicht des Vergehens der Majestätsbeleidigung schuldig gemacht hatte. Zumindest war das wegen der eingeschnappten Reaktion vom Novotny anzunehmen. Und siehst du, jetzt hatte auch dieser Tag etwas gebracht, das dem Strobel herzlich wurscht war. Zumindest hatte er nicht vor, sich davon um den Schlaf bringen zu lassen. So ganz nebenbei fiel ihm ein, dass er seine Unterhaltung mit dem Ellmautaler Toni noch fortsetzen musste. Er war schon gespannt darauf, wie der den gefällten Hochstand erklären würde. Einen ganz leisen Verdacht, wie das zugegangen sein könnte, hatte der Strobel nämlich bereits. Ihm war allerdings klar, dass ihm der Toni das niemals erzählen würde, falls er damit recht haben sollte. Also rechnete er damit, dass es für ihn ein amüsantes Gespräch werden würde.

# 33

Als er im Büro saß, dachte er noch einmal darüber nach, ob er beim Novotny zu weit gegangen war. Aber nicht, weil er Angst hatte, der Mann könnte böse oder beleidigt sein, sondern weil er fürchtete, der Kerl könnte vor lauter Angerührtsein auf die Idee kommen, ihn nicht mitzunehmen, wenn er zum Karl fuhr. Und das wollte der Strobel auf keinen Fall verpassen. Vielleicht würde der Bremer Karl gleich alles ohne Umschweife gestehen. Dann wäre die Sache erledigt. Möglicherweise mussten sie ihn aber durch eine lückenlose Rekonstruktion der Ereignisse überführen, weil er alles bestritt. Ich meine, dem Strobel war schon klar, dass sich die Chance, auch nur einen der beiden Vermissten noch lebend zu finden, mit jeder Stunde verringerte. Lange würde es ohnehin nicht mehr dauern, bis die Suche abgebrochen wurde. Falls der Bremer Ferdinand und der Leander Kurt verschwunden blieben, verbesserte sich die Position vom Karl nicht gerade. Weil, dann würde man davon ausgehen, dass er drei Menschen ermordet hatte, und die Tatsache, dass der Markus noch lebte, dem puren Zufall und seinem ausgeprägten Überlebenswillen zurechnen war. Sollten sie gefunden werden, konnten sie ihn vielleicht entlasten. Genau an diesem Punkt fragte sich der Strobel unwillkürlich selbst, ob er wirklich noch alle Tassen im Schrank hatte. Es gab nämlich überhaupt keinen Grund, die Schuld vom Karl anzuzweifeln. Alle Beweise sprachen dafür und der Markus hatte ihn als seinen Entführer belastet. Warum er also zweifelte, konnte der Strobel selbst nicht sagen. Aber vielleicht, so dachte er, lag es ja auch daran, dass sich der Fall letztendlich so überaus unspektakulär, man könnte auch sagen, langweilig und quasi von selbst gelöst hatte. Irgendwie hatte er sich vielleicht mehr von den Ermittlungen erwartet. Wie dem auch sei. Wieder dachte er daran, mit der Haushälterin zu reden. Vielleicht konnte sie wirklich ein wenig Licht ins Dunkel bringen.

Der Berti saß hinter seinem Schreibtisch und war mit irgendwas unheimlich beschäftigt. Wäre sein Chef nicht so sehr in seine Gedanken vertieft gewesen, hätte er vielleicht mitgeschnitten, dass es ein Kreuzworträtsel war. So aber registrierte der Strobel nur, dass er schrieb. Um sein Glück nicht unnötig zu strapazieren, versuchte der Berti trotzdem, das Rätsel so unauffällig wie irgend möglich in der Schreibtischschublade verschwinden zu lassen, als sich sein Chef erhob, um auf die Toilette zu gehen. Allerdings hatte der liebe Berti nicht die Geschmeidigkeit, um auch wirklich keine Aufmerksamkeit zu erregen. Linkisch und unbeholfen sah es aus, als er hektisch an der Lade zog und dabei versuchte, sie mit seinem Körper vor möglichen Blicken seines Chefs zu schützen. Und was soll ich dir sagen? Hätte der Depp die Lade ganz einfach aufgemacht und das Rätselheft hineingelegt, wäre gar nichts gewesen. So aber ist dem Strobel sogar in seiner geistigen Abwesenheit aufgefallen, dass sein Mitarbeiter eine seltsame Körperhaltung einnahm, und er sprach ihn darauf an. Und zwar just in dem Moment, in dem es dem Berti endlich gelungen war, die Lade weit genug zu öffnen, um das Beweisstück hineingleiten zu lassen. Die Stimme vom Strobel ließ ihn derart zusammenfahren, dass er die Lade vor lauter Schreck schon wieder zudrückte, derweil seine Finger noch drin waren. Vorteil: die Lade schloss relativ lautlos. Nachteil: es tat höllisch weh! Da stöhnte er ziemlich laut auf, der Berti. Das hörte auch sein Chef und zog aufgrund der Haltung und dem Stöhnen den Schluss, dass sein Mitarbeiter an starken Kreuzschmerzen litt. Er ging also auf ihn zu, nahm ihn an der Schulter und versuchte, ihn auf seinem Sessel zu drehen. Gar nicht so lustig für den Berti. Aber woher hätte der Strobel auch wissen sollen, dass sich der Kerl bei dem Versuch, sein Kreuzworträtsel verschwinden zu lassen, die Finger in der Schreibtischlade eingeklemmt hatte? Ich meine, auf so was musst du in so einer Situation erst einmal kommen. Überhaupt unter Erwachsenen. Dem Strobel lag die Frage auf der Zunge, ob es wehtat. Aber in Anbetracht des schmerzverzerrten Gesichtes stellte er sie nicht. Er ließ den Berti sofort wieder los, als er die Ursache für das Unwohlsein seines Untergebenen erkannte. »Oh!«, sagte er nur, drehte sich um und ging grinsend zu seinem Platz zurück. Böser Strobel. Der Berti zog indes langsam und vorsichtig die Lade wieder auf, um seine Finger aus ihrer misslichen Lage zu befreien. An ihrer Färbung war deutlich zu erkennen, dass er ganze Arbeit geleistet hatte. Armer Berti. Der Strobel hatte sich schon wieder so weit unter Kontrolle, dass man sein Grinsen nicht auf den ersten Blick sehen konnte. Um Beherrschung bemüht, stellte er fest, dass sie zum Ehepaar Ellmautaler fahren sollten, um diese Geschichte mit dem Hochstand aus der Welt zu schaffen. Und dass er nun endlich einmal einem natürlichen Bedürfnis nachkommen musste.

Der Postenkommandant war, nebenbei bemerkt, felsenfest davon überzeugt, dass zumindest der Toni wesentlich mehr über die Sache wusste, als er zuzugeben bereit war. Weil, umsonst war der an einem Sonntagmorgen nicht im Wald gewesen und hatte angefangen, einen neuen Hochstand zu bauen. Ganz sicher nicht. Da steckte mehr dahinter, als er bei ihrem ersten Gespräch verraten hatte. Was genau, galt es zu klären. Der Berti nickte und meinte, dass auch er vorher noch zur Toilette müsste. In Wirklichkeit wollte er nur kaltes Wasser über seine lädierten Finger laufen lassen. Während der Berti das tat, kam eine völlig verheulte Rose zur Tür herein und bat den Strobel um Hilfe. Sie weinte derart herzergreifend, dass der Ordnungshüter am liebsten gleich mitgeweint hätte. Sie brachte kein vernünftiges Wort heraus. Verwundert lugte der Berti aus dem Waschraum. Als er das Mädel sah, nahm er eine Rolle Toilettenpapier und ging zu ihr. »Taschentuch?«, fragte er in väterlichem Ton. Verstört starrte sie auf die Papierrolle in seiner Hand und schüttelte den Kopf. Offensichtlich war sie aber von der Idee mit dem WC-Papier beeindruckt. Sie hörte nämlich schlagartig auf zu weinen, als der Berti trotz ihrer Absage anfing, eine gehörige Menge davon abzurollen. Auch der Strobel konnte nicht ganz glauben, was er sah. Das lag weniger daran, dass es Toilettenpapier war, das der Berti der Frau anbot, sondern daran, dass es sich auf der Kehrseite eher wie Holzwolle anfühlte und sich deshalb aus seiner Sicht für weiche Frauenhaut nicht eignete. »Moment«, sagte er deshalb und begann, in seinen Taschen zu kramen. Und stell dir vor, er förderte tatsächlich ein Taschentuch zutage. Eines aus Stoff, mit seinen eingestickten Initialen. Wie die Kavaliere in diesen alten Filmen. Rasch reichte er es der Rose über den Tisch hinweg, bevor der Berti vielleicht noch anfing, ihr mit seinen Pranken im Gesicht herumzuwischen. Im Grunde seines Herzens war der Berti ein endlos gutmütiger Mensch. Dagegen gab es gar nichts zu sagen. Das wusste selbstverständlich auch sein Chef. Deshalb wollte er ihm natürlich das Vergnügen nicht ganz nehmen, der Kleinen etwas Gutes zu tun, und schickte ihn um ein Glas Wasser für sie. Eine Aufgabe, die er prompt und mit Freuden erledigte. Die Rose nahm ein paar Schlucke vom kühlen Nass und beruhigte sich vollends. Jetzt wollte der Strobel natürlich den Grund für die Aufregung wissen. Da erzählte sie, dass jemand schon zum zweiten Mal alle vier Reifen an ihrem VW-Bus zerstochen hatte. In der Nacht waren leere Flaschen in ihren Garten geworfen und die Rosen im Vorgarten abgeschnitten worden. Außerdem, so erzählte sie weiter, wurden sie von vielen der Ortsbewohner aufs Gröbste beschimpft, sobald sie auf die Straße gingen. Die alte Hörmann nannte sie ein Diebsgesindel und ließ sie nicht mehr ins Geschäft. Am schlimmsten, so meinte sie, war, dass sie Tag und Nacht beobachtet wurden. Ein schreckliches

Gefühl. Von den Sprüchen, die man vor dem Haus auf den Asphalt geschmiert hatte, wollte sie erst gar nicht reden. Die Blumenkinder wurden gemobbt. Gar keine Frage. Nur, dass es das Wort Mobbing damals noch nicht gab. Zu dieser Zeit redeten die Leute noch Deutsch. Der Generalmanager war einfach der oberste Chef und eine Auswahlkommission eben eine Auswahlkommission und kein Assessment-Center. Niemand wollte chillen, sondern jeder entspannte sich einfach. Es hieß Luftpost und nicht Airmail, Keller und nicht Basement, Fahrrad und nicht Bike, Zeltlager und nicht Camp, überprüfen und nicht checken und man hatte gute Beziehungen und keine Connections. Denglish war schlicht noch nicht erfunden. Deswegen wurden die Hippies auch nicht gemobbt, sondern einfach nur sekkiert. Dieses Wort ist zwar angeblich auch eine Leihgabe, aber nicht von den Engländern, sondern von den Italienern. Keine Ahnung, ob es das besser macht oder nicht. Das tut auch überhaupt nichts zur Sache, weil dieses Wort schon seit ewigen Zeiten im deutschen Sprachgebrauch zu finden ist und ein jeder Österreicher weiß, was es bedeutet. Ganz im Gegensatz zum Break-Even-Point, zum Cache, Cashflow oder dem Clearing, um nur einige wenige Worte zu nennen, die wir so verwenden und von denen ich nicht sicher sagen kann, dass jeder deutschsprachige Mensch weiß, was sie bedeuten. Zum Glück ist das hier aber kein Test. Wenn du es also vielleicht auch nicht weißt, macht das gar nichts. Du kannst ja nachschauen. Früher im Wörterbuch, heute bei Wikipedia, kurz ›Wiki‹ genannt. So ändern sich eben die Zeiten. Aber einmal ehrlich, alleine die Bezeichnung ›Denglish‹ lässt einen schon vermuten, dass sich dahinter nichts Gescheites verbirgt, oder? Im Großen und Ganzen fällt das in die Kategorie ›Dinge, die die Welt nicht braucht‹. Schließlich haben wir uns auch vor Denglish verständigen können. Na gut, vielleicht hat das, was unsere Großeltern oder Urgroßeltern von sich gegeben haben, nicht so cool geklungen wie die teils sehr seltsam anmutende Sprache der heutigen Jugend. Das mag durchaus sein. Aber dafür haben es auch alle verstanden. Heutzutage bekommst du manchmal das Gefühl, du brauchst einen Dolmetscher. Und wahrscheinlich bräuchte man den auch. Das Problem ist nur, dass keiner weiß, für welche Sprache. Im Gegenzug dazu verlernen wir langsam, aber sicher, Mundart zu reden. Ob das ein gutes Geschäft ist? Keine Ahnung. Aber wie dem auch sei. Jedenfalls hat sich die Rose ihren Kummer von der Seele geredet und die Gendarmen haben ihr zugehört.

## 34

Es waren wieder einmal Minuten der Ernüchterung für sie. Die Worte der Frau haben ihnen in Erinnerung gerufen, dass sie nicht im Paradies Dienst machten und dass sich Tratschen nicht gerade durch Toleranz und Nächstenliebe auszeichnete. Besonders traurig fand der Strobel, dass es nicht nur ein oder zwei Deppen waren, die den Blumenkindern das Leben schwer machten, sondern sich viele Ortsbewohner zusammengetan hatten, die sich im Recht wähnten und sich ihre Taten gegenseitig schönredeten. Der Strobel kam jetzt an einen Punkt, an dem er nicht so genau hätte sagen können, wer hier das Gesindel war. Zu seinem Glück fragte ihn das keiner. Der Pfarrer Römer, der kam, um dem Strobel einen Besuch abzustatten, und dabei zufällig mithörte, was das Mädel zu erzählen hatte, sah die Sache wesentlich klarer. Er kommentierte die Angelegenheit allerdings nicht gleich, sondern verließ wortlos die Dienststelle, um im Pfarrhaus die Predigt für den kommenden Sonntag zu schreiben. Einmal mehr zweifelte er dabei an seiner bisherigen Arbeit. Konnte es tatsächlich sein, dass diese Menschen das Wort Gottes nicht verstanden hatten? Oder vergaßen sie nur die Bedeutung? Lebten sie wirklich in dem Bewusstsein, nichts falsch zu machen und gute Christen zu sein, nur weil sie regelmäßig in die Kirche gingen? Und weil Probleme immer nur subjektiv bewertet werden, tat sich der Römer selbst leid und dachte, dass sein Problem wesentlich größer war als das vom Strobel und er gerne mit ihm getauscht hätte. Tief in seinem Inneren wusste er allerdings ganz genau, dass er mit dem Problem eines anderen auch nicht besser bedient gewesen wäre, und beschloss, noch intensiver als bisher an der Einsicht der Dorfbewohner zu arbeiten. Genau wie der Strobel beschloss, bei nächster sich bietender Gelegenheit einmal ein Exempel an diesen ignoranten Idioten zu statuieren. Weil, wo kommen wir denn da hin, wenn immer wieder welche meinen, sie müssten gewisse Angelegenheiten selber in die Hand nehmen, sich über das Gesetz stellen und, unter dem Vorwand, die bestehenden gesellschaftlichen Strukturen schützen zu müssen, machen, was sie wollen? Aus seiner Sicht musste den Dorfbewohnern klargemacht werden, dass sie keinesfalls mehr Rechte hatten als die Hippies, nur weil sie im Ort aufgewachsen waren. Vielmehr mussten die Herrschaften lernen, dass Recht einfach Recht bleiben musste. Ich meine, der Strobel wusste in dem Moment ganz genau, dass er sich mit dieser Haltung nicht sehr viele Freunde machen würde. Aber das war ihm egal. Erstens war er mit seinem kleinen Freundeskreis sehr zufrieden und zweitens war es Sache vom Römer, alle Schäfchen lieb zu haben, und nicht die seine. Der Strobel konnte sich den Luxus leisten, jemanden nicht zu mögen. Bevor er allerdings losziehen konnte, um der kleinen, verängstigten Hippieschar zu ausgleichender Gerechtigkeit zu verhelfen, meldete sich wieder einmal dieses verdammte Telefon und brachte seinen geplanten Tagesablauf komplett durcheinander. Und zwar in einer für den Strobel erfreulichen Art und Weise. Für die Rose und ihre Freunde war dieser Anruf nicht so toll, weil der Postenkommandant in Sekundenschnelle Prioritäten setzte und dem Anrufer seine sofortige Unterstützung zusagte. Es war nämlich der Novotny, der da völlig zur Überraschung vom Strobel in der Leitung hing und ihm mitteilte, dass der Karl aufgewacht war und laut seiner Ärzte kurz befragt werden konnte. Da ließ sich der Strobel natürlich nicht zweimal bitten, als der Kripomann ihn fragte, ob er wieder mitfahren wolle. Noch während er in den Hörer sprach, konnte er sehen, wie sich die Augen der Rose erneut mit Tränen füllten. Wie ein verwundetes Reh sah sie den Strobel an. Was ihn dabei besonders traf, war, dass nicht die geringste Spur eines Vorwurfs in diesem Blick lag, sondern nur stilles Leiden. Da war er wirklich schwer hin- und hergerissen. Zu seinem Glück rettete ihn der Berti aus dieser Situation. Der versprach der Rose nämlich, sich ihrer Sache anzunehmen. Da hellte sich die Miene der Frau gleich wieder auf und sie fragte unvermittelt nach dem Pfaffi. Weil, so sagte sie ernst, sie unbedingt mit ihm sprechen musste, um ihm etwas zurückzugeben, was er sicherlich brauchte. Während sie sprach, griff sie in die Tasche zu ihren Füßen und hielt dem Berti einen braunen Gegenstand entgegen, den dieser erst auf den zweiten Blick identifizieren konnte. Es war die Dienstpistole vom Pfaffi mitsamt dem Holster. Da wurden die Gesichter der beiden Gendarmen schlagartig dermaßen blass, das glaubst du gar nicht. Ärger noch als frisch gekalkte Wände. Weil sich keiner von ihnen bewegte, legte die Rose die Pistole vorsichtig auf den Schreibtisch.

»Kümmere du dich um alles«, sagte der Strobel, stand auf, besuchte endlich das stille Örtchen und verließ die Dienststelle, um draußen auf den Novotny zu warten. Die Sache mit der Dienstwaffe vom Pfaffi hatte ihm nämlich ganz schön das Kraut ausgeschüttet. Und zwar nicht nur, weil er sie anscheinend im Haus von den Hippies vergessen hatte, sondern vor allem, weil der Depp den Verlust nicht gemeldet hatte. Noch nicht einmal ihm. Spätestens da hörte sich der Spaß für den Strobel eindeutig auf. Er glaubte zu wissen, bei welcher Gelegenheit sein Kollege die Waffe vergessen hatte, und war trotz allem irgendwie froh, dass nichts Schlimmeres mit ihr passiert und sie wieder da war. Gleichzeitig fiel ihm ein, dass der Bursche in diesem Augenblick einen Gefangenen bewachte, ohne eine Waffe bei sich zu haben. Freilich wusste er, dass der Karl nach seinem Infarkt keine Gefahr darstellte, aber sicher war eben sicher. Gerade als er zurückgehen wollte, um die Pistole zu holen, stand auch schon der Berti da und hielt sie ihm entgegen. Wortlos nahm der Strobel das Ding an sich. Was sollte er nur mit diesem Jungspund machen? Diese Frage stellte er sich immer wieder, während er auf den Novotny wartete. Spätestens jetzt war es an der Zeit, dass auch der Pfaffi lernte, Verantwortung zu übernehmen. So viel stand fest.

# 35

Als der Novotny kam, war schwer zu sagen, ob er beleidigt war oder nicht. Er grüßte freundlich, redete aber sonst kein Wort. Weil der Strobel aber ohnehin sehr mit seinen eigenen Problemen befasst war, störte ihn das nicht weiter. Im Krankenhaus angekommen, gingen sie direkt zum Zimmer vom Karl. Dort saß der Pfaffi neben der Tür auf einem Stuhl und schaute ein bisschen ins Narrenkastel. Freilich war das nicht im Sinne einer Bewachung. Gar keine Frage. Aber sitz mal ein paar Stunden vor einer Tür und pass auf jemanden auf, der sich sowieso nicht rührt. Keiner da, mit dem du reden könntest, und alle Zeitungen gelesen. Was machst du dann? Genau. Deinen Gedanken nachhängen und Narrenkastel schauen. Das wusste natürlich auch der Strobel. Von daher nahm er dem Jungen das nicht übel. Obwohl es anders herum auch wurscht gewesen wäre. Viel schlechter konnte der Nachwuchsordnungshüter bei seinem Chef nicht mehr dastehen, als es ohnehin schon der Fall war. Nach einem knappen und sehr unterkühlten Gruß hielt ihm der Strobel die Pistole unter die Nase. Und weil der Bursche eine Spur zu lange brauchte, um sie an sich zu nehmen, legte der Strobel ihm das Ding in den Schoß und ging hinter dem Novotny in das Krankenzimmer. Dort lag ein sehr blasser Bremer Karl im Bett und sah ihnen aus etwas glasig wirkenden Augen entgegen. Ohne sich lange mit irgendwelchen Höflichkeiten aufzuhalten, marschierte der Novotny ganz nah an das Bett heran, zückte seine Kokarde und stellte sich vor. Der Strobel brauchte sich nicht vorzustellen, weil sie sich bereits kannten. Der Kripomann nahm sich nicht einmal die Zeit, den Karl nach seinem Befinden zu fragen. Daran kannst du sehen, dass er nicht gerade ein sensibler Mensch gewesen ist. So viel Zeit hätte er sich ruhig nehmen können. Das dachte sich zumindest der Strobel. Diesmal mischte er sich aber nicht ein, sondern ließ den Novotny machen. Aufmerksam verfolgte er alles, was der tat oder sagte. Für ihn war das nämlich ein Moment, in dem er hoffte, sehr viel lernen zu können. In dieser Hoffnung wurde er nicht enttäuscht. Es wurde insgesamt ein sehr lehrreicher Nachmittag. Der Karl lernte, dass nicht alle Menschen wegen seinem Infarkt Mitleid mit ihm hatten. Der Novotny lernte, dass Leute, die nicht respektvoll behandelt wurden, manchmal ganz schön bockig werden konnten, und der Strobel lernte, dass es auch von vermeintlichen Spezialisten nicht immer was zu lernen gab. Insgesamt könnte man sagen, dass sich dieser Lerneffekt eher negativ auf das Befragungsergebnis auswirkte. Weil, nachdem der Novotny dem Karl ziemlich unhöflich und forsch erklärt hatte, worum es ging und was er von ihm wissen wollte, schaltete der nach anfänglicher Verwunderung, die ihm der Novotny nicht abkaufte, auf stur und gab kaum noch etwas von sich. Da half dem Kripomann sein böses Gesicht genauso wenig weiter wie seine bösen Drohungen. Der Strobel beobachtete das Schauspiel aus der zweiten Reihe und überlegte, ob er versuchen sollte einzugreifen. Er ließ es aber bleiben, weil er sich an den bösen Blick erinnerte, den er sich vom Novotny eingefangen hatte, als er ihn das letzte Mal gestört hatte. Ergo sagte er nichts und wartete gespannt, wohin die aus seiner Sicht etwas zu grobe Verhörtaktik letztendlich führen würde. Und tatsächlich führte diese Taktik wohin. Nämlich in eine Sackgasse. Der Strobel konnte verfolgen, dass der Novotny keine spezielle Technik anwandte, sondern sich immer mehr dem Ende seines Lateins näherte. Das wusste der Kripomann offensichtlich auch selbst und wurde deswegen immer aggressiver. Aber je lauter er redete, desto sturer war der Karl. Der Postenkommandant ahnte schon bald, dass diese Befragung nicht viel Brauchbares bringen würde, und machte sich Sorgen. Der Novotny ging dazu über, den völlig ratlos dreinschauenden Karl mit seinen Fragen zu bombardieren. Und zwar so schnell, dass der gar nicht antworten hätte können. Dafür wurden seine Augen immer größer. Als der Novotny innehielt, um Luft zu schnappen, nützte der Karl die Gelegenheit, um ihm zu sagen, dass er den Eindruck habe, der Novotny sei wahnsinnig, weil er ihm Derartiges unterstellte und er deswegen viel lieber mit dem Strobel reden wolle. Na, was glaubst du, wie das den Stolz vom Novotny verletzt und seine Gefühle zum Überschäumen gebracht hat. Er schrie fast, als er dem Karl erklärte, dass er hier keine Forderungen zu stellen habe und nicht entscheiden könne, mit wem er redete und mit wem nicht. Wenn hier einer etwas zu entscheiden habe, so verkündete der Novotny lauthals, dann war er das. Und zwar nur er. Insgesamt kein schlechter Vortrag. Vor allem wirklich emotional. Da gab es gar nichts zu sagen. Und genau das machte der Karl auch. Er sagte gar nichts. Da konnte der Kripomann hüpfen und springen, wie er wollte, und so kreative Drohungen ausstoßen, wie es ihm eben möglich war. Es half nichts. Kein Wort kam über die Lippen vom Karl. Da ist es dem Strobel dann doch irgendwann zu blöd geworden. Er schnappte sich das Reserve-Rumpelstilzchen und zog es aus dem Zimmer. Vor der Tür machte er dem Novotny klar, dass seiner Meinung nach nicht viel Sinn in dem steckte, was da drinnen gerade passiert war, und sie es sich nicht leisten konnten, den Karl dermaßen zu verärgern, dass er nicht mehr mit ihnen redete, weil sie die beiden anderen Opfer dann überhaupt nicht mehr finden würden. Die Erwähnung vom Leander und vom alten Bremer brachte den Novotny einigermaßen zur Vernunft. Zumindest so weit, dass er den Strobel alleine in das Zimmer ließ, um die Befragung fortzuführen. Und wenn du jetzt glaubst, der Strobel ist da hineingegangen, hat ein Wunder gewirkt und den Karl zu einem allumfassenden Geständnis bewegt, dann irrst du dich gewaltig.

# 36

Ich meine, der Strobel würde sich sicher darüber freuen, falls du tatsächlich eine so hohe Meinung über ihn haben solltest, aber gewesen ist es trotzdem anders. Der Karl hat nämlich nichts gestanden. Im Gegenteil! Er stritt alles ab. Und zwar so vehement, dass der Strobel fast gewillt war, ihm zu glauben. Den Teil mit dem Anruf fand er besonders interessant. Vor allem, weil er so unglaubwürdig klang, dass er ihn schon wieder für wahr hielt. Oft ist es nämlich wirklich so, dass sich etwas als Wahrheit herausstellt, das sich total unglaubwürdig, vielleicht sogar blöd anhört. Eine Regel kannst du von dieser Aussage aber nicht ableiten. Wie dem auch sei. Ich glaube, ich sollte dir auch sagen, was der Karl dem Strobel erzählt hat. Die Information fehlt dir ja sonst. Also hör zu! Abgesehen von der bei Verbrechern üblichen Leier von wegen völlig unschuldig und so, erzählte der Karl, dass er nur in diesem Keller war, weil er einen seltsamen Anruf bekommen hatte. Jemand hatte ihn dorthin geschickt. Ja, wirklich! Das hat der Karl behauptet. Ein anonymer Anrufer habe ihn dort hingeschickt. Und zwar unter dem Vorwand, dass er dort, sofern er sich beeilte, seine Schwester lebend finden würde. Zuerst hatte der Karl selbst an einen überaus geschmacklosen und blöden Scherz geglaubt. Aber dann wiederholte der Anrufer seine Worte in einer derart eindringlichen Weise, dass er sich doch überzeugen ließ. Vor allem die Ankündigung, dass seine Schwester sterben würde, wenn er nicht schnell genug dort war, machte ihm Angst. Deshalb, so behauptete er, hatte er sich beeilt, in den Keller zu kommen, wo er das halb zugeschüttete Grab fand, in dem die Anneliese lag. In dem Glauben, dass sie noch zu retten war, und getrieben vom schlechten Gewissen, weil er zu spät gekommen war, hatte er versucht, sie so schnell wie möglich auszugraben, und dabei den Infarkt erlitten. Bis dann die Gendarmen auftauchten, lag er einfach nur da. Da staunst du im Augenblick wahrscheinlich genauso, wie der Strobel staunte. Der musste sich jetzt überlegen, ob das die Wahrheit sein könnte. Diese Geschichte war bestenfalls eine Erklärung für Karls Anwesenheit im Keller. Für die abgetrennten Daumen und das Blut in seiner Garage nicht. Und genau das war die nächste Frage, auf die der Strobel eine Antwort wollte. Die bekam er auch. Sie war allerdings lange nicht so spektakulär, wie man vielleicht meinen möchte. Der Karl sagte nämlich schlicht und ergreifend aus, dass er keine Ahnung habe, wie diese Sachen in seine Garage gekommen seien. Er selbst, so behauptete er, benutze diesen Raum überhaupt nicht. Er beteuerte sogar, sich gar nicht mehr daran erinnern zu können, wo er den Schlüssel verwahrte oder wann er das letzte Mal drin war. Gleiches galt für den Erdkeller, um dessen Existenz er zwar wusste, den er aber nach eigenen Angaben nie aufsuchte, weil es dort nichts gab, was den Weg rechtfertigen würde. Für die paar Flaschen uralten Weines, die ziemlich sicher bereits zum Großteil ungenießbar waren, lohnte es seiner Meinung nach jedenfalls nicht, durch den halben Wald zu latschen. Ob sonst jemand aus der Familie diesen Keller benutzte, konnte er nicht sagen. Genauso wenig hatte er auch nur die leiseste Idee, wer seine Geschwister und seinen Vater entführt haben könnte und warum. Schon gar keine Antwort fiel ihm auf die Frage ein, warum ausgerechnet er nicht entführt worden war. Seltsam fand er das selbst natürlich auch und er machte einen auf verständnisvoll, was die Verdachtslage gegen ihn betraf, aber erklären konnte er das alles nicht. Was er dafür sehr gut konnte, war, verzweifelt dreinzuschauen. Das beherrschte der Karl in einer solchen Perfektion, dass der Strobel beinahe ein schlechtes Gewissen bekam, weil es ihm in den Sinn gekommen war, den ältesten Bremer Sohn zu verdächtigen. Ja, ganz im Ernst, der Strobel fühlte sich auf einmal gar nicht mehr wohl in seiner Haut, weil er geneigt war zu glauben, dass dem Karl hier und jetzt ein großes Unrecht widerfuhr. Als der Karl dann auch noch Stein und Bein schwor, dass er in der betreffenden Nacht nicht in der Gegend war, kam der Postenkommandant immer mehr ins Grübeln. Eigenartig fand er dabei allerdings schon, dass ihm der Karl partout nicht sagen wollte, wo er damals war. Zu dieser Kleinigkeit, die über Sein oder Nichtsein seines Alibis entschied, meinte er nur, dass er diese Information nur dann preisgeben wolle, wenn es unbedingt sein musste. Obwohl der Strobel daraufhin mit Händen und Füßen versuchte, den Mann davon zu überzeugen, dass jetzt gar kein so schlechter Zeitpunkt für eine Offenbarung dieses Geheimnisses war, schwieg er dazu beharrlich. Einzig eine Einschränkung des Suchradius nahm er vor, indem er verriet, dass er in Wien war. Aber kein Wort über das Warum. Nichts zu machen für den Strobel, der sich im Kampf mit sich selbst befand. Einerseits machte der Karl einen ehrlichen Eindruck und der Strobel hätte ihm gerne geglaubt und andererseits klangen etliche Teile seiner Aussage sehr nach Ausflüchten und haltlosem Schmarren. Wie sollte der Strobel hier Wahrheit von Mythos trennen? Da war guter Rat teuer. Gar keine Frage. Bei der ganzen Gedankenwälzerei kam ihm plötzlich eine unerhörte Idee, die er zuerst gleich wieder verwerfen wollte, weil sie ihm einfach zu weit hergeholt vorkam. Aber dann entschied er sich doch, den Karl nach seiner Meinung zu fragen. Und was glaubst du, wie der den Strobel im ersten Moment angeschaut hat, als der ihn fragte, ob er es für möglich hielte, dass sein Vater hinter allem steckte. Du wunderst dich vielleicht auch über diese Frage. Aber einmal ehrlich, so blöd war sie bei näherer Betrachtung auch wieder nicht. Das heißt, wenn man von der Tatsache eines völlig unklaren Motivs einmal absah. Gelegenheit hätte der Ferdinand allemal gehabt und hineingelassen hätten ihn seine Sprösslinge sicher auch. Aus diesem Blickwinkel machte es durchaus Sinn, dass der Ferdinand sein eigenes Verschwinden vorgetäuscht hatte, um von Anfang an einen möglichen Verdacht von sich abzuwenden. Ja, schon klar, alles ein bisschen holprig, aber ganz von der Hand zu weisen war es nicht. Schon gar nicht, weil dem Ferdinand anscheinend kein Daumen abgetrennt worden war. Ein plausibler Grund fehlte zwar, aber wer konnte schon wissen, was im Kopf eines Vaters vorging, der seine eigenen Kinder beseitigen wollte. Von für jedermann nachvollziehbaren Gedankengängen konnte man da nicht unbedingt ausgehen. Warum also nicht der Ferdinand? Was sprach konkret dagegen? Richtig! Gar nichts. Es wird wohl einfach an dieser genetisch bedingten, unerklärlichen Vaterliebe gelegen haben, dass der Karl sich ganz furchtbar entrüstete und den Strobel einen Spinner nannte, bevor er energisch betonte, dass er in seinem ganzen bisherigen Leben noch nie so einen Blödsinn gehört hatte. Das war fast schon ein bisschen zu hart, wenn man bedenkt, dass er selber ja auch in Haft war, weil er dieser Taten verdächtigt wurde. Das war mindestens genauso logisch wie die Papavariante. Aber wie dem auch sei. Der Strobel für seinen Teil konnte jedenfalls nichts Gespieltes in der Entrüstung vom Karl erkennen. Der schien seine Worte genau so zu meinen, wie er sie gesagt hatte. Und noch etwas gab es, das ihm der Strobel sofort abkaufte. Nämlich, dass er dem Herren Kurt Leander nie in seinem Leben begegnet war und auch den Namen noch nie gehört hatte. Warum der Strobel das so bereitwillig glaubte, konnte er später selbst nicht erklären. Es war einfach so. Nenn es Intuition, Gefühl, Zufall oder eine Laune. Ganz egal. Tatsache ist, dass es so war. Tatsache ist aber auch, dass dieser Umstand, bei dem der Strobel seinen sechsten Sinn unter Beweis stellte, für den Fall völlig unwichtig war. Im Gegensatz zu der Frage nach der Täterschaft. Die war schon wichtig. Nur leider noch nicht zu beantworten. Geistig war der Strobel jetzt genau auf dem Stand vom letzten Krankenhausbesuch. Es war noch nichts bewiesen. Das letzte Mal war es bloße Sturheit gegenüber dem Novotny gewesen, aber jetzt hatte der Karl tatsächlich Zweifel bei ihm gesät. Die Frage war nur, wie der Strobel das seinen Kollegen erklären sollte. Deren Haltung war ohnehin schon sonnenklar. Der Karl war es. Ohne Wenn und Aber. Gefahr erkannt, Gefahr gebannt! Ein relativ schöner und halbwegs schneller Ermittlungserfolg, mit klitzekleinen Schönheitsfehlern. In ein bis zwei Wochen würde aber niemand mehr über die zwei vermissten Leute reden. Die Zeitungen nicht und das Fernsehen, das auch damals schon sensationslüstern war, erst recht nicht. In ein paar Monaten würden sie, abgesehen vom familiären Umfeld, fast gänzlich vergessen sein. Vielleicht würden die Kollegen vom Leander in einem halben Jahr bereits nachdenken müssen, wer er war. Das konnte leicht sein. Der Volksmund sagt ja nicht umsonst: ›Aus den Augen, aus dem Sinn‹. Was den Ferdinand betraf, so hatte der ohnehin kein sonderlich gutes Verhältnis zu seinen Kindern. In einigen Monaten war sein Erbe mit Sicherheit aufgeteilt. Das heißt, für den Fall, dass der Karl nicht wegen Mordes angeklagt wurde. Falls doch, würde der Markus alles ganz alleine erben. Keine schlechte Sache für den Adoptivsohn, der sein Bett im Waisenhaus vor vielen Jahren gegen die Obhut des Ehepaares Bremer eingetauscht hatte. Das eine oder andere Milliönchen lag auf den Konten vom Ferdinand sicher herum. Genug Geld jedenfalls, um dem Markus Zukunftssorgen abzunehmen. Schlimmstenfalls würde er mit dem Karl teilen müssen. Aber, so war der Strobel überzeugt, auch dann würde noch genügend Moos für jeden von ihnen abfallen. Neid kam dabei nicht auf beim Strobel. Freilich hätte er das Geld auch genommen, wenn er es geerbt hätte, aber das schlechte Verhältnis zwischen dem Ferdinand und seinen leiblichen Kindern war offensichtlich auch mit dem finanziellen Überschuss nicht auszugleichen gewesen. Ich meine, entschuldige meine Ausdrucksweise, aber diese Beziehung war schlichtweg beschissen. Da gab es gar nichts zum

Schönreden. Woran auch immer das gelegen haben mag. Der Strobel wusste es nicht und wollte im Moment nicht danach fragen. Sollte da das Motiv versteckt sein, würde es auch ans Tageslicht kommen, ohne dass er beim Karl irgendwelche Wunden aufriss. Das konnte er alles leicht bei der Haslauer Marion erfragen.

## 37

Die Zeit flog nur so dahin, derweil sich der Strobel immer und immer wieder minutiös schildern ließ, was der Karl in den letzten Tagen vor seiner Verhaftung so getrieben hatte. Regelmäßig unterbrach er seinen Verdächtigen mit irgendwelchen Fragen, die sich teilweise um lächerliche Details drehten. Aber so sehr er sich auch bemühte, den Karl dazu zu bringen, sich in Widersprüche zu verwickeln, kam er keinen Millimeter weiter. Sein Gegenüber erzählte schön brav immer auf's Neue dieselbe Geschichte. Egal, von welcher Seite der Strobel sie hinterfragte, sie blieb unverändert. Wo er am Tatabend war, sagte der Karl auch weiterhin nicht. Hinter seinem Rücken hörte der Strobel, dass in unregelmäßigen Abständen die Tür aufgemacht und wieder geschlossen wurde. Er nahm an, dass es der Novotny war, der wissen wollte, wie er vorankam. Der Strobel drehte sich aber nicht um, weil er sich absolut nicht in seiner Konzentration stören lassen wollte. Falls der Karl nämlich doch noch einen Fehler machte, durfte er das auf keinen Fall überhören. Von daher also vollste Wachsamkeit. Aber was soll ich dir sagen? Das Ganze war absolut für die Fische! Genau genommen, war es mehr als erstaunlich, dass der Karl immer und immer wieder die gleichen Fragen beantwortete, ohne sich auch nur ein einziges Mal aufzuregen. Weil, normalerweise machen die Menschen das bei Vernehmungen. Sie regen sich auf und fragen, wie oft sie dieses oder jenes noch sagen sollen. Oder fragen einen, ob man taub ist, ein schlechtes Kurzzeitgedächtnis hat oder was weiß ich noch alles. Selten bleibt da jemand ruhig. Der Strobel hegte den Verdacht, dass es möglicherweise an irgendwelchen Schmerz- oder Beruhigungsmitteln lag, die dem Burschen verabreicht worden waren. Alle zehn Minuten fragte er ihn wegen einer Pause. Aber zu seinem Erstaunen wollte der Karl nie eine machen. Anscheinend wollte er die Angelegenheit hier und jetzt zu Ende bringen. Und zwar gleich ein für allemal. Insgesamt war diese Befragung alles andere als ergiebig. So ehrlich muss man schon sein. Ich meine, der Strobel war total hartnäckig, fleißig und geduldig, gar keine Frage, aber gebracht hat es nichts. Für die Fische eben. Blöderweise galt das auch für die Fragen zu dem Thema, wer alles Zutritt zu den Häusern der Familie Bremer und zu dem Erdkeller hatte. Das wusste der Karl nämlich nicht. Er konnte sich auch niemanden vorstellen, der ein Motiv für eine solche Wahnsinnstat hatte. Und wo sein Vater und der Journalist abgeblieben sein konnten, wusste er auch nicht. Nicht einmal den leisesten Verdacht hatte er. So ist es halt gekommen, dass der Strobel nach schier endlosem Verhör die Flagge strich, sich verabschiedete und aus dem Zimmer ging, ohne den Fall gelöst zu haben. Den tollen Spruch, der Karl solle sich in nächster Zeit zur Verfügung halten, sparte er sich. Wo hätte der nach seinem Herzinfarkt groß hin sollen? Vor dem Zimmer fiel ihm als Erstes auf, dass der Pfaffi nicht auf seinem Stuhl saß. An seiner Stelle lümmelte der Novotny in einer Art und Weise in dem Möbel, dass der Strobel nicht umhin kam, sich Gedanken über die Elastizität des kriminalpolizeilichen Skelettes zu machen. Hätte er selbst sich nämlich so in diesen Stuhl gesetzt, wäre er ohne fremde Hilfe nie wieder hochgekommen. Da war er sich ganz sicher. Scheinbar stimmte es also doch, dass so manchem Beamten im Laufe seiner Dienstzeit die Wirbelsäule entfernt wurde, so sinnierte der Postenkommandant erheitert. Vielleicht hätte er sich mehr in diese unheimlich wichtigen Gedanken vertieft, wenn ihn der Kripomann nicht so ungeduldig nach dem Ergebnis dieses Vernehmungsmarathons, wie er die paar Stunden übertrieben nannte, gefragt hätte. Die Mischung aus Frustration und Schadenfreude, die über sein Gesicht huschte, als er hörte, dass es kein Ergebnis gab, war kaum zu übersehen. Trotzdem verkniff er sich vorerst jeglichen Spott, sondern gab sich interessiert, vom Strobel zu erfahren, wie er weiter vorgehen würde, wenn es sein Fall wäre. Und siehst du, genau das war der Moment, in dem der Postenkommandant, der sich noch keine fixe Meinung über den Kollegen Novotny von der hochlöblichen Kriminalpolizei in Wien gebildet hatte, feststellte, dass dieser Mann ein Arsch war. Ja, wirklich! Der ansonsten so gutmütige und geduldige Strobel titulierte den Novotny in seinen Gedanken als Arsch. Und wenn ich ganz ehrlich bin, muss ich ihm schon zustimmen. Weil, wenn so ein selbsternannter Wunderwuzi wie der Novotny es nötig hatte, seinem Umfeld mit so einem Satz in Erinnerung zu rufen, dass er alleine der Chef war, dann war er tatsächlich ein Fetzenschädel. Und einer ohne Rückgrat noch dazu. Das erklärte freilich auch, wieso er so seltsam sitzen konnte. Aber wie dem auch sei. Da hat dem Strobel der schönste Groll nichts genützt. Irgendwas hat er jetzt sagen müssen. Und das tat er dann auch. Er sagte nämlich, dass er, wäre es sein Fall und die Situation wäre so, wie sie jetzt eben war, wahrscheinlich dazu tendieren würde, das Krankenhaus noch nicht wieder zu verlassen, sondern versuchen würde, ein weiteres Gespräch mit dem Markus zu führen, um etwas mehr Klarheit über einige Kleinigkeiten zu erhalten und vielleicht auch einen Anhaltspunkt dafür zu finden, dass der sture Kollege aus Wien sich irrte und die Sache doch nicht ganz so klar auf der Hand lag, wie behauptet. Ganz ruhig und trocken leierte der Strobel diesen furchtbaren Schachtelsatz herunter und schaute dem Novotny dabei geradewegs in die immer größer werdenden Augen. Diese Aussage noch in irgendeiner Weise auszuschmücken, hielt er aber für unnötig. Deswegen schickte er nur ein undefinierbares Lächeln hinterher. Der Novotny schien nicht auf Streit aus zu sein. Er erhob sich erstaunlich zügig aus seiner Lümmelposition, nuschelte was von wegen Kaffee und machte sich davon. Ein Rückzug, den der Strobel einfach als Zustimmung für seinen Plan auslegte. Weil, wenn der Novotny damit nicht einverstanden war, dann hätte er das sagen müssen. So argumentierte zumindest der Strobel im Geiste. Zur Umsetzung seines Vorhabens musste er den behandelnden Arzt vom Markus sprechen. Schließlich wollte er nicht riskieren, den Gott in Weiß zu verärgern und dann überhaupt nicht mehr in das Zimmer zu dürfen. Sehr zuversichtlich war er, was eine Erlaubnis für diesen Tag anging, ohnehin nicht. So stiefelte der Ordnungshüter los, um in dem relativ großen Gebäude einen Arzt zu suchen, dessen Namen er nicht kannte. Hört sich meiner Meinung nach schlimmer an, als es war. Ich meine, der

Strobel war Gendarm. Alle möglichen Leute zu suchen und natürlich auch zu finden, gehörte zu seinen Aufgaben. Da sollte es doch eine einfache Übung sein, im Krankenhaus einen Arzt aufzustöbern. Das war es dann auch. Allerdings erst, nachdem er dem Pfaffi begegnet war, der mit einer Zeitung in der Hand in Richtung seines Wachpostens unterwegs war. Seinem Gesicht nach zu urteilen, rechnete der Junge mit einer Enthauptung. Zumindest war das der Eindruck, den der Strobel hatte. Da lag er aber nur teilweise richtig. Das erkannte er sofort, nachdem ihm der Pfaffi die Titelseite der Zeitung unter die Nase gehalten hatte. Die Schlagzeile war ein echter Knaller und das Bild darunter auch.

›Rätselhafter Todesfall in Tratschen – Postenkommandant schließt Verbrechen nicht aus!‹ stand da in dicken, fetten Lettern zu lesen. Darunter war ein Foto von ihm. Ja, wirklich! Auf der Titelseite vom Bezirksanzeiger war der Strobel abgebildet. Wann auch immer dieser Blödmann, der diesen Artikel verfasst hatte, das Bild gemacht hatte. Es zeigte den Strobel direkt vor dem Haus der Jocha Elisabeth. Schon während er die ersten Zeilen las, schwante ihm Böses. Da war offensichtlich die Fantasie mit jemandem durchgegangen. Er wollte sich deswegen gar nicht die Zeit nehmen, diesen Mist zu lesen. Auch brauchte er sich nicht lange zu fragen, wie der Typ auf diese Idee gekommen war. Deutlich sah er jenen lästigen Fotografen vor sich, der unbedingt ins Haus zurück wollte, um die Leiche der Elisabeth abzulichten. Und er konnte sich auch noch genau erinnern, was er selbst gesagt hatte, um den Mann an dieser geschmacklosen Tat zu hindern. Genau! Du erinnerst dich auch. Er hatte sinngemäß gesagt, man könne ein Verbrechen nicht ausschließen und müsse auf mögliche Spuren achten. Aber eben nur, weil er der armen Frau ihren Frieden lassen wollte. Nicht, weil er das wirklich geglaubt hatte. Für Überlegungen dieser Art war es jetzt zu spät und der Strobel freute sich nicht besonders auf die Auseinandersetzung mit dem Major, die unweigerlich kommen musste. Die Frage war nur noch, was ihm der Major vorwerfen würde. Dass er ihn nicht über den möglichen Mord in Kenntnis gesetzt hatte oder dass er, ohne seinen Vorgesetzten um Erlaubnis zu fragen, ein Interview gegeben hatte. Im Grunde waren beide Varianten Blödsinn. Aber das würde er dem mediengeilen Offizier erst einmal plausibel machen müssen. Ob der die Wahrheit so einfach glauben würde, war mehr als fraglich. Aber was soll ich dir sagen? Zu ändern war sowieso nichts mehr und jetzt hatte der Strobel andere Probleme. Schließlich musste er immer noch den Doktor finden. Für die Zukunft nahm er sich ganz fest vor, seine Worte den Journalisten gegenüber mit mehr Bedacht zu wählen. So einen Wirbel brauchte er nämlich auch ohne Entführung nicht. Auf seiner Arztsuche kam er an einem Schwesternzimmer vorbei. Er klopfte, trat ein und fragte nach dem gesuchten Mediziner. Als er das Telefon sah, erkundigte er sich, ob er den Apparat benutzen durfte, und rief den Berti an, um zu fragen, ob alles ruhig war. War es natürlich nicht. Zumindest nicht ganz. Es wird dich nicht sonderlich überraschen, wenn ich dir sage, dass der Major schon mehrere Male angerufen und nach dem Strobel gefragt hatte. Bei dieser Gelegenheit hatte er beim Berti wegen dem Zeitungsartikel schon einmal ganz gehörig Dampf abgelassen. Vielleicht war das der Grund dafür, dass der dem Offizier nicht verraten hatte, wo er den Strobel finden konnte. Bertis Rache quasi.

# 38

Strobel fand den Arzt in einem Krankenzimmer drei Türen weiter, erklärte ihm sein Problem und trug sein Anliegen vor. Der Mann im weißen Kittel sah ihn nur starr über den Rand seiner Brille hinweg an und schüttelte unentwegt den Kopf. Zuerst ganz langsam, dann schon ein wenig schneller und am Ende ziemlich energisch. Er sah aus wie einer dieser Wackeldackel, die sich die Leute früher auf die Hutablage im Auto gestellt haben. Da blieb dem Ordnungshüter gar nichts anderes mehr übrig, als seinen letzten Trumpf auszuspielen. Er sah sich um, beugte sich nach vorn und flüsterte dem Arzt etwas ins Ohr. Der schien schlecht zu hören und fragte den Strobel, was er gerade gesagt hatte, und das Spiel wiederholte sich. Diesmal erstarrte der Doktor fast zur Salzsäule. Bis auf seine linke Hand, mit der er seine Brille auf der Nase auf und ab schob, bewegte er nichts. Noch nicht einmal seine Augen. Dann drehte er sich plötzlich um, gab ihm mit der Hand ein Zeichen, ihm zu folgen, und marschierte los. Der Weg führte sie direkt in sein Büro. Dort sah er den Strobel ganz ernst an und forderte ihn auf, das Gesagte zu wiederholen. Das tat der Strobel auch und sein Gegenüber wurde noch nachdenklicher.

»Also gut«, sagte er schließlich ernst, »eine halbe Stunde. Nicht mehr. Nur eine halbe Stunde.«

Kaum hatte er das ausgesprochen, war der Strobel auch schon draußen beim Tempel und fast im Laufschritt unterwegs in Richtung Markus. Als er dann vor dessen Bett stand, wusste er nicht, wie er anfangen sollte. Und siehst du, der Markus war scheinbar auch neugierig und hat ihm diese Entscheidung abgenommen.

»Was hat mein Bruder gesagt? Hat er alles zugegeben?«

»Nein, bestritten. Alles. Er sagt, er hat ein Alibi.«

»Ein Alibi, so so … Was denn für eines?«

»Na ja, genau da liegt unser Problem, er sagt es nicht.«

»Eigenartig, oder?«

»Ja, sehr. Deswegen muss ich Ihnen unbedingt noch ein paar Fragen stellen, um die Geschichte Ihres Bruders zu überprüfen. Ich muss Sie bitten, mir die Ereignisse möglichst genau zu schildern. Sagen wir, ab dem Nachmittag des Tattages. Was haben Sie gemacht?«

»Wie oft muss ich denn das noch erzählen? Sie müssten das ja schon auswendig wissen!«

»Es tut mir leid, aber es muss sein! Schließlich müssen wir dem Karl die Tat beweisen können. Oder wollen Sie, dass er ungeschoren davonkommt, weil Sie nicht mitarbeiten wollten?«

Das wollte der Markus offenbar nicht und begann zu erzählen. Du musst aber wissen, dass den Strobel in Wirklichkeit überhaupt nicht interessierte, was der Kerl an dem Nachmittag gemacht hatte. Er versuchte nur, ihn ein bisschen einzulullen. Weil, wenn er wirklich etwas zu verbergen hatte, würde er auf der Hut sein. Ein wenig Ablenkung half da vielleicht, seine Konzentration zu schwächen. Ich meine, ich weiß ja nicht, ob du schon einmal so richtig gelogen hast? Keine Ausrede oder so, sondern eine von vorne bis hinten gelogene Geschichte. Das ist nämlich alles andere als einfach. Überhaupt dann, wenn dich einer, nachdem du deine Lüge erzählt hast, nur noch nach Details fragt. Normalerweise kann man sich das Gerüst der Lüge schon ganz gut merken, aber wenn einer anfängt, dauernd dazwischenzufragen, wird es echt stressig. Weil, jetzt musst du dir nicht nur das Gerüst merken, sondern natürlich auch deine Antworten. Für jemanden, der die Wahrheit sagt, ist diese Prozedur schon furchtbar anstrengend, weil er ständig nachdenken und sich erinnern muss. Da kommt es natürlich trotz aller Ehrlichkeit zu kleineren Widersprüchen. Das kannst du gar nicht verhindern. Aber wenn du lügst, dann wird das Ganze echt mühsam! Du musst deine Angst und Nervosität verbergen, du solltest nicht zu viel und auch nicht zu wenig reden, auf deine Körperhaltung und die Stimmlage achten, deine zurechtgelegte Räubergeschichte im Kopf haben und natürlich auf die Fragestellung deines Gegenübers aufpassen, um Fangfragen zu erkennen. Na, dann viel Spaß, Kamerad! Das mag ja bei Kleinigkeiten ganz gut funktionieren, aber je schlechter das Gewissen, desto schwerer wird's. Wirklich wahr. Viele Menschen neigen dazu, gestehen zu wollen. Die hocken oft stundenlang da und streiten alles ab. Sie schwören auf ihre Kinder, auf ihr Leben und was weiß ich noch alles. Sie betteln dich an, ihnen zu glauben. ›Bitte, bitte, Sie *müssen* mir glauben …‹ und so. Sie weinen herzzerreißend, beschimpfen dich zwischendurch, werden bockig (›Ich sag jetzt gar nix mehr …‹), reden dann aber doch weiter. Und warum? Weil sie gar nicht anders können! Was sie getan haben, arbeitet derartig in ihnen, dass sie es loswerden wollen. Sie müssen es sagen, um sich wieder wohlzufühlen, sich zu reinigen. Na gut, ich muss zugeben, dass all das auf wirklich hartgesottene Gauner nicht zutrifft. Die kennen das Spiel einfach schon viel zu gut und verhalten sich dementsprechend. Aber trotzdem glaube ich, sagen zu können, dass Lügner gerne viel reden. Auf jeden Fall musst du dir eine Lügengeschichte wie ein Kartenhaus vorstellen, bei dem mit jeder falschen Antwort eine Karte weggenommen wird. Nach zu vielen falschen Antworten wird das Haus unweigerlich zusammenbrechen. Gar keine

Frage. Interessanterweise genügt dafür manchmal eine einzige Frage, die sich noch nicht einmal mit etwas Wichtigem beschäftigt. Wirklich wahr, ab und an kommt es vor, dass du jemanden bei einer kleinen, relativ unbedeutenden Lüge ertappst und der dann völlig zusammenbricht. Am schlimmsten, das sei dir noch gesagt, sind diejenigen, die ihre Geschichte mit den Worten ›Na gut, ich sage Ihnen die Wahrheit …‹ beginnen. Die Quintessenz des Ganzen ist, dass du zum Lügen ein Hirn brauchst. Das ist nichts für Deppen. Echt nicht. Aber wie dem auch sei. Der Strobel jedenfalls war bei der Sache ziemlich im Nachteil, weil der Markus gelegen ist und bis zum Hals zugedeckt war. Außer seinem Gesicht und seinen Armen konnte der Strobel nicht viel sehen. Na gut, ich gebe es zu, ich wollte den Strobel jetzt ein bisschen aufwerten und ihm unterstellen, dass er auf die Körpersprache achten wollte. Aber natürlich ist das Blödsinn. Erstens war die damals noch nicht so gut erforscht und zweitens hatte der Landgendarm davon keine Ahnung. Von daher war die Haltung vom Markus völlig wurscht. Du musst allerdings zugeben, dass es was hergemacht hätte. Aber ich habe jetzt so viel über das Lügen geredet, dass ich dann doch lieber bei der Wahrheit bleiben will. Der Strobel versuchte, den Mann mit seiner völlig harmlosen Frage zur Unaufmerksamkeit zu verleiten. Weil, auch wenn der Markus bei lebensnaher Betrachtung, wie das im Juristendeutschen so schön heißt, nicht als Täter infrage kam, wollte der Strobel genau diese Tatsache mit Beweisen untermauern. Obwohl ich schon sagen muss, dass er sich da einen Denkfehler geleistet hat. Weil, dass der Markus, falls er wirklich der Täter war, genügend Vorbereitungszeit gehabt hätte, um sich eine tolle Geschichte auszudenken, hätte dem Gendarmen klar sein müssen. Aber irgendwie ist ihm das in der Aufregung halt nicht eingefallen. Nachträglich ist man bekanntlich sowieso immer gescheiter. Um dich nicht unnötig auf die Folter zu spannen, sag ich dir lieber gleich, dass auch diese Vernehmung nicht wirklich etwas gebracht hat. Zwar verwickelte sich der Markus in den einen oder anderen kleinen Widerspruch, aber gravierend war das nicht. Anders gesagt, ergaben sich keine Anhaltspunkte, dass er log. Von daher hatte der Strobel zumindest ein Ziel erreicht. Das war es dann aber auch schon. Jetzt konnte er darangehen, Beweise für seine Ferdinand-Theorie zu finden, oder auch, sie fallen zu lassen. Wobei sein Verstand eindeutig für Letzteres plädierte, weil ihm das zu weit hergeholt vorkam. Aber wie es oft so ist, wollte sein Gefühl nicht auf sein Hirn hören. Was blieb ihm also anderes übrig, als einen Kompromiss einzugehen. Er nahm sich vor, auf keinen Fall mehr als zwei weitere Tage darauf zu verwenden, einen Beweis zu finden. Danach wollte er sich in andere Richtungen orientieren. Welche das sein sollten, wusste er allerdings noch nicht. Er fand es aber echt schade, dass er mit dem Novotny nicht über diese Theorie diskutieren konnte. Der Kripomann hatte für sich entschieden, dieser Spur überhaupt nicht folgen zu wollen. Dementsprechend sagte er auch kein Wort, als der Strobel mit hängenden Schultern aus dem Zimmer vom Markus kam. Ein geschulter Beobachter hätte vielleicht einen klitzekleinen Anflug von Spott beim Novotny gesehen, aber offen trug er den nicht zur Schau. Dass er beleidigt war, versteckte er hingegen nicht. An diesem Tag brachte er den Strobel nämlich nicht zurück nach Tratschen. Vielmehr erklärte er, dass jetzt einer seiner Mitarbeiter die Bewachung vom Karl übernehmen würde und sich der Strobel mit seinen Leuten zurückziehen könne.

»Wir hören uns« war alles, was er zum Abschied sagte, als der Berti ankam, um seine beiden Kollegen abzuholen. Die Rückfahrt nach Tratschen verlief schweigend. Vielleicht lag das an der Müdigkeit, die der Strobel nach dem anstrengenden Tag verspürte, oder an der Anspannung vom Pfaffi, der immer noch mit einer Rüge von seinem Chef rechnete. Vielleicht lag es aber auch daran, dass der Berti viel zu sehr in seine Gedanken darüber vertieft war, was ihm seine Hilde wohl zum Abendessen kochen würde, um ein guter Unterhalter zu sein. Möglicherweise gab es auch wirklich nichts, worüber sich zu reden gelohnt hätte. Ehrlich gesagt, habe ich keine Ahnung. Ich nehme an, es wird wohl eine Kombination aus all diesen Dingen gewesen sein. Aber wie dem auch sei.

# 39

Auf seinem Schreibtisch erwartete den Postenkommandanten die Post des Tages. Darunter fanden sich auch zwei Umschläge, die sofort sein Interesse weckten. Sie kamen nämlich von der Spurensicherung und enthielten die Auswertungsergebnisse von den Häusern aller Opfer, vom Haus des Karl und vom Erdkeller. Mitsamt allen Fotos, die gemacht worden waren, und einem schriftlichen Bericht über die Zuordnung der gefundenen Fingerabdrücke und Blutspuren. Zuerst widmete sich der Strobel den Bildern. Zur besseren Übersicht wollte er sie alle auf seinem Schreibtisch ausbreiten. Allerdings reichte dazu der Platz nicht.

Deshalb stand er auf, ging zum Platz vom Pfaffi und fing an, dessen Tisch abzuräumen. Der Junge starrte ihn verdutzt an, sagte aber nichts. Allerdings tat er auch nichts. Von daher musste er sich nicht wundern, dass ihn der Strobel anschnauzte, ob er ihm nicht vielleicht helfen wolle. Und siehst du, da war der Bursche schon wieder um einen Tick zu langsam. Das Resultat war die Aufforderung seines Chefs, ihm gefälligst aus dem Weg zu gehen und woanders zu träumen. Sprach's, schnappte sich den Tisch und zog ihn lautstark quer durch den Raum, um ihn an seinen zu stellen. Die entstandene Fläche genügte, um alle Fotos aufzulegen. Bevor er weitermachte, schickte er seine Mitarbeiter nach Hause. Er wollte jetzt unbedingt seine Ruhe haben, um sich konzentrieren zu können. Ich glaube, du erkennst längst selbst, dass da eine gewisse Verbissenheit in dem Tun vom Strobel war. Ich persönlich glaube, dass er sich so in die Geschichte hineingesteigert hat, weil ihn der spöttische Blick vom Novotny und das freche Grinsen vom Markus so geärgert hatten. Aber wie auch immer. Nach eingehender Betrachtung der Bilder las er aufmerksam die dazugehörigen Berichte. Eine Lektüre, die ihn schon nach wenigen Seiten zu der Erkenntnis führte, dass er tatsächlich viel zu voreilig mit seinen Befragungen gewesen war. Ich meine, nicht dass du jetzt glaubst, da waren alle möglichen Beweise drin, die der Strobel dringend brauchte, um den Fall sofort zu lösen oder so. Das nämlich nicht. Aber die Schriftstücke beantworteten so manche Frage. Und, was fast noch wichtiger war, sie warfen etliche neue Fragen auf. Immer wieder wandte er seine Aufmerksamkeit den Tatortfotos zu. Hätte ihn jemand gefragt, wäre es ihm auf die Schnelle unmöglich gewesen zu sagen, was ihn an den Bildern störte. Sie alle zeigten jene Orte, an denen der Karl seine Opfer entführt haben sollte. Überall war deutlich eine gewisse Unordnung zu erkennen. Zerwühlte Betten, umgestürzte Möbel, Gegenstände, die auf dem Fußboden herumlagen. Ganz normal, wenn man davon ausging, dass sich die Opfer gewehrt hatten. Und das hatten sie wohl. Ganz besonders der Markus. Der musste gekämpft haben wie ein Löwe. Das Schlafzimmer sah aus, als wäre ein Orkan durchgefegt. Der Strobel legte jetzt alle Bilder des Raumes nebeneinander und schaute sie eingehend an. Nichts an ihnen erschien irgendwie eigenartig. Ein Zimmer nach einem Kampf eben. Immer wieder ordnete er die Fotos neu an, betrachtete sie und fragte sich, ob es hier wirklich etwas zu sehen gab. Falls ja, versteckte es sich bisher gut. Klar war allerdings, dass es ihn wohl kaum weiterbrachte, nur hier herumzusitzen und auf die Fotos zu glotzen, bis ihm die Augen tränten. Von daher begann er, über die Geschichte nachzudenken, die ihm der Markus über die Tatnacht erzählt hatte. Aber auch daran fand er nicht wirklich etwas auszusetzen. Im Gegenteil. Sie passte perfekt zu den Fotos, die der Strobel jetzt eines nach dem anderen in die Hand nahm, ein letztes Mal eingehend untersuchte und dann in der obersten Schublade seines Schreibtisches verschwinden ließ. Genau wie die Berichte. Nichts davon wollte er mehr sehen. Am liebsten hätte er sich in Luft aufgelöst. Nur weg von diesem Fall. So weit es nur ging. Ja, das wäre dem Postenkommandanten jetzt das Allerliebste gewesen. Ging aber nicht. Die größte Entfernung, die er zwischen sich und den Fall Bremer bringen konnte, war die zu seinem Haus. Er war müde und wollte schlafen. Mit diesem Gedanken warf er die letzten Papiere ziemlich schwungvoll in Richtung Lade und es kam, was kommen musste. Richtig! Er traf nicht genau und die Hälfte des Packens landete auf dem Fußboden. Fluchend machte sich der Ordnungshüter daran, die Blätter wieder aufzuheben, und da passierte es. Einfach so. Wenn du willst, nenn' es Vorsehung. Jetzt fragst du dich wahrscheinlich, was genau passiert ist. Na ja, was soll ich dir sagen? Offene Lade vergessen, aufgestanden, Schädel gegen Lade, wieder auf die Knie, Schädel gehalten, Augen zu, gestöhnt, Faust geballt, hineingebissen, Wutanfall bekommen, Faust gegen Tischbein gerammt, Kante erwischt, noch mehr Schmerzen, noch mehr Wut, lauter Schrei, aufgesprungen, mit dem Fuß gegen die offene Lade getreten, noch mehr Papier auf dem Fußboden und ein letzter, schon eher verzweifelter Tritt gegen das Möbel. Danach war dem Mann zwar auch nicht leichter, aber er hatte eine neue Beschäftigung. Nämlich, die Beule auf seinem Hinterkopf zu betasten. Immer wieder fühlte er mit seinen Fingern nach ihr, um dann zu schauen, ob er blutete. Ist ja auch völlig normal. Das würde sicher jeder machen. Aber da war kein Blut. Jeder andere wäre jetzt einfach nur beruhigt gewesen. Beim Strobel löste diese Handlung jetzt etwas aus, mit dem er beim besten Willen nicht hätte rechnen können. Ein wahres Feuerwerk an Gedankenblitzen flutete sein durchgeschütteltes Hirn. Kein Blut! Kein Blut! Kein Blut! So hallte es in seinem Kopf, bis er es schließlich auch laut sagte. »Kein Blut!« Hätte dem Strobel jetzt jemand zugeschaut, wäre der sicher zu der Überzeugung gekommen, dass es dem Mann endgültig den Vogel rausgehauen hat, als er sich plötzlich wieder auf die Knie warf und anfing, wie ein Wilder in den Papieren zu wühlen, die unter dem Schreibtisch lagen, und dabei ständig diese beiden Worte wiederholte: »Kein Blut!« Als er nicht fand, wonach er suchte, stand er wieder viel

zu schnell auf. Diesmal kam ihm der Schmerz gar nicht so arg vor, als sich sein Schädel neuerlich auf ein Kräftemessen mit dem Eichenholzmöbel einließ und verlor. Er hatte jetzt Wichtigeres zu tun. Heftig zog er die Schublade auf, holte den Inhalt heraus und warf ihn auf den Tisch. Diesmal brauchte er nicht so lange zu suchen. Schon beim dritten Bild wurde er fündig. Es war eines der Fotos aus dem Schlafzimmer, das einen dunklen Fleck auf dem Teppich zeigte. Genau zwischen dem Bett und der Tür. Der Strobel betrachtete das Bild und flüsterte abermals: »Kein Blut.«
Jetzt glaubst du vielleicht auch, dass der arme Kerl total übergeschnappt war, weil er sich ein Foto von einem Blutfleck angeschaut und dabei ›Kein Blut‹ gesagt hat. Weil, ganz offensichtlich war da Blut. Und nicht einmal so wenig. Zumindest sah der Fleck relativ groß aus. Aber der Strobel meinte nicht den Teppich, sondern den Markus. Der Bursche hatte nirgends geblutet, als sie ihn gefunden hatten. Außer an den Händen natürlich. Die sind aber verbunden gewesen. Ansonsten waren bei ihm keine weiteren Verletzungen festgestellt worden. Eine Entdeckung, die der Strobel vielleicht nie gemacht hätte, wenn die offene Lade nicht gewesen wäre. Ich meine, es heißt ja sicher nicht umsonst, dass leichte Schläge gegen den Hinterkopf das Denkvermögen erhöhen. Zumindest in dieser Situation bestätigte sich der Spruch allemal. Du hast sicher auch schon überrissen, welche Frage sich dem Strobel da automatisch aufdrängte. Natürlich! Die, woher dieser Blutfleck auf dem Schlafzimmerteppich kam. Laut dem Bericht der Spurensicherung handelte es sich um die gleiche Blutgruppe, die auch der Markus hatte. Und zwar als Einziger in der Familie. Damit schied die Möglichkeit, dass es vom Karl stammte, aus. Der Markus hatte ausgesagt, der Täter

habe ihn heftig auf den Kopf geschlagen. Schön und gut. Aber wo war die Platzwunde, die zu einer solchen Menge Blut passte? Da würde der Kerl bei ihrem nächsten Gespräch etwas erklären müssen. So viel stand fest. Wenn du denkst, der Strobel wäre jetzt besonders aufgeregt gewesen oder so, dann irrst du. Seltsamerweise ist der Gendarm mit jeder Minute, die er das Bild betrachtete, ruhiger geworden. Freilich kam ihm sein Verdacht trotz allem ein bisschen blöd vor, weil der Bremerspross immerhin einen Daumen eingebüßt hatte. Aber das war nach seiner Erzählung erst später im Erdkeller passiert und somit keine Erklärung für das Blut im Schlafzimmer. Die Vorstellung, der Markus könnte der Täter sein und sich den Daumen selbst abgeschnitten haben, erschien dem Strobel dennoch blödsinnig. Warum hätte er das tun sollen? Wer würde überhaupt so weit gehen? Schwierig zu beantworten. Wie er es auch drehte und wendete, sein Gefühl, dass hier irgendetwas nicht stimmte, hatte ihn jedenfalls nicht getäuscht. Jetzt galt es herauszufinden, was genau das war. Immerhin bestand auch noch die Möglichkeit, dass der Karl entweder nicht der Täter war oder aber einen Komplizen hatte. Außer Acht durfte der Strobel auch diese Variante nicht lassen. Weil er aber wusste, dass er all das in dieser Nacht nicht würde klären können, entschied er sich, nach Hause zu gehen. Die Beantwortung der Frage, ob er dem Novotny etwas von seiner Entdeckung sagen oder besser noch warten sollte, bis er weitere Anhaltspunkte fand, verschob er auf den nächsten Morgen. Die letzten Minuten dieses Arbeitstages wollte er nämlich viel lieber der Frau Doktor widmen, die er wieder einmal vergessen hatte anzurufen. Aber auch das wollte er am nächsten Tag nachholen.

# 40

Es ist nicht gerade ein Geheimnis, dass ein Mann allein nicht überall gleichzeitig sein kann. Das galt natürlich auch für den Strobel. Der war mit seiner Spurensuche derartig beschäftigt, dass vieles von dem, was im Ort passierte, spurlos an ihm vorüberging. So bekam er zum Beispiel nicht mit, dass der Herr Müller eifrig beim Bürgermeister intervenierte, dem Strobel endlich Druck wegen dieser blöden Hippies zu machen. Auch, dass viele der Tratschener sich in diesem speziellen Fall auf die Seite des ansonsten so verhassten Frischluftdepperten geschlagen hatten, weil sie, jeder für sich, viel zu feige waren, um selbst etwas zu sagen oder gar zu unternehmen, ahnte er nicht. Er bemerkte auch nicht, dass sich die Hippies ihrerseits vom Gesetz im Stich gelassen fühlten, weil keiner, mit Ausnahme vom Pfaffi natürlich, etwas unternahm, um die Übeltäter zu finden, die ihnen dauernd die Reifen zerstachen und die Fenster einschlugen. Auch entging seiner Aufmerksamkeit, dass der Ellmautaler Toni mit den Bauarbeiten am Waldrand schon fertig war und sein Konstrukt Tag für Tag ausgiebig genutzt wurde. Er erkannte nicht, dass der Berti mit einer solchen Situation alleine nicht fertig wurde und der Pfaffi keine Unterstützung war, weil er anfing, auf Abwegen zu wandeln. Und er vergaß, dass er dem Matzinger versprochen hatte, ihm beim Betonieren des Garagenfundamentes zu helfen. Genau wie er immer erst daran dachte, die Frau Doktor anzurufen, wenn es dafür schon zu spät war. Man könnte sagen, die gesamte Aufmerksamkeit des Postenkommandanten gehörte der Familie Bremer. Obwohl das gar nicht seine Aufgabe gewesen wäre. Zumindest nicht zu 100 Prozent. Dass er nebenbei die Suche nach dem Leander vernachlässigte, weil er automatisch davon ausging, dass dessen Verschwinden mit dem Bremerfall im Zusammenhang stand, kannst du ihm nicht wirklich vorwerfen, weil es der Novotny und der Major Schuch auch nicht anders sahen. Auch sie waren felsenfest davon überzeugt, dass der Leander genau dort war, wo sich auch der Bremer Ferdinand befand. Die Tatsache, dass sich diese Vermutung sehr viel später als richtig herausstellen sollte, entschuldigt allerdings nicht, dass die Herrschaften sich erst gar nicht die Mühe machten, auch andere Möglichkeiten in Erwägung zu ziehen. Aber wie dem auch sei. Verschütteter Milch weint man nicht nach, wie der Volksmund so sagt. Aber ich will nicht zu weit vorgreifen. Immer schön der Reihe nach! Sonst komm ich beim Erzählen auch noch durcheinander. Außerdem sollst du es so zu hören bekommen, wie es auch der Strobel erlebt hat. An diesem Morgen dachte er jedenfalls an nichts anderes als an seine Entdeckung vom Vortag und daran, ob er sie dem Novotny mitteilen sollte. Natürlich entschied er sich dafür. Alles andere hätte absolut keinen Sinn gehabt. Was hätte es ihm nützen sollen, das für sich zu behalten? Genau genommen, durfte er nichts tun, ohne den Kripomann oder den Major zu informieren. Von daher bestand seine erste Handlung an diesem Arbeitstag darin, ein Telefonat mit dem Novotny zu führen. Und was glaubst du, wie sich der Strobel dann gewundert hat, als er feststellen musste, dass den dieses Detail überhaupt nicht interessierte. Das war ein richtiger Schock für den Strobel. Das kannst du dir sicher vorstellen. Damit nicht genug, erklärte der Typ ihm eiskalt, er solle endlich damit aufhören, ihm seine Arbeit erklären zu wollen, und sich lieber um seine Hühnerdiebe kümmern. Weil, so wetterte der Novotny weiter, der

Täter schon längst gefasst und es nur eine Frage der Zeit sei, bis der Bremer Karl ein Geständnis ablegen würde. Da war der Strobel derart fassungslos, das glaubst du gar nicht. Er versuchte noch nicht einmal, den Redefluss vom Novotny zu unterbrechen, so baff war er. Das Gefasel von wegen erdrückender Beweislage bekam er gar nicht mehr mit. Da hatte er seine Lauschlappen bereits auf Durchzug geschaltet, weil sich sein Gehirn weigerte, noch mehr von diesem unerfreulichen Input in sich aufzunehmen. Synapsenstreik, sozusagen. Noch bevor sein Gesprächspartner mit seiner Ansprache fertig war, legte der Strobel den Hörer auf und tat die nächste halbe Stunde gar nichts mehr. So lange dauerte es nämlich, bis sich das Gehörte gesetzt hatte. Getan hat er dann zwar immer noch nichts, aber wenigstens hatte er das soeben Gehörte verarbeitet. Seine Kollegen sahen es ihm quasi an der Nasenspitze an, dass etwas nicht in Ordnung war. Aus taktischen Überlegungen unterließen sie es allerdings, ihn danach zu fragen. Frei nach dem Motto: ›Wenn er will, dass wir es wissen, wird er es uns schon sagen‹ verhielten sie sich ruhig und warteten ab. Daran taten sie sicher auch gut, weil ihr Chef auch nur ein Mensch war und manchmal eine ziemlich kurze Zündschnur hatte. Will heißen, den Strobel im falschen Moment mit blöden Fragen zu nerven, konnte ganz schön ins Auge gehen. Vor allem, wenn man, so wie der Pfaffi, wegen irgendwelchen Blödheiten nicht unbedingt ganz oben in seiner Gunst stand. Der Strobel selber wusste natürlich auch, dass er kein besonders guter Gesellschafter war, wenn ihn die Wut übermannte. Von daher trat er den geordneten Rückzug an. Und zwar in den Gastgarten vom Wenger. Weil, nichts war besser geeignet, seine Laune vielleicht doch noch etwas zu heben, als dessen Würsteln in Gulaschsaft.

# 41

Ausnahmesituationen wie diese rechtfertigten natürlich auch zu dieser frühen Stunde den Genuss eines kleinen Bieres. So dachte sich zumindest der empörte Gendarm. So etwas war ihm in seiner gesamten Dienstzeit noch nicht untergekommen. Das war nicht nur ignorant vom Novotny, sondern auch arrogant. Wie konnte der Blunzenstricker behaupten, der Karl sei so gut wie überführt? Das war doch, genau genommen, bestenfalls Wunschdenken. Mehr nicht. Die Sache mit dem Blutfleck war allemal ein paar Fragen wert. Eigentlich, so zürnte der Strobel vor sich hin, sollte das sogar einem Nudelauge wie dem Novotny einleuchten. In dieser Art und Weise schwadronierte der Ordnungshüter in Gedanken dahin, derweil er Richtung Wenger unterwegs war. Als er den Gastgarten schließlich betrat und sah, dass der noch gar nicht hergerichtet war, verschlechterte sich seine Laune gleich noch um drei Stufen auf der zehnstufigen Strobelskala. Somit lag er jetzt bei acht. Das war gleichbedeutend mit Alarmstufe Rot für jedermann, der sich in seine Nähe wagte. Jetzt verstand er nämlich keinen Spaß mehr. Du kannst dir vielleicht selbst denken, dass der gute Mann gar nicht daran dachte, sich in die Gaststube zu begeben. Oh nein. Er ging zwar hinein, aber nur zu dem Zweck, sich eine Tageszeitung zu holen und gesehen zu werden. Von daher blieb er, als er merkte, dass der Wenger nicht im Raum war, so lange stehen, bis der seinen Kopf aus der Küche streckte und ihn begrüßte. Danach machte er wortlos auf der Ferse kehrt und marschierte demonstrativ wieder in den Garten. Der Wirt kannte den Postenkommandanten lange genug, um zu wissen, dass es keinen Sinn haben würde, mit ihm zu diskutieren. Daher nahm er die Platzwahl seines Gastes widerspruchslos zur Kenntnis, ließ sich aber selbst die Freiheit zu entscheiden, wann er hinausging, um ihn zu bedienen. So ein bisschen ein sturer Hund war der Wenger nämlich auch. Der Strobel nutzte die Wartezeit, um den Politikteil zu lesen und von einem Seidel auf einen Pfiff umzudisponieren. Immerhin war es noch früh am Tag und er musste an seine Großmutter denken. »Ein kleines Hirn ist schnell besoffen«, hatte die weise Frau nämlich immer gesagt und der Strobel hatte im Laufe seines Lebens gelernt, dass sie damit nicht ganz unrecht hatte. Wie dem auch sei. Zwischen Politik und Lokalteil beruhigte sich der Ordnungshüter einigermaßen und der Wenger legte, ohne seinen Gast lange zu fragen, schon einmal die Frankfurter ins Wasser und wärmte das Gulasch. So ist es halt gekommen, dass der Wirt dem Gendarmen das Essen auf den Tisch stellte, noch bevor der beim Sportteil ankam. Entgegen aller vorangegangenen Überlegungen bestellte der Strobel seinen obligaten Kaffee und der Wenger verschwand, ohne ein Wort gesagt zu haben, wieder im Lokal. Das störte den Gesetzeshüter nicht weiter. Der war nämlich froh, dass es wenigstens etwas im Leben gab, das immer gleich blieb. Und zwar die Qualität der Würsteln und die des Saftes, in dem sie lagen. Der Verzicht auf den Gerstensaft machte ihm nichts aus. Bier zum Frühstück hatte er sowieso noch nie leiden können. Und so saß er halt unter den alten Kastanien. Mit seiner Zeitung, den Würsteln und der Tasse Kaffee. Aber wenn du glaubst, dass der Kerl so einfach tun konnte, als wäre nichts gewesen, täuschst du dich gewaltig. Er hat sich überhaupt nicht richtig auf die Nachrichten aus aller Welt konzentrieren können, weil ihm die Blutsache nicht aus dem Kopf gehen wollte. Seine Unruhe war deutlich sichtbar. Zuerst linkes Bein über das rechte, dann Knoten lösen, rechtes Bein über das linke und wieder zurück. In einer Tour. Wäre noch jemand bei ihm am Tisch gesessen, hätte der Strobel denjenigen sicher total nervös gemacht mit seiner Zappelei. Gerade als er dabei war, sich in einen Artikel über eine total moderne Supermarktkassa zu vertiefen, die eine amerikanische Firma gebaut hatte, stand auf einmal der Wenger vor ihm.

»Telefon für dich«, sagte er nur und deutete mit der Hand in Richtung Gaststube. Als er den irritierten Blick des Gendarmen sah, fügte er »Berti« hinzu. Überaus wortgewandt, der Herr Wirt. Der Strobel seinerseits war auch nicht besser. Der sagte gleich einmal gar nichts, als er aufstand und hineinging. Was er zu hören bekam, war auch nicht sonderlich erbaulich. Besuch aus Hollabrunn war da. Der Herr Major. Das konnte nichts Gutes zu bedeuten haben, so viel stand fest. Da er mit einer nicht sonderlich entspannten Gesprächsatmosphäre rechnete, sagte er dem Berti, dass der, sobald der Strobel die Dienststelle betreten würde, sich den Pfaffi schnappen und mit ihm Streife fahren sollte. Dem Major ließ er ausrichten, dass er in cirka zehn Minuten käme. Diese Zeit brauchte er, um sich auf diese Begegnung einzustimmen. Seiner Meinung nach musste es zwischen diesem Besuch und seinem Telefonat mit dem Novotny einen Zusammenhang geben. Außerdem war die Sache mit dem Artikel im Bezirksanzeiger auch noch nicht ausgestanden. Dieser Vorfall musste irgendwelche Konsequenzen nach sich ziehen. Da war er sich sicher. Aber er hatte nicht vor, sich einfach niedermachen zu lassen. Im Gegenteil. Seine Devise lautete: Angriff. Er würde seinem Chef die Jocha-Geschichte so erklären, wie sie sich zugetragen hatte. Ganz einfach. Das Beweismaterial im Bremer-Fall würde er ihm so lange unter die Nase halten, bis er ihm zuhörte. Zu verlieren gab es ja nichts. Also stimmte sich der Strobel auf Konfrontation ein, trank seine Tasse leer und marschierte grimmig in Richtung Gendarmerieposten.

# 42

Er öffnete die Tür ziemlich vehement, um gleich gar keine Zweifel an seiner Entschlossenheit aufkommen zu lassen, meldete sich kurz und knapp bei seinem Vorgesetzten, wobei er zackig salutierte, und wartete dann, bis der Berti und der Pfaffi die Dienststelle verlassen hatten. Es fiel ihm natürlich sofort auf, dass auch der Major zu warten schien, bis sie alleine waren. Ein Verhalten, das nicht so recht zu ihm passte. Der Rücksichtsvollste war er normalerweise nämlich nicht, wenn es darum ging, verbale Ohrfeigen zu verteilen. Von daher stieg die Spannung beim Strobel gleich noch um ein paar Punkte. Es war etwas im Busch, so viel war sicher. Aber was? Die Antwort auf diese Frage erhielt er in Raten, nachdem seine Kollegen weg waren. Zuerst sprach ihn der Offizier auf seine Zusammenarbeit mit dem Kollegen Novotny an und wollte wissen, wie diese so lief. Ganz so, als hätte er nichts von dem Konflikt gehört, den der Strobel mit dem Kripomann gehabt hatte. Da riet seine innere Stimme zu akuter Vorsicht. Er durfte jetzt keinesfalls etwas Falsches sagen, bevor er nicht genau wusste, worauf dieses Gespräch hinauslaufen würde. Weil, aus Erfahrung wusste er, dass man ganz schnell der Blöde sein konnte, wenn man einfach sagte, was man dachte. Das war selten eine gute Idee. Zum Denken waren klügere Köpfe als der vom Strobel und seinesgleichen bestimmt. Gar keine Frage. Auf der Ebene, auf der er sich bewegte, konnte man sogar oft den Eindruck gewinnen, dass Denken überhaupt nicht erwünscht war. Von daher konnte freilich auch das bloße Formulieren von Gedanken zum Bumerang werden. Überhaupt, wenn es dabei um Kritik oder Verbesserungsvorschläge ging. Hinterfragen war auch noch so eine Sache, die fatal enden konnte. Ergo große Vorsicht beim Strobel und eine halbseidene Antwort von ihm. So was in der Art von »Ja, geht eh«.

Absolut unverbindlich halt. Zu unverbindlich, wie es aussah, weil der Major gleich nachhakte:

»Was bedeutet das genau?«

»Bis gestern hat alles bestens geklappt.«

»Mhm. Irgendwelche Probleme?«

»Warum? Hat sich der Novotny vielleicht beschwert?«

»Hätte er einen Grund?«

»Nein, ich glaube nicht.«

»Und Sie?«

»Was?«

»Hätten Sie einen Grund?«

»Wofür?«

»Sich zu beschweren. Herrgott, Strobel, jetzt stellen Sie sich halt nicht so an! Sie wissen doch ganz genau, warum ich hier bin!«

Das klang überhaupt nicht aggressiv, sondern eher ein bisschen verzweifelt, wie der Major da mit dem Strobel redete. Trotzdem ließ der seine Deckung nicht so ohne Weiteres fallen und antwortete:

»Ehrlich gesagt, nicht.«

»Hören Sie zu, Strobel, ich hatte heute mehrere sehr interessante Telefongespräche zu führen. Unter anderem mit einem Freund von mir, der in Wien bei der Tatortgruppe ist. Der hat mir ein paar Dinge gesagt, die mir, ehrlich gesagt, Kopfzerbrechen bereiten. Genau wie die Gespräche mit dem Novotny und seinem Chef. Ich mache mir wirklich ernsthafte Sorgen wegen der Ermittlungen. Mir scheint, der Novotny ist ein bisschen voreingenommen. Wie sehen Sie das, Strobel? Übrigens behauptet er genau das von Ihnen.«

Eine für die Verhältnisse vom Major sehr lange Rede, wie der Strobel fand. Vor allem eine sehr deutliche. Sollte er wirklich glauben, dass sich sein Chef Sorgen um die Ermittlungen machte und gekommen war, weil er ihn um seine Meinung fragen wollte? Restlos überzeugt war der Strobel von dieser Annahme nicht. Dennoch entschied er sich jetzt, aufs Ganze zu gehen, und holte die Fotos und die Berichte aus der Schreibtischlade. »Ich würde Ihnen gerne etwas zeigen …«, begann er, legte die Fotos genau so auf wie am Vortag und begann mit seinen Ausführungen. Der Major stand nur da und hörte ihm aufmerksam zu. Ohne ihn auch nur ein einziges Mal zu unterbrechen. Er begutachtete die Fotos, gab ab und zu ein »Aha« oder ein »Hm« von sich, sagte aber kein Wort, ehe der Strobel fertig war. Er setzte sich auf einen der Stühle und dachte nach. Zumindest wirkte es auf den Strobel so. »Noch mal«, sagte er schließlich und erhob sich. Man hätte fast meinen können, die beiden hätten sich gut vertragen, so wie sie über die Fotos gebeugt standen, während der Strobel mit Händen und Füßen erklärte und der Major ihm zuhörte. Wieder entstand eine kurze Pause, als der Strobel fertig war. »Klingt irre und trotzdem plausibel«, meinte sein Chef und fügte hinzu, der Strobel solle dem unbedingt weiter nachgehen. Um den Novotny, so versprach er dem verdutzten Strobel, würden er und der Kollege Travnicek sich kümmern. »Übrigens soll ich Sie vom Travnicek grüßen lassen. Der Mann hält große Stücke auf Sie!«, fügte der Offizier hinzu. Danach erläuterte er dem Strobel, wie es zu seinem Besuch gekommen war. Über sieben Ecken nämlich. Der Novotny hatte sich beim Kollegen Gürtler über den Strobel ausgelassen und dem Mann erklärt, was der Provinzkiberer für ein Volltrottel sei, weil er nicht einmal einen geklärten Fall erkennen könne, wenn er mittendrin war. Nebenbei erzählte er aber auch von dem Telefonat und der Sache mit den Blutflecken. Dabei tat er seine Meinung kund, dass es sich dabei keinesfalls um einen aussagekräftigen Beweis, sondern bestenfalls um das Hirngespinst eines Möchtegernkriminalisten handelte. Und weil viele Männer auf einem Haufen auch nicht viel besser sind als ein Sack voll Tratschweiber, erzählte besagter Kollege Gürtler die Geschichte natürlich einem anderen Kollegen, der sie wiederum dem Kollegen Wurm von der Tatortgruppe steckte. Dieser Wurm war ebenfalls mit der Aufarbeitung der Spuren beschäftigt gewesen und interessierte sich für diese Theorie. Er überprüfte die Fotos und kam zu einem ähnlichen Ergebnis wie der Strobel. Was natürlich im Umkehrschluss bedeutete, dass er den Novotny anrief, um ihm zu sagen, dass er sich wahrscheinlich irrte und der Fall doch noch nicht gelöst war. Der vom Strobel schon in seiner Ehre gekränkte Kripomann zuckte daraufhin völlig aus, schimpfte den armen Wurm einen krummen Hund und sagte ihm in unmissverständlichen Worten, wo er sich seine Theorie hinstecken sollte. Ein Vortrag, der dem Spurensicherer gar nicht gefiel und über den er sich so sehr aufregte, dass sein Büronachbar auf die Sache aufmerksam wurde und nachfragte. Neugierig hörte der Hammerschmidt zu, als ihm der Wurm sein Leid klagte, und erzählte es seinerseits dem Travnicek, mit dem er eng befreundet war und der immerhin der Chef der Mordgruppe war. Fast parallel dazu telefonierte der Wurm mit dem Major Schuch und berichtete ihm die Geschichte. Die beiden kannten sich nämlich von einem Tanzkurs, den sie mit ihren Frauen besucht hatten, und waren seitdem befreundet. Damit nicht genug, kannten sich auch der Major und der Travnicek sehr gut. Sie waren zwar nicht unbedingt Freunde, respektierten sich aber. Und als dann der Travnicek am Bezirkskommando anrief, um zu fragen, wie es um die Kooperation in Sachen Fallaufklärung stand, hielt er auf die Frage des Majors, warum er das wissen wolle, mit der Wahrheit nicht hinter dem Berg und erzählte die gleiche Geschichte wie zuvor der Hammerschmidt. Aber das konnte er ja schließlich nicht wissen. Allerdings ergriff er tapfer für den Strobel Partei und lobte ihn überschwänglich dafür, dass ihm aufgefallen war, was etliche andere Ermittler, allen voran der Novotny, übersehen hatten. Im weiteren Gespräch warnte der Travnicek den Bezirkskommandanten eindringlich davor, diese Sache auf sich beruhen zu lassen, weil der Novotny, sollte der Fehler jemals ans Licht kommen, die Schuld sofort auf Strobel und seine Männer schieben würde. Und schlechte Presse, so der Travnicek, hatte sich der Strobel auf keinen Fall verdient. Deshalb, so versicherte er, würde er den Novotny für ein bis zwei Tage beschäftigen, damit der Strobel die Sache klären konnte. So, jetzt weißt du, wieso der Major so streichelzahm gewesen ist, als er an diesem Tag in Tratschen auftauchte. Immerhin hatten ihm einer seiner besten Freunde und der Travnicek im Vorfeld gesteckt, dass ›sein‹ Postenkommandant als Einziger die neue Spur auf den Fotos entdeckt hatte. Das war natürlich auch für ihn gut. Gar keine Frage. Sollte sich diese Sache als richtig erweisen und der Presserummel losgehen, konnte er sich wieder einmal hinstellen und als Ermittlungsleiter glänzen. Aber eben nur, wenn der Strobel die Angelegenheit zu einem positiven Ende brachte. Ein für den Postenkommandanten positiver Nebeneffekt war, dass der Herr Major seinen Zorn wegen dem Artikel über den Tod von der Jocha Mutter erst einmal auf Eis legte. Nicht aber der Strobel. Als der merkte, dass sein Chef ihm gerade wohlgesonnen war, sprach er den Major von sich aus auf diesen Artikel an und erzählte ihm, wie es dazu gekommen war. Vor die Wahl gestellt, seinen Untergebenen zu verärgern und ihm damit die notwendige Motivation zu rauben, oder die Sache einfach auf sich beruhen zu lassen, entschied sich der Offizier für Letzteres. Er erklärte in leutseligem Tonfall, dass er sich schon vorstellen könne, wie es dazu gekommen war, und sich der Strobel deswegen keine Gedanken machen solle. Blöd sei nur, meinte er, dass der Leander, der den Artikel verfasst hatte, keine Gegendarstellung schreiben konnte, weil er verschwunden war. Und weil dieses Thema jetzt schon einmal angeschnitten war, fragte er ganz nebenbei, ob es vielleicht schon eine Spur von dem Journalisten gab. Dass es keine gab, trug er offensichtlich mit Fassung. Nachdem all diese Dinge jetzt besprochen waren, konnte jeder wieder seinen ureigensten Aufgaben nachkommen. Der Herr Major konnte nach Hollabrunn zurückfahren, um von dort aus die Gendarmeriegeschicke des ganzen Bezirkes zu lenken, und der Strobel konnte sich wieder seiner Arbeit widmen, die jetzt aufgrund ausdrücklicher

Anordnung seines Vorgesetzten und nach der Zusage jedweder Unterstützung in der Klärung des Bremer-Falles bestand. Eine Entwicklung, mit der er nicht gerechnet hätte und die ihm, offen gestanden, auch gar nicht recht war. Jetzt kannst du dich natürlich fragen, ob man es dem Kerl überhaupt einmal recht machen konnte. Und diese Frage ist durchaus berechtigt. Aber sieh es einmal aus der Perspektive des Bezirksinspektors. Der hatte anfangs seinen Spaß am Herumschnüffeln, weil er nicht musste und die Verantwortung ein anderer trug. Jetzt war es sein Spiel und man erwartete von ihm einen vollen Erfolg. Plötzlich musste er ermitteln und gleichzeitig aber auch die Verantwortung für den Fall übernehmen. Was also, wenn er falschlag? Würde ihn sein Chef dann immer noch so verständnisvoll behandeln? Dass die Antwort auf diese Frage ein klares Nein war, wusste der Strobel auch so. Aber, wie der Volksmund schon sagt, muss, wer A sagt, auch B sagen. Und das tat der Strobel jetzt auch. Kaum war der Major wieder weg, entnahm er der Lade sämtliche Berichte, die er erhalten hatte, ordnete sie und begann neuerlich, sie genauestens zu lesen. Weil, jetzt galt es zum ersten Mal in seiner Laufbahn, selbst einen Fall zu lösen. Alles, was in Tratschen bisher geschehen war, hatte sich mehr oder weniger von selbst aufgeklärt. Oder anders ausgedrückt, hatten sich die Dinge stets schneller entwickelt, als der Strobel arbeiten konnte. Obwohl er also immer auf der richtigen Spur war, hielt sich sein Verdienst an der Klärung dieser Fälle, entgegen aller Presseberichte, schwer im Rahmen. Er selbst wusste das natürlich ganz genau. Von daher war es freilich eine echte Herausforderung für ihn, endlich einen Fall aufgrund eigener Ermittlungsergebnisse zu lösen. Zumindest hoffte er das.

# 43

Was der Strobel nicht wusste, war, dass genau zu der Zeit, in der er sich mit dem Major auseinandersetzte, der Berti mit dem Pfaffi aneinandergeriet. Und zwar deswegen, weil, du wirst es nicht glauben, der Pfaffi schon wieder ohne seine Dienstwaffe unterwegs war. Mit dem kleinen Unterschied allerdings, dass er sie diesmal nicht verlegt, sondern absichtlich nicht mitgenommen hatte. Das alleine wäre für den gutmütigen Berti noch lange kein Grund gewesen, einen Streit vom Zaun zu brechen. Auch wenn es ihm und seiner Sicherheit gegenüber nicht besonders fair war, hätte er über eine nicht mitgenommene Dienstwaffe hinwegsehen können. Wären da die Argumente vom Pfaffi nicht gewesen. Du musst dir vorstellen, dass der naive Depp sich auch in der Zukunft weigern wollte, die Waffe zu tragen, weil er gelernt zu haben glaubte, dass man alles im Leben mit Liebe und Verständnis regeln konnte. Zumindest war das seiner Meinung nach die Botschaft, die von der Rose und ihren Freunden kolportiert wurde. Ganz genau wusste er das allerdings nicht. Weil, erstens hatte er Teile ihres Vortrages nach dem Joint nicht mehr mitbekommen und zweitens andere Teile davon bereits wieder vergessen. Von daher war sein Wissen über die wahre Botschaft seiner Hippiefreunde sehr eingeschränkt. Der Ehrlichkeit halber muss ich aber sagen, dass es auch gar nicht die Botschaft gewesen ist, die den Burschen so faszinierte. Überhaupt nicht. Es war, du ahnst es wahrscheinlich schon, die zumeist leicht bekleidet oder gar nackt in der Gegend herumlaufende Schöne mit dem klangvollen Namen Rose, die sein Gehirn dazu brachte, unrhythmisch zu laufen. Nur ihretwegen versuchte er, nach dem Vorbild dieser Menschen zu leben. Das hatte gar nichts mit ehrlicher Überzeugung zu tun. Natürlich hätte das der Pfaffi in seiner Verblendung nie und nimmer zugegeben. Ich meine, es wurde ihm ja erst klar, als die Rose längst wieder weg war. Noch war sie allerdings da und der Pfaffi dafür nicht mehr so ganz. Er faselte während der Diskussion mit dem Berti andauernd etwas von Frieden und Liebe, das der aber nicht gelten lassen wollte. Er unterstellte dem Jungspund doch glatt, dass aus ihm lediglich die Hormone sprachen und er beim Anblick der Rose, oder besser gesagt, ihrer kleinen, festen Apfelbrüste, einen Gehirnsturz erlitten hatte. Vom Kopf in den Schritt nämlich. Eine ganze Weile stritten sie hin und her, bis es dem Berti reichte und er dem Pfaffi erklärte, dass er die Sache mit dem Frieden und der Liebe ja dann dem Gauner erzählen könne, der ihm vielleicht einmal aus purer Bosheit nach dem Leben trachtete, nur weil er diese Uniform trug. Vielleicht, so meinte der Berti, bekam der Pfaffi von dem bösen Mann sogar genug Redezeit, um ihm alles ausführlich zu erklären und ihn zum Aufgeben zu bewegen. Aber, und das war der springende Punkt, wegen dem es zwischen ihnen zu keiner Einigung kam, solange der Pfaffi mit ihm gemeinsam in ein Auto steige, um Streife zu fahren oder einen Einsatz zu erledigen, habe er unter allen Umständen seine Waffe mitzunehmen, um seinem Kollegen im Ernstfall beistehen zu können.

»Du selbst kannst dich gerne erschießen lassen«, sagte er. »Aber ich und der Strobel wollen sicher nicht sterben, weil du an die Liebe und das Gute im Menschen glauben möchtest!«

Ein Denkansatz, den der Pfaffi bis dahin nicht gehabt haben dürfte. Zumindest schaute er so drein, als wäre seine nagelneue Überzeugung gerade in ihren Grundfesten erschüttert worden. Wahrscheinlich war das auch so. Der Bursche hatte die Sache sicher nur von seiner Warte aus gesehen. Und er wollte halt grundsätzlich auf niemanden schießen. Seine Kollegen wollte er mit dieser Haltung allerdings auf keinen Fall gefährden und natürlich lag ihm viel daran, Recht und Ordnung durchzusetzen. Das Ganze war ein ideologisches Problem, das zu lösen den jungen Inspektor noch eine Menge Zeit und Energie kosten sollte. Jetzt war er aber erst einmal damit beschäftigt, in die Rose verliebt zu sein und dabei dem Irrtum zu unterliegen, sie wäre auch in ihn verliebt. Das war sie nämlich nicht. Genau genommen, war der Pfaffi eines der wenigen männlichen Wesen, mit denen das Mädel noch nichts gehabt hatte. Das lag schlicht und ergreifend daran, dass er ihr zu jung war. Anderenfalls hätte sie ihm sicher auch das Prinzip der freien körperlichen Liebe erklärt. Der Berti für seinen Teil wusste nicht so genau, wie er dem Jungen verklickern sollte, dass die Rose wohl kaum die Frau seines Lebens werden würde. So etwas hört ein verliebter Kater nicht unbedingt gerne. Das war freilich auch dem Berti klar, er hoffte aber trotzdem, dem Pfaffi irgendwie den Kopf geraderücken zu können, bevor der schmerzlich feststellen musste, dass seine Rose ganz schön viele Dornen hatte. Ein jeder, der schon einmal so richtig verliebt war, weiß, wie sinnlos solche Bemühungen sind. Das waren sie auch in diesem Fall. Egal, was der Berti sagte, der Pfaffi wusste es besser und hatte immer etwas zur Verteidigung seiner Rose zu sagen. Als gelte es, die Jungfrau von Orleans vor dem Scheiterhaufen zu retten, schilderte der Pfaffi die charakterlichen Vorzüge seiner Herzdame in schillernden Farben. Seine Augen funkelten dabei, dass es eine helle Freude war. Ich meine, Wunder war es irgendwie keines, weil die Rose eine

Hübsche gewesen ist. Gar keine Frage. Und was ihre Figur anging, brauchte auch keiner zu raten. Immerhin zeigte sie die ja sehr gerne her. Alles in allem also durchaus verständlich, dass es dem Junggendarmen ein bisschen den Verstand vernebelt hatte. Aber wie dem auch sei. Mit dem Fall Bremer hatte das alles nichts zu tun. Von daher ist es eigentlich auch gar nicht so wichtig. Genauso wenig wie die Entdeckung, die sie während ihrer Streife am Waldrand machten. Sie stießen dort nämlich auf das Ergebnis der ellmautalerischen Bauarbeiten.

## 44

Der neue Hochstand war fertig. Und er machte seinem Namen alle Ehre. Das Ding war mindestens doppelt so hoch wie ein normaler Hochstand und schien nicht sonderlich stabil gebaut zu sein. Dementsprechend wackelig war die Geschichte auch. Trotzdem ließen sich etliche Männer offenbar nicht davon abhalten, ihrer waidmännischen Leidenschaft nachzukommen. Noch nicht einmal am helllichten Tag. Mindestens zehn von ihnen standen bereit, um den Turm zu erklimmen. Wäre dem nicht so gewesen, hätte der Berti den Bau vielleicht gar nicht gesehen, aber durch die vielen Leute wurde er aufmerksam. Freilich wunderte es ihn, dass um diese Zeit so viele Leute im Wald herumliefen, und er sagte dem Pfaffi, er solle hinfahren, damit sie nachschauen konnten, was da los war. Und siehst du, da stellte es sich wieder einmal heraus, dass es für einen Gesetzeshüter ein absolutes Muss ist, ein gutes Timing zu haben, wenn er möchte, dass die Menschen froh sind, ihn zu sehen. Das Timing vom Berti war alles andere als perfekt. Er tauchte nämlich genau zur Einweihung des Bauwerkes auf und musste Erstaunliches feststellen. Der Ellmautaler, seines Zeichens Erbauer des Unikums, stand am Fuß der Leiter und war gerade dabei, dem Schuster Helmut 50 Schilling dafür abzuknöpfen, ihn auf den Hochstand zu lassen. Der Berti konnte gerade noch hören, wie der Toni die Aussicht lobte und damit den hohen Preis rechtfertigte. Den Ordnungshüter hätten 50 Groschen schon gewundert, weil es nun einmal nicht üblich war, bei einem Hochstand Eintritt zu verlangen. Also fragte er den Toni ganz einfach, warum es Geld kostete, auf seinen Turm zu steigen. Und weil ihm der keine richtige Antwort geben wollte, beschloss er, selbst hinaufzusteigen, um sich eine Meinung bilden zu können. Eine Idee, die vonseiten des Tonis auf wenig Gegenliebe stieß. Verhindern konnte der die Umsetzung allerdings nicht. So ist es halt gekommen, dass der Berti auf seine alten Tage den wohl höchsten Hochstand von Österreich erklomm und der Toni mitsamt seinen Freunden unten auf dem Boden derweil zusah, dass er so schnell wie möglich wegkam. Oben angekommen, freute sich der Berti über den Luxus eines Feldstechers, der auf der Bank bereitlag. Er nahm das Ding an sich und blickte hindurch. Und was soll ich dir sagen? Er hatte gleich einmal drei nackte weibliche Hippiehintern im Blickfeld. Da wurde ihm schlagartig klar, wofür die Männer so bereitwillig 50 Schilling bezahlt hatten. So etwas hatte vielleicht die Welt, nicht aber Tratschen vorher schon einmal gesehen. Eine absolute Sauerei, wie der Berti fand, während er herauszufinden versuchte, welche der drei Grazien den größten Busen hatte. Dieser Drecksack von Toni hatte diese Konstruktion anscheinend nur dafür in die Landschaft gestellt, um besser in den Garten der Hippies schauen zu können. Auf so eine Idee musst du auch erst einmal kommen. Genau wie auf den Gedanken, daraus auch noch Kapital zu schlagen, indem du von anderen Geilspechten Eintritt verlangst. Ich meine, grundsätzlich war die Idee ja nicht schlecht. Das gab auch der dunkle Teil in Bertis Seele zu, aber der anständige Teil berief sich auf die Hütung der Moral und die Tatsache, dass derartiges Treiben sicherlich verboten war. Er konnte im Moment zwar nicht sagen, in welchem Gesetz geregelt war, dass man nicht in die Gärten fremder Leute glotzen darf, aber er spürte instinktiv, dass es verboten sein musste. Er nahm sich deshalb vor, sich bei nächster Gelegenheit schlauzumachen. Bevor er den Hochstand verließ, warf er noch ein oder zwei schnelle Blicke in den Garten, um sicher sein zu können, dass dort auch alles in Ordnung war. Man konnte schließlich nie wissen. Das Bild, das sich ihm bot, wirkte harmonisch und eine Siegerin im Busenwettstreit gab es auch. Also konnte er beruhigt wieder hinunterklettern. Es verwunderte ihn nicht, dass außer dem Pfaffi kein Mensch mehr da war. Und es drängte sich ihm der Verdacht auf, der Toni könnte den alten Hochstand umgeschnitten haben, um Platz für diesen hier zu schaffen. Dazu würde er ihn auf jeden Fall noch befragen müssen. Den Pfaffi schickte er zum Auto, um die Rolle mit dem Absperrband aus dem Kofferraum zu holen. Denn, um zukünftige Attentate auf die Privatsphäre der Nackedeis zu verhindern und weil die Hochstandkonstruktion sehr wackelig war, beschloss er, das Ding zu sperren. Insgeheim glaubte er allerdings selbst nicht daran, dass sich die Spechtler von einem Stück rot-weiß-rotem Plastikband von ihrem Tun abhalten lassen würden. Aber irgendwas musste er schließlich machen. Immerhin vertrat er hier das Gesetz und durfte als Amtsperson derartige Ungeheuerlichkeiten nicht einfach ignorieren. Nachdem diese Aufgabe zu seiner vollsten Zufriedenheit erledigt war, gab er dem Pfaffi ein Zeichen und sie gingen zum Auto zurück. Der Pfaffi setzte sich hinter das Lenkrad und ein besorgter Berti nahm auf dem Beifahrersitz Platz. Für seinen Geschmack war es im Moment sehr unruhig in Tratschen. Selten hatte er in all den Jahren derart aufgeregte Gemüter gesehen wie in den letzten Tagen. Aus seiner Sicht war der Aufruhr nicht nachvollziehbar. Die Frage danach, worum es den sich angeblich so bedroht fühlenden Bürgern eigentlich ging, konnte er sich nicht beantworten. Zumindest was die Männer betraf. Dass die Frauen im Ort mit den Mädels keine Freude hatten, weil die ihren Männern gehörig die Köpfe verdrehten, verstand er allerdings schon. Ein kleines bisschen konservativ war der Berti nämlich auch. Von daher vertrat er ebenfalls eher den Standpunkt, dass es nicht unbedingt notwendig war, sich dauernd so freizügig zu präsentieren. Andererseits war auch aus seiner Sicht unbestritten, dass die Damen durchwegs ein netter Anblick waren. Zumindest die, die er vorhin gesehen hatte. Ein Kriterium, nach dem er diese Situation allerdings nicht bewerten durfte. Hier ging es doch wohl eher um den Moralbegriff des Einzelnen. Und diesbezüglich gab es offensichtlich keine gemeinsame Grenze. Die zog ein jeder für sich. Um einen langfristigen Frieden herbeizuführen, würde man sich schon eine gute Lösung überlegen müssen. Gar keine Frage. Da war der Berti schon ganz froh, dass nicht er es war, der die Verantwortung auf seinen Schultern tragen musste.

# 45

Der Strobel brütete indes wieder über den Berichten der Spurensicherung und den Fotos. Der Unterschied zum Vortag war, dass er sich jetzt ruhigen Gewissens gestattete, von der Schuld des Markus auszugehen und entsprechende Anhaltspunkte zu suchen. Und siehst du, dabei stellte sich einmal mehr heraus, dass es immer nur eine Sache der Perspektive ist, wie etwas aussieht. Weil, je kritischer der Strobel hingeschaut hat, desto mehr Dinge sind ihm aufgefallen. So fand er auch in der Garage vom Karl Unstimmigkeiten bei der Zuordnung des Blutes. Es war nämlich nicht nur welches von der Anneliese, das man dort gefunden hatte, sondern auch eine ziemliche Menge fremden Blutes. Es war identisch mit den Funden im Haus des Markus. Auch auf der Gartenschere, die sie in dem Kellerraum sichergestellt hatten, waren zwei verschiedene Blutgruppen gewesen. Zum einen bedeutete das mit ziemlicher Sicherheit, dass sowohl die Daumen der Anneliese als auch der vom Markus mit dieser Schere abgetrennt worden waren. Zum anderen ließ die Menge des gefundenen Blutes nur den Schluss zu, dass der Markus in dem Raum war, als es passierte. Warum er in seinem Schlafzimmer Blutspuren gelegt hatte, war eine Frage, auf die der Strobel keine Antwort wusste. Wahrscheinlich hatte er sich im Eifer des Gefechtes ganz einfach zu einem Fehler hinreißen lassen. Die Aussage vom Markus sprach jedenfalls für diese Theorie. Weil, der hatte ja behauptet, von seinem Entführer eine über den Schädel bekommen zu haben, bevor der ihn in den Kofferraum gesperrt und dann bei dem Gewölbekeller wieder herausgelassen habe. Auf den ersten Blick freilich logisch, dass ein

Schlag auf den Kopf eine blutende Wunde hinterließ. So ein Fehler konnte also durchaus passiert sein. Auf der anderen Seite konnte auch die Geschichte nicht wirklich stimmen, dass ihm der Karl den Daumen im Gewölbekeller abgezwickt hatte, weil dort kaum Blut gefunden worden war. Genau wie im Haus der Anneliese. Dort hatte man auch überhaupt kein Blut entdeckt. Laut Obduktionsbericht war der Frau das Genick gebrochen worden. Und zwar, bevor man ihr die Daumen abgeschnitten hatte. Insgesamt sah alles danach aus, als hätte der Markus gelogen. Allerdings verstand der Strobel nicht, wieso der Mann das auf so blöde Weise tat. Ich meine, man konnte dem Burschen bei Gott nicht nachsagen, dass er dämlich war. Wieso also sollte er so dilettantische Fehler machen? Fragen über Fragen. Zudem hatte der Strobel alle Mühe, sich das Geschehen am Abend der Tat vorzustellen. Der Markus musste diese Sache ziemlich gut geplant haben. Schließlich hatte er mit der Entführung der Anneliese gewartet, bis der Karl nicht daheim war, und dann Beweise manipuliert, um ihn zu belasten. So etwas fällt einem ja nicht spontan ein. Dachte zumindest der Ordnungshüter. Und dann war da freilich noch die Motivfrage. Vielleicht hatte er Angst, dass sein Teil des Erbes nicht so groß ausfallen könnte, wie er sich das wünschte. Gar nicht teilen war schließlich besser als durch drei. Gar keine Frage. Nur, wie sollte der Strobel das alles beweisen? Immerhin war das reine Spekulation. Ein stärkeres Motiv für einen solchen Wahnsinn fand der Postenkommandant beim besten Willen nicht. Natürlich gab es etliche Unklarheiten in der Version des Markus. Aber nach ein paar weiteren Gesprächen würde der einige davon unter Berufung auf seine Ausnahmesituation ausräumen und seine Geschichte an die Beweise anpassen können.

Freilich würde ihm nicht jeder glauben, aber das Gegenteil zu beweisen, war auch nicht drin. Von daher brauchte der Strobel einen schlagenden Beweis, den er an einem der vier Tatorte zu finden hoffte. Zumindest wollte er das versuchen. Er beschloss also, sie der Reihe nach abzufahren, um sich noch einmal umzuschauen. Im Original war das sicher gleich noch einmal was ganz anderes als auf den Bildern. Nun galt es, eine Reihenfolge festzulegen. Der Markus würde ziemlich sicher zuerst sein Schlafzimmer verwüstet haben. Ansonsten hätte es ganz leicht passieren können, dass er dafür nicht mehr genügend Zeit gehabt hätte. Danach war er höchstwahrscheinlich losgezogen, um sich die Anneliese zu holen. Sie hatte ihn bestimmt ohne große Bedenken ins Haus gelassen. Warum hätte sie auch welche haben sollen? Der Markus schnappte sie sich, brach ihr das Genick, schleppte sie zu seinem Wagen, fuhr zum Haus des Karl, versteckte sie in dem Raum in der Garage und schnitt ihr die Daumen ab. So weit, so gut. Aber wie, um alles in der Welt, war es dann weitergegangen? Wo hatte er sich und natürlich auch die Leiche versteckt, als die Gendarmen die Häuser durchsucht hatten? Schließlich hatte er sich wohl kaum darauf verlassen können, dass die Beamten den Raum hinter der Garage nicht finden würden. Wo war er also? Vielleicht doch im Gewölbekeller? Der Strobel erkannte ziemlich schnell, dass diese Herumraterei nicht viel Sinn hatte. Trotzdem wollte er natürlich seinen Plan umsetzen, die Orte noch einmal zu besichtigen und endlich noch einmal mit der Haslauer Marion zu reden.

# 46

Die lange Geschichte kurz erzählt, ist, dass der Strobel wirklich gefahren ist, nachdem der Berti und der Pfaffi wieder da waren und, genau genommen, gar nichts Nennenswertes berichten konnten. Anders ausgedrückt, war er nachher genauso schlau wie vorher. Das heißt, nicht ganz. Weil, als er im Haus vom Markus war, hat er sehen können, dass der Matzinger Alfred schon mit der Schalung vom Garagenfundament fertig war. Er musste also nur noch betonieren. Diese Tatsache erinnerte den Strobel an sein gegebenes Versprechen und er ging hinüber, um dem Mann zu sagen, dass er ihm am nächsten Tag auch nicht würde helfen können. Zu seiner Erleichterung nahm ihm der Alfred das aber nicht sonderlich übel, sondern versicherte, auch alleine gut klarzukommen. Außerdem, so erzählte er, habe ja auch der Berti seine Dienste angeboten. Kurz überlegte der Strobel, ob er dem Mann sagen sollte, dass auch der Berti keine Zeit haben würde, unterließ es dann aber. Immerhin stand seinem Kollegen auch einmal ein freier Tag zu und der Matzinger war vom vielen Arbeiten schon derart blass um die Nase, dass sich der Postenkommandant ein kleines bisschen um ihn sorgte. Also versprach er, den Berti am nächsten Tag vorbeizuschicken. Eine noble Geste vom Strobel, so großzügig mit der Arbeitskraft vom Berti umzugehen. Aber wie dem auch sei. Jedenfalls machte sich der Gendarm dann, in der Hoffnung, von der Marion etwas Brauchbares erfragen zu können, auf den Weg ins Mariendörfl. Und siehst du, das war nicht die schlechteste Idee, die der Strobel in seinem Leben gehabt hat. Weil, die Marion hat nach anfänglichem Zögern tatsächlich einiges aus der Familiengeschichte der Bremers erzählt, das für den Strobel ganz schön interessant war. Leider hat sie bei Adam und Eva angefangen. Aber wenn einer, von dem du was wissen willst, anfängt zu reden, dann musst du ihn eben reden lassen. Auch, wenn du dir dann manches anhören musst, das dich nicht interessiert. So ist das eben. Den Strobel kostete es ganz schön viel Energie, mit der geschwätzigen Marion nicht die Geduld zu verlieren. Fast vier Stunden, sechs Tassen Kaffee, zwei Stück Kuchen und ein Glas Rotwein später hatte der Ordnungshüter nicht nur ein ziemlich genaues Bild der Familienverhältnisse und der Charaktereigenschaften der einzelnen Angehörigen, sondern auch leichte Kopfschmerzen. Wenn man der Marion Glauben schenken wollte, waren die Bremers allesamt keine Gutmenschen. Dann schon eher Wölfe im Schafspelz. Es hörte sich für den Gendarmen zumindest danach an, als hätte die Familie nach dem Tod der Mathilde Bremer, die ja die Mutter vom Karl und der Anneliese war, die meiste Zeit damit verbracht, sich gegenseitig das Leben so schwer und unerträglich wie möglich zu machen. Ganz besonders hatte sich da der Markus hervorgetan. Der war nämlich schon im zarten Alter von zwei Jahren mehr eine Plage als ein Sonnenschein gewesen. Der Knirps beanspruchte jedermanns Aufmerksamkeit für sich alleine. Und wehe, wenn da einer nicht mitspielte. Da konnte der kleine Markus ganz schön laut und einige Jahre später dann auch ganz schön grob werden. Überhaupt seinen Geschwistern gegenüber. Schreien, beißen, kratzen, zwicken, an den Haaren ziehen, bis er sie büschelweise in seinen kleinen Händen hielt. Das volle Programm. Und keiner da, der ihn in seine Schranken gewiesen hätte. Das hatte zur Folge, dass er irgendwann auch vor den Erwachsenen nicht mehr haltmachte, wenn er sich nicht genug beachtet fühlte. Die Situation besserte sich erst ein wenig, als der Papa Bremer dem selbst ausgesuchten Junior so richtig den Arsch versohlte, weil der ihn gebissen hatte. Da blieb kein Auge trocken. Das kannst du ruhig glauben. Auf den ersten Blick brachte die Maßnahme sogar einen klaren Erfolg. Genauer betrachtet, führte sie aber nur dazu, dass die kleine Bestie sorgfältig darauf achtete, dass kein Erwachsener in der Nähe war, wenn er seine beiden Geschwister traktierte. Jetzt kannst du freilich sagen, dass die beiden die Älteren waren und sich hätten wehren können. Und damit hast du grundsätzlich auch recht. Allerdings waren sie von der Gemeinheit und der Art der Attacken so eingeschüchtert, dass sie es vorzogen, ihrem Brüderchen aus dem Weg zu gehen. Das änderte sich auch später im Erwachsenenalter nicht. Alles in allem warf das kein besonders gutes Licht auf den Bremer Markus. Es kam aber noch besser. Weil, die Marion erzählte auch, dass dieses Balg, wie sie ihn nannte, sich sogar einmal selbst verletzt und dann behauptet habe, sie, die Marion, habe ihn geschlagen. Fast hätte sie deswegen ihre Stelle verloren. Zu ihrem Glück hatte die Anneliese gesehen, dass sich ihr verhasstes Brüderchen die Blessuren im Gesicht selbst beigebracht hatte, und verriet ihn nur allzu gern. Nach diesem Vorfall entschied das Ehepaar Bremer, andere Saiten aufzuziehen und die Verantwortung für die Erziehung des Sprosses auf Profis abzuwälzen. Soll heißen, Klein Markus landete zuerst bei einem Psychologen und, nachdem dessen Ratschläge auch zu nichts führten, in einem Internat, wo er die nächsten Jahre zubrachte. Ob es ihm dort gefallen hat, ist nicht bekannt. Ruhiger ist er aber geworden. Zumindest nach außen hin. Von daher war die Sache ein Erfolg. Was sein Verhältnis zu seinem

Wahlvater anging, konnte man allerdings nicht von einer Verbesserung reden. ›Abgekühlt‹ wäre diesbezüglich sicher noch geschmeichelt. Aber wie auch immer. Jedenfalls fühlte sich der Ordnungshüter durch diese Erzählungen in seinem Verdacht bestätigt. Und wenn du ehrlich bist, kannst du ihm das nicht verdenken. Als er sich schließlich von der Marion verabschiedete, war er guter Dinge, einen Schritt weitergekommen zu sein.

## 47

Wieder auf der Dienststelle, setzte sich der Bezirksinspektor hin und notierte fein säuberlich alle Fragen, die er dem Markus stellen wollte. Vom Taktischen her überlegte er sich, den Burschen noch einen Tag schmoren zu lassen, bevor er ihn wieder besuchte. Zwar vermutete der Markus sicher nicht, dass ihn der Strobel im Visier hatte, aber wissen würde er trotzdem wollen, wie die Ermittlungen liefen, um sicher sein zu können, dass sein kranker Plan aufging. Vielleicht würde er sich ja nervös machen lassen, wenn der Strobel ihn ein wenig zappeln ließ. Einen Versuch war es jedenfalls wert. So ist es halt gekommen, dass der Strobel beschloss, erst am übernächsten Tag ins Krankenhaus zu fahren. Wenigstens würde er dann Zeit haben, sich um ein paar Dinge zu kümmern, die geregelt werden mussten. Ganz oben auf seiner Liste stand da eine Kopfwäsche für den Herren Inspektor Pfaffenberger. Diesem Kindskopf, so dachte der Strobel, würde er jetzt einmal ordentlich die Hammelbeine lang ziehen müssen, um ihn wieder auf den richtigen Weg zu bringen. Und zur alten Hörmann musste er jetzt auch endlich einmal gehen, um sich die Geschichte von den Ladendiebstählen anzuhören. Darauf hatte er ganz vergessen. Die Hörmann hatte diese Angelegenheit aber schon beim Bürgermeister deponiert und mit dem konnte und wollte es sich der Gendarm nicht verderben. Von daher war es allerhöchste Zeit, den Kümmerer zu spielen und wenigstens mit der Frau zu reden. So gesehen, kam es ihm wirklich gelegen, sich einen Tag lang nicht um den Bremer Fall kümmern zu müssen. Was die Suche nach dem Ferdinand und dem Leander anging, so war das Sache vom Novotny. Damit wollte sich der Strobel nicht auch noch belasten. Zumal er felsenfest davon überzeugt war, dass sie die beiden Männer ohnehin nicht finden würden. Woher er diese Gewissheit nahm, konnte er sich selbst nicht erklären, aber alles andere erschien ihm einfach zu unwahrscheinlich. Warum sollte der Markus sie verschont haben, wenn er seiner Schwester einfach so das Genick gebrochen hatte? Vor allem, wenn es ihm wirklich nur um Geld ging, konnte er den Ferdinand natürlich keinesfalls am Leben lassen. Wenn einer nicht so richtig tot ist, kannst du ihn nämlich nur relativ schlecht beerben. Da muss er dir seinen Krempel schon schenken. Anders geht da gar nichts. Von daher war für den Markus nur ein toter Ferdinand auch ein guter Ferdinand. Besonders dankbar war der Kerl seinem Adoptivvater damit freilich nicht. Aber der Markus hatte nie darum gebeten, von der Familie Bremer adoptiert zu werden, und war ihnen, aus seiner Sicht, deshalb auch keinen besonderen Dank schuldig. Ich meine, noch nicht einmal den leiblichen Eltern schuldet so ein Kind Dank für den Umstand der Geburt. Man züchtet ja auch Rosen, weil man sich im Garten an ihnen erfreuen will, und nicht, weil einen die Rosen darum gebeten haben. Und der Hund, für den wir uns entscheiden, klopft zumeist auch nicht an die Tür und fragt, ob er hier wohnen darf. Umgekehrt fragen wir ihn nicht, ob er bei uns wohnen will. All die Dinge, die wir in unser Leben lassen, suchen wir uns aus. Wir selbst beschließen, was wir haben wollen. So hatte auch der Ferdinand damals entschieden, den Markus haben zu wollen. Und auch wenn er in all den Jahren alles in seiner Macht Stehende getan hatte, zumindest die materiellen Bedürfnisse des Kleinen zu decken, schuldete ihm der dafür gar nichts. Natürlich sollte ein aufrichtiger Charakter zumindest so viel Respekt aufbringen, mit dem Erben zu warten, bis der Wahlvater eines natürlichen Todes gestorben ist. Gar keine Frage. So wie es aussah, war der Markus eher ein ungeduldiger Mensch und der Ferdinand ein zäher Hund. Eine Kombination, die sich, wenn du so willst, auf die Lebenserwartung vom Ferdinand negativ ausgewirkt hat. Schließlich kommt es sicher nicht von ungefähr, wenn der Volksmund sagt, dass Undank der Welten Lohn ist. Weil, wenn du so schaust, ist es doch immer wieder schockierend, wie weit Menschen für Geld zu gehen bereit sind. Anscheinend wiegt die Aussicht darauf, ein schönes Haus zu haben, ein tolles Auto zu fahren und Champagner statt Ribiselwein trinken zu können, so schwer, dass Dinge wie Moral, Treue, Ehrlichkeit oder auch Liebe keine Bedeutung mehr haben. Keine Ahnung, warum das so ist. Es war halt immer schon so und wird auch immer so bleiben. Nicht umsonst hat einmal irgendwer gesagt, dass alle Menschen gleich sind. Bis auf ihren Preis. Das hört sich zwar überhaupt nicht gut an, scheint aber wirklich nahe an der Wahrheit zu sein. Aber ehrlich gesagt, kann und will ich das jetzt nicht beurteilen. Den Strobel hat diese Grübelei über Dank und Undank in der Welt nicht wirklich weitergebracht. Genau genommen wusste er noch nicht einmal, ob es ihm tatsächlich gelingen würde, seine Theorie, dass der Markus der Mörder war, überhaupt zu beweisen. Das würden wohl die nächsten Tage zeigen müssen. Auf seiner Fahrt in Richtung Tratschen lenkte er seine Gedanken ganz bewusst weg von dem Fall und hin zu seiner Frau Doktor und der Frage nach Sinn und Unsinn eines gemeinsamen Nestes. Wieder einmal. Ich meine, vielleicht nervt dich das Thema jetzt ja schon, aber so war er halt, der Strobel. Total unentschlossen und unsicher. Das sei ihm aber verziehen, weil das eine wirklich wichtige Entscheidung war, die er nicht übers Knie brechen durfte. Und es sprach durchaus für ihn, dass er sich mindestens ebenso intensiv wie erfolglos mit der Thematik auseinandersetzte, ohne aufzugeben. Der Rest des Strobelschen Abends ist schnell erzählt. Nach einem kurzen Gespräch, bei dem er seine Kollegen auf den neuesten Stand in Sachen Markus brachte, schickte er sie heim. Allerdings nicht, ohne dem Berti zu sagen, dass er am nächsten Tag zwar keinen Dienst hatte, dafür aber am Bau arbeiten musste. Das nahm der Bursche mit Humor, weil er dem Matzinger ohnehin hatte helfen wollen. Der Strobel selbst blieb, wie so oft, auf der Dienststelle. Er blätterte noch einmal in Ruhe die Zeitung durch, richtete das Klappbett her und telefonierte schließlich mit seinem Herzblatt. Wieder war er überrascht, wie verständnisvoll die Frau war. Sie beschwerte sich mit keinem Wort, weil er sich bis jetzt nicht gemeldet hatte, sondern hörte ihm aufmerksam zu, als er versuchte, ihr seine Gedankengänge im Bezug auf den Markus zu erklären. Auf ihr Nestbausyndrom sprach er sie allerdings wieder nicht an. Und auch die Frau Doktor sagte dazu nichts. So ist es halt gekommen, dass der Strobel nach einer Weile auflegte und sich am liebsten in den Hintern gebissen hätte, weil er so ein feiger Hund war. Wie so oft ging es nur darum, die Dinge einmal auszusprechen. Das würde genügen, um ihnen den Schrecken zu nehmen. Obwohl Schrecken hier sicher nicht das richtige Wort ist. Zwar hatte das kindische Verhalten des Ordnungshüters sehr wohl etwas mit Angst, aber noch lange nichts mit Schrecken zu tun. Ich meine, der Strobel brauchte ja keinen Drachen zu töten, um das Herz der Jungfrau zu erobern oder so. Überhaupt nicht. Wobei ich glaube, dass es ihm, wäre er der weiße Ritter gewesen, sicher lieber gewesen wäre, sich mit einem Drachen zu messen, als der holden Maid sein Herz und seine Gedanken zu offenbaren. Aber es ist halt meistens so, dass ausgerechnet dann kein Monster auftaucht, wenn du unbedingt eines brauchst. Seinen Unmut bekam beim Niederlegen sein Kopfpolster zu spüren. Er hämmerte das Ding derartig zusammen, dass es am Ende höchstens noch ein Viertel seiner ursprünglichen Größe hatte. Und nicht nur, um die Sprichwortgeschichte noch einmal zu strapazieren, sondern auch die Situation vom Strobel auf den Punkt zu bringen, muss ich jetzt wieder den Volksmund zitieren: Wie man sich bettet, so liegt man, sagt der nämlich. Dass daran nicht nur metaphorisch, sondern auch wörtlich etwas Wahres dran ist, stellte der Strobel sehr schnell fest, als er seinen Kopf auf das steinhart geknetete Wutkissen legte. Bei genauer Betrachtung endete sein Tag damit im Großen und Ganzen aber gar nicht einmal so schlecht.

# 48

Was den nächsten Tag angeht, könnte ich dir zum Zeitvertreib weiß Gott was erzählen. Ich erspar dir das aber, weil nicht wirklich etwas passiert ist, das man wissen muss. Ich meine, der Strobel hat natürlich schon alles gemacht, was er sich vorgenommen hatte, keine Frage. Aber nichts davon war berauschend. Bei dem Gespräch mit der alten Hörmann stellte sich nach ein paar neugierigen Fragen vom Strobel zum Beispiel sehr schnell heraus, dass es in Wirklichkeit gar keinen Ladendiebstahl gegeben hatte. Das Ganze war, wie die Ladenbesitzerin händeringend zugab, ein tragischer Irrtum gewesen. Wie genau es zu diesem Irrtum kommen konnte, hinterfragte der Strobel erst gar nicht. Für ihn war in erster Linie wichtig, dass die Sache aus der Welt geschafft war. Der Herr Bürgermeister war über diese Information nicht sonderlich erfreut. Immerhin war er derjenige gewesen, der sich für die Hörmann starkgemacht hatte. Von daher konnte er es freilich nicht brauchen, blöd dazustehen. Für solche Überlegungen war es allerdings zu spät. Um ein gutes Auskommen bemüht, nahm der Strobel das Schulterzucken des Gemeindehirten als Entschuldigung zur Kenntnis und zog von dannen, um sich den Ellmautaler Toni noch einmal zur Brust zu nehmen. Für den Strobel war die Geschichte mit dem gefällten Hochstand und dem Hut vom Toni nämlich noch lange nicht restlos geklärt. Von der Sache mit dem neuen, etwas höheren Hochstand mit günstigem Blick auf die freie Natur wusste er noch gar nichts. Der Berti hatte nämlich vergessen, ihm das zu erzählen, und der Pfaffi hatte es nicht gewagt, das Wort an seinen Chef zu richten. Der Bursche war heilfroh, dass der Strobel ihn in Ruhe ließ, und wollte keine schlafenden Hunde wecken. Deswegen hielt er sich mit Äußerungen jeder Art zurück. Der Strobel jedenfalls suchte den Toni daheim auf, um ein ernstes Wort mit ihm zu reden. Und siehst du, da hat sich wieder einmal gezeigt, dass manch einer, der im Wirtshaus ein großes Maul hat, daheim ein ziemlicher Waschlappen sein kann. Als der Strobel nämlich im Wohnzimmer hockte und seine Fragen stellte, war der Toni ziemlich kleinlaut. Das lag allerdings nicht daran, dass er plötzlich mehr Respekt vor dem Gesetzeshüter hatte, sondern an der Anwesenheit seiner Frau, die wie eine Walküre hinter ihm stand und ganz so wirkte, als warte sie nur darauf, ihm eine Ohrfeige zu verpassen. Was noch dazu kam, war, dass er sich dafür schämte, was in jener Nacht geschehen war. Er wand sich wie der sprichwörtliche Aal und versuchte, sich um die Antwort zu drücken. Da machte ihm die Gerti aber einen ganz dicken Strich durch die Rechnung. Sie erzählte nämlich frei von der Leber weg, dass sie es gewesen war, die den Hochstand umgehackt hatte. Und zwar deswegen, weil ihr Göttergatte von da oben die nackten Hippieweiber beobachtet hatte. Und das schon seit Tagen. Sogar seine Freunde hatte er öfter einmal mitgenommen. Da war der armen Gerti der Geist der Eifersucht ins Gebein gefahren, weil sie selbst ja auch sehen konnte, dass die Blumenkinder sehr viel schlanker und auch jünger waren als sie. Eine Tatsache, die das Verhalten ihres Mannes für sie noch schlimmer machte. Also schnappte sie sich kurzerhand eine Axt und statuierte ein Exempel. Sie hackte nämlich nicht nur den Hochstand um, sondern erklärte ihrem kleinen Schatz nachher auch noch eindringlich, was sie von seinem neuen Hobby hielt. Als sie das erzählte, wusste der Strobel, woher der Toni das blaue

Auge hatte. Leid tat ihm der Geilspecht trotzdem nicht. Die Gerti redete weiter und berichtete, dass ihr Mann den Schaden weitgehend gutgemacht und einen neuen Hochstand errichtet habe. Das, so meinte sie, solle der Strobel dem Förster mitteilen. Der würde dann sicherlich zufrieden sein. Während sie das sagte, sah der Strobel, wie der Toni auf dem Sofa zusammensackte. Als er dann auch noch ankündigte, sich den neuen Hochstand anschauen zu wollen, wich alle Farbe aus dem Gesicht vom Toni.. Eine Erklärung hatte der Strobel dafür aber noch nicht. Zum Abschied sagte er der Gerti noch, dass er sie anzeigen müsse, weil sie ihren Mann verprügelt und den Hochstand zerstört habe. Das war der Frau aber total wurscht. Sie zeigte nicht die geringste Reue, sondern meinte, dass ihr der Spaß das wert gewesen sei. Und das war es dann auch schon. Jetzt weißt du ungefähr, wie der Strobel seinen Vormittag verbracht hat. Nicht wirklich prickelnd. Der Nachmittag war nicht viel besser. Da kam zuerst die grenzenlose Verwunderung über die Konstruktion, die der Toni da als Ersatz für den alten Hochstand in die Wiese am Waldrand gestellt hatte. Das Ding war hässlich, hoch und wackelig. Der Postenkommandant bezweifelte ernsthaft, dass der Heinzl dieses architektonische Verbrechen als Ersatz akzeptieren würde. Gerade als er sich vornahm, den Förster zu suchen und ihn zu fragen, bemerkte er, dass jemand auf dem Hochstand war. Und was glaubst du, wie erstaunt der Gendarm war, als er sah, dass es der Heinzl höchst persönlich war. Froh, ihn nicht suchen zu müssen, fragte er ihn gleich, was er von dem Bauwerk hielt. Zu seiner völligen Überraschung zeigte sich der Heinzl total begeistert und lobte die Aussicht mit den blumigsten Worten. Da war der Strobel fast versucht, selbst auch hinaufzusteigen, um sich das anzuschauen. Er verschob das aber auf später, weil ihm einfiel, dass er noch zum Herrn Müller schauen musste. Kein besonders angenehmer Gang, den er da vor sich hatte. Im Geheimen gönnte der Ordnungshüter dem Mundel die Dresche, die er bekommen hatte. Er fand sogar, dass es allerhöchste Zeit gewesen war, dass sich jemand gefunden hatte, der das erledigte. Aber als Vertreter des Gesetzes musste er die Täter natürlich ihrer gerechten Bestrafung zuführen. Gar keine Frage. Auf die Schimpferei des Mannes freute er sich allerdings gar nicht. Wenig später erwies sich seine Angst als völlig unbegründet. Als er nämlich bei dem Haus ankam und an der Tür läutete, machte ihm die Frau Müller auf, begrüßte ihn sehr freundlich und erklärte ihm im Flüsterton, dass der Papa leider nicht mit ihm sprechen könne, weil er vor lauter Schmerzen nicht in der Lage sei, auch nur ein Wort zu sagen. Da war der Strobel auf der einen Seite sehr froh. Auf der anderen dachte er sich, dass der Ungustel sicher nur versuchte, Schmerzensgeldansprüche zu erheben. Eine Annahme, mit der er dem Müller unrecht tat. Viel später erfuhr er nämlich, dass es einfach nur ein kaputter Weisheitszahn war, der dem Müller eine Maulsperre verursachte. Böse Zungen meinten ja, dass es egal war, warum der Mann nichts reden konnte. Hauptsache, es war so. Nach einem kleinen Umweg über den Kastaniengarten, wo er sich eine Tasse Kaffee gönnte, kehrte er auf die Dienststelle zurück, um sich den Pfaffi zu kaufen.

# 49

Wie das oft so ist im Leben, war er viel zu entspannt, um wirklich genau das Donnerwetter loszulassen, das sich der Nachwuchshippie verdient hätte. Von daher gab es eine Moralpredigt der eher sanften Art, die sich der Bursche bereitwillig anhörte. Im Gegensatz zu seinem Gespräch mit dem Berti bestand der Pfaffi beim Strobel nicht mehr darauf, in Zukunft ohne seine Waffe Dienst zu tun. In der Nacht hatte er über die Worte seines älteren Kollegen nachgedacht und war ganz allein zu der Erkenntnis gekommen, dass er den Beruf würde sein lassen müssen, wenn ihn die Pistole störte. Pazifismus mochte eine gute Idee sein, aber der Rest der Welt teilte diese Einstellung halt nicht geschlossen. Damals nicht und heute schon gar nicht. Ergo war in seinem Beruf immer damit zu rechnen, dass er sich oder andere verteidigen musste. Mit schönen Worten alleine, so viel hatte er kapiert, würde das aber nicht funktionieren. Überhaupt hatte er bei näherer Betrachtung des Hippiethemas festgestellt, dass er im Grunde seines Herzens genauso wenig bereit für die freie Liebe war wie die meisten Tratschener. Soll heißen, der Pfaffi war zwar bis über beide Ohren in die Rose verliebt, wollte sie aber lieber für sich alleine haben. Der Gedanke, sie mit anderen Männern teilen zu müssen, behagte ihm gar nicht. Voll egoistisch der Bursche, oder? Wie dem auch sei. Und noch etwas hatte er kapiert, nämlich dass es das mit der monogamen Beziehung nicht spielen würde. Auch dann nicht, wenn er ein Teil der Kommune werden würde. Ich meine, er hatte damit sicher recht. Weil, wenn die Rose vorgehabt hätte, nach streng moralischen und althergebrachten Grundsätzen zu leben, hätte sie sich nicht mit den Freunden der freien Liebe zusammentun müssen. Dass sie das nicht nur getan hatte, weil es zu zehnt in so einem VW-Bus viel lustiger ist, lag auf der Hand. Alles in allem, sehr vernünftige Denkansätze vom Pfaffi. Sie führten letztendlich dazu, dass er beschloss, nur noch ein einziges Mal zur Rose zu gehen. Um die Sachbeschädigung aufzunehmen und um sich zu verabschieden. Was ihm auf keinen Fall fehlen würde, da war er sich 100 Prozent sicher, das war dieses blöde Marihuana. Nach dem einen Joint, den er geraucht hatte, war es ihm ziemlich schlecht gegangen. Nicht zuletzt deswegen, weil er an und für sich Nichtraucher war. Aber egal. Am späteren Nachmittag schneite völlig unerwartet der Berti herein. Er sah völlig verändert aus in seiner Arbeitskleidung. Da hätte ihn der Strobel fast nicht erkannt. Müde von der ungewohnten körperlichen Anstrengung, aber auch sehr zufrieden wirkte er, als er sich auf seinen Stuhl setzte und nach Kaffee fragte. Er erzählte kurz, wie sein Tag gelaufen war und dass er gar nicht hatte so viel arbeiten müssen, wie er befürchtet hatte, weil der Matzinger die Hälfte des Fundamentes bereits fertig gehabt hatte, als er kam. Der verrückte Hund hatte schon um 04.00 Uhr früh mit der Arbeit angefangen. Die zweite Hälfte war relativ rasch erledigt gewesen. Und so war der Tag, sehr zur Freude vom Berti, damit vergangen, das Mittagessen gemütlich ausklingen zu lassen. Der Matzinger hatte nämlich den Grill angeworfen und ein paar schöne Stücke Schweinefleisch aufgelegt. Da hatte sich der Berti nicht zweimal bitten lassen und kräftig zugelangt. Hinuntergespült hatte er das Ganze mit drei Flaschen Bier. Insgesamt gesehen also ein Arbeitstag, der sich sehen lassen konnte. Gottlob, so meinte der Berti, war der Matzinger ein derart fleißiger Mensch. Mitten in der schönsten Unterhaltung rief der Novotny an und wollte mit dem Strobel reden. Wirklich etwas Neues hatte er aber nicht zu sagen. Dafür regte er sich darüber auf, dass der Strobel vom Major den Auftrag hatte, eigene Ermittlungen durchzuführen. Woher auch immer der Kerl das wusste. Das, so glaubte der Postenkommandant, würde sich niemals feststellen lassen. Sicher war nur, dass es bei der Gendarmerie keine Geheimnisse gab. Auch ohne schwarzes Brett verbreiteten sich Nachrichten oft mit einer geradezu unglaublichen Geschwindigkeit. Von daher hielt sich der Strobel gar nicht damit auf, sich darüber zu wundern, dass der Novotny so gut informiert war. Diskutiert hat er allerdings auch nicht mit ihm. Schließlich sah er nicht ein, warum er dem Kripomann Rechenschaft darüber ablegen sollte, was sein Vorgesetzter ihm aufgetragen hatte und was nicht. Weil der Mann aber nicht aufhörte zu meckern und anscheinend ganz und gar auf Krawall gebürstet war, verwies ihn der Strobel höflich, aber bestimmt an den Major und legte auf. Kurz entschlossen trug er dem Pfaffi auf, ihn nach Hollabrunn zu fahren. Er wollte lieber gleich noch einmal mit dem Karl reden. Vielleicht würde der sein Alibi doch noch verraten. Wenn er das tat, konnte man ihn endlich als Verdächtigen ausscheiden. Dann würde sich auch der Novotny einen neuen Sündenbock suchen müssen. Der Berti schaute fast ein bisschen beleidigt drein, als die Betriebsamkeit einsetzte und seine Kollegen sich anschickten, die Dienststelle zu verlassen, obwohl er extra gekommen war, um ein wenig mit ihnen zu plaudern. Nichtsdestotrotz musste er gehen. Im Auto entschied der Strobel dann, dass er sich zuerst umziehen wollte. Wenn er dem Karl nicht in dieser Uniform gegenübertrat, würde der vielleicht mehr mit ihm reden. Immerhin kann einen so eine Uniform schon ganz schön einschüchtern. Das sollte man oft gar nicht glauben, wie komisch da manch einer reagiert. Ob das wirklich Sinn gemacht hat oder nicht, weiß kein Mensch. Aber der Hobbypsychologe, der im Strobel wohnte, war mit dieser Maßnahme überaus zufrieden und beglückwünschte sich zu dieser Idee. Dem Pfaffi war es herzlich wurscht und dem Karl eine Stunde später auch. Dem hat das Gesicht vom Strobel schon gereicht, um die Nase zu rümpfen. Seine Begrüßung klang jedenfalls alles andere als freundlich.

# 50

»Was wollen S' denn schon wieder von mir?«, fragte der Karl nur. Kein ›Grüß Gott‹ oder ›Guten Tag‹ oder von mir aus auch nur ein ›Servus‹. Das hat den Ordnungshüter fast ein bisschen gewundert, weil er sich überhaupt nicht erinnern konnte, ein Problem mit dem Karl gehabt zu haben. Diesen Punkt auszudiskutieren, war aber nicht das, wofür er gekommen war. Also ignorierte er den grantigen Tonfall und blieb selbst ausgesprochen höflich. Ein freundlicher Gruß, die Frage nach dem Befinden und ein kleiner Wetterbericht mitsamt Prognose für die nächsten Tage. Schulbuchmäßiger Small Talk quasi. Nur leider hatte er die Rechnung ohne den Wirt gemacht, wie man so sagt. Seine Charmeoffensive prallte nämlich derartig vom Karl ab, das glaubst du gar nicht. Da hätte man glatt glauben können, ihn interessierte das Wetter der kommenden Tage gar nicht. Vielleicht war es ja auch so. Immerhin lag der Mann im Krankenhaus und würde wahrscheinlich noch ein paar Tage bleiben müssen. Aber wie dem auch sei. Tatsache war, dass der Karl seinen Besucher keines Blickes würdigte und ihm auch keine Antwort gab. Da stand für den Gendarmen jedenfalls fest, dass es ihm so schlecht nicht gehen konnte, wenn er genügend Energie aufbrachte, um so unfreundlich zu sein. Auch eine interessante Logik. Ganz von der Hand zu weisen war sie aber nicht. Die Tatsache, dass der Arzt gemeint hatte, er dürfe den Patienten keinesfalls aufregen, führte jetzt dazu, dass sich der Strobel darauf verlegte, den Karl beruhigen zu wollen. Heutzutage würde man sagen, der Strobel übte sich in Deeskalation. Damals hat er den Karl einfach nur beruhigt. Besser gesagt, er hat es versucht. Wobei ich sagen muss, dass der Karl Jahre später noch behauptete, sich gar nicht aufgeregt zu haben. Aber das ist eine andere Geschichte. Auf jeden Fall hat der Strobel irgendwann eingesehen, dass er mit seiner Psychokiste hier nicht weiterkommen würde, und sein Hirn wieder auf normalen Alltagsbetrieb umgeschaltet. So mit allem Drum und Dran. Und siehst du, auf einmal hat er wieder ganz normal geredet und einfach gesagt, warum er gekommen ist. Ganz so, als hätte man ihn ausgetauscht. Und was soll ich dir sagen? Wie man in den Wald hineinruft, so schallt es zurück. Und schon nach ein paar Minuten waren die zwei in ein Gespräch vertieft, das für den Strobel einiges an Wissenswertem brachte. Mit Ausnahme des Alibis. Das wollte der Karl ums Verrecken nicht preisgeben. Dafür erzählte er Verschiedenes aus der Familiengeschichte. Vieles davon interessierte den Strobel nur mäßig. Aber als es um das Verhältnis vom Ferdinand Bremer zu seinen beiden Frauen und den Kindern ging, hörte er ganz genau hin. Eine schöne Geschichte war das über lange Strecken nicht. Es steckte schon einiges an Tragik darin. Und eine tiefe Traurigkeit vonseiten des Karl, der immer wieder anklingen ließ, dass es ihnen zwar nie an materiellen Dingen, wohl aber an Zuneigung gefehlt hatte. Am schlimmsten, so erzählte er, sei das für den Markus gewesen, nachdem seine Ziehmutter gestorben war. Weil, bis dahin war der Markus in dem Glauben aufgewachsen, dass die Hannelore seine leibliche Mutter war. Erst im Zuge der Formalitäten zu ihrer Beerdigung bekam der damals 10-Jährige mit, dass er adoptiert war. Seine Schwester, also die Anneliese, ließ es sich nicht nehmen, ihm zu sagen, dass er ein Bastard war und nicht wirklich zur Familie gehörte, weil er adoptiert war. Sie würzte diese Offenbarung noch mit dem Zusatz, dass ihn noch nicht einmal seine eigenen Eltern haben wollten. Da nützte die Ohrfeige, die sie dafür vom Ferdinand bekam, auch nichts mehr. Der Schaden in der empfindlichen Kinderseele war bereits angerichtet. Von da an ging es mit der Disziplin beim Markus stetig bergab und seine schulischen Leistungen ließen, gelinde gesagt, auch zu wünschen übrig. Weil aber Kinderpsychologen damals noch nicht ganz so verbreitet waren und sich die Pädagogik der Lehrer mit ein paar kräftigen Züchtigungen ziemlich rasch erschöpfte, blieb der Markus mitsamt seinen Problemen lange Zeit unverstanden. Der Ferdinand, ganz überforderter Alleinerzieher, verfügte auch nicht über genügend Einfühlungsvermögen, um die Ursache des auffälligen Verhaltens des Buben zu erkennen, und es setzte Hiebe statt Liebe. Von einem Jahr zum nächsten verschärfte sich die Krise zwischen Vater und Wahlsohn immer mehr. Bis der Ferdinand nicht mehr wollte und den bockigen Affen, wie er den Markus mittlerweile nannte, in ein Internat steckte.

Und zwar so weit weg, dass er oft nicht einmal am Wochenende nach Hause fahren konnte, wenn er samstags Unterricht hatte. Diese Maßnahme trug auch nicht unbedingt dazu bei, den Jungen glauben zu lassen, dass sein Papi ihn noch lieb hatte. Das kannst du dir sicher vorstellen. Na ja, die lange Geschichte kurz erzählt, ist, dass sich das Verhältnis nie wieder besserte, sondern im Laufe der Jahre immer schlechter wurde. Bis letzte Weihnachten. Da nannte der Markus den Ferdinand im Zuge eines Streits ein Arschloch. Damit nicht genug, schlug er auch noch zurück, als ihm sein etwas gekränkter alter Vater deswegen eine scheuerte, und es kam zu einer regelrechten Keilerei, bei der beide nicht ganz unverletzt blieben. Die Folge war, dass sie gar nicht mehr miteinander redeten und sich aus dem Weg gingen. Angeblich, so erzählte der Karl nach einer kurzen Pause weiter, hatte der Ferdinand kurz vor seinem Verschwinden der Anneliese gegenüber erwähnt, dass er den Markus enterben wolle. Ob das tatsächlich stimmte, wusste er nicht. Seine Schwester hatte einmal so etwas angedeutet und eine andere Quelle gab es nicht, weil sich auch der Karl nicht viel mit dem Ferdinand zu sagen hatte. Insgesamt erzählte der Bremer Sohn noch viel mehr. Das meiste davon war für den Strobel völlig uninteressant. Reden ließ er den Karl trotzdem, weil er hoffte, dass der noch ein bisschen lockerer würde. Du weißt schon, wegen der Alibisache. Da blieb der Kerl jedoch stur wie ein Panzer. Mit keiner Silbe verriet er, wo er in der Tatnacht war. Nach fast zwei Stunden mochte der Karl dann nicht mehr reden, sondern sich viel lieber ausruhen. Der Strobel akzeptierte das und verzog sich aus dem Zimmer. Und, weil er unbedingt in Ruhe nachdenken musste, auch gleich aus dem Krankenhaus. Er spazierte mit dem Hintergedanken in Richtung Hauptplatz, dem Gasthaus Reisinger einen Besuch abzustatten und zu Abend zu essen. Durch den Seiteneingang betrat er das Lokal, suchte sich einen ruhigen Platz in einer Ecke und vertiefte sich in die Notizen, die er sich im Krankenhaus gemacht hatte. Fast hätte er den Kellner nicht bemerkt, der ihm die Speisekarte brachte und ihn nach seinem Getränkewunsch fragte. Gedankenverloren bestellte er sich ein Bier. Die Speisekarte vergaß er komplett. Deswegen entgingen ihm ländliche Köstlichkeiten wie Hirn mit Ei, Nieren mit Hirn, geröstete Nieren, geröstete Leber oder Beuschel mit Knödel. Eine Lücke im Speiseplan vom Strobel, mit der er sehr gut leben konnte. Als ihn der Kellner zum fünften oder sechsten Mal mit der Essensfrage störte, zahlte er sein Bier und machte sich auf den Rückweg ins Spital, um auch noch mit dem Markus zu reden. Diesmal hatte der Strobel so etwas wie ein Konzept im Kopf und die Reihenfolge seiner Fragen im Notizbuch. Derart gerüstet, war er sehr gespannt auf die Begegnung. Wenn er seinem Plan folgte, so überlegte er, würde die Vernehmung hier und jetzt vielleicht das Finale sein. Vielleicht aber auch nicht.

## 51

Dem Markus war die Anspannung anzusehen, als der Strobel das Zimmer betrat, sich wortlos den Besucherstuhl nahm, ihn neben das Bett stellte und sich setzte. Immer noch wortlos, holte er sein Notizbuch hervor, schlug es auf und begann, ohne den Markus auch nur eines Blickes zu würdigen, zu lesen. Und siehst du, in diesen Minuten stellte sich einmal mehr heraus, dass Schweigen eine ziemlich gute Waffe sein kann. Man muss sie nur einzusetzen wissen. In diesem Fall machte es den Markus unheimlich nervös. Ich meine, immerhin wusste er, dass der Fall noch nicht abgeschlossen war, und konnte deswegen überhaupt nicht sicher sein, dass er mit seinem Spiel durchkam. Dass der Gendarm etwas gefunden hatte, vermutete der Markus schon alleine deswegen, weil er um diese Uhrzeit noch ins Krankenhaus gekommen war. Es musste also wichtig sein. So ist es halt gekommen, dass der Markus im Kopf jede nur erdenkliche Möglichkeit durchspielte, was der Strobel wollen könnte, und dabei von Sekunde zu Sekunde nervöser wurde. Was da in dem Zimmer vor sich ging, war nichts anderes als ein Spiel. Wie immer du es nennen willst. Katz und Maus, Räuber und Gendarm, Fuchs und Henne. Ganz egal. Und wie bei jedem Spiel, kam es nicht nur auf das Glück, sondern auch auf Können an. Manchmal entscheidet der erste Zug. Daran glaubte auch der Strobel und wollte keinesfalls derjenige sein, der den ersten Zug machte. Er wartete darauf, dass der Markus das Gespräch eröffnete. Sehr lange ließ ihn der Bursche auch nicht warten. Er war viel zu nervös, um Geduld zu haben. Es dauerte genau so lange, bis er meinte, die ideale Einstiegsfrage gefunden zu haben. Unauffällig, neutral, originell und ohne das Thema anzusprechen. Auf die Idee mit dem Wetter kam er allerdings nicht. Auch sonst erfüllte sein »Und? Gibt es was Neues?« nicht gerade die von ihm ausgesuchten Kriterien. Aber gesagt war gesagt. Von daher zu spät für Korrekturen. Weil der Strobel überhaupt nicht reagierte, glaubte der Markus, der Ordnungshüter habe ihn nicht gehört. Da tat sich für ihn völlig unerwartet eine neue Einstiegschance auf.

»Den Papa schon gefunden?«

Auch nicht gerade ein Renner. Schon gar nicht weit weg vom Thema. Fehlgriff, könnte man fast sagen. Aber stell dir vor, der Depp hatte wieder Glück. Auch diese Frage schien der Strobel überhört zu haben. Womit auch immer er da beschäftigt war, es musste seine volle Aufmerksamkeit erfordert haben. Dachte zumindest der Markus. Und genau das sollte er auch. Und stell dir vor, anstatt sich ab da ruhig zu verhalten, wiederholte er seine letzte Frage. Er war so sehr voll Unruhe, dass er es einfach nicht schaffte, den Schnabel zu halten.

»Herr Inspektor? Haben Sie meinen Vater gefunden?«

»Was?«, irritiert sah der Strobel von seiner Lektüre auf.

»Ob Sie meinen Vater gefunden haben?«

»Oh! Ja, natürlich …, einen Moment noch, bitte …«

Da wusste der Strobel selbst nicht so genau, warum er mit einer solchen Lüge antwortete. Es passierte einfach. Der Gesichtsausdruck vom Markus war nach dieser Mitteilung nicht wirklich deutbar. Freude oder Entsetzen? Das war die große Frage. Blöd hat er jedenfalls dreingeschaut. Der Strobel wollte die Lüge ein wenig sacken lassen und begann deshalb wieder zu lesen. Sollte der Kerl ruhig an die Decke gehen. Es konnte auf keinen Fall schaden, ihn aus der Reserve zu locken. Noch einmal vier oder fünf Minuten später stand der Markus kurz vor der Explosion und der Strobel konnte es kaum mehr erwarten, endlich mit dem Frage-Antwort-Spiel zu beginnen. Er räusperte sich, schlug deutlich hörbar das Notizbuch zu, richtete sich ein wenig auf und sah den Markus direkt an, der sich, in Erwartung einer wichtigen Information oder Frage, ein wenig zu verkrampfen schien.

»Guten Tag, Herr Bremer. Wie geht es heute?«, sagte

der Strobel zuckersüß und streckte dem völlig perplexen Markus die Hand entgegen, während er im Plauderton weitersprach.

»Ein Wahnsinnswetter war das heute wieder, gell? In den nächsten Tagen soll es angeblich auch so bleiben. Ärgerlich, wenn man da nicht hinauskann in die freie Natur. Wirklich schade …«

Der Bremer glotzte ihn sprachlos an, weil er nicht wusste, wie er dran war.

»Ja, wirklich schade«, murmelte er. »Es geht mir aber eh schon besser …«

»Na, das freut mich zu hören!«, unterbrach ihn der Strobel euphorisch. »Was machen die Schmerzen?«

»Geht so, danke.«

»Man hört ja immer wieder von diesen Phantomschmerzen. Ist das bei Ihnen auch so? Tut der verlorene Daumen weh?«

»Manchmal.«

»Ich finde das persönlich ja voll interessant, dass der menschliche Körper anscheinend ein Gedächtnis hat. Unser Hirn merkt sich offenbar jeden Körperteil. Fantastisch, oder? Aber blöd, wenn was wehtut, das gar nicht mehr da ist. Völlig falsches Fingerspitzengefühl, quasi.« Letztere Bemerkung war ein geschmackloser Griff in die Witzkiste. Aber irgendwie konnte sich der Ordnungshüter in diesem Moment einfach nicht beherrschen. Er musste diesen Spruch einfach bringen. »Helfen da die Schmerzmittel eigentlich?«

Schob er hinterher, um den nötigen Ernst wiederherstellen zu können, bevor der Markus zornig werden konnte.

»Ja, schon. Aber Sie sind ja wohl nicht gekommen, um mich das zu fragen?«

»Nein, da haben Sie recht. Aber es hat mich halt interessiert. Ich bitte um Entschuldigung. Wenn Sie mir nur noch die Frage gestatten, wie genau sich diese Phantomschmerzen anfühlen?«

»Na, wie schon? Es tut weh!«, kam es genervt zurück.

»Stark?«

»Ja, verdammt! Es tut höllisch weh! Sind Sie jetzt zufrieden? Kommen Sie endlich zum Thema, Mann!«

Jetzt hatte der Strobel den Markus genau dort, wo er ihn haben wollte. Geladen bis unter die Haarwurzeln, unbeherrscht und unüberlegt. Eine gute Basis für ein Verhör. Das fand zumindest der Strobel. Trotzdem setzte er noch eins drauf.

»Angeblich spürt man das ein Leben lang. Jeden Wetterumschwung und so. Das stell ich mir ganz schön unangenehm vor. Glauben Sie, dass das wirklich stimmt?«

»Es ist mir wurscht, ob das stimmt, Strobel! Sind Sie gekommen, um mich zu sekkieren?«

»Wieso sekkieren? Ich wollt's doch nur wissen.«

»Wenn Sie sonst keine Sorgen haben …«

»Apropos Sorgen, ich soll Grüße von Ihrem Herrn Vater bestellen. Der macht sich nämlich auch so seine Sorgen wegen Ihnen. Wollen S' zu dem Thema was sagen, Herr Bremer?«

Autsch! Da war der Strobel doch tatsächlich in seine eigene Falle getappt. Von wegen, gezielte Fragen stellen und so. Da hätte er sich wirklich nicht hinsetzen und sich Gedanken machen brauchen. Aber jetzt war es zum Hadern zu spät und er konnte nur noch auf Plan B umschwenken und mit dem schlechtesten Bluff des Jahres einen Frontalangriff starten. Keine besonders gefinkelte Methode. Und riskant noch dazu. Für einen klar denkenden Markus wäre er leicht zu durchschauen gewesen. Aber was hätte er machen sollen? Stopp schreien und fragen, ob er noch einmal von vorne anfangen dürfe? Jetzt hing alles von seinem schauspielerischen Talent ab. Und auch davon, wie gut er den Markus auf dem Level halten konnte, auf dem er ihn jetzt hatte. Weil, solange der so zornig war, standen die Chancen wesentlich besser. Weitermachen hieß also die Devise. So setzte der Strobel halt sofort nach, als der Markus ihm nicht gleich antwortete.

»Was soll ich Ihrem fürsorglichen Vater sagen? Hm? Dass Sie sich einen Dreck darum scheren, wie es ihm geht? Dass Sie ein undankbarer Mensch sind und es Ihnen nichts ausmacht, wenn er leidet? Was? Jetzt reden Sie schon, Mann! Es ist ohnehin alles aus. Da können Sie genauso gut die Wahrheit sagen! Ihr Vater hat versprochen, Ihnen zu helfen. So, wie er es immer getan hat.«

Dieser letzte Satz war der berühmte Tropfen, der das Fass zum Überlaufen brachte. Ich meine, der Strobel hatte von einem Wort zum nächsten gesehen, dass sich die Miene vom Markus immer mehr verfinsterte und er immer zorniger wurde. Aber jetzt explodierte er förmlich.

»Wann? Wann hat dieser Arsch mir je geholfen? Im Stich gelassen hat er mich! Abgeschoben, weil ich ihm lästig war! Meine Mutter hat er mir genommen! Das hat er büßen müssen …!«,

brüllte er mit hochrotem Kopf los und seine Stimme überschlug sich förmlich dabei. Er spuckte derartig bei der Schreierei, dass der Strobel zwei Schritte zurückweichen musste. An den Schläfen traten die Adern hervor, dass es aussah, als würde seine Birne gleich zerplatzen. Hoch aufgerichtet saß er im Bett und hämmerte mit den Fäusten auf die Matratze ein, während er weiterbrüllte:

»Ich hätte ihn töten sollen, bevor ich ihn in den Bunker geworfen habe! Dann wäre er jetzt wenigstens tot! Wie konnte er mir das antun? Was hat sich der Arsch vorgestellt? Zuerst bringt er meine Mutter um, dann schiebt er mich ab und zum Schluss will er mich auch noch um mein Erbe bringen und alles diesen beiden Kretins in den Arsch schieben, nur weil sie sein Blut in den Adern haben? Nicht mit mir! Es war höchste Zeit, ihm alles heimzuzahlen!«

Der Strobel war von diesem Ausbruch total überrascht. Und schockiert auch. So viel Hass, wie da in der Stimme vom Markus mitschwang, konnte nicht gesund sein. Kein Wunder, dass der Kerl schon nach ein paar falschen Sätzen explodiert war, wenn der seit vielen Jahren derartig geladen in der Gegend herumgelaufen war. Das einzig Unerklärliche an der Sache war, wie der Markus sich so lange hatte beherrschen können. Eine Frage, die später geklärt werden musste. Weil, im Moment tobte der sich immer noch aus. Er wurde immer lauter. Was der Strobel nicht nur sehr unangenehm, sondern ab einem gewissen Stadium auch bewundernswert fand. So laut, dachte er, muss einmal einer schreien können. Alle Achtung! In den Ohren tat es trotzdem weh. Dass der Markus dabei die ganze Zeit auf seine Matratze eindrosch, tat seiner verletzten Hand offenbar gar nicht gut. Der Blutfleck auf seinem Verband wurde nach und nach immer größer. Da überlegte der Strobel tatsächlich kurz, ob er einen Arzt holen sollte. Er entschied sich aber dagegen, weil er seinen Verdächtigen, der gerade so schön im Redefluss war, natürlich nicht unterbrechen wollte. Das bisschen Blutverlust würde der schon überstehen. Davon war der Strobel überzeugt.

# 52

Im Hirn vom Markus waren in der Zwischenzeit offenbar die letzten Schranken gefallen und er zeterte und schimpfte in einer Art und Weise, die ihresgleichen suchte. Ganz nebenbei verlieh er seiner Meinung Ausdruck, dass der Tod dieser saublöden Schlampe ein viel zu schneller und schmerzfreier gewesen war und er sich mehr Zeit für sie hätte nehmen sollen. Es brauchte nicht sehr viel Scharfsinn, um zu kombinieren, dass er damit die Anneliese meinte. Jetzt hatte der Strobel zwar ein grobes Geständnis, konnte aber noch nicht viel damit anfangen, weil der Markus ihm nicht die Freude machte, auch noch über den Leander zu reden. Auch hatte er noch nicht gesagt, wo genau er den Ferdinand versteckt hatte. Von daher brauchte der Strobel noch einiges an Information. Ob der Markus ihm die auch noch geben würde, wenn er sich ein wenig beruhigt hatte, war fraglich. Hinter ihm wurde plötzlich die Tür aufgerissen und, angelockt durch das Geschrei, stürmte eine Schwester herein, die wissen wollte, was denn los sei. Als sie den im Bett tobenden Markus sah, riss sie die Augen auf, machte kehrt und lief wieder aus dem Zimmer. Da ahnte der Strobel schon, was als Nächstes kommen würde. Ein Arzt mit einer Beruhigungsspritze nämlich. Das war für ihn so sicher wie das Amen in der Kirche. Er hoffte inständig, den Arzt zumindest kurzfristig davon abhalten zu können, sie dem Markus auch zu geben. Besonders hoch schätzte er seine Chancen allerdings nicht ein. Von daher brauchte er umgehend so etwas wie eine göttliche Eingebung, um dem Tobenden zumindest noch die Lage des Versteckes zu entlocken. Krampfhaft überlegte er, was er sagen sollte, derweil der

Bursche, im Bett sitzend, auf und ab hüpfte und wie ein Stier brüllte. Als er schließlich einmal Luft holen musste, unterbrach ihn der Strobel mit der Frage, warum er geglaubt habe, dass man den Ferdinand in dem blöden Bunker nicht finden würde. Kaum zu glauben, aber wahr, dass der Markus auch darauf reagierte und in die Welt hinausschrie, dass der Bunker im Weiher ein gutes Versteck war, das noch nie jemand gefunden hatte. Womit er auch recht hatte, wie der Strobel unumwunden zugeben musste. Als er dem Markus sagen wollte, dass auch er das Versteck nicht entdeckt hatte, stieß ihn von hinten jemand zur Seite. Zwei Krankenpfleger stürzten sich, gefolgt von einem Arzt, mit einer ziemlich großen Spritze auf den Markus und bereiteten dem Spuk ein jähes Ende. Was immer in der Spritze auch gewesen sein mochte, es wirkte innerhalb weniger Sekunden. Als hätte ihm jemand einen Prügel auf sein Hirnkastel gehauen, verdrehte der Markus die Augen und sackte in die Kissen. Die beiden Pfleger schnallten ihn ans Bettgestell und der Arzt verabreichte ihm eine Infusion. Für einen Moment herrschte eine geradezu unnatürlich wirkende Ruhe in dem Raum. Aber nur so lange, bis der Mediziner sich zum Strobel umdrehte und ihn fragte, ob er verrückt geworden sei, den Patienten derartig aufzuregen. Eine Diskussion, auf die sich der Gendarm erst gar nicht einließ. Er zuckte nur grinsend mit den Schultern, stellte fest, dass er gar nicht wisse, wieso sich der Herr Bremer so aufgeregt hatte, und ging. Genau genommen, hätte er gar nicht so siegessicher sein dürfen. Weil, erstens wusste er noch nicht alles und zweitens kannte er den Bunker im Weiher nicht. Er kannte noch nicht einmal den Weiher. Geschweige denn wusste er, wo der sein könnte. Er verließ sich aber darauf, dass es einer der einheimischen Kollegen wissen würde. Vielleicht sogar der Berti.

Der war immerhin in Tratschen geboren und sollte sich in der Gegend bestens auskennen. Vom Krankenhaus zum Bezirkskommando war es nicht weit und der Strobel beschloss, den Kollegen dort einen Besuch abzustatten und sie gleich einmal zu fragen, wo denn dieser Bunker genau sein könnte. Und siehst du, er hatte mit seiner Vermutung mehr als recht gehabt. Die Männer, die von hier stammten, kannten den Weiher alle. Der einzige Schönheitsfehler war, dass er an fünf verschiedenen Orten liegen sollte. Nicht wirklich hilfreich. Er schnappte sich das Telefon und rief den Berti an. Und, wen wundert es noch, der kannte den Weiher auch und seine Frau sowieso. Die wusste ja bekanntlich immer alles. Nach einer Weile hatte der Strobel zehn Leute befragt und sieben Lagebeschreibungen, die allesamt in einem Umkreis von zehn Kilometern rund um Neus lagen. Auf den ersten Blick sah das gar nicht so schlecht aus. Auf den zweiten Blick konnte es nur bedeuten, dass er mindestens so viele Streifenwagen brauchte. Die konnte er allerdings nicht ohne die Erlaubnis vom Major Schuch herbeordern. Ergo gab es noch ein Telefonat zu führen für den Strobel. Der Major war zwar ein bisschen knatschig, weil er um diese Uhrzeit gestört wurde, hörte aber dennoch aufmerksam zu und gab dem Strobel das Okay, die Patrouillen zu den sieben Weihern zu schicken. Schließlich, so meinte er, kamen Leben und Gesundheit immer noch vor allem anderen. Kaum hatte er aufgelegt, ging der Strobel mit dem Kollegen am Funkgerät daran, die Streifen zu rufen und mit der Auflage, sich bei Eintreffen sofort zu melden, an ihre Zielorte zu schicken. In einigen Fällen waren genaueste Wegbeschreibungen gefragt, weil die Kollegen in den Autos die Gegend auch nicht so gut kannten. Eine knappe Stunde später waren sechs von sieben Objekten gefunden und kontrolliert. Erfolglos. Alle Hoffnung lag auf der letzten Streife und wurde zerstört. Auch die beiden Kollegen fanden nach einiger Zeit ihr Ziel und stellten fest, dass es menschenleer war. Keine Spur vom Ferdinand und auch nicht vom Leander. Da machte sich allseits Ratlosigkeit breit. Welchen Ort konnte der Markus gemeint haben und wie konnten sie ihn finden? Die rettende Idee kam, als der Berti anrief und sich erkundigte, ob sie den Ferdinand gefunden hätten. Da fiel dem Strobel nämlich ein, dass er sich in diesem Fall vielleicht die Geschwätzigkeit der Tratschweiber zunutze machen konnte. Also trug er dem Berti auf, seine Frau genau darüber zu informieren, was der Markus gesagt hatte, und sie zu bitten, alle ihre Freundinnen anzurufen, zu besuchen oder sonst wie zu kontaktieren und alles weiterzuerzählen. Vielleicht, so hoffte er, würde eine der Frauen sagen können, wo dieser Bunker war. Da muss ich wirklich zugeben, dass das eine gute Idee gewesen ist. Noch nicht einmal mit einer Durchsage im Radio oder im Fernsehen hätte der Strobel eine derartige Resonanz gehabt wie jetzt. Zig Leute riefen an, um zu helfen. Leider kannten alle die gleichen Orte. Es kam keine neue Idee. Bis dann ausgerechnet die Haslauer Marion mit der Lösung daherkam. Die wusste nämlich noch von ihrer Großmutter, dass es vor vielen Jahren in einem Teil der Senke, in der Neus lag, einen kleinen Teich gegeben hatte, der nach und nach verschwunden war. Sie erklärte wortreich, dass sich dieser Teich auf dem Grundstück einer gewissen Familie Taschner befunden hatte, die bereits vor 30 oder 40 Jahren weggezogen war. Ihren riesigen Hof verkauften sie damals. Und zwar, man glaubt es kaum, an den Vater vom Bremer Ferdinand. Der wollte zwar nicht Großbauer, dafür aber reicher werden, als er ohnehin schon war, und teilte das Grundstück in mehrere Parzellen, die er nach und nach mit hohem Gewinn verkaufte. Wie du dir aufgrund des Namens vielleicht denken kannst, war das die Entstehungsgeschichte von Neus. Den Ort hatte es zu Taschners Zeiten noch nicht gegeben. Nach dem Verschwinden des kleinen Teiches vergaßen die Leute irgendwann, dass er jemals da gewesen war. Was genau damals passiert war, wusste die Marion auch nicht. Sie erwähnte aber irgendwas von einer Wasserader, die unterbrochen, umgeleitet, ausgetrocknet oder was weiß ich was war und den Teich nicht mehr speiste. Wen interessiert das schon? Die Pfütze war weg und aus. Wichtiger war da schon der Teil ihrer Erzählung, der die Zeit vor dem Zweiten Weltkrieg betraf. Weil, so erzählte sie, da hatte einer der Bewohner von Neus eine Idee geboren, über die sich die Bauern in der gesamten Umgebung lustig gemacht haben. Der Mann wollte sich nämlich unbedingt einen eigenen Bunker bauen, um sich vor den Tschechoslowaken zu schützen, die seiner Meinung nach unbedingt einmarschieren wollten. Weit hätten sie es ja nicht gehabt. Und obwohl ihn alle auslachten, baute er diesen Bunker tatsächlich. Später hat freilich keiner mehr über den alten Matzinger gelacht. Auch dann nicht, als klar wurde, dass es nicht die Tschechoslowaken waren, die da in Österreich einmarschiert waren. Aber wie dem auch sei. Man kann sich seine Gäste halt nicht immer aussuchen. Eroberer schon gar nicht. Von daher: Schwamm drüber und zurück zur Geschichte. Weil, du hast richtig gehört. Die Marion erzählte, dass es der alte Matzinger gewesen war, der auf seinem Grund und Boden in Neus einen Bunker errichtet hatte. Zwar nicht der Alfred, aber dafür sein Vater. Damals munkelte man, dass der Ewald Matzinger nicht alle Tassen im Schrank hatte. Und vielleicht stimmte das sogar. Aber vom Bunkerbau verstand er was. Das musste sein Sohn feststellen, als er vor einigen Jahren beschloss, die Teile des Bauwerkes, die über der Erde waren, abzureißen. Meine Güte, war das eine Knochenarbeit. Beton vom Feinsten. Kaum zu besiegen. Geschafft hat es der Alfred trotzdem. Ursprünglich hatte er vorgehabt, die unterirdischen Teile einfach zuschütten zu lassen. Aber dann dachte er, er könnte einen Weinkeller daraus machen, und ließ alles, wie es war. Getan hat er dann nichts, außer einen Deckel auf den Eingang zu legen, der nach und nach mit Gras zuwuchs. Wie vieles andere auch, geriet diese Episode ebenfalls irgendwann in Vergessenheit. Die Marion konnte sich, wie sie sagte, nur deshalb daran erinnern, weil ihre Oma immer von den schönen Tagen erzählt hatte, die sie dort in der Steinzeit mit ihrer großen Liebe am Weiher verbracht hatte. Für Sentimentalitäten dieser Art hatte der Postenkommandant jetzt allerdings keine Zeit. Er rief noch einmal den Berti an und bat dann einen der anwesenden Kollegen, ihn nach Tratschen zu fahren. Er wusste zwar nicht so genau, warum, aber die Geschichte von der Marion hatte bei ihm ein paar Alarmglocken ausgelöst. Einen Reim konnte er sich darauf allerdings nicht machen. Er hatte nur das unbändige Gefühl, dass sie sich beeilen sollten.

## 53

Na, was glaubst du, wie überrascht der Matzinger dreingeschaut hat, als plötzlich so viel Gendarmerie mit Blaulicht vor seinem Haus stand. Insgesamt waren fünf Autos angerückt. In der zunehmenden Dunkelheit wirkten die blauen Drehlichter fast unheimlich. Da war es natürlich nicht wirklich ein Wunder, dass sich der Matzinger in seiner Haut nicht besonders wohl gefühlt hat. Weil er von den vielen Beamten auf seinem Grundstück außer dem Strobel und den Berti keinen kannte, ging er zielstrebig auf die beiden zu, um zu erfahren, was eigentlich los war. Ohne viel Geplänkel kam der Strobel zum Punkt und fragte nach dem Bunker. Kaum hatte er die Frage ausgesprochen, kam es ihm vor, als wäre der liebe Herr Matzinger noch eine Nuance bleicher geworden. Sicher konnte er sich da im Blaulichtgewitter aber nicht sein. Da sah jeder aus, als hätte er gerade gekotzt. Mit heftigen Armbewegungen trieb er den Mann zur Eile an. Weit mussten sie aber nicht gehen. Schon nach wenigen Metern blieb der Matzinger stehen und deutete auf eine kleine Erhebung im Rasen. »Da!«, sagte er und zeigte auf den Boden. Da musste der Strobel schon ganz genau schauen, um die Klappe zu erkennen, die da ins Erdreich eingelassen war.

»Na los! Aufmachen, aufmachen!«, forderte er schier schon ein bisschen hektisch. Der Matzinger kam dieser Aufforderung nach und hob die Klappe an. Da haben die Beamten ganz schön gestaunt, als sie die fein säuberlich betonierte Treppe sahen, die da steil in die tiefe Dunkelheit führte. Auf die Frage vom Strobel, ob es da unten Licht gebe, ging der Matzinger ein paar Treppen hinunter und tastete suchend die Wand ab. Und siehe da, es ward Licht. Eilig drängte sich der Strobel an ihm vorbei und stürmte fast schon in den Bunker. Sein Herz klopfte bis zum Hals und er bereitete sich darauf vor, hier zwei Leichen vorzufinden. Riechen konnte er aber noch nichts. Und sehen auch nicht. Weil, als er schließlich in dem relativ kleinen Schutzraum ankam, war der, bis auf einen Tisch und zwei Stühle, leer. Ungläubig, erleichtert und enttäuscht zugleich, sah sich der Strobel um. Aber da war nichts. Keine Leichen, keine weitere Tür, gar nichts. Im Hintergrund hörte er Leute die Treppe heruntergehen. Der Matzinger redete die ganze Zeit über und erklärte, dass hier schon ewig niemand mehr herunten gewesen sei und er gar nicht wisse, wie die Gendarmen auf die Idee kommen konnten, an diesem Ort den Bremer Ferdinand und diesen Reporter zu suchen. Was immer der Markus da im Krankenhaus behauptet hatte, meinte er, sei völliger Blödsinn. Einer der Kollegen hinter ihnen machte eine lustig gemeinte Bemerkung, die den Strobel allerdings sofort extrem aufhorchen ließ.

»Der hat aber eine brave Putzfrau. Die wischt sogar im Keller«, stellte er nämlich im Plauderton fest. Da hat es den Strobel gerissen, als hätte ihn der Blitz gestreift. Weil, jetzt ist auch ihm aufgefallen, dass der Raum, oder besser gesagt, der Boden dafür, dass angeblich schon so lange keiner mehr einen Fuß daraufgesetzt hatte, viel zu sauber war. Er drehte sich um und sah den Matzinger fragend an. Im Licht der Kellerlampe war eindeutig zu erkennen, dass der Kerl mindestens so grau im Gesicht war wie die Wände rundherum. Unruhig sah er von einem zum anderen und sein Blick blieb schließlich beim Berti hängen. Er breitete theatralisch die Arme aus und stammelte:

»Ihr glaubt doch nicht wirklich …, Berti, das kann doch nicht euer Ernst sein …«

Der Berti stand da und sagte gar nichts. Es sah fast so aus, als würde er ins Narrenkastel schauen und von alledem nichts mitkriegen. Derweil blickte der Matzinger von einem zum anderen und machte einen auf verwundert und beleidigt, weil man ihn verdächtigte. Der Strobel und seine Kollegen untersuchten, so gut es bei den Lichtverhältnissen ging, den Raum und der Berti glotzte weiter Löcher in die Luft. Als er wieder zum Leben erwachte, ging er zum Strobel und flüsterte ihm die Frage ins Ohr, ob er einen Moment mit ihm nach oben gehen könnte. Und weil ihn der Berti dabei so flehentlich ansah, verzichtete der Strobel darauf, das zu hinterfragen, sondern nickte nur und setzte sich in Bewegung. Dem Gesicht vom Berti nach zu urteilen, musste die Sache ziemlich wichtig sein. Oben angelangt, ging er immer weiter vom Eingang des Bunkers weg. Dabei sah er sich dauernd um, als wolle er sich vergewissern, dass ihnen keiner folgte. Das kam dem Strobel dann doch etwas übertrieben vor und er wollte endlich wissen, was das ganze Kasperltheater eigentlich sollte. Da blieb der Berti abrupt stehen und erst jetzt erkannte der Strobel, wohin ihn sein Kollege geführt hatte. Zum frisch betonierten Fundament der Garage. Ein paar Sekunden brauchte der Strobel, bis er begriff, was ihm sein Mitarbeiter sagen wollte. Und dann verstand er freilich auch, warum sich der so komisch verhielt. Immerhin hatte er dem Matzinger beim Betonieren, und wenn er mit seiner Vermutung richtiglag, auch beim Beseitigen zweier Leichen geholfen. Versetz dich da einmal in seine Lage. Wie muss sich der arme Kerl da wohl gefühlt haben? Zum einen, weil sein Jugendfreund seine Gutmütigkeit auf derart schändliche Weise ausgenützt hatte. Und zum anderen, weil er als Hüter des Gesetzes einem Verbrecher, wenn auch nicht wissentlich, beim Spurenvernichten geholfen hatte. Dass ihm das vor den übrigen Kollegen unheimlich peinlich war, kannst du dir sicher vorstellen. So ein Häufchen Elend, wie der Berti in diesem Moment war, hatte der Strobel in seinem ganzen Leben noch nicht gesehen. Da packte ihn doch glatt das Mitleid. Er ging zurück in den Bunker, machte sich noch ein bisschen wichtig, bedankte sich bei den

Kollegen für ihre tolle Unterstützung und schickte sie weg. Die lange Geschichte kurz erzählt, ist, dass der Berti wirklich recht hatte. Zumindest teilweise. Um das herauszufinden, genügte es völlig, dass sich die beiden Gendarmen demonstrativ vor das Garagenfundament stellten und den Matzinger böse anschauten. Der war nämlich kein Berufsverbrecher und auch kein Depp. Von daher ahnte er gleich, was die Stunde geschlagen hatte. Ohne ein weiteres Wort drehte er sich um und schleppte sich, dicht gefolgt von den beiden Ordnungshütern, ins Haus. Dort steuerte er die Küche an, ging zum Kühlschrank, holte drei Flaschen Bier heraus, stellte sie auf den Tisch und bot den Gendarmen einen Sitzplatz an. In dieser Situation kam keiner auf die Idee, das Bier abzulehnen. Als sie dann saßen, prostete ihnen der Matzinger zu, nahm einen kräftigen Zug und begann schließlich, seine Geschichte zu erzählen. Und die, so viel kann ich dir verraten, war gar nicht so uninteressant für die wahrheitssuchenden Gendarmen.

## 54

Trotzdem sie aus verfeindeten Familien stammten, verstanden sich der Matzinger Alfred und der Bremer Markus nach ein paar Startschwierigkeiten ziemlich gut. Der Grund dafür lag in ihrer gemeinsamen Abneigung gegenüber dem Ferdinand. Der Matzinger hatte diese Ablehnung nämlich von seinem Vater geerbt, den der Bremer Ferdinand bei einem Grundstückskauf über den Tisch gezogen hatte. Ich meine, so richtige Freunde sind sie nicht gewesen. Eher so etwas wie Leidensbrüder, die sich gegenseitig in ihrer Meinung, dass der Ferdinand ein Arschloch war, bestärkt haben. Genau konnte sich der Matzinger nicht mehr erinnern, wann der Markus ihm das erste Mal von seinem verrückten Entführungsplan erzählt hatte. Es war aber kurz nachdem der erfahren hatte, dass er enterbt werden sollte. Der Matzinger glaubte zuerst an einen blöden Scherz, weil sie schon vier oder fünf Biere getrunken hatten und der Markus sich leicht angeschlagen zeigte. Mit der Zeit begannen sie, ihre Abende damit zu verbringen, das Verbrechen bis ins kleinste Detail zu planen. Der Matzinger aus Langeweile und Spaß an der Freud und der Markus, weil er es wirklich tun wollte, wie sich bald herausstellen sollte. Der Matzinger kapierte erst nach und nach, dass es dem Markus tatsächlich ernst war. Aber anstatt sich zu distanzieren, machte er weiter mit. Irgendwann war dann der Punkt erreicht, an dem der ganze Plan konkret vor ihnen lag und es irgendwie kein Zurück mehr gab. Jetzt fragst du dich wahrscheinlich, wie genau dieser Plan ausgesehen hat. Im Grunde ziemlich einfach. Der Ferdinand sollte entführt und dann in dem Bunker vom Matzinger versteckt werden. Um jeden Verdacht vom Markus fernzuhalten, sollte auch er zum Schein verschleppt werden. Den Karl hatten sie dazu auserkoren, das Geld bereitzustellen. Aber nicht, weil der Markus ihn mochte oder so, sondern weil er der Dümmste in der Familie war und von ihm am wenigsten Widerstand zu erwarten war. Er, so hatte der Markus spekuliert, würde sich auf jeden Fall an die Anweisungen halten. Die Anneliese sollte Gelegenheit bekommen, die Rechnung zu bezahlen, die er mit ihr offenhatte. Den Bastard und zahlreiche andere Schimpfwörter sowie ihre immer wiederkehrenden Hasstiraden auf ihn hatte der Markus nämlich nicht vergessen. Jetzt war der Moment gekommen, wo sie büßen musste. Angst war da aus seiner Sicht ein probates Mittel. Er konnte ja nicht wissen, dass es immer nur Theater gewesen war, wenn sie die liebevolle Tochter gegeben hatte. In Wirklichkeit mochte sie ihren Vater genauso wenig wie er. Dem Matzinger versprach der Markus einen schönen Anteil vom Lösegeld dafür, die Entführten bei ihm verstecken zu dürfen. Durch Erzählungen vom Matzinger war er nämlich über die Existenz des Schutzraumes informiert. Er wusste aber auch, dass davon sonst kaum noch jemand Kenntnis hatte. Das perfekte Versteck also. Der Matzinger schwor Stein und Bein, dass zu keiner Zeit von Gewaltanwendung die Rede gewesen war. Nur holen, ein paar Tage einsperren und schwer abkassieren. Ende Gelände. So war der Plan. An dem Tag, als sie diesen in die Tat umsetzen wollten, ging dann allerdings einiges schief. Sie hatten geplant, den Ferdinand von daheim zu holen. Direkt aus seinem Prunkschloss. Der Markus wusste, dass die Haslauer Marion am frühen Abend das Haus verlassen würde, und hatte dementsprechend vorgehabt, seinen Vater nach ihrer Abfahrt zu kidnappen. Leider kam etwas dazwischen. Der Bremer Ferdinand war nämlich nicht daheim und kam auch nach Stunden des Wartens nicht. Jetzt war der Markus aber derartig auf Entführung eingestellt, dass er keine Lust hatte, ohne Beute abzuziehen. Also entschied er nach kurzer Überlegung, den Plan zu ändern und seine blöde Schwester anstelle seines Vaters zu verschleppen. Der Matzinger hätte die Ausführung des Planes lieber verschoben, aber der Markus war derart überdreht, dass er das ablehnte. Stattdessen beharrte er darauf, die Anneliese zu holen. Aus seiner Sicht nicht unverständlich, dass er nach der langen

Planungsphase zu einem Ende kommen wollte. Widerwillig stimmte der Matzinger schließlich zu und sie schlichen sich zu ihrem Haus. Der Matzinger sollte nur aufpassen, dass sie niemand sah. Sonst nichts. Und mehr tat er dann auch nicht. Er wartete in der Nähe des Eingangs auf den Markus. Der läutete einfach an und erzählte seiner Schwester, die sich über diesen überraschenden Besuch natürlich wunderte, irgendeinen Wauwau, damit sie ihn hineinließ. Leider stellte sich heraus, dass der liebe Markus seine Emotionen nicht so ganz unter Kontrolle halten konnte. Weil, noch bevor er die Anneliese mit dem mitgebrachten Chloroform betäuben konnte, kochte sein Zorn auf sie über und er begann, sie wüst zu beschimpfen. Sie bekam Angst und wollte weglaufen. Der Markus hetzte hinterher, holte sie auf der Treppe ein, packte sie und versuchte, sie festzuhalten. Wie das aber halt oft mit Opfern so ist, wollte die Anneliese gar nicht so, wie sich der Markus das wünschte, und wehrte sich nach Leibeskräften. Mitten in der schönsten Rangelei verlor sie schließlich das Gleichgewicht und polterte rücklings die Stiege hinunter. Das brach ihr, im wahrsten Sinne des Wortes, das Genick. Zumindest behauptete das der Markus später. Ob es stimmte oder nicht, konnte nie festgestellt werden. Jedenfalls kam er dann mit der Frau in den Armen zur Tür heraus und der Matzinger glaubte, dass alles wie geplant gelaufen war. Erst als sie auf seinem Hof ankamen, bemerkte er, dass die Anneliese relativ tot war, und weigerte sich, sie in seinem Bunker zu verstecken. Und zwar so hartnäckig, dass der Markus sie wutschnaubend in den Kofferraum seines Autos warf und mit ihr wegfuhr. Wohin, konnte der Matzinger nicht sagen. Nach dem überraschenden Ableben von der Anneliese wurden dem Mann einige Dinge klar. Erstens, dass er sich mit einem Verrückten eingelassen hatte. Und zweitens, dass er jetzt in einen Mord verwickelt war. Beides fand er nicht so gut. Weil der Markus aber vorerst nicht mehr auftauchte, beschloss er abzuwarten, wie die Dinge sich entwickeln würden. Und siehe da, sie entwickelten sich. Und wie!

## 55

Am Abend des übernächsten Tages stand der Markus nämlich auf einmal wieder vor der Tür. Mit einem dicken Verband an seiner Hand und einem ziemlich irren Blick, wie der Matzinger meinte. So irre jedenfalls, dass er sich nicht zu widersprechen traute, als ihm der Markus mitteilte, dass er den Arsch, wie er den Ferdinand in ihren Gesprächen immer nannte, im Kofferraum seines Autos habe und er ihn jetzt, auf der Stelle, in den Bunker bringen wolle. Ohne zu murren, gab der Matzinger den Schlüssel heraus und der Markus tat, was er zu tun hatte. Nach vollendeter Tat schärfte der Markus dem Matzinger dann noch einmal ein, zu niemandem etwas zu sagen und sich um den Ferdinand zu kümmern, solange es nötig war. Sollte etwas schiefgehen, so drohte er seinem Nachbarn, würde ihm das schlecht bekommen. Diese Drohung, so behauptete der Matzinger jetzt, wog für ihn wesentlich schwerer als die Aussicht auf einen Anteil am Lösegeld. Nach ein paar zusätzlichen Drohgebärden verschwand der Markus schließlich wieder und ließ einen ziemlich verunsicherten Matzinger zurück, der sich in seiner Rolle als Gefängniswärter gar nicht wohl fühlte. Das besserte sich auch nicht, als einige Minuten später ein fremdes Auto auf seinen Hof gefahren kam. Da ist dem Matzinger ganz schön der Reis gegangen, wie man so sagt. Den Fahrer des Wagens kannte er nicht. Umso überraschter ist er dann gewesen, als der Mann, der sich als Kurt Leander vom Bezirksanzeiger vorstellte, unverblümt zur Sache kam. Er wollte nämlich den Ferdinand aus seinem Verlies holen. Offenbar war er dem Markus gefolgt und hatte alles beobachtet. Und obwohl er dem Matzinger nicht drohte und auch seine Stimme nicht hob, wusste der natürlich gleich, was die Stunde geschlagen hatte, und versuchte gar nicht erst, sich blöd zu stellen, sondern sperrte das Tor wortlos wieder auf. Ohne weiter auf ihn zu achten, stieg der Reporter die Treppe hinunter und kam schließlich gemeinsam mit dem Ferdinand zurück. Der war wegen der ganzen Geschichte nicht besonders gut gelaunt und ließ das den Matzinger auch gleich spüren. Was er sich eigentlich einbilde, sich gegen ihn zu stellen und diesem undankbaren Balg dabei zu helfen, ihn zu entführen, und dass er dafür sorgen werde, dass der Matzinger für den Rest seiner Tage hinter Gittern verschwinden werde und all so ein Zeug brüllte der Alte seinem verdutzten Wächter ins Gesicht. Der Matzinger war derart über die Energie verwundert, die im Bremer steckte, dass er gar nichts zu alledem sagte. Zu sehr war er mit der Betrachtung der Rissquetschwunde beschäftigt, die er über dem linken Auge vom Bremer bemerkt hatte.

Die lange Geschichte kurz erzählt, ist, dass der Leander den alten Bremer mitgenommen hat. Bevor die beiden den Hof verließen, schärften sie dem Matzinger ein, zu niemandem ein Wort zu sagen, wenn ihm seine Zukunft in irgendeiner Form wichtig wäre, und weg waren sie. Das alles war so schnell gegangen, dass der arme Matzinger erst eine ganze Weile brauchte, um zu kapieren, dass er nicht bloß geträumt hatte. Wirklich besser gemacht hat diese Erkenntnis allerdings nichts. Genau wie der Gedanke, dass er, sobald diese Sache vorbei war, ins Gefängnis wandern würde. Jetzt, wo alles schiefgegangen war, wusste der Matzinger auf einmal auch, dass diese Entführung ein ziemlich blöder Einfall gewesen war. Für Einsichten dieser Art war es allerdings ein bisschen zu spät. Aber wie dem auch sei. Jedenfalls war das im Großen und Ganzen die Geschichte, die der Matzinger den beiden Gendarmen erzählte. Die, das kannst du dir sicher vorstellen, zeigten sich sehr verwundert über diese Version. Ich meine, der Matzinger hat in dem Moment nicht wissen können, dass sowohl der Bremer Ferdinand als auch der Leander Kurt immer noch gesucht wurden wie die sprichwörtlichen Stecknadeln im Heuhaufen und die Ordnungshüter deswegen ihre Zweifel am Wahrheitsgehalt seiner Aussage hatten. Aber so war es nun einmal. Blöd für den Matzinger und auch blöd für die Gendarmen. Weil, jetzt waren sie noch mehr verwirrt als vorher. Wenn der Leander den Bremer befreit hatte, wo zum Teufel waren die beiden Herren dann abgeblieben? In Luft konnten sie sich kaum aufgelöst haben. Entführungsopfer waren sie dem Anschein nach aber auch nicht. Wo also waren sie? Und warum stand der Wagen vom Leander mitten im Wald? Irgendwie machte all das keinen Sinn. Sicher war nur, dass der Matzinger dem Markus offenbar geholfen hatte und ihn mit seinen Angaben schwer belastete. Ansonsten war alles nach wie vor sehr rätselhaft.

# 56

Der nächste Tag brachte keine neuen Erkenntnisse. Der Karl war als Informationsquelle nicht mehr sehr ergiebig, weil er schon alles gesagt hatte, was er wusste. Bis auf die Kleinigkeit, wo er in den Tagen, bevor seine Schwester entführt wurde, gewesen war. Besonders viel Druck machte der Strobel allerdings nicht mehr, um dahinterzukommen. Schließlich stand ja schon der Markus als Täter fest. Von daher könnte man sogar sagen, dass dem Strobel die Freizeitaktivitäten vom Karl nicht wirklich etwas angegangen sind. Der Markus wiederum schien beschlossen zu haben, mit keinem mehr zu reden. Mit dem Strobel nicht, dem Berti nicht und mit dem Novotny schon gar nicht. Der Herr Kollege aus Wien versuchte nach der Wende am Vortag freilich, wieder einen Fuß in die Ermittlungen zu kriegen, um am Ende nicht allzu blöd dazustehen. Allerdings hatte er den ansonsten so friedliebenden Strobel derart vergrämt, dass der ihn im Regen stehen ließ. Jetzt, so hat sich der Strobel gedacht, brauchte sich der Aushilfs-Columbo, der ihm die ganzen Tage vorher nie richtig zugehört und sich dann auch noch über ihn beschwert hatte, auch nicht mehr wichtigzumachen. Und anzubiedern schon überhaupt nicht. Da hat ihn der Postenkommandant so was von abtropfen lassen, das glaubst du gar nicht. Aber ehrlich gesagt, haben der Strobel und der Berti dem Kollegen aus Wien nicht sehr viel Aufmerksamkeit geschenkt. Sie hatten weiß Gott Besseres zu tun. Vor allem Wichtigeres. Wie zum Beispiel den Bremer und den Leander zu finden. Auch wenn das für dich jetzt schon ein alter Hut ist, gehört es wieder gesagt. Weil, für die beiden Dorfgendarmen war es damals natürlich kein alter

Hut. Im Gegenteil. Eher mehr so der berühmte brennende Hut ist das gewesen. Ich meine, natürlich hatte sich die Lage nach der Aussage vom Matzinger geändert. Automatisch hat man nämlich jetzt nicht mehr von einer Schuld vom Markus ausgehen können, was das Verschwinden der Herren betraf. Wenn er es aber nicht war, dann musste es noch einen anderen Täter geben. Einen weiteren Komplizen quasi. Verstockt, wie der Markus im Moment aber gewesen ist, würde er diesen Komplizen kaum verraten. Ergo waren die Ordnungshüter in Wirklichkeit keinen einzigen Schritt weitergekommen. Nicht den kleinsten. Außerdem tat sich für sie noch ein nächstes Problem auf. Sie konnten die Suchmannschaften nicht mehr ewig weitermachen lassen. Schließlich fehlten die Beamten ja auf ihren Dienststellen. Irgendwann mussten sie weggeschickt werden. Zumindest hatte der Major Schuch beim letzten Telefonat eine derartige Andeutung gemacht. Und auch wenn der Strobel darüber nicht sonderlich glücklich gewesen ist, musste er zugeben, dass sein Chef damit recht hatte. Deswegen beschloss er um die Mittagszeit, die Suchaktion um 16.00 Uhr offiziell zu beenden. Mit oder ohne Erfolgsmeldung. Und was soll ich dir sagen? Nichts haben sie gefunden, die vielen Einsatzkräfte. Keine weiteren Spuren, keine Leichen und keine lebendigen Abgängigen. So sehr sich der Strobel auch abgemüht hatte, immer neue Möglichkeiten im Hinblick auf ein Versteck überprüfen zu lassen, es half nichts. Wie vom Erdboden verschluckt sind sie gewesen, die beiden Männer, und sie blieben es auch. Bis die letzten Kollegen das Feld geräumt hatten, war es kurz nach 17.00 Uhr. Auch der Novotny war schon weg. Grußlos hatte er sich auf den Weg in die Stadt gemacht. Der Strobel und der Berti blieben, von der plötzlich eingekehrten Ruhe irritiert, auf der Dienststelle zurück, diskutierten noch einmal verschiedene Möglichkeiten und suchten nach Fehlern in ihren Überlegungen. Dabei fiel dem Strobel erneut auf, dass so ein Verhalten völlig untypisch für den Berti war. Umso mehr freute es ihn allerdings.

Es mag die Neugier gewesen sein, die den Pfaffi dazu brachte, schon um viertel nach sechs auf der Dienststelle zu erscheinen, oder die Arbeitswut. Keine Ahnung. Das ist sein Geheimnis geblieben, weil ihn weder der Strobel noch der Berti danach fragten. Sie waren nur froh, sich eine Pause gönnen zu können. Also bat der Strobel den Jungspund, seinen Nachtdienst früher anzutreten, und erklärte dem sichtlich enttäuschten Burschen, dass er ihn im Notfall im Pfarrhaus erreichen könne. Jetzt wunderst du dich vielleicht, warum der Postenkommandant nach den stressigen Tagen nicht gleich nach Hause, sondern ins Pfarrhaus gegangen ist? Aber das ist schnell erklärt. Erstens hatte der Strobel den letzten Herrenabend versäumt und zweitens wollte er, Müdigkeit hin oder her, unbedingt die Meinung vom Römer zu diesem Mysterium hören. Auch wenn das wahrscheinlich nichts bringen würde, schaden konnte es auch nicht. Genauso wenig wie ein gutes Glas Rotwein und ein bisschen Käse und Speck, gepaart mit klassischer Musik. Genau das, so war der Strobel überzeugt, war das, was er jetzt brauchte. Er verabschiedete sich mit einem Salut und weg war er. Der Berti tat es ihm gleich. Allerdings freute er sich auf sein Abendessen und einen gemütlichen Abend vor dem Fernseher, den er seiner Frau gekauft hatte, damit ihr nicht immer so langweilig war. Der leicht geknickte Pfaffi blieb auf dem Posten zurück und haderte mit der Frage, ob er es wagen sollte, in den Akten zu stöbern, die sein Chef auf seinem Schreibtisch hatte liegen lassen. Weil, wissen wollte er nämlich schon sehr gerne, was den ganzen

Tag über passiert war. Erzählt hatten ja weder der Strobel noch der Berti irgendwas. Von daher schien es ihm durchaus legitim, einen Blick auf die Schriftstücke zu werfen. Er setzte sich also hinter den Schreibtisch seines Chefs, nahm die Akte zur Hand, lehnte sich zurück und legte, zufrieden lächelnd, die Füße auf den Tisch. So ein Nachtdienst, so dachte er in diesem Moment, hatte durchaus seine guten Seiten. Derweil der Pfaffi sich als Chef des Gendarmeriepostens fühlte, verspeiste der Berti gerade ein Schnitzel, das fast so groß war wie der Teller, auf dem es lag, und der Strobel nippte im Pfarrhaus an seinem Rotwein, während er den Römer auf den neuesten Ermittlungsstand brachte. Da und dort konnte man im Ort den Duft von gegrilltem Fleisch riechen, der vom lauen Wind verteilt wurde, und aus manchem Garten konnte man Stimmen und Lachen hören. Und warum sollten die Leute auch nicht lachen? Schließlich kannte nicht jeder die Familie Bremer und ihre traurige Geschichte. Wie so oft, entstand an diesem Abend der Eindruck einer vollkommen heilen Welt im Dorf. Und mit ein paar kleinen Schönheitsfehlern war es das vielleicht auch.

## 57

Der Römer hörte ganz interessiert zu, während der Strobel ihm einen Überblick darüber gab, was in den letzten Tagen geschehen war. Und das war nicht gerade wenig, wie dem Strobel erst jetzt auffiel, während er es erzählte. Natürlich fand der Kirchenhirte es auch überaus spannend, wo die beiden Männer abgeblieben sein konnten, und er stellte dazu seine Theorien auf. Was wirklich Gescheites oder gar Neues war aber nicht darunter. Letzten Endes verlegte sich der Römer darauf, dass es der Markus doch noch irgendwie geschafft haben musste, seinen Vater mitsamt dem lästigen Zeugen in seine Gewalt zu bringen. Mit der daraus resultierenden Feststellung, dass die Lage für die beiden Opfer ganz schön gefährlich werden würde, sollte der Markus weiter schweigen, trug er beim Strobel nicht gerade zur Hebung der Laune bei. Er versuchte, das wiedergutzumachen, indem er seinem Freund anbot, ein Gespräch mit dem Markus zu führen. Vielleicht, so meinte der Priester, war der Bursche ja doch noch nicht so sehr verroht, dass er im Angesicht des Herren weiterlog. Eine Annahme, die der Strobel so nicht unterschrieben hätte. Aber um den Pfarrer nicht zu kränken, sicherte er ihm zu, über diesen Vorschlag nachzudenken. Eine fast schon asiatische Art, dankend abzulehnen. Das wusste freilich auch der Römer. Trotzdem zeigte er sich mit der Antwort des Gesetzeshüters zufrieden. Eine beinahe schon schmerzhafte Höflichkeit, die da zwischen ihnen war. Aber das war halt auch Teil ihrer Freundschaft. So gesehen, hätte manch einer was von ihnen lernen können. Und wenn es nur die Tatsache gewesen wäre, dass man auch Nein sagen kann, ohne Nein zu sagen. Aber wie dem auch sei.

Da irgendwann alles zum Thema Bremer und Leander gesagt war, versuchte der Strobel, die Unterhaltung in eine Richtung zu lenken, die ihm persönlich sehr wichtig war. Du ahnst wahrscheinlich schon, dass es wieder um die Gründung eines gemeinsamen Hausstandes mit der Frau Doktor gegangen ist. Und siehst du, da war der Römer jetzt gar nicht so asiatisch höflich, wie er dem Strobel schon nach den ersten Sätzen ins Wort gefallen ist und ihm gesagt hat, dass er dazu, genau wie die letzten Male auch, genau gar nichts sagen wird. Und um die Kreisbewegung dieses Gespräches komplett zu machen, schmollte der Strobel daraufhin eine Runde. Alles wie gehabt, könnte man sagen. Ob der Abend damit auch zu Ende gewesen wäre, wenn der Pfaffi nicht angerufen und den Strobel verlangt hätte, weiß man nicht. Was man aber weiß, ist, dass der Pfaffi seinen Chef ganz dringend sprechen wollte, weil es etwas Neues gegeben hat. Und zwar etwas sehr Interessantes. Zumindest behauptete das der Pfaffi. Was genau passiert war, wollte er am Telefon aber nicht sagen. Er meinte nur, dass es etwas mit dem Bremer zu tun habe und der Strobel lieber schnell kommen solle, um sich die Sache selber anzuhören. Und siehst du, da war es gleich vorbei mit der Schmollerei. Hastig verabschiedete sich der Ordnungshüter bei seinem Gastgeber und eilte zum Gendarmerieposten. Dort angekommen, erwarteten ihn ein aufgeregt wirkender Pfaffi und eine ebenso aufgeregt wirkende Haslauer Marion. Beide fingen augenblicklich an zu reden, als sie den Postenkommandanten sahen. Klar, dass da die Verständigung nicht so funktioniert hat, wie man sich das gemeinhin vorstellen würde. So viel Unruhe hat jetzt auch den Strobel angesteckt, als er versuchte, beiden gleichzeitig zuzuhören. Er hat so schnell von einem zum anderen geschaut, dass es ausgesehen hat, als würde er pausenlos den Kopf schütteln. Mitgekriegt hat er bestenfalls die Hälfte von dem, was der Pfaffi und die Marion gemeinsam von sich gegeben haben. Ergo eher ein Lückentext als eine vollständige Geschichte. Gerade als der Strobel dazu ansetzen wollte, für Ruhe zu sorgen, läutete das Telefon und hinter ihm stürmte der Berti bei der Tür herein, als wäre der Teufel hinter ihm her gewesen, und wollte sofort wissen, was eigentlich passiert ist. Jetzt kannst du dir sicher vorstellen, was das für eine Geräuschkulisse gewesen ist. Vier Personen, die gleichzeitig geredet haben und dabei immer lauter geworden sind, weil sie die anderen übertönen wollten, und dazwischen ein hysterisch klingelndes Telefon. Der Strobel kapierte als Erster, dass hier nichts Gescheites rauskommen würde, wenn niemand für Ruhe sorgte. Also brüllte er so laut er konnte, dass jetzt endlich jemand an dieses blöde Telefon gehen solle. Und zwar so laut, dass alle schlagartig verstummten. Aber nur für einen kurzen Augenblick. Weil, schon gefühlte zwei Sekunden später redeten sie wieder wild durcheinander. Also drängte sich der Strobel am Pfaffi vorbei, hob den Hörer ab, hielt die Muschel mit der Hand zu und startete den zweiten Versuch. Diesmal war es nur ein einziges Wort, das er aus Leibeskräften von sich gab. »Ruhe!«

Und siehst du, da hat es sich einmal mehr gezeigt, dass weniger oft mehr ist. Weil, dieses eine Wort hat genügt, um endlich alle zum Schweigen zu bringen. Vielleicht hat das aber auch etwas mit dem zornigen Blick zu tun gehabt, den er dabei in die Runde warf. Wer weiß? Geholfen hat es jedenfalls. Der Strobel hat sich also dem Telefon zugewandt, sich gemeldet und dann aufmerksam gelauscht, ohne auch nur einen Ton von sich zu geben. Dreingeschaut hat er, als hätten ihm die Hühner das Brot weggefressen. Genauso wortlos, wie er die ganze Zeit zugehört hat, hat er dann auch aufgelegt und sich auf seinen Stuhl gesetzt und in die Runde geschaut. Jetzt wirst du wahrscheinlich wissen wollen, was den Strobel so sehr verwirrt hat. Das ist schnell erzählt. Der Anrufer war nämlich der Major Schuch gewesen. Und der hat dem Strobel kurz und bündig erzählt, dass ein Anruf von ›Drüben‹ gekommen sei. Die dortige Grenzwachabteilung habe mitgeteilt, dass ein Österreicher bei dem Versuch verhaftet worden sei, illegal die Grenze zu passieren. Im Grunde nichts Großartiges. Es ist damals immer wieder einmal vorgekommen, dass irgendjemand verhaftet worden ist, weil er sich irrtümlich auf das Staatsgebiet der Tschechoslowakei verirrt hat. Naturgemäß haben das die Tschechen anders gesehen. Die haben nämlich tatsächlich geglaubt, es könnte jemanden geben, der vom Westen aus freiwillig hinter den Eisernen Vorhang will. Aber einmal ehrlich, was hätte man dort schon wollen sollen? Ergo war es natürlich immer ein Irrtum, wenn einer zu weit in den Wald hineingegangen ist. Gar keine Frage. So weit war die Geschichte also gar nicht wirklich spannend. Der spannende Teil war der Name dieser Person. Ferdinand Bremer nämlich. Ja, du hast richtig gehört! Der seit Tagen abgängige Ferdinand war in der Tschechoslowakei aufgetaucht. Da ist es natürlich nach der Aussage vom Matzinger kein Wunder gewesen, dass der Strobel verwirrt war und nicht gewusst hat, wie er die Teile der Geschichte richtig zusammenfügen soll. Und nachdem er den übrigen Anwesenden erzählt hatte, was er gerade erfahren hatte, ist es denen nicht besser gegangen. Von daher musste der Strobel wohl oder übel auf den schriftlichen Bericht warten, den die Grenzwächter angekündigt hatten. Das war alles zusammen schon mehr als seltsam. Sogar so seltsam, dass der Pfaffi und die Marion anscheinend von einem Moment auf den anderen vergessen hatten, was sie dem Strobel vorhin unbedingt sagen wollten. Erst als der die Haslauer Marion fragte, erinnerte sie sich wieder an ihren Text und erzählte, dass sie gerade beim Haus vom Ferdinand gewesen sei und dort Licht gebrannt habe. Kaum hatte sie das ausgesprochen, wurde auch der Pfaffi wieder munter und berichtete, dass er gerade einen Anruf von einem der Nachbarn vom Ferdinand bekommen habe, der genau dasselbe erzählt habe. Na, was glaubst du, wie da vor lauter Schnelldrehen die Zahnräder im Kopf vom Strobel geraucht haben? Langsam, aber sicher hat für den armen Kerl gar nichts mehr einen Sinn ergeben. Und weil das so gewesen ist, wollte er unbedingt ein paar Antworten haben. Zum Beispiel auf die Frage, wer sich mitten in der Nacht im Haus vom Ferdinand aufhielt. Weil, ganz so uninteressant erschien ihm das nicht. Von daher schickte er die Marion nach Hause und befahl dem Pfaffi, sich den Autoschlüssel zu schnappen.

# 58

In einigem Abstand zum Bremer-Haus ließ der Strobel den Pfaffi anhalten und sagte ihm, er solle das Licht abdrehen. Von der Kuppe aus, auf der sie standen, konnten sie genau sehen, dass in dem Haus tatsächlich Licht brannte. Und zwar im Keller. Der Strobel kratzte sich am Kopf, während er sich die nächsten Schritte überlegte, und der Pfaffi stellte die Frage in den Raum, ob nicht vielleicht die Marion vergessen hatte, das Licht abzuschalten. Freilich konnte der Strobel darauf keine sinnvolle Antwort geben. Aber bevor er den Pfaffi fragen konnte, ob er ihn für Jesus hielt, drehte im Erdgeschoss jemand das Licht auf und ein Schatten huschte an einem der Fenster vorbei. Noch bevor der Strobel etwas sagen konnte, wurde es auch schon wieder finster im Haus. Der Pfaffi war jetzt offenbar ziemlich aufgeregt. Er zupfte unentwegt am Ärmel von seinem Chef und fragte flüsternd: »Hast das g'sehen? Hast das g'sehen?«

»Freilich hab ich's g'sehen! Ich bin ja nicht blind. Jetzt lass meinen Ärmel in Ruh' und fahr los!« Auch der Strobel war in dem Moment total aufgeregt. Irgendwie hat er gespürt, dass er jetzt endlich einen Schritt weiterkommen würde. Im Grunde konnte nur ein Komplize vom Markus in dem Haus sein. Natürlich wäre auch ein Einbrecher denkbar gewesen. Aber das war dem Strobel dann doch zu unwahrscheinlich. Die Komplizentheorie war ihm da schon wesentlich lieber. Nicht zuletzt deswegen, weil er dann endlich den Fall würde abschließen können. So nahe, wie es möglich war, ohne gehört zu werden, fuhr der Pfaffi zum Haus. Auf dem letzten Stück ging es bergab. Der Pfaffi stellte den Motor ab und ließ den Wagen weiterrollen. Der Schwung reichte fast bis zur Haustür. So leise wie irgendwie möglich stiegen die Beamten aus dem Fahrzeug und schlichen auf dem Kiesweg auf das Haus zu. Dabei hatte der Strobel das Gefühl, unheimlich viel Lärm zu produzieren. Zumindest kam ihm das Knirschen der Kieselsteine unter seinen Sohlen extrem laut vor. War es aber nicht. Als sie endlich vor der Tür standen, drückte der Strobel versuchsweise die Türschnalle nieder. Und siehe da, die Tür ließ sich öffnen. Schritt für Schritt tastete sich der Postenkommandant, mit einer Taschenlampe bewaffnet, in die absolute Finsternis des Vorraumes und der Pfaffi schlich hinter ihm her. Der Strobel wollte die Lampe nicht einschalten, weil er das Überraschungsmoment auf seiner Seite haben wollte. Sehen konnte er seinen Kollegen nicht. Nur hören. Umgekehrt war das freilich nicht anders. So ist es halt gekommen, dass der Pfaffi in seinen Chef hineingelaufen ist, als der stehen blieb, um in die Dunkelheit zu lauschen. Fast hätte er den Strobel umgeworfen. Wäre da nicht die Garderobe gewesen, an der sich der Strobel im letzten Moment festhalten und einen Sturz verhindern konnte. Allerdings nur den seinen. Den der leeren Kleiderbügel, die jetzt laut polternd auf den Fliesenboden fielen, leider nicht. Da klopfte sein Herz auf einmal so heftig, dass er meinte, man müsse es im ganzen Haus hören, und er erstarrte schlagartig zur Salzsäule. Sein junger Kollege tat es ihm gleich. Sekundenlang horchten sie ins Dunkel. Aber es rührte sich nichts. Im Kopf vom Strobel rührte sich aber schon etwas. Nämlich die Frage, ob es wirklich eine gute Idee war, wie die Diebe, in völliger Dunkelheit, durch ein fremdes Haus zu schleichen. Kaum hatte er den Gedanken fertiggedacht, spürte er schon wieder die Hand vom Pfaffi. Diesmal allerdings auf seinem Allerwertesten. Das war dem Strobel eindeutig viel zu viel Nähe und er beschloss, auf das Überraschungsmoment zu pfeifen und die Taschenlampe einzuschalten. Aber noch bevor er diese Idee in die Tat umsetzen konnte, kam ihm der Pfaffi zuvor und drehte das Licht auf. Zumindest dachte der Strobel im ersten Moment, dass es der Pfaffi gewesen ist. Als er sich umdrehte, wurde er allerdings eines Besseren belehrt. Da kam nämlich tatsächlich jemand die Kellertreppe hoch. Ohne die beiden Gendarmen zu bemerken, ging dieser Jemand in Richtung Küchentür, öffnete sie und verschwand dahinter. Hektisch gab der Strobel jetzt dem Pfaffi mit Zeichen zu verstehen, dass sie sofort versuchen mussten, den Kerl zu überwältigen, und er eilte auf die Tür zu. Ohne zu zögern, öffnete er sie und trat in den Raum. Der Pfaffi war dicht hinter ihm. Fast gleichzeitig sahen sie den Bösewicht, der, mit dem Rücken zu ihnen, vor dem Kühlschrank stand und mit einem ziemlich großen Messer hantierte. Und siehst du, auf einmal haben sich die zwei Ordnungshüter blind verstanden. Einer links und der andere rechts, stürzten sie sich auf den Unbekannten, der vor lauter Schreck das Messer fallen ließ und wie ein Ferkel quiekte. Noch bevor er anfangen konnte zu schreien, hielt ihm der Pfaffi geistesgegenwärtig mit einer Hand den Mund zu, während der Strobel damit beschäftigt war, ihm die Arme auf den Rücken zu drehen und die Handschellen anzulegen. Ein wildes Gerangel, das da in der Küche im Gange war. Das kannst du ruhig glauben. Aber dann klickte es zweimal kurz hintereinander und aus war es. Weil, mit Handschellen rauft es sich gleich gar nicht mehr so gut. Das hat in diesem Fall aber nicht nur für den Bösewicht gegolten, sondern auch für den Pfaffi. Bei näherem Hinsehen stellte sich nämlich heraus, dass der Strobel nicht ganz die richtigen Handgelenke mit dem Metall verbunden hatte. Einen Arm vom Bösewicht und einen vom Pfaffi. Ja, genau! Der Strobel hat die zwei in der Hitze des Gefechtes zusammengehängt. Keine besondere Meisterleistung vom Herrn Postenkommandanten. Aber zu seiner Verteidigung muss ich sagen, dass er nicht sehr oft in so eine Situation geraten ist. Normalerweise sind die Übeltäter immer freiwillig mitgegangen. Möglicherweise hätte es auch auf diesen Menschen zugetroffen, wenn ihn nur jemand gefragt hätte. Das hat aber keiner gemacht. Und so ist es halt gekommen, dass der Pfaffi so etwas wie einen siamesischen Zwilling gekriegt hat. Ähnlich geschaut hat ihm sein Zwilling allerdings überhaupt nicht. Dem Kurt Leander schon, aber nicht dem Pfaffi. Zumindest ist den beiden Gendarmen vorgekommen, dass der Bursche, der sich da mitten in der Nacht im Haus vom Bremer Ferdinand herumgetrieben hat, dem vermissten Reporter zum Verwechseln ähnlich geschaut hat. Wie aus dem Gesicht gerissen quasi. Das ist mit Sicherheit auch daran gelegen, dass er es war. Der Herr Leander, meine ich. Vor lauter

Überraschung hat der Pfaffi seine Hand vom Mund weggenommen und der Leander hat mit weit aufgerissenen Augen sofort wieder angefangen zu quieken. Gut wehren hat er sich aber nicht können. Weil, auf der einen Seite war er ja mit dem Pfaffi verbunden und auf der anderen hatte er den Strobel hängen, der ihn eisern festhielt. Und noch bevor irgendeiner der Beteiligten ein vernünftiges Wort sagen konnte, stieß jemand mit einem lauten Krachen die Küchentüre auf und schrie etwas Unverständliches. Dieser Jemand hatte eine Schrotflinte in den Händen, die er verzweifelt versuchte, in Anschlag zu bringen. Und ich denke, du ahnst schon, wer der gewehrschwingende Held war. Genau! Der Bremer Ferdinand. Der Strobel, der keine Lust auf eine Ladung Schrot hatte, schrie: »Halt! Gendarmerie! Lassen Sie die Waffe fallen!«

Der Pfaffi versuchte derweil, den immer noch quietschenden Leander zwischen sich und die Laufmündungen zu bringen, und der sichtlich aufgeregte Ferdinand stolperte über seine eigenen Füße und klatschte mitten in der Küche mit einem dumpfen Laut des Schmerzes der Länge nach auf den Boden und begrub dabei den Kolben der Waffe unter sich. Nicht wirklich bequem. Im selben Moment, in dem alle Luft aus dem Bremer entwich, klatschte die freie Hand vom Pfaffi mit ziemlicher Wucht in das Gesicht vom Leander, der daraufhin schlagartig verstummte und den Gendarmen anglotzte, als hätte er mindestens drei Köpfe. Und vielleicht hatte der Leander das auch wirklich so gesehen. Ein paar Minuten später stellte sich nämlich heraus, dass er stockbesoffen war. Genau wie der Bremer Ferdinand. Der hatte auch einen in der Krone, der für zwei gereicht hätte. Dementsprechend schwierig gestaltete sich auch die Konversation. Die beiden Gesetzeshüter haben nicht recht gewusst, ob sie jetzt erleichtert, verärgert oder verwundert darüber sein sollten, ihre beiden Vermissten hier anzutreffen. Mitten in einem zünftigen Besäufnis. Freilich hat der Strobel jetzt wissen wollen, wie es dazu kommen konnte, und hat auch dauernd danach gefragt. Eine gescheite Antwort hat er aber nicht bekommen. Weder vom Bremer, der mit Jammern beschäftigt war, weil er glaubte, sich bei seinem Sturz auf den Gewehrkolben eine Rippe gebrochen zu haben, noch vom Leander, der blöd vor sich hin glotzte, während er sich seine blutrote Wange rieb. Und auch der Pfaffi hatte auf die Schnelle keine Theorie zur Hand. Nicht einmal eine blöde. Er war genauso verwundert wie sein Chef. Da waren sie die ganze Zeit davon ausgegangen, dass die beiden Herren entführt worden waren, und hatten den halben Bezirk nach ihnen abgesucht und dann fanden sie sie total besoffen im Haus vom Bremer vor. Offenbar hatten sie sich im Keller versteckt gehalten. Aber warum? Das war die große Frage. Mitten in seinen Überlegungen wurde der Strobel vom Pfaffi unterbrochen, der nachfragte, ob es dem Strobel etwas ausmachen würde, ihn vom Leander loszumachen. Im Kopf vom Strobel ist es in diesem Moment drunter und drüber gegangen. Zuerst die angebliche Entführung, dann die Aussage vom Matzinger und zuletzt der seltsame Anruf aus der Tschechoslowakei. Das alles machte überhaupt keinen Sinn. Steckte der Bremer Ferdinand vielleicht selbst hinter alledem? Und wenn ja, was für eine Rolle spielte dann dieser Journalist? War er ein Komplize? Und wie passte das alles mit den Taten vom Markus zusammen? Fragen über Fragen. Und ein paar davon hast du dir sicher auch schon gestellt. Der Strobel entschied jedenfalls, die zwei Rauschkugeln mit auf den Posten zu nehmen und sie erst einmal ein bisschen einzusperren, damit sie ihren Rausch ausschlafen konnten und er sie problemlos wiederfinden konnte, wenn er mit ihnen reden wollte. Ein wirklicher Grund, sie festzunehmen, ist ihm zwar nicht eingefallen, aber das war ihm in dem Augenblick völlig wurscht. Irgendwas, so dachte er, würden sie schon angestellt haben. Mit Hilfe vom Pfaffi verfrachtete er seine Gefangenen ins Auto. Zu seiner Überraschung protestierte keiner von ihnen. Auch dann nicht, als sich die Zellentüren hinter ihnen schlossen. Die Aussicht, auf dem blöden Klappbett schlafen zu müssen, freute den Postenkommandanten nicht gerade. Kurz überlegte er, ob er den Pfaffi dazu abkommandieren sollte, entschied sich aber dagegen und schickte den Jungen heim. Der kommende Tag würde sicher ein ganz spannender werden. Bevor er sich schlafen legte, überlegte er, ob er wohl die Frau Doktor anrufen sollte. Dafür war es aber wahrscheinlich schon zu spät. Also ließ er es bleiben. Genau wie das Nachdenken über diese Entwicklungen. Davonlaufen konnte ihm jetzt sowieso nichts mehr. Von daher hat ein bisschen Ruhe nicht schaden können. Vor lauter Stress hatte er gar nicht gemerkt, wie müde er eigentlich war. Sein Geist und sein Körper aber schon. Darum hat es dann auch gar nicht lange gedauert, bis er eingeschlafen ist.

## 59

Der nächste Tag begann so, wie der vorherige geendet hatte. Stressig. Weil, abgesehen von den zwei Deppen in den Zellen, die dauernd irgendwas zu raunzen hatten, dem Major am Telefon, der alles wissen wollte, einem Berti, der dem Strobel Löcher in den Bauch fragte und der Tatsache, dass der Pfaffi zu spät zum Dienst gekommen ist, gab es auch noch Probleme mit dem Wasser. Aus irgendeinem Grund kam beim Hahn nichts heraus. Nicht ein Tropfen. Ein Umstand, der beim Strobel für eine gehörige Portion Missmut sorgte, weil er sich nicht einmal waschen konnte. Vom Zähneputzen erst gar nicht zu reden. Und wenn es etwas gab, das der Mann nicht leiden konnte, dann war es, sich nach dem Aufstehen die Zähne nicht putzen zu können. Der Strobel war so fest davon überzeugt, dass er furchtbaren Mundgeruch hatte, dass er die Lippen beim Reden fast nicht aufmachte und die Zähne auch nicht. Das führte freilich dazu, dass alles, was er sagte, ziemlich undeutlich klang. Das wiederum hatte zur Folge, dass der überaus neugierige Berti nichts verstand und ständig »Was?« sagte. Das regte den Strobel nach ein paar Minuten echt auf und er schnauzte den Berti an, dass es erstens »Wie bitte?« heiße und er zweitens gefälligst zuhören solle, wenn er ihn schon mit seinen Fragen löchere. So ist es halt wieder einmal gekommen, dass der sowieso eher zartbesaitete Berti deutlich sichtbar einschnappte und ein dementsprechendes Gesicht zog. Noch bevor der Strobel darauf eingehen und weiter auf dem armen Kerl herumhacken konnte, rief der Bremer Ferdinand aus seiner Zelle, dass seine Klospülung nicht funktioniere und es deshalb langsam, aber sicher ein kleines bisschen zu stinken anfange. Eine Beschwerde, in die der Leander nicht nur einstimmte, sondern die er auch noch mit der Drohung, sich beschweren zu wollen, aufwertete. Alles in allem könnte man sagen, dass an diesem Morgen ein paar nicht gerade tiefenentspannte Menschen auf ziemlich engem Raum beisammen waren. Das bekam auch der Pfaffi zu spüren, als er zehn Minuten zu spät auf der Dienststelle erschien. Der Strobel begrüßte ihn mit einem bösen Blick und einem demonstrativen Fingerzeig auf die Uhr. Noch bevor der Pfaffi seinem Chef erklären konnte, dass er nur deshalb zu spät dran war, weil er im Vorbeifahren Frühstück für die Häftlinge besorgt hatte, drehte sich der schon wieder um und motzte den Berti an. Du siehst also, dass der Strobel bei aller Gutmütigkeit auch nur ein Mensch gewesen ist. Einer mit Fehlern nämlich. Genau wie ein jeder von uns auch. Da gibt es gar nichts zu beschönigen. Aber zum Glück gab es derartige Tage nicht sehr oft im Jahr. Aber wie dem auch sei. Das Erscheinen der Fürnkranz Marie, die, wie jeden Tag um diese Zeit, putzen wollte, machte auch nichts besser. Die schimpfte natürlich auch vor sich hin, weil es kein Wasser gab. Und als könnte der Strobel das ändern, lief sie ihm auf Schritt und Tritt nach und wiederholte dabei ständig einen einzigen Satz: »Es gibt kein Wasser. Es gibt kein Wasser. Es gibt kein Wasser …« Wie ein Tonbandgerät spulte sie die Worte ununterbrochen ab. Jetzt kannst du dir vielleicht vorstellen, was für eine Wirkung das auf den sowieso schon unheimlich grantigen Strobel gehabt hat. Du kannst der Marie dafür allerdings keinen Vorwurf machen. Immerhin waren bei ihr ein paar Schrauben locker und sie für ihr seltsames Verhalten somit entschuldigt. An diesem Tag nützte ihr das aber nichts. So ungefähr nach der zehnten Wiederholung explodierte der genervte Postenkommandant, schlug mit der Faust auf den Tisch und verkündete lauthals, dass es jetzt genug sei und die Marie ihm nicht auf die Nerven gehen solle mit ihrem Schmarren, weil er weiß Gott andere Sorgen habe als ihre blöde Putzerei. Damit hat der das Frauchen natürlich sehr gekränkt. Mit Tränen in den Augen hat sie sich davongemacht wie ein geprügelter Hund. Freilich hat der Strobel in dem Moment ganz genau erkannt, dass er übers Ziel hinausgeschossen hatte. Und das hat ihm auf einer Seite natürlich sofort leidgetan. Auf der anderen Seite ärgerte er sich aber jetzt so sehr über sich selbst, dass er noch grantiger geworden ist. Das wieder hat ihn zu dem Entschluss geführt, sich daheim ein bisschen frisch zu machen. Ein Plan, der, kurz gesagt, voll in die Hose gegangen ist, weil es ja nicht nur auf dem Posten, sondern im ganzen Ort kein Wasser gegeben hat. Von daher ist der Weg für ihn umsonst gewesen. Vielleicht könnte man jetzt sagen, dass es eigentlich logisch war, dass es nirgends Wasser gegeben hat. Aber nachher ist man ja bekanntlich immer klüger. Und weil die Wassergeschichte, abgesehen vom immer ärger werdenden Gestank in den Zellen, im Grunde überhaupt nichts mit der Sache zu tun hat, will ich jetzt auch gar nicht länger drauf herumreiten. Aber gestunken hat es wirklich arg. So viel sei noch gesagt. Was immer die beiden Herren am Vortag zum Abendessen gehabt hatten, roch nach einer Nacht im Darm nicht gut. Das muss trotz allem erwähnt werden, weil der Strobel, als er auf die Dienststelle zurückgekommen ist, nämlich mitgekriegt hat, wie der Leander ganz wild gedroht hat, über diese ungeheuerliche Geschichte etwas in der Zeitung zu schreiben. Offenbar hatte der gute Mann schon ganz vergessen, dass er selber nicht ganz unbeteiligt war an dem Duft. Und an der Tatsache, dass er in der Zelle hockte, auch nicht. Der Bremer Ferdinand schien schon kapiert zu haben, dass Schimpfen überhaupt keinen Sinn hatte, und verlegte sich darauf, einen Kompromiss auszuhandeln. Genau in der Sekunde, in der der Strobel dem Leander an die Gurgel gehen wollte, bot der Bremer mit weinerlich klingender Stimme an, alles sagen zu wollen, was zur Aufklärung der Sache beitrage, wenn er nur eine Nase voll frischer Luft bekomme. Hat halt eine sehr empfindliche Nase gehabt, der feine Herr. Die lange Geschichte kurz erzählt, ist, dass der Strobel das Angebot angenommen und nach gut einer Stunde ziemlich genau gewusst hat, was es mit dem Verschwinden vom Ferdinand und vom Leander auf sich hatte. Zusammen mit den Aussagen, die er schon kannte, und den Spuren ergab sich dadurch ein ziemlich genaues Bild dessen, was passiert war. Und weil das alles in allem schon ein bisschen kompliziert gewesen ist, erzähl ich es dir einfach in der Reihenfolge, in der die Dinge geschehen sind, und nicht in der, in der der Strobel sie erfahren hat. Weil, das würde nur dazu führen, dass du dich überhaupt nicht mehr auskennst. Also schön der Reihe nach.

## 60

Der Bremer Ferdinand war in der besagten Nacht tatsächlich nicht daheim, sondern auf einer seiner Sauftouren gewesen. Das war an sich nichts Ungewöhnliches. Abgesehen von der Tatsache, dass er die normalerweise immer am Wochenende machte. Und weil der Markus die Gewohnheiten seines Wahlvaters kannte, hatte er damit natürlich nicht gerechnet. Wie dem auch sei. Jedenfalls war die letzte Station auf seinem Weg Tratschen gewesen. Irgendwann wollte er voll besoffen nach Hause fahren und ist, um nicht erwischt zu werden, auf den Feldwegen in Richtung Mariendörfl gefahren. Und dann ist, du glaubst es kaum, etwas völlig Unvorhersehbares passiert. Ein Verkehrsunfall nämlich. Ja, wirklich! Ob du es glaubst oder nicht, der Ferdinand hatte auf diesem Güterweg tatsächlich einen Verkehrsunfall. Er war viel zu schnell unterwegs und verlor die Kontrolle über den Wagen. Weil er nicht angeschnallt war, schlug er sich beim Anprall an den Baum den Kopf blutig und zog sich eine Gehirnerschütterung zu. Völlig durcheinander, ist der Ferdinand aus dem Wagen gestiegen und losmarschiert. Nur leider in die falsche Richtung. In den Wald hinein nämlich. Und damit freilich auch über die Staatsgrenze. So ist es dazu gekommen, dass der Ferdinand in der Tschechoslowakei aufgegriffen und zunächst verhaftet worden ist. Bis die drüben bemerkten, dass er ein bisschen verwirrt gewesen ist, und ihn ins Krankenhaus gebracht haben, wo er zwei Tage lag, bevor er wieder wusste, wer er war und wo er hingehörte. Es war einem blöden Zufall zu verdanken, dass sein Sohn, der Karl, genau in diesen Tagen nicht daheim war. Deswegen konnte er nicht ans Telefon gehen, als sein Vater anrief, weil er an der Grenze abgeholt werden wollte. Jetzt war der Ferdinand aber auch nicht gerade ein geduldiger Mensch und wollte nicht warten. Er probierte es, wider besseres Wissen, beim Markus. Der war in seinem Haus und gerade mit dem Legen falscher Spuren beschäftigt. Das hinderte ihn freilich nicht am Abheben, als das Telefon läutete. Natürlich war er nach der ersten Überraschung sofort damit einverstanden, seinen Ziehvater abzuholen. Immerhin konnte er so doch noch seinen Plan umsetzen. Zumindest glaubte er das. Er fuhr also zur Grenze, schnappte sich den Ferdinand, packte ihn auf den Beifahrersitz und kutschierte ihn in Richtung Mariendörfl. Natürlich fiel seinem Vater die frisch verbundene Hand auf und er fragte danach. Da erzählte ihm der Markus eine ziemlich blöde Geschichte von einem Arbeitsunfall beim Holzschneiden und der Ferdinand beschloss, nicht weiter nachzufragen. Etwa auf halber Strecke hielt der Markus schließlich unter einem Vorwand an und versuchte, den Ferdinand mit Chloroform zu betäuben. Der alte Mann war aber wesentlich flinker und vor allem kräftiger, als der Markus angenommen hatte, und wehrte sich heftig. Da schlug ihn der Markus kurzerhand zusammen. Erst als er sich wieder beruhigt hatte, begriff er, dass er Scheiße gebaut hatte. Der Ferdinand wusste jetzt, wer der Böse im Spiel war. Von daher musste er seinen Plan ein ganz klein wenig ändern und beschloss, dass der Mann sterben musste. Aber nicht gleich, sondern erst, wenn alles vorbei war. Er fuhr mit seinem Opfer nach Neus zum Matzinger und warf es, wie von Anfang an geplant, in den Bunker. Der Herr Leander, der den Bremer Ferdinand schon seit vielen Jahren kannte und mit ihm befreundet war, war auf seinem Heimweg einfach noch einmal in Neus stehen geblieben, um für seinen Bericht noch ein paar Fotos von den Häusern der Opfer zu machen und sich noch einmal umzusehen. Neugierig, wie er von Berufs wegen nun einmal war, dachte er, es könnte nicht schaden, auch mit einem der Nachbarn zu reden, und fuhr deshalb in Richtung des Grundstückes vom Matzinger. Auf halber Strecke bemerkte er mitten auf der Fahrbahn den Wagen vom Bremer Markus. Um nicht entdeckt zu werden, hielt er hinter einer Kurve, um sich dem Auto zu Fuß zu nähern. Weil, vielleicht, so dachte er, konnte er hier ein paar gute Fotos schießen. Und wie er das konnte. Fotos vom Markus nämlich, der gerade damit beschäftigt war, seinem Ziehvater seine Dankbarkeit in den Leib zu hämmern und ihn anschließend in den Kofferraum des Wagens zu verfrachten. Weil es für einen Journalisten halt nichts Tolleres gibt als eine Sensation, beschloss der Leander, nicht einzugreifen, sondern dem Markus zu folgen. Immerhin hatte er hier die Chance auf eine unglaubliche Story. Die wollte er sich auf keinen Fall damit verderben, jetzt die Gendarmerie zu rufen. Als er sah, wohin die Reise gehen würde, blieb er in einiger Entfernung stehen und schoss immer weiter Bilder vom Markus, wie der den Ferdinand aus dem Kofferraum holte, ihn sich über die Schulter legte und ihn schließlich unter den Augen vom Matzinger in den Bunker warf. Danach schienen die beiden Männer noch einiges zu reden zu haben, das der Leander natürlich nicht hören konnte, weil er zu weit weg war. Jedenfalls sah er dann den Markus in sein Auto steigen und wegfahren. Weil er mit dem Ferdinand schon ewig befreundet war, wollte er ihn natürlich nicht seinem Schicksal überlassen und beschloss, ihn zu befreien. Dieser Matzinger, so dachte er, würde wohl kein besonders harter Gegner sein. Also fuhr der Leander auf den Hof, stellte den Matzinger zur Rede, befreite den Bremer und fuhr mit ihm weg. Allerdings nicht, ohne mit dem Matzinger einen Deal auszuhandeln. Der sollte nämlich niemandem sagen, was passiert war. Schon gar nicht dem Markus. Als Gegenleistung versprach der Bremer, ihn nicht anzuzeigen. Zum großen Glück vom Matzinger war der Ferdinand ein ziemlich nachtragender und vor allem rachsüchtiger Mensch. Von daher beflügelte die Aussicht, seinem Sohnemann in die Suppe spucken zu können, seinen Geist ungemein. Was Besseres, als freizukommen und unterzutauchen, um sich in Ruhe einen geeigneten Gegenschlag ausdenken zu können, konnte ihm nicht passieren. Besonders einfallsreich waren die Herren allerdings nicht, was die Wahl ihres Versteckes anging. Zumindest nicht auf den ersten Blick. Erst beim zweiten Hinsehen wurde klar, dass es in Wirklichkeit nahezu genial gewesen ist, sich in der Villa vom Ferdinand zu verstecken. Wer hätte dort schon suchen sollen? So weit zum Plan. In Wirklichkeit ist das Ganze dann allerdings ein bisschen anders gelaufen. Zwar hat das mit dem Verstecken ganz toll hingehauen, aber das Planen nicht. Zu gut schmeckte den beiden der Wein. Außerdem gewannen ihre Kinderseelen die Oberhand und sie genossen dieses Versteckspiel richtig. Dem Bremer gefiel der Gedanke, dass sich sein Junior sicher fühlte und keine Ahnung hatte, was auf ihn zukam, und der Leander genoss es, einmal ein paar Tage Ruhe vor seinem Chef und vor allem seiner Frau zu haben, die ihm ansonsten immer mit ihrer Meckerei in den Ohren lag. Von den Dingen, die sich in dieser Zeit in Neus ereigneten, und von der Suchaktion der Gendarmen bekamen sie nichts mit. So ist es halt gekommen, dass sie sich im Keller verschanzt und einen auf Räuber und Gendarm gemacht haben. Tagsüber haben sie sich immer möglichst ruhig verhalten, um nicht von der Marion entdeckt zu werden. Nachts haben sie es sich gutgehen lassen. Das heute war allerdings ihre erste richtige Party. Oder besser gesagt, hätte es eine werden sollen. Angefangen hatte sie auf jeden Fall ganz gut. Zumindest bis zu dem Moment, in dem die beiden Gendarmen in ihre Idylle eingedrungen sind. Auf die Frage vom Strobel, was der Bremer mit diesem blöden Versteckspiel eigentlich hätte erreichen wollen, meinte dieser, dass er sowohl dem Karl als auch dem Markus eine Lektion erteilen wollte. Den Karl habe er einfach ein bisschen zittern lassen wollen, solange er dachte, für den Mörder gehalten zu werden, und den Markus habe er in dem Glauben lassen wollen, dass für ihn alles nach Plan lief. Erst im allerletzten Moment, also in der Stunde des vermeintlichen Triumphes vom Markus, habe er sich zeigen und die Wahrheit ans Licht bringen wollen. Vom Tod der Anneliese habe er nichts gewusst, so behauptete der Bremer, ohne sonderlich viel Gemütsbewegung an den Tag zu legen. Na ja, was soll ich dir sagen? Das war im Großen und Ganzen alles, was der Bremer Ferdinand zu sagen hatte. Abgesehen von seinen wirklich bösen Schimpftiraden gegen den Markus. In Anbetracht der Ereignisse hatte der Strobel dafür sogar ein gewisses Verständnis. Immerhin war das eine üble Sache, die sich der Bursche da ausgedacht hatte. Andererseits hörte der Ordnungshüter aus den Worten vom Ferdinand genau heraus, dass der noch nie sehr viel von dem Jungen gehalten hatte. Der Bremer verkündete lautstark, dass, wenn es nach ihm gegangen wäre, der Markus niemals in die Familie aufgenommen worden wäre, und äußerte die Vermutung, dass der Bastard wohl aus einem Haus voller Idioten abstammen müsse, weil er gar so blöd war und in seinem beschissenen Leben bisher nichts richtig gemacht, sondern immer nur seiner Familie auf der Tasche gelegen habe. So und teilweise noch viel schlimmer redete der Saubermann über den Markus. Zwischendrin fragte der Strobel einmal nach, ob der Ferdinand diese Dinge auch dem Markus gesagt habe, und der Alte meinte darauf, dass sich der Strobel ganz fest darauf verlassen könne, dass er dem Jungen immer seine Meinung gesagt habe. Da wunderte sich der Strobel insgeheim fast ein bisschen, dass nicht schon viel früher etwas passiert war. Und er stellte für sich fest, dass Geld und eine gute Erziehung in teuren Internaten nicht zwingend gute Menschen hervorbringen mussten. Da war der Ferdinand das beste Beispiel. Ein kurzer Blick zum Berti genügte ihm, um zu erkennen, dass auch der sich seinen Teil über den Bremer dachte. Und besonders gut kam er wohl auch bei ihm nicht weg. Obwohl er gar nicht alles mitgekriegt hatte, was der Bremer so von sich gab. Er war nämlich damit beschäftigt, den Reporter in Zaum zu halten, der sich unbedingt in das Gespräch einmischen wollte und ständig was von diversen Beschwerden und Zeitungsartikeln faselte, die er verfassen wollte, um der Welt zu erzählen, wie die beiden Dorftrottel, wie er die Ordnungshüter nannte, ihn und seinen Freund in ihren Rechten beschnitten hatten. Wenn er mit ihnen fertig war, so wetterte der Leander, würden sie nicht einmal mehr für die Gemeinde Straßen kehren dürfen. Wie genau der Markus die Spurenlage gefälscht und wann oder wo er seinen und die Daumen von der Anneliese abgetrennt hatte, wusste der Bremer nicht. Aber woher sollte er das auch wissen? Diese Dinge hatte der Markus schließlich schon getan, als der Ferdinand noch in der Tschechoslowakei war. Irgendwann war der Punkt erreicht, an dem klar war, dass der Bremer nichts mehr sagen konnte, das eventuell noch ein bisschen Licht in die Sache gebracht hätte. Von daher versuchte der Strobel jetzt noch, vom Leander Informationen zu bekommen. Aber der weigerte sich, dem Beamten irgendwas zu sagen, und schimpfte lieber weiter über die Dummheit der Gendarmen. Mehr nicht. Der Markus sagte zu der ganzen Angelegenheit später auch nie etwas Brauchbares und wirkte eher so, als hätte es ihm völlig den Vogel rausgehauen. Und das stimmte sogar. Nachdem er bei seinem letzten Gespräch mit dem Strobel so derartig ausgeflippt war, war er nämlich nie wieder der Alte geworden. Dafür hatte er schriftlich, dass er einen Vogel hatte. Das ist freilich nicht so im Befund gestanden. Aber es ist halt die vereinfachte Form dessen, was die Ärzte feststellten. Eine schwere Psychose hat der arme Kerl gehabt. Oder irgend so etwas in der Art. Ist im Grunde ja völlig egal. Jedenfalls hat man ihn später vom Krankenhaus direkt in die Klapsmühle gebracht. Die Gerichtsverhandlung selbst lockte so viele Menschen an, dass der Saal viel zu klein wurde. Die Tratschener wollten anscheinend unbedingt Klarheit darüber haben, was genau der Karl und der Markus jetzt angestellt hatten. Denn naturgemäß wurde über diese Dinge ausführlich getratscht und manch einer von den Alleswissern hatte dabei eine Menge Halbwissen zu verbreiten. Aber die Wahrheit kannte natürlich keiner. Die kannte ja nicht einmal die Gendarmerie. Jedenfalls waren die Ortsbewohner sehr verwirrt, weil der Karl zwar angeklagt, die ganze Zeit vor der Verhandlung aber nicht im Gefängnis war. Immerhin, so dachten viele, hatte er seinem Halbbruder ja geholfen und hätte es sich verdient gehabt, eingesperrt zu werden. Das war natürlich völliger Blödsinn, aber so redeten die Leute halt. Insofern war der Plan vom Markus offenbar voll aufgegangen. Aber wie dem auch sei. Die Gerichtsverhandlung war jedenfalls das Ereignis des Jahres. Und das, obwohl sie über weite Strecken stinklangweilig war. Ein ganzer Haufen an Ärzten und Gutachtern, redeten über den Geisteszustand vom Markus. Und das in einer Art und Weise, die keiner der Zuhörer wirklich verstand. Da bildete sich der Strobel seine eigene Meinung über diese Experten. Später einmal dazu befragt, sagte er, dass Gutachter aus seiner Sicht Menschen seien, die Dinge, die kaum jemand versteht, in hunderte Seiten langen Abhandlungen so zu erklären wissen, dass sie anschließend gar keiner mehr versteht. Manchmal noch nicht einmal sie selbst. Sei's drum. Der Staatsanwalt hatte sich eine wunderbare Theorie zurecht gelegt, wie der Fall abgelaufen sein musste und unterstellte dem Markus, dass der von Anfang an die Absicht gehabt habe, alle Mitglieder der Familie Bremer zu töten. Eine Behauptung die schwer zu beweisen war, zumal der Markus seit seiner Verhaftung nichts mehr zu dem Thema gesagt hatte. Sein Verteidiger sah die Sache natürlich noch einmal anders als der Staatsanwalt und schilderte bühnenreif seine Version der Geschehnisse. Zusammengefasst behauptete er, dass der Markus zwar wirklich vorgehabt habe seinen Ziehvater zu entführen, als er erfuhr, dass dieser ihn enterbt hatte, er aber zu keinem Zeitpunkt eine Tötungsabsicht gehabt habe. Aber dann, so der Rechtsanwalt, sei der Plan vom Markus Stück für Stück in die Hose gegangen, und er habe angefangen zu improvisieren. Zuerst beschloss er anstelle vom Bremer Ferdinand, die Annemarie zu kidnappen und tötete sie dabei unglücklicherweise. Dann habe er in seiner Panik nicht gewusst was er mit der Leiche machen sollte und habe deshalb versucht, sie im Keller zu vergraben, was ihm, aufgrund der Härte des Bodens, nicht wirklich gelang. Da er natürlich nicht wegen Mordes ins Gefängnis wollte, sei er auf die Idee gekommen, dem Karl die Tat in die Schuhe zu schieben. Er habe deswegen zuerst den Karl angerufen um ihn in den Keller zur Leiche zu locken und dann die Gendarmerie verständigt, die den Karl dann neben der toten Annemarie vorfand. Das, so der Anwalt, sei in etwa der Zeitpunkt gewesen, wo der gute Markus angefangen habe durchzudrehen und all die Wahnsinnigen Dinge zu tun, die er eben getan hatte. Die Daumen, die Briefe, das Legen der falschen Spuren. Alles mit dem Ziel, seine eigene Entführung glaubhaft beenden zu können. Da sei ihm dann der Ferdinand dazwischen gekommen und er habe ihn verschwinden lassen. Die Tatsache, dass der Markus den Ferdinand nicht getötet habe, spräche eindeutig dafür, dass sein Mandant nie jemanden umbringen habe wollen, so betonte der Mann. Dann verbrachte er noch eine ganze Weile damit, alles abzuschwächen was so passiert war und den Markus als Produkt seiner unglücklichen Kindheit und Opfer des Gefühlskalten Bremer Ferdinand hinzustellen. All das sagte er mit einer solchen Selbstverständlichkeit, dass man hätte meinen können, dass Verhalten vom Markus müsse deswegen für jedermann verständlich sein. Nachträglich stellte der Strobel zu dieser Vorstellung einmal neidlos fest, dass das schon ganz großes Theater gewesen ist. Aber wie auch immer. Am Ende stand die Version des Staatsanwaltes, der ein Monster aus dem Markus gemacht hatte, gegen die des Verteidigers. Einzig den Karl beschuldigte keiner der beiden. Die Geschworenen machten es nicht einfach und berieten sich etliche Stunden, bevor sie zu einer Entscheidung kamen. Letztendlich wurde der Markus wegen Erpresserischer Entführung und Totschlages schuldig gesprochen und in eine Anstalt für geistig abnorme Rechtsbrecher eingewiesen, wo er den Rest seiner Tage verbrachte. Eine Tatsache, die dem Bremer Ferdinand überhaupt nicht gefiel. Er hätte den Markus viel lieber bis zum Ende seiner Tage im Gefängnis gesehen. Noch lieber, so hatte er im Gerichtssaal verkündet, wäre ihm so eine Strafe wie der elektrische Stuhl. Weil, so meinte er, jemand, der die Hand, die ihn jahrelang gefüttert hat, so niederträchtig beißt, gar nichts anderes verdient hatte als die Todesstrafe. Besonders viele Sympathiepunkte brachte ihm das nicht. Weder beim Richter noch bei den Geschworenen und schon gar nicht bei den Zuhörern. Das war dem Mann aber egal. Genauso, wie es ihm egal gewesen ist, dass ihm der Richter bei der Urteilsverkündung eine moralische Mitschuld an dem Geschehen gegeben hat und ihn mitsamt seinem Freund Leander zu ein paar Monaten bedingter Haft verurteilte, weil sie mit ihrer blöden Versteckerei ein Verbrechen vorgetäuscht und die Ermittlungen erschwert hatten. Der Matzinger ist freilich auch nicht ungeschoren davongekommen. Aufgrund seines Geständnisses und der Tatsachen, dass er das Opfer freigelassen hatte und man ihm seine Version, nichts von den Gräueltaten des Markus gewusst zu haben, nicht widerlegen konnte, ist er mit fünf Jahren, von denen er nur zwei absitzen musste, relativ glimpflich davongekommen. Der Bremer Karl hingegen wurde in vollem Umfang freigesprochen. Mangels an Beweisen, wie es hieß. Wenn man bedenkt, dass der Mann tatsächlich überhaupt nichts mit diesem Wahnsinn zu tun hatte, wäre ein glatter Freispruch natürlich fairer gewesen. Aber wie so oft im Leben war die Wahrheit in seinem Fall wesentlich unwahrscheinlicher, als die Lüge. Deswegen musste er es auch noch einige Jahre über sich ergehen lassen, dass hinter seinem Rücken blöd geredet wurde und die Leute ihn komisch ansahen. Mit der zeit gewöhnte er sich aber daran. Wie immer war der letzte Akt in diesem Spiel eine große Pressekonferenz. Und obwohl der Strobel zum ersten Mal einen Fall aufgrund seiner Ermittlungen gelöst hatte, interessierte er die Presseleute diesmal nicht. Die feierten nämlich einen gewissen Kontrollinspektor Novotny von der Kripo als Helden, der die Ermittlungen so erfolgreich geleitet hatte. Ein gewisser Major Schuch, der ebenfalls interviewt wurde, tat den Teufel, um diesen Irrtum aufzuklären. Leid muss dir der Strobel deswegen aber nicht tun. Nenne es von mir aus ausgleichende Gerechtigkeit. Ansonsten gibt es nicht mehr viel zu sagen. Das Hippieproblem löste sich noch vor dem Winter von selbst, weil sie aus Tratschen wegzogen. Der Tag, an dem sie fuhren, war auch der, an dem dieser extrem wackelige und hässliche Hochstand gefällt wurde. Die Sache zwischen dem Ellmautaler Toni und seiner Gerti hatte freilich auch ein gerichtliches Nachspiel. Gar keine Frage. Es war wohl eine der unterhaltsamsten Verhandlungen, die man in Korneuburg je gesehen hatte. Denn obwohl die Gerti unumwunden zugab, den Toni in schöner Regelmäßigkeit zu verdreschen, endete das Ganze mit wilden Liebesschwüren von beiden Seiten und der Feststellung vom Toni, dass er es anders gar nicht würde haben wollen. Darum bekam die Gerti von einer lächelnden Frau Doktor auch nur zwei Wochen bedingte Haft aufgebrummt, die sie dankend annahm. Der Toni selbst kam völlig ungeschoren davon, weil das mit der Spechtelei und dem dafür kassierten Eintritt in der allgemeinen Aufregung völlig untergegangen war und der Herr Müller, der immerhin ein paar gehörige Watschen vom Toni bekommen hatte, sich aufgrund seiner Gehirnerschütterung plötzlich partout nicht mehr daran erinnern konnte, wer ihn geschlagen hatte und warum. Der Heinzl erklärte sich damit einverstanden, dass der zerstörte Hochstand nicht bezahlt, wohl aber wieder aufgebaut werden musste. Und zwar an der gleichen Stelle und genauso hoch, wie er ursprünglich war. Der Pfarrer Römer glaubte, langsam zu verstehen, dass die Vorsehung ihn sicherlich nicht ohne Grund ausgerechnet nach Tratschen geschickt hatte, sondern dass sein Aufenthalt eine Prüfung war, die er zu bestehen hatte. Deshalb streikte er diesmal nicht und überhäufte seine Schäfchen auch nicht mit Vorwürfen. Stattdessen begann er, für seine Predigten kleine Geschichten zu schreiben, in die er das Geschehene einfließen ließ und die er Sonntag für Sonntag ganz einfach vorlas, ohne sie zu kommentieren. An den Gesichtern seiner Zuhörer erkannte er auch so, dass sie ihn verstanden hatten. Und der Strobel? Tja, der Strobel hatte wieder was dazugelernt. Nämlich, dass es ein gutes Gefühl war, einen Fall wirklich gelöst zu haben. Auch wenn die Ereignisse nicht restlos geklärt werden konnten. Aber das geschieht sowieso nur in den wenigsten Fällen. In der Zusammenziehsache traf er letztendlich ohne jede Hilfe eine Entscheidung. Nämlich, dass er bereit war, es zu probieren. Und siehst du, auch da lernte der Strobel etwas. Nämlich, dass der Wille tatsächlich oft vors Werk geht. Weil, der Frau Doktor genügte dieses Lippenbekenntnis vollkommen. Sie hatte nur wissen wollen, wie er zu ihr stand, erklärte sie. Es war ihr schließlich selbst klar, dass keine der Varianten besonders viel Sinn machte, weil einer von ihnen immer weit fahren musste. Und schon war wieder Ruhe. Zumindest eine Zeit lang. Aber das ist eine andere Geschichte. Ich darf nicht vergessen zu erwähnen, dass der Strobel dann jeden Montag frische Blumen auf das ansonsten ziemlich schmucklose Grab der Jocha Elisabeth gelegt hat. Außer ihm und dem Römer kümmerte sich niemand um ihre letzte Ruhestätte. Weil, abgesehen von den paar reißerischen Schlagzeilen im Bezirksanzeiger, war ihr Tod völlig unbemerkt geblieben. Den großen Blumenstrauß, den der Herr Bürgermeister für ihren Geburtstag hatte besorgen lassen, hat übrigens schon einen Tag später ein anderes Geburtstagskind bekommen. Zumindest wurde das hinter vorgehaltener Hand so erzählt. Na ja. Wie sagt der Volksmund so schön? Das Leben muss weitergehen.

ENDE